carpe di

fabryka słów®
WYDAWNICTWO
MMXIX

Andrzej Pilipiuk

Karpie bijem

Ilustracje
Andrzej Łaski

fabryka słów®
Lublin – Warszawa

Oblicza Wędrowycza:

1. Kroniki Jakuba Wędrowycza
2. Czarownik Iwanow
3. Weźmisz czarno kure...
4. Zagadka Kuby Rozpruwacza
5. Wieszać każdy może
6. Homo bimbrownikus
7. Trucizna
8. Konan Destylator
9. Karpie bijem

Gumofilc

Jakub i Semen leżeli na stropie piwniczki. Majowy wieczór był ciepły, a oni spracowani i zmęczeni z powodów alkoholowych... Wypęd już się skończył, zużyty zacier wylany pod jabłonką nasycał powietrze miłym... no, może nieszczególnie miłym aromatem. Na wieczornym niebie zapalały się pierwsze gwiazdy.

– Mam czasem takie paskudne wrażenie, że tam, z góry, ktoś nas obserwuje – burknął Jakub. – I że nie jest to tym razem Święty Mikołaj.

Jak na zawołanie na lewo od wschodzącego księżyca pojawił się latający talerz. Przeleciał nad Trościanką i skierował się w stronę Wojsławic. Kosmici lecieli powoli, jakby czegoś szukali. Obaj starcy odprowadzili nieziemskie latadło wzrokiem. Semen westchnął ciężko.

– Ja na ten przykład często zastanawiam się, czy naprawdę przylatują do nas takie szare, paskudne karzełki, jak to pokazują na filmach. Bo tak jak spotykałem czasem nieziemców, to jednakowoż przeważnie wyglądali inaczej – ciągnął egzorcysta. – I czy rzeczywiście wtykają ludziom implanty. A jeśli wtykają, to właściwie po co?

Semen odruchowo dotknął ledwie widocznej blizny za uchem.

– Albo na przykład dlaczego implanty wtykają tylko ci z głupimi oczami, a predatory ani alieny tego nie robią.

– Predatorów interesują tylko nasze czaszki, a alienom jesteśmy potrzebni jako inkubatory do wylęgu larw. Słowem, czysty prymitywizm zachowań i zupełnie przypadkowy dobór ofiar. – Kozak wzruszył ramionami. – Szaraki stoją na wyższym stopniu rozwoju. Zaznaczają sobie ludzi, którzy są im do czegoś potrzebni. Żeby ich potem bez trudu znaleźć.

– A to w porządku – uspokoił się Jakub. – Na szczęście my nie jesteśmy im absolutnie do niczego potrzebni.

– Mów za siebie – burknął Semen, z niepokojem obserwując, jak latający talerz zatacza kręgi nad miasteczkiem. – Zejdę do piwnicy, zobaczę, czy palenisko prawidłowo wygaszone – dodał i pospiesznie skrył się w trzewiach planety.

Jakub przez pół godziny obserwował niezimców, a potem zszedł dotrzymać kumplowi towarzystwa.

– Polecieli? – zapytał z niepokojem kozak.

– Niby tak, ale na wszelki wypadek jeszcze posiedźmy tutaj... Powiedz, po kiego grzyba te kurduple cię szukają?

Semen westchnął.

– Była kiedyś taka sprawa, dawno temu. Będzie ze sto lat... Pochlaliśmy się wtedy we trzech. Ja, Griszka Rasputin i taki jeden Ajzyk. Tak zasadniczo to on stawiał. Taki mały trzydobowy rajd po knajpach, zakończony za miastem na plaży. Było po północy, właśnie trzeźwieliśmy, wdychając morską bryzę, gdy nadlecieli oni. Kosmity...

– I co?

– Sparaliżowali nas błękitnym promieniem, a potem z latadła wysunęła się rurka taka, jak dziewczyny w klubach tańczą. Albo ja wiem, może raczej taka w remizie strażackiej...?

– A ładna była ta nieziemska dziewczyna?

– E, nie, po rurce zjechał raczej jakby facet, i to bynajmniej nie strażak. Zresztą kto ich tam wie, międzygwiezdnych popaprańców. Może i więcej płci mają...

– Wyglądał jak na filmie?

– To zależy na którym. W każdym razie włączył telepatię i zaproponował nam interes. Facet, albo i nie facet, był wynalazcą i wymyślił gumofilce.

– Też nie miał nad czym głowy łamać – roześmiał się Jakub. – Nie musiał przecież wymyślać od zera. Mógł je na Ziemi podgapić i splagiatować.

– Nie mógł, bo na Ziemi one nie były jeszcze wynalezione – wyjaśnił Semen.

– Co ty gadasz!? Czy to znaczy, że...

– Dasz mi dojść do słowa? No więc nieziemiec dał nam trzy pary nowiutkich gumofilców i spisaliśmy cyrograf. Każdy dostał sztabkę złota w zamian za to, że przez sto lat będzie chodził w nich jako tester. A ufok miał po stu latach przylecieć, żeby ocenić zużycie materiału i skutki zdrowotne noszenia takiego obuwia. Dał nam złoto, buty i odleciał w diabły. Nie doceniłem wagi tego wydarzenia – westchnął Semen. – Griszka Rasputin też nie... Swoje gumofilce zostawił pewnego wieczora na stole w restauracji Jar. Zwyczajnie przeszkadzały mu w tańcu. No i ktoś je zaiwanił, pewnie żeby pociąć na relikwie. Ja moje straciłem podczas pierwszej wojny, przeszkadzały mi w biegu, jak wiałem z obozu jenieckiego w Prusach, no to je ciepnąłem w krzaki i uciekałem dalej w oficerkach, co je zabrałem pruskiemu wachmanowi. Szkopowi w każdym razie nie były już potrzebne... Ajzyk był najsprytniejszy, jak to Żyd. Oni po prostu mają łeb do interesów. Uzyskał patent, sprzedał prawa firmie Prowodnik z Rygi. Zarobił straszliwą kasę, wyemigrował do USA i tam zainwestował w sieć hoteli.

– I sądzisz, że wynalazca wrócił sprawdzić, jak te buty teraz wyglądają?

– Jestem pewien. Sto lat mija jakoś na dniach.

– A może pojedziemy tam, gdzie je ciepnąłeś, i przeszukamy krzaki? Nie, cholera, po tylu latach pod gołym niebem to już na pewno sparciały i wyściółka zgniła, a może i krzaków już nie ma – odpowiedział sam sobie Jakub. – No to dupa zbita. Czego żeś wcześniej nie powiedział, że cię ufoki zakolczykowały... to znaczy zaimplantowały?! – zirytował się.

– A co by to zmieniło? Wyciągnięcie tego implantu jest niemożliwe – mruknął Semen. – W mózgu siedzi, i to w takim miejscu, że nie poradzisz. Żaden lekarz tego nie wydłubie. Technologii takich neurochirurgicznych nie mamy.

Wyjrzeli przez właz. Latający talerz odleciał, więc chyłkiem przemknęli do chałupy. Egzorcysta myślał intensywnie, a jego kumpel zabrał się do przygotowania kolacji.

– Oglądałem kiedyś taki film... – zmarszczył czoło Jakub. – Był tam taki grubas z szablą... Zagłoba się nazywał.

– No faktycznie był ktoś taki – przyznał Semen.

– No i on sobie poprawiał intelekt tak, że pił wino, potem olej, i wino, parując w żołądku, przepychało mu ten olej do głowy... A tak się składa, że mamy i samogon, i olej słonecznikowy.

– Ale co to ma do rzeczy? – zdumiał się kozak.

– Ufasz mi?

– Nie.

– Szkoda – westchnął Wędrowycz i znienacka zamalował go tłuczkiem do kartofli w głowę.

Świadomość zgasła.

Kozak obudził się z jękiem. Łeb bolał go straszliwie. W dodatku zamiast na podłodze, ewentualnie w barłogu, nie wiedzieć czemu leżał na stole. W ustach miał bardzo dziwny posmak. Coś jakby chemikalia... Jego kumpel siedział przy piecu i spokojnie żuł kawałek wędzonki.

– Coś ty zrobił? – burknął Semen, mocno zirytowany.

– Musiałem dać ci chińską narkozę. Skomplikowane operacje neurologiczne wymagają, żeby pacjent pozostawał w bezruchu.

– Że co?! Jaka operacja?! – Przerażony Semen obmacał głowę, ale poza guzem od tłuczka nie odkrył nic niepokojącego, żadnych dziur ani szwów.

– Po zagłobiańsku. Napoiłem cię samogonem, a potem olejem. – Jakub wskazał blaszany lejek do benzyny leżący na parapecie. – I położyłem ci termofor na brzuchu, żeby szybciej zadziałało. Olej wymieszałem z preparatem do zwalczania gnid i lekiem na pasożyty dla krów. Bo jak wesz przylepia jajko do włosów, to używa takiej wydzieliny, która twardnieje na kamień. A co krowom nie szkodzi, to i dla człowieka powinno być zdrowe.

– Eeee...? A co to ma do rzeczy? – nie zrozumiał kozak.

– Ufoki musieli ci jakoś ten implant wkleić. Pomyślałem tak: napuścimy ci oleju do głowy, a do niego dodamy tego rozpuszczalnika. Jak sobie radzi z gnidami, to i ufocki implant powinien od neuronów odspoić. Środek na pasożyty sprawia natomiast, że krowa wydala glizdy oraz inne takie, to i obce ciało powinien wyrzucić. A że czaszka nie ma dużo otworów, założyłem, że implant wyjdzie nosem albo uchem... No i mamy go! – Jakub triumfalnie pokazał małe elektroniczne paskudztwo, zamknięte w ubrudzonej czymś i poszczerbionej szklanej próbówce.

Semenowi odbiło się, tym razem jakby fryzjerem. Ostatnio miał takie sensacje, kiedy napili się wody brzozowej.

– Jesteś zaiste geniuszem neurochirurgii nieinwazyjnej, ale gryzie mnie pytanie, czy ten środek na wszy aby można stosować doustnie? – zaniepokoił się.

– Hmm... – zadumał się Jakub. – Szczerze powiedziawszy, nie wiem, w opakowaniu była jakaś instrukcja, ale literki małe i tyle ich tam było... Zresztą i tak już za późno. Zadziałało i nie ma się czym stresować.

– Czyli co? – zapytał Semen, oglądając elektroniczną bździnę w próbówce. – Weźmiemy z naszego arsenaliku minę przeciwpiechotną, zakopiemy, położymy implant na wierzch, ufoki namierzają go, lądują i bum...

– Wiesz, czasami kompletnie cię nie rozumiem – burknął Jakub. – Tak na dobrą sprawę, ten nieziemski wynalazca to przecież twój dobroczyńca. Tak za bezdurno buty ci dał i zapłacił grubszą kasiorę za ich przetestowanie, a ty nie dość, że uwaliłeś swoją część umowy, to jeszcze chcesz go wysadzić w powietrze?

– W tym właśnie problem, że zawaliłem swoją część eksperymentu. Jak mnie ufoki znajdą, mogę mieć grubsze nieprzyjemności. Wkurzą się i jeszcze zrobią mi kuku.

– Zaufaj mi!

– Znowu?! – Kozak odruchowo osłonił głowę ręką, ale Jakub tym razem zamiast tłuczka złapał pęczek wytrychów, którymi odpalał traktor sołtysa.

Noce na cmentarzu zawsze są zimne... Na szczęście księżyc przyświecał, nie groziła im dekonspiracja, bo przez większą część pracy nie musieli używać latarek. Obaj starcy zdrowo się namordowali, nim podważyli i za pomocą lewarka odwalili lastrykową płytę. W grobowcu stała tylko jedna trumna.

– Zmarły się nie obrazi? – zaniepokoił się Semen.

– E, nawet jeśli, nie widzę problemu, to tylko Bardak – burknął Jakub, podważając łomem nieco nadpróchniałe wieko. – Poświeć.

Czas zrobił swoje. Na resztkach zetlałej wyściółki leżał szkielet w pozostałościach trumiennego garnituru. Na stopach miał półbuty, niegdyś zapewne eleganckie, po latach w trumnie wyglądały nietęgo.

– Spieszmy się – syknął Jakub, obserwując z niepokojem niebo. – Dawaj czachę!

Ufo znów krążyło nad gminą. Było to bliżej, to dalej, ale wyglądało na to, że nieziemcy chwycili wreszcie konkretny trop.

Semen podał przyjacielowi bardacki czerep. Wędrowycz wrzucił implant przez otwór potyliczny i włożył czaszkę na miejsce. Na nogi nieboszczyka wzuli pospiesznie stare gumofilce, zabrane z szopy egzorcysty. Zatrzasnęli wieko trumny, sapiąc zasunęli płytę. I zapadli w krzakach. Zrobili to w ostatniej chwili.

– Latali, fruwali, aż się zesrali – zanucił egzorcysta, widząc, jak latający talerz opada nad cmentarz.

A potem wolał umilknąć. Ufoki zapaliły mocny reflektor. Na cmentarzu zrobiło się jasno jak w południe. Z latadła wysunęła się stalowa rurka, a po niej zsunęły się dwie pokurczowate postaci. Nie wyglądały na kobiety, tylko jeszcze gorzej. Nieziemcy stali przez chwilę nad grobem, a potem nieporadnie zaczęli piłować płytę laserem.

– Partacze – ocenił egzorcysta. – Ultradźwiękami poszłoby trzy razy szybciej.

– Zorientują się, że to nie te buciory – bąknął kozak.

– Pewnie tak – przyznał jego kumpel. – Ale jeśli mają się kogoś czepiać, to truposzczaka. Nasza chata z kraja...

Nieziemcy tymczasem dobrali się do trumny. I faktycznie chyba się wkurzyli. Najpierw długo trajkotali gniewnie po swojemu, a potem znów po rurce wsiedli do talerza. Po chwili błysnął z niego strumień nieziemskiej energii i z grobu pozostał tylko lej w ziemi. Ufo chwiało się jeszcze moment w powietrzu, jakby w tłumionej złości, a potem pomigało światełkami i odleciało w diabły, a dokładniej rzecz biorąc – w kosmos.

– Dziękuję, chyba znowu uratowałeś mi życie – wzruszył się Semen.

– W polu odpracujesz! Tak czułem, że się nie nabiorą – westchnął Jakub. – No ale żeby na trupie się wyżywać, to niełądnie. Z drugiej strony nie ma tego złego, co by na dobre nie wyszło. Bardaki przyjdą, zobaczą tę dziurę zamiast grobu dziadka i o nas pomyślą. Będzie powód znów spuścić im wpierdol, i to tym razem bez grzechu, bo w samoobronie.

Chatka

Zaimprowizowane z dwu drągów i koszul nosze ciążyły kamieniem. Na szczęście gęsto sypiący śnieg i zapadający zmierzch pozwoliły zgubić pogoń. Poszczekiwanie niemieckich psów i wrzaski rozochoconych pościgiem esesmanów utonęły w zadymce. Jakub i Semen na wszelki wypadek pokluczyli jeszcze po polach i zagajnikach. Dopiero gdy byli absolutnie pewni, że nikt już nie podąża ich śladem, skręcili w stronę kryjówki. Za pasmem wzgórz wiatr już tak nie dokuczał. Przystanęli, pociągnęli z carskiej manierki po łyku bimberku. Nosze z rannym dowódcą zrobiły się jakby lżejsze. Podjęli marsz. Rakiety śnieżne grzęzły w zaspach, ale bez nich byłoby jeszcze gorzej... Wreszcie odetchnęli z ulgą – byli na skraju zakazanego lasu. Przyszły egzorcysta zrzucił worek z pleców. Kilkoma uderzeniami siekiery, rąbiąc metr nad ziemią, ściął trzy brzózki. Zastrugawszy sterczące pnie, nabił na każdy z nich uciętą głowę konfidenta. Semen stał i obserwował go w milczeniu.

Co komu przyjdzie z tego, że robimy taką wystawę w lesie na wygwizdowie, gdzie i tak nikt nie chodzi? – pomyślał. Gdyby tak zdekapitować ich w dzień targowy, publicznie, na oczach wszystkich... Najlepiej w ogóle na rynku w Wojsławicach... A wystawić te głowy przy wjeździe do miasteczka. Żeby każdy, największy nawet ćwok zobaczył, czym grozi wysługiwanie się okupantowi.

Rozejrzał się wokoło. Przeliczył czaszki i głowy w różnym stopniu rozkładu, zdobiące skraj lasu. Od wybuchu wojny zlikwidowali ponad trzydziestu zdrajców. I co by nie mówić, taktyka opracowana przez Kapitana Wypruwacza była jakoś tam skuteczna. Niemcy mieli coraz większe problemy ze znalezieniem przewodników, tłumaczy, kapusiów... A ci, których zwerbowali wcześniej, jakoś przestali przykładać się do „roboty".

– Gdzie jesteśmy? – Dowódca najwyraźniej doszedł trochę do siebie i uchylił powieki.

– U was w lesie. Za kwadrans będziemy na kwaterze.

Ranny odetchnął z ulgą i ponownie zapadł w malignę. Obaj przyjaciele zaklęli zgodnie, dźwignęli nosze i ruszyli dalej. Obozowisko oddziału leżało w krótkiej debrze. Sześć półziemianek o sięgających ziemi dachach krytych darnią wystarczyło, by pomieścić barłogi dla partyzantów, kuchnię, kasyno, arsenał, szpitalik i kwaterę dowódcy. Od góry rozłożyste korony drzew osłaniały bazę przed wzrokiem ewentualnych lotników. Na skraju lasu na szczycie niewysokiego urwiska partyzanci zbudowali punkt obserwacyjny. Zdobyli trochę min przeciwpiechotnych, ułożyli je na ścieżkach pod liśćmi. Ponaciągali w krzakach linki od zapalników. Przygotowali zawczasu stanowiska strzeleckie wokół kryjówki.

Zaraz za kulminacją pobliskiego wzgórza zaczynały się już pola i bagna otaczające Dębinkę. Było jak się bronić, było w razie czego dokąd uciekać.

Jakub i Semen weszli pomiędzy chaty. Zaraz z drzew zeskoczyło czterech członków oddziału, przejęli nosze. Obaj kumple odetchnęli i z ulgą rozprostowali obolałe plecy. Roztarli zgrabiałe palce. Mogli wreszcie odpiąć rakiety śnieżne, strzepać biały pył z ramion i czapek.

– Haw? – zagadnął najwyższy leśny, małpowaty, z polskimi pagonami kaprala krzywo przyszytymi do zszarganego pruskiego munduru.

– Kapitan jest ranny w nogę, dostał postrzał, dawajcie go do lekarza – polecił Jakub. – Włochacz, do budy! – Tupnięciem walonka odgonił mamuta, który podlazł i zaciekawiony macał po noszach trąbą.

Pitekantropy odburknęły coś po swojemu i przyspieszyły kroku. Ktoś pobiegł przodem, uprzedzić felczera. Egzorcysta odruchowo zasalutował, mijając totem wystawiony pośrodku obozowiska. Na szczycie pala zatknięto pomalowaną we wzory rogatą czaszkę – symbol Matki Krowy. Poniżej skrzyżowane niedźwiedzie łapy – na cześć Wielkiego Mywu. Niestarannie wyrzeźbiony orzeł i dziwaczna morda mająca wyobrażać Piłsudskiego dopełniały dzieła. Wokół totemu był niewielki klomb obramowany urżniętymi maczetą niemieckimi głowami.

– Wiosną trzeba pomalować, bo już te hełmy zaczynają rdzewieć – zauważył Jakub pogodnie. – W ogóle to ładnie wygląda. I patriotycznie, i zgodnie z ich jaskiniowymi tradycjami... Może stopniowo wyjdą wreszcie na ludzi?

– Konwergencja kultur – mruknął Semen pod nosem. – Zawracanie dupy, nic z tego nie będzie. Nie nauczysz małpy czytać i pisać, a nawet jak na chwilę liznął cywilizacji, to dzika natura i tak szybko wylezie na wierzch. Popatrz na Kapitana, jak z niego wybija krew przodków. Malowniczo, rzekłbym.

Chyba wiedział, co mówi. Wszyscy w okolicy znali tę historię. Zaraz po odzyskaniu niepodległości do Dębinki przysłano z powiatu nauczycielkę, by spróbowała nauczyć małpowatych czytać i pisać. Nie bardzo jej się to udało, za to sołtys wpadł jej w oko. Była starą panną, miała już dwadzieścia cztery lata, więc desperacko chciała wyjść za mąż. Nic więc dziwnego, że nie przeszkadzała jej nieco małpia uroda wybranka. Ich syn był pierwszym mieszkańcem Dębinki, który wywędrowawszy z rodzinnej wiochy, zdołał jakoś zaaklimatyzować się w cywilizowanym świecie. Skończył szkołę wojskową, zdał maturę, odbył kurs oficerski... Dalszy rozwój kariery przerwała przegrana wojna obronna w 1939 roku. Gdy jego oddział rozbito, uniknął dostania się do niewoli. Wrócił do Wojsławic na początku listopada.

Początkowo starał się żyć jak inni i spokojnie klepać biedę pod niemieckim jarzmem, jednak gdy wzmógł się ucisk ze strony okupanta, a w okolicy zawiązano pierwsze organizacje konspiracyjne, zapragnął znów chwycić za karabin. Niestety, Semen miał rację – pochodzenie i wpływ nauk domu rodzinnego szybko dały o sobie znać, a wojna i okupacja błyskawicznie zdarły z młodego oficera cywilizacyjne naleciałości. Za skalpowanie jeńców wyrzucono go z AK, za kastrowanie niemieckich urzędników przegoniono z BCh, za składanie Niemców w ofierze dawnym bóstwom wylano z hukiem z GL. Powędrował dalej na wschód, ale sowieccy partyzanci ani upowcy też go nie chcieli. Wrócił zatem w rodzinne strony. Wizją wspaniałych łupów zaagitował grupkę mieszkańców rodzinnej wiochy i przybrawszy pseudonim „Kapitan Wypruwacz", stworzył własny oddział.

Jakuba i Semena też nikt nie chciał jako partyzantów, a ponieważ bardzo pragnęli lać Niemców, spiknęli się z nim. Ale nawet oni z czasem doszli do wniosku, że Kapitan trochę przesadza. Wbijanie wrogów na pal jeszcze byli w stanie zaakceptować, ale inne wyrafinowane tortury budziły w nich skrajny niesmak.

Jedna z ziemianek została zaadaptowana na punkt opatrunkowy. W Dębince i okolicach po śmierci starego szamana trudno było o opiekę medyczną z prawdziwego zdarzenia, ale Kapitan Wypruwacz i na to znalazł sposób. Przy okazji rozbijania posterunku Gestapo w Krasnymstawie uwolnił odpowiedniego człowieka... Xawery Bardak przed wojną przeszedł wojskowe szkolenie felczerskie. Ponieważ Niemcy go szukali i chwilowo wolał nie pokazywać się w domu, został w oddziale jako lekarz.

Gdy Jakub z Semenem zajrzeli do środka, operacja już trwała. Rannemu dla znieczulenia starą carską metodą nalano szklankę wódki i wetknięto w zadek solidną szczyptę najmocniejszej machorki. Bardak zapalił sobie cztery lampy naftowe, dwaj najbystrzejsi małpowaci asystowali przy operacji i podawali narzędzia.

– No i jak tam? – zagadnął kozak. – Będzie żył?

– Kule karabinowe przeszły czysto na wylot. Kula pistoletowa utknęła w mięśniu – zreferował łapiduch. – Powiedziałbym, że to banalne, ale stracił sporo krwi.

– Małpolud z Dębinki umiera albo od razu, albo wcale – wzruszył ramionami Wędrowycz.

Asystenci „chirurga" obrażeni wyszczerzyli zęby.

– Krwi tych pierwobylców to on ma zaledwie jedną czwartą – burknął Bardak. – Dobra, wyrywam, potem się zobaczy.

Pocisk brzęknął w miednicy. Xawery z widoczną wprawą nawlókł dratwę na igłę i zaczął szyć ranę.

Dziadek kazał Bardaków likwidować, a słowa przodka rzecz święta, pomyślał leniwie Jakub, patrząc na plecy felczera, opięte starym, spranym kitlem. Tylko kłopot, że towarzysza z oddziału po prostu nie wypada. No i czas nieodpowiedni. W wojnę Polak Polaka bez powodu nie powinien zarzynać. Co gorsza, trzeba się zjednoczyć przeciw wspólnemu wrogowi. Gdy już padło hasło „wszyscy zdolni do noszenia broni", nie ma co wybrzydzać. Każdy, kto chce lać szwaba, może się przydać. Byle miał dwie ręce, albo i łapy, umiał strzelać i dźgać nożem. Nieważne, czy pitekantrop z Dębinki, czy nawet Bardak... Ale wojna kiedyś się skończy. Jeszcze mi zatańcują.

Nie mieli tu nic do roboty, poszli więc do jednej z chat, żeby choć chwilę wypocząć i zagrzać ręce przy ogniu. Nad drzwiami wymalowano krzywo napis „Kasyno". Ostukali buciory ze śniegu i wtarabanili się do środka. Odstawili pepesze w kąt. Przy stole pod oknem czterech pitekantropów grało w karcięta. Piąty polerował krawędzie przepiłowanego ludzkiego czerepu – chyba chciał zrobić z niego miskę. Na widok gości przerwali partyjkę. Jeden zaraz podał przybyszom dwie miski z kaszą, drugi nalał do kubków gorzkiego ziołowego naparu o recepturze sięgającej paleolitu. Obaj kumple z wdzięcznością przyjęli poczęstunek i napitek. Kasza rozgrzała żołądki, a ziółka sprawiły, że po ciele rozlało się przyjemne odprężenie.

Minęła może godzina, gdy w drzwiach stanął Bardak.

– Dowódca odzyskał przytomność, prosi do siebie – zameldował.

Jakub i Semen dźwignęli się ciężko z ławy i poszli do „sztabu". Kapitan Wypruwacz najwyraźniej czuł się już o niebo lepiej. Siedział za stołem na swoim ulubionym krześle, oprawionym w ludzką skórę. Ranną nogę, owiniętą w bandaże, położył na stołeczku. Przyjaciele zameldowali się regulaminowo.

Kwatera Kapitana urządzona była skromnie, ale ze smakiem. Na ścianie wisiały trzy portrety: Czyngis-chana, Vlada Palownika i barona Ungerna – to z ich biografii dowódca czerpał natchnienie niezbędne do walki w okupantem. Poniżej na półeczce prezentowały się obdarte grzbiety: sczytane do cna dzieła markiza de Sade, dzieje Gilles'a de Rais i akta procesu templariuszy. Dzieł poświęconych inkwizycji hiszpańskiej Kapitan nie gromadził, uważał bowiem inkwizytorów za leni, frajerów i przesyconych duchem humanizmu nieudaczników. Na przeciwległej ścianie zawisła mapa okolicy, upstrzona chorągiewkami opatrzonymi symbolem trupiej czaszki, a obok gablota pełna niemieckich orderów i innych odznaczeń – Kapitan był zapalonym kolekcjonerem. A może chciał mieć coś na pamiątkę historycznych wydarzeń?

– Panowie, dziękuję za uratowanie mi życia. – Uśmiechnął się. – Wasza ofiarność nie pójdzie w zapomnienie. Gdy tylko wojna się skończy, wystąpię o nadanie wam stosownych odznaczeń państwowych. Zważywszy, że stoczyliśmy potyczkę ze znacznie liczniejszym i dobrze uzbrojonym przeciwnikiem...

– Dziękujemy, ale to drobiazg – machnął ręką Jakub.

– Towarzysza walki nie porzuca się na pastwę wrogów – dodał Semen.

– Podsumujmy akcję. Atak na mleczarnię przeprowadziliśmy wzorowo. Spalenie całej dokumentacji poważnie utrudni Niemcom ściąganie kontyngentu... Można zatem powiedzieć, że odnieśliśmy kolejne małe zwycięstwo, i to bez strat własnych.

– Trudno, żeby były jakieś straty własne, skoro nikogo nie zastaliśmy w środku – uśmiechnął się Wędrowycz.

– Druga część misji, czyli likwidacja trzech zidentyfikowanych konfidentów okupanta, też przeprowadzona została wzorowo. Sukces nas cieszy, musimy jednak zintensyfikować działania – powiedział twardo dowódca. – Szwaby powinny bać się każdego krzaka, każdej miedzy, każdej szopy. Niech srają pod siebie na samą myśl o okolicznych lasach. Za każdego aresztowanego Polaka musi ginąć w męczarniach dziesięciu Niemców.

– Wszystko to bardzo słuszne postulaty i zasadniczo podoba mi się ta idea. – Jakub pokiwał głową. – Jest tylko jeden tyciuchny problem. Jak zarzynamy konfidentów, a nawet folksdojczów, to im specjalnie nie żal. Ale za kilku zabitych żołnierzy, nie mówiąc już o esesmanach, gotowi spacyfikować całą wieś. I co wtedy?

– Wsie obronimy!

– No niby dobry pomysł, ale jak to zrobić w jedenastu chłopa? AK pewnie nam pomoże, jak przyjdzie co do czego, ale proszę nie zapominać, że najchętniej by nas stąd przegnali. Tak czy inaczej, mamy zbyt mało sił!

– Każdy partyzant pochodzący z Dębinki wart jest dwóch partyzantów normalnych. A jeśli chodzi o walkę wręcz, to nawet pięciu! Bez obrazy, panowie, bo wy jesteście jeszcze lepsi!

– Szwabów jest za dużo. Wszystkich nie zabijemy – mruknął Semen. – Ja ze swojej strony oczywiście gotów jestem położyć trupem, ilu tylko się da, ale mój przyjaciel trafnie rozumuje. Pozabijać to żaden problem. Musimy jednak pamiętać, że rachunek, jaki okupanci nam za to wystawią, będzie trudny do udźwignięcia.

– Co wiecie o tych, którzy próbowali nas dopaść? – Kapitan klepnął się po rannej nodze i syknął z bólu.

– Zwykły patrol. – Jakub machnął ręką. – W Wojsławicach od tygodnia siedzi oddział SS. Zakwaterowali na zimę, chyba odpoczywają po trudach frontu wschodniego. Osiemdziesięciu chłopa. Wygonili ludzi z chałup przy Chełmskiej, otoczyli sobie teren wysokim płotem, zbudowali bramę i wystawili wartowników. I tak siedzą. A żeby im się nie nudziło, dowódca wysyła ich co jakiś czas na patrol. Mieliśmy pecha i na nich wpadliśmy. Pecha, rzekłbym, podwójnego, bo aż tak daleko raczej się nie zapuszczają.

– Osiemdziesięciu esesmanów? – W oczach Kapitana zabłysły ogniki. – I dopiero teraz mówicie o tak ciekawej zwierzynie? Muszą umrzeć. Najlepiej na palach! – Spojrzał na galerię portretów i uśmiechnął się do swoich wizji.

– To piękny pomysł, ale obawiam się, że niewykonalny – westchnął Jakub.

– Sprzeciwiacie mi się?!

W słabym świetle świeczki trudno było ocenić, czy dowódca gniewa się na nich, czy tylko smuci.

– Kapitanie Wypruwacz – Semen stanął trochę bardziej na baczność i niedbale zasalutował – co przysięgliśmy, wstępując do partyzantki, tego dotrzymamy. Problem tylko, że trzeba rzecz tak przeprowadzić, aby podejrzenie nie padło na miejscowych. Bo faktycznie może być z tego pacyfikacja... A tego byśmy chyba nie chcieli?

Dowódca zabębnił palcami po biurku.

– A może upozorujemy atak sowieckich partyzantów, albo lepiej wypadek losowy? – zadumał się Jakub. – Tylko jak niby wypadek, w którym ginie osiemdziesięciu hitlerowców? No, ewentualnie gdyby na ich obozowisko spadła bomba lotnicza. Wiem, gdzie w lesie jedna leży, zgubiona jeszcze we wrześniu trzydziestego dziewiątego. Fajna taka, duża, z półtora metra długa i gruba, że objąć ciężko. Taka to może pizgnąć jak trzeba. Gdyby tak zapakować na furmankę, przemycić w pobliże ich kwater... – zaczął knuć niecny plan.

– To bardzo dobry pomysł. Tylko jest kilka problemów. Po pierwsze, ta bomba waży minimum pół tony – burknął Semen. – Trzech, czterech silnych chłopa trzeba, żeby ją podnieść. No to raczej trudno ją będzie dyskretnie podrzucić! Po drugie, spadła i nie wybuchła. A jeśli rąbnie przy próbie poruszenia? Albo co gorsza, podrzucona do obozowiska wroga wcale nie wybuchnie? Znajdą i będzie chryja! Do tego trzeba fachowca!

Zapadło milczenie.

– A może nasz problem rozwiązałby prawdziwy nalot? – zadumał się Jakub. – Tylko jak by go sprowokować? A gdyby tak dać znać Sowietom, że kwateruje tu jakiś szalenie ważny szwabski generał? Taki wiecie, po byku, co to im zdrowo nabruździł i którego bardzo chcą dopaść.

– Nie jest to głupi pomysł, ale oni wyślą z dziesięć bombowców i zrównają z ziemią całe Wojsławice – pokręcił głową kozak. – Co nam z tego, że nam skasują, jak nie przeżyje nikt z naszych, żeby się tym cieszyć? Coś innego musimy wymyślić.

– Jak ja was lubię, panowie – uśmiechnął się Kapitan i przestał bębnić palcami. – Jesteście wzorem dla innych partyzantów. Nie ma zadania, którego byście się nie podjęli. Nie ma problemu, którego nie umielibyście rozwiązać...

– Ale my tylko tak czysto teoretycznie rozważamy – bąknął Jakub.

– Wierzę w was! Przyjmijmy, że tych osiemdziesiąt trupów to będzie mój prezent urodzinowy. Zgoda? I tym razem darujmy sobie to nabijanie na pale. Widzę, że się dogadaliśmy. To ja wracam do zdrowia i czekam na wieści. Znaczy na dobre wieści.

Obaj kumple odmeldowali się i wyszli.

– Panie doktorze, jakie rokowania? – zagadnął kozak felczera, stojącego na ganku. – Przeżyje?

– Musi minimum przez tydzień poleżeć – wyjaśnił Bardak. – Wyliże się pewnie, jak zwykle. Ale na razie kazałem mu siedzieć na dupie w obozowisku, pić hematogen i wypoczywać.

– I nie ma żadnych szans, żeby mu się miało nagle pogorszyć czy coś? Tak, żeby trzeba go było dobić i zakopać... albo wysłać samolotem na leczenie do Anglii?

– Ma żelazne zdrowie. – Spojrzenie Bardaka stwardniało. – A rokowania są dobre. Co, dowalił wam jakieś niewykonalne zadanie? – Uśmiechnął się krzywo.

Domyślna bestia. Dziadek miał rację, żeby ich w porę likwidować, westchnął w duchu Wędrowycz.

– Człowieku, co ty gadasz? – obraził się Semen. – Byłem kozackim oficerem w legendarnym Korpusie Kurierów, podległym samemu carowi. Naszą dewizą były słowa „każdy rozkaz". Dla nas nie było zadań niewykonalnych.

– To my chyba wrócimy na razie do siebie poudawać spokojnych chłopów – powiedział Jakub. – Jakbyśmy byli potrzebni, dajcie znać. Co do zadania, które nam zlecił, sprawę trzeba przemyśleć i coś zadecydować. Też wymyślił! Tylu Niemców natłuc to jeszcze jak cię mogę, ale jak niby zatrzeć ślady? – wróciła uparta myśl.

– A może jak wypoczną, znów ich skierują na front? – zadumał się Semen. – Mielibyśmy kłopot z głowy... A kapitanowi powiemy, że rozwiązaliśmy problem.

– Jest w tym pewna mądrość – przyznał felczer.

Śnieg padał i padał. Przyjaciele przypięli rakiety i ruszyli w stronę Starego Majdanu. Byli nieludzko wręcz zmęczeni. Najpierw akcja na mleczarnię kontyngentową koło Bończy, potem egzekucja konfidentów, potyczka z esesmanami w lesie za Witoldowem, wreszcie marsz z noszami... Poczęstunek i kubek naparu pobudziły ich, ale na krótko. Jeszcze ostatni zagajnik i przed nimi zamajaczyły chałupy Jakubowej wsi. W oknach żółto pełgał poblask świeczek. To był długi dzień, ale wreszcie dobiegł końca. Załomotali w drzwi. Otworzył tatko Jakuba.

– No nareszcie, już się niepokoiłem, co tak długo...

– Dowódca oberwał, musieliśmy odstawić go na kwaterę, sam by nie doszedł. To i zeszło – wyjaśnił syn.

– Poważnie ranny?

– W nogę. Dwie przestrzeliny i jedna kula w mięśniu. Tyle dobrze, że udało się ją wyciągnąć. Felczer mówi, że do wesela się zagoi – wyjaśnił kozak. – Znaczy się jakiś tydzień mamy spokój.

Przyjemnie było siąść przy rozgrzanej „kozie", zjeść miskę zawiesistego rosołu, popić domowym samogonem... Potem posiedzieć w dobrze napalonej łaźni, wygrzać gnaty, a wreszcie uwalić się w kącie na dobrze nabitym sienniku i odespać w cieple całe to włóczenie się po polach.

Dniało już, gdy obaj konspiratorzy zwlekli się z barłogów, wyszli przed chatę i przetarli gęby świeżym śniegiem. Jakubowy ojciec wstał jeszcze przed świtem, zrobił obrządek. Teraz schylony posypywał ścieżkę popiołem.

– Pospaliście jak susły – mruknął. – Ale co tam, po akcji wiadomo, wypocząć musowo...

– Co trzeba pomóc, tatko?

– W obejściu to już porobione. Trzeba by nawieźć drewna. Mamy jeszcze ten przydział od szwabów za świniaka, co go na kontyngent odstawiliśmy. Weź furę, to znaczy sanki, zaprzęgnij Miśka i podjedź na leśniczówkę.

– Kawał drogi – westchnął syn. – Nie lepiej tradycyjnie, poczekać do wieczora i podpiłować Bardakom płot?

– Lepiej – przyznał ojciec. – Problem w tym, że po ostatnim razie jeszcze nie zrobili nowego. Dlatego pojedziesz na leśniczówkę.

– No cóż, jak mus, to mus.

– Mus, zwłaszcza że po drodze wdepniesz na Zarowie. – Ojciec puścił oko. – Zejdzie wam trochę czasu, więc jak już załadujecie, zanocujesz u Semena, żeby konia nie przemęczyć. Kobyłka mało się rusza, zastała... Trzeba ostrożnie, bo przecieć to po śniegu i ciężar będzie ciągnęła. Wrócisz jutro. Ewentualnie pojutrze, zależy, jaka pogoda będzie i inne okoliczności.

– No dobra.

– Ja też mam do odebrania przydział – przypomniał sobie Semen. – To przy okazji skorzystam z waszej furmanki.

– Jak dają, to się bierze. Inna sprawa, że szwaby za świnię płacą człowiekowi jego własnym drewnem z gromadzkiego lasu... Aha, środa dzisiaj. Święto dyszla. No to po drodze zajrzyjcie do Wojsławic na targ. Może co ciekawego się trafi? Wiosna przyjdzie, nowa brona by się zdała.

Zjedli jeszcze tylko śniadanie, wypili kawy z palonych żołędzi i zakutali się w półkożuszki. Byli gotowi do drogi. Zaprzęgli konia do sań i pojechali. Po wczorajszej zadymce została na polach gruba warstwa świeżego puchu. Koń Misiek szedł jak po sznurku. Słoneczko wyjrzało zza chmur.

Środowe targi podczas okupacji wyglądały raczej smętnie. Wieloma towarami Niemcy w ogóle zakazali handlować, ale ludzie nadal przychodzili, siłą przyzwyczajenia. Jakub i Semen zostawili sanki i konia tradycyjnie obok krzyżówek na podwórzu Pilipiuków i podreptali popatrzeć, co ciekawego, zasięgnąć języka, posłuchać plotek. Jednak zaledwie dotarli na plac pod ratuszem, stracili dobry humor. Trudno go było nie stracić na widok kilkunastu szkopów snujących się pozornie bez celu... Próżno też było liczyć na jakiś ciekawy towar. Nawet jeśli ktoś przywiózł rąbankę albo kiełbasę, to na widok „gości" nie wyciągał tego na wierzch.

– No i nici z handlu na dziś – skomentował Jakub. – Chodźmy chociaż golnąć sobie coś na rozgrzewkę.

– Fakt, w końcu tradycja – zgodził się Semen.

Niestety, ledwie zajrzeli do knajpy, odeszła im także ochota na piwo. W lokalu rozpanoszyli się esesmani. Jeden grał na gitarze smętną teutońską piosenkę, a piętnastu czy dwudziestu kompanów śpiewało do wtóru:

Ich habe einen Urlaub und kleines Stück Papier,
und schreibe einen Brief zu Dir, zu Dir, zu Dir...

Przyjaciele zawrócili.

– Wiosna idzie – mruknął kozak, pociągając nosem. – Myślę, że tak w marcu, no, najpóźniej w kwietniu ruszy wielka ofensywa Sowietów. A może i angielskie dupki na froncie zachodnim zechcą łaskawie tyłki podnieść?

– Ruszy albo i nie ruszy – burknął Jakub. – A jeśli ruszy, to też nie wiadomo, czyja i w którą stronę. Niewykluczone, że szwaby znowu pójdą na Moskwę. Albo Leningrad zdobędą. A jak wezmą Leningrad, to Japończyki uderzą ze swojej strony. I co wtedy? Wojna stuletnia trwała sto lat, a ta obecna ile może potrwać? Rosja jest wielka, podbijanie jej będzie trwało i trwało. A za Rosją są jeszcze Chiny.

Zabrali furmankę z podwórza i ruszyli przez osadę na wschód. Przechodzący obok Niemcy obrzucili konia wzrokiem. Chabeta była marna, a dzięki kilku prostym zabiegom „antypielęgnacyjnym" wyglądała jeszcze gorzej. Ostrożność była wskazana. Te lepsze szkapy okupanci konfiskowali na potrzeby armii.

– Siedzą nam jak czyrak na karku – burknął Wędrowycz. – Osiemdziesięciu esesmanów w jednej wsi to zdecydowanie o osiemdziesięciu za dużo. Jakbyśmy mieli mało innych kłopotów... A ci w mojej knajpie to po prostu prowokacja!

– Tyle dobrze, że spokojnie chwilowo siedzą.

– Spokojnie?! – zaperzył się Jakub. – No co ty gadasz? Mało nas wczoraj nie ustrzelili. Walili na oślep ze szmajserów...

– Ale walili do nas konkretnie, a nie do wszystkiego, co się we wsi rusza! Zawsze może być gorzej. Znacznie gorzej – burknął kozak.

– Niemcy na kwaterze i tak są jak gniazdo szerszeni – dowodził Jakub. – Szerszenie, nawet jak tylko latają i bzyczą, to już stanowią śmiertelne zagrożenie! Dlatego uważam, że Kapitan ma rację. Trzeba się ich pozbyć. Tylko nie umiem wymyślić jak. Bimbrem na metanolu wytruć, albo grzybami może...

– Podoba mi się twój tok myślenia!

Przed kapliczką zakręcili na drogę do Huty, minęli opuszczone chaty. Las stał cichy i zaśnieżony. Koń co jakiś czas odwracał łeb i popatrywał na przyjaciół jakby z wyrzutem.

– Wio, Misiek, nie wygłupiaj się, bo cię sprzedam Niemcom i dopiero zobaczysz, co to jest ciężka praca – zagroził mu Jakub.

Opodal skraju lasu, koło wiatrołomu, zatrzymał sanki. Zeskoczył zręcznie na pień i przeszedł po nim nad zaspami. Potem przeskoczył na kolejny i tak dotarł w pobliże starego, wypróchniałego pnia. Zajrzał do środka. Pień był pusty. Jakub odetchnął z ulgą, a nawet uśmiechnął się pod nosem. Najwyraźniej Żydzi ukrywający się w lesie podjęli depozyt. Zawiesił na wbitym wewnątrz metalowym haku worek z kaszą, makaronem i dobrze wysuszoną wołową wędzonką. Postawił poniżej dwie butelki z naftą i znów po pniu, starając się nie zostawiać śladów, wrócił do sanek.

– Żyją – oznajmił kumplowi.

– Ale co to za życie, w norach pod ziemią... – westchnął kozak. – No ale lepiej się ukrywać, niż umierać z głodu w getcie czy przepaść na zawsze w jakimś obozie. Miejmy nadzieję, że wojna się skończy, to i dla nich jeszcze zaświeci słoneczko. Teraz najważniejsze to pozbyć się z miasteczka esesmanów. Żeby przypadkiem nie wytropili kryjówki. Zresztą w okolicy jest więcej spraw, o których nie powinni wiedzieć.

– Coś wymyślimy.

Ciężko było jechać przecinką. Na szczęście do leśniczówki zostało im nie więcej niż trzy kilometry. Przyszły egzorcysta ujął bat i niemal czule poklepał konika po zadzie. Misiek obejrzał się, wyraźnie zdegustowany, ale posłusznie przyspieszył. Drogę przebiegła im wiewiórka, poza tym nie wypatrzyli żadnej innej zwierzyny.

– Kłusują ludziska, to i zwierzaki pouciekały – rozważał kozak.

Jakub nie podjął tematu, rozglądał się. Nagle ściągnął lejce.

– Prrrr!

Sanie zatrzymały się niemal w miejscu.

– Co się stało? – zaniepokoił się Semen.

Jakub zeskoczył w śnieg. Przeszedł kilkanaście kroków.

– Krucafuks! Sam zobacz!

Przyjaciel dołączył. Śnieg, który spadł wczoraj, mocno zatarł wszelkie ślady, ale w zaspie nadal widać było podejrzanie regularne zagłębienie, jakby niewyraźne odbicie wielkiej trójpalczastej łapy, długiej na dobre trzy metry.

– Myślisz, że... – zaczął kozak.

– Czy myślę? Ja jestem pewien. Zobacz, tam jest kolejny! Przeszła tędy nie dalej niż kilka dni temu.

Faktycznie, dziwaczny trop, jakby zostawiony przez smoka lub dinozaura, przecinał las i nikł wśród drzew.

– Diabli nadali, jakby było mało nieszczęść... – westchnął Jakub. – Bo tak po prawdzie, i tą sprawą wypadałoby się zająć.

Wdrapali się na sanie i pojechali dalej. Nie minęły trzy kwadranse i byli na miejscu.

Wokoło leśniczówki zgromadzono stosy drewna wyciętego po lasach w ciągu ostatniego roku. Lepsze gatunki złożono osobno, zapewne by je wyekspediować do Rzeszy. Gorszymi wypłacano chłopom deputaty za odstawione na kontyngent produkty. Niemiecki leśniczy, wywabiony dzwonkami sań, wyszedł przed budynek. Obejrzał przydziały, wpisał w księgi nazwiska, a potem pokazał, z którego sągu mogą zabrać pniaki. W ciągu niecałej godziny skończyli załadunek i ruszyli na Grabowiecką do Semena. Nim dotarli na miejsce, przemarzli na kość.

Wreszcie zajechali na zaśnieżone podwórze. Jakub od razu wyprzągł Miśka i zaprowadził do pustej stajni. Rzucił szkapie siana i podsypał do żłobu owsa. Nakrył zwierzę grubymi derkami. Wlali konikowi do wiadra litrową butelkę samogonu i dodali trochę melasy, by zabić smak. Zwierzak nie bardzo miał ochotę na taki trunek, ale czując słodki posmak, wypił wszystko.

– To na rozgrzewkę, żebyś nie dostał zaplenia płuc, mały. – Przyszły egzorcysta pogładził zwierzaka spracowaną dłonią po chrapach.

Gdy Jakub wszedł do domu, powitał go chłód i lekka woń dymu. W piecu było świeżo napalone, ale musiało minąć trochę czasu, zanim chata się nagrzeje. Jego przyjaciel stał pod lampą naftową i studiował papier odczepiony od drzwi. Minę miał zafrasowaną.

– Złe wieści?

– Cholera wie... Zebranie przedstawicieli sołectw w budynku gminy dziś po południu, o osiemnastej – odczytał kozak. – Obecność obowiązkowa. Pewnie jakieś nowe zarządzenie okupanta. Albo, nie daj Boże, represje za naszą wczorajszą akcję! Tak czy inaczej, takie wezwanie nie wróży nic dobrego.

– Ano fakt – kiwnął głową Jakub. – Mam iść z tobą?

– Twoja obecność na pewno doda mi otuchy... A na razie coś zjedzmy. Myślę, że jajecznica będzie akurat. A jak wrócimy cali i zdrowi, to rozpracujemy wieczorem flaszeczkę czegoś mocniejszego – obiecał Semen.

Zanim doszli na miejsce, było już zupełnie ciemno. Śnieg skrzypiał pod butami, księżyc w pełni powoli wypełzł na niebo i oświetlił okolicę swoim nierzeczywistym blaskiem. Tu i ówdzie lśniły przez szybę świece lub lampy naftowe. W oknach dawnego Domu Ludowego błyszczało światło elektryczne. Trzy żarówki, każda o mocy pięciu watów, zdawały się świecić ostro dla oczu nawykłych do świec i lamp naftowych.

– Szwabski wynalazek. – Przyszły egzorcysta splunął w zaspę. – To draństwo może wzrok uszkodzić. W ogóle obrzydliwa rzecz ten prąd. W Ameryce na ten przykład elektryki używa się, żeby palić skazańców żywcem na specjalnych fotelach.

– Nie przesadzaj – burknął Semen. – Prąd elektryczny przydaje się do bardzo wielu rzeczy! Ja mam nadzieję, że jak Niemcy już się wyniosą, to kable, żarówki i agregat zostaną.

Sala szybko się zapełniła. Przybyli zajmowali miejsca w ławkach. Kozak wyjął z kieszeni zegarek, otrzymany kiedyś od cara. Brakowało jeszcze trzech minut...

Wreszcie dozorczyni pstryknęła ebonitowym przełącznikiem, zapalając dodatkowe dwie żarówki nad sceną. Trzasnęły boczne drzwi i rozległ się huk podkutych buciorów. Na podwyższenie wmaszerowali dwaj esesmani z pistoletami maszynowymi, wycelowanymi w tłumek wieśniaków. Za nimi wkroczył oficer w wymuskanym mundurze. Na ramieniu miał opaskę ze swastyką.

– Hans von Lemke – przedstawił się szwab. – Wydział aprowizacji kwatermistrzostwa. – Mówił po polsku nieźle, ale z twardym teutońskim akcentem. – Zwołałem to zebranie, żeby poinformować mieszkańców miasteczka, że celem wyżywienia stacjonującego w Wojsławicach oddziału SS podwyższony zostaje kontyngent.

– Oż wy skurwysyny – mruknął pod nosem Jakub.

– Oczywiście zdaję sobie sprawę, że w tej okolicy niejeden gospodarz ukrywa nielegalne, niezarejestrowane zwierzęta gospodarskie. – Oficer uśmiechnął się krzywo. – Ale nie zamierzam ich szukać w tych pełnych bandytów lasach. Proponuję jednak układ. Wam zależy na życiu i na świętym spokoju. Mnie zależy na tym, żeby moi ludzie nie chodzili głodni. Nie obchodzi mnie, skąd weźmiecie dla nas żywność. Potrzebuję sto pięćdziesiąt kilogramów wołowiny i jesteśmy kwita. No i co dla was najważniejsze, nie zadaję żadnych pytań. Oczywiście, jak nie dacie dobrowolnie, będę musiał sięgnąć po środki przymusu, ale wierzę w wasz rozsądek. Wyżywienie armii niemieckiej zwiększa przecież wasze bezpieczeństwo. Nadstawiamy za was pierś, odpierając na wschodzie ataki bolszewickich hord. Powinniście być nam wdzięczni. – Zrobił zbolałą minę, by pokazać, jak bardzo smuci go „niewdzięczność" Polaków.

Po sali przebiegł szmer. Ludzie popatrywali jeden na drugiego i rozkładali bezradnie ręce. Po trzech latach okupacji krów już i tak zostało we wsi tyle, co kot napłakał. Ktoś musiałby się bardzo poświęcić. Ale kto? No i jak tego kogoś przekonać?

Nieoczekiwanie kozak wstał z krzesła.

– Szanowny panie Lemke – zasalutował – w imieniu mieszkańców miasteczka aprobuję ten układ. Jutro, najdalej pojutrze otrzyma pan mięso. Osobiście to załatwię.

– No to jutro. Czekam. – Okupant uśmiechnął się krzywo i wyszedł bez pożegnania.

Za nim wymaszerowała eskorta. Huk podkutych buciorów stopniowo ucichł na ulicy. Ludzie odetchnęli z ulgą, pokiwali głowami, wzruszyli ramionami i także się rozeszli. Tylko jeden z sołtysów podszedł do Semena.

– Ty tak poważnie? – zagadnął.

– No pewnie, że poważnie. Dostanie mięso i niech się nim udławi, skurwysyn... Byle tylko dotrzymał słowa.

– A że tak zapytam, skąd weźmiesz wołowinę?

– Załatwię. – Semen błysnął zębami. – A skąd, to już moja rzecz.

– No cóż, w takim razie o nic nie pytam.

Kwadrans później obaj przyjaciele maszerowali przez zasypiające miasteczko.

– Czyś ty się z kapustą na głowy zamienił?! – gderał Jakub. – Mieliśmy ich pozabijać, a nie dokarmiać. Jak mu niby dostarczysz tyle żarcia?

– Skłusujemy.

– Co niby skłusujemy? Jeleni ani łosi w okolicy nie ma. Dzików od lat nie widziałem. Saren i zajęcy też prawie zabrakło, bo przecież cała gmina kłusuje ile wlezie. A ma być wołowina! Przecież na smak Niemiec odróżni, czy to dziczyzna, czy z hodowlanego bydełka.

– A co powiesz na to, żeby upiec przy jednym ogniu dwie, a może i trzy pieczenie?

– Trzy? Aaaa... Już wiem! Zatrujemy to mięso i w ten sposób ich wykończymy?

– Zaufaj mi.

Póki szli między domami, poblask z okien trochę oświetlał zamarznięte koleiny. Gdy minęli krzyżówki, musieli zapalić świeczkę w latarce, a i tak omal sobie zębów nie powybijali, potykając się na grudach.

– Przez tę elektryczność oko nie może się dostosować do ciemności – gderał Wędrowycz. – Trzeba by zrobić tak jak dawni piraci.

– Ale co masz na myśli? – zdziwił się jego towarzysz.

– Nosili opaskę na oku. Jedno mieli do walki w dzień, a drugie trzymali w ciemności, bo służyło do nocnej bitki. A jak w bitwie na morzu taki wbiegał pod pokład okrętu, to zamykał oko oślepione blaskiem karaibskiego słońca, zdejmował opaskę i już mógł bez problemu walczyć w ciemnej ładowni wśród beczek rumu.

– Kto ci takich bzdur nagadał?! – Kozak złapałby się za głowę, ale ręce miał zajęte, bo niósł latarnię.

– Nikt. Sam do tego doszedłem, sztuką dedukcji. – Jakub dumnie wypiął pierś.

– Nie obraź się, ale może powinieneś mniej myśleć, za to więcej gazet i książek poczytać albo mądrych ludzi posłuchać?

– No, niby można – przyznał przyszły egzorcysta. – Ale musiałbym sobie najpierw przypomnieć cały alfabet. A tu wiecznie coś do roboty i człowiek sam nie wie, w co ręce włożyć... Opowiedz lepiej, co wymyśliłeś.

– No więc mój szalony i genialny plan jest taki...

Było grubo przed świtem, gdy obaj przyjaciele znowu pojawili się na drodze wiodącej przez pola w stronę Białej Góry. Tym razem przyszli pieszo. Mróz był tego dnia siarczysty, ale zakutani w kożuchy, w walonkach i papachach jakoś sobie radzili. Większy problem mieli z przebijaniem się przez kopny śnieg. Na długim rzemieniu wlekli nieduże sanki. Las wyrósł przed nimi cichy i jakby groźny. Tyle dobrze, że między drzewami wiatr im tak bardzo nie dokuczał.

– Mimo wszystko twój plan wydaje mi się ciut ryzykowny – gderał Jakub. – Co będzie, jeśli ona coś przewąpcha albo pojawią się inne skutki uboczne?

– Przecież się zgodziłeś.

– Bo mnie spoiłeś bimbrem. Albo może też dlatego, że chyba nie ma innego wyjścia.

Ślady sań, którymi jechali poprzedniego dnia, było jeszcze widać. Niebawem dotarli do miejsca, w którym natrafili na dziwny trop. Obaj westchnęli bardzo ciężko i ruszyli w głąb zagajnika. Cisza aż świdrowała w uszach, nawet wiatr się uspokoił. Przeszli może trzysta metrów. Między drzewami zrobiło się jaśniej – czuli, że za chwilę będą na miejscu. Teraz i kozak zaczął mieć wątpliwości...

Wreszcie ostrożnie wyjrzeli zza pokrytych śniegiem krzaków. Chatka na kurzej nóżce stała pośrodku polany. „Nóżka" – wielka jak dorodna wierzba – dreptała w miejscu, ale solidny łańcuch zaplątany o najbliższe drzewo nie pozwalał jej daleko odejść. Nad krzywym blaszanym kominem nie unosił się dym.

– Poleciała gdzieś cholera, zapolować pewnie – mruknął Semen. – Albo i na sabat. Dobra nasza.

– Gorzej, jak nagle wróci... A może jest w środku, tylko zapomniała napalić?

Jakub ulepił twardą śnieżkę i rzucił. Celował w drzwi, ale zamiast tego wybił okienko. Odruchowo skulili się w kryjówce, ale nic się nie wydarzyło. Baba Jaga chyba faktycznie gdzieś wybyła.

– No dobra. Zatem robimy tak. Ukatrupimy kurzą nogę, wyciachamy sto pięćdziesiąt kilo mięcha, odstawimy temu Lemke. Czarownica wróci do domu, wścieknie się i pójdzie po śladach prosto na szwabskie kwatery. Albo oni trzasną ją, albo ona ich. W obu przypadkach wygrywamy – powtórzył szczegóły planu kozak.

– Ty to masz łeb... – pochwalił jego towarzysz.

– A Bóg da, to się wzajemnie wykończą.

Ściągnęli walonki, odsłaniając nabite gwoździami esesmańskie kamasze. Z nogą był pewien problem, bo nie wiedzieli, gdzie toto może mieć mózg albo inne wrażliwe ograny. Po krótkiej naradzie przyciapali ją siekierką w kilku miejscach i poczekali, aż się wykrwawi. Trwało to dobre dziesięć minut. Raniona noga zaczęła skakać po polanie, szarpiąc przy tym łańcuch, gubiąc deski oraz umeblowanie chatki. Wreszcie przewróciła się, rozwalając przy okazji domek Baby Jagi w drobny mak. Wierzgnęła jeszcze kilka razy i znieruchomiała. Można było zabrać się do rozbioru mięsa. Napełnili cztery worki, sprawdzając ręczną wagą, czy ilość jest odpowiednia. Następnie zdeptali solidnie polanę, zostawiając dużo wyraźnych śladów. Semen rzucił dodatkowo w śnieg furażerkę z „gapą" i opaskę ze swastyką. Na ocalałym kawałku ściany chatki wyrżnęli kozikiem okazałe runy SS. Załadowali mięcho na sanki i spiesznie ruszyli w stronę miasteczka. Płozy zostawiały na śniegu wyraźne ślady, kapiąca z ładunku krew barwiła śnieg szlakiem czerwonych rozbryzgów. Nawet ślepy nie przegapiłby takiego tropu.

– Teraz trzeba się pospieszyć. Nie wiemy, kiedy cholera wróci, a lepiej, żeby nie dopadła nas w lesie – zakomenderował kozak.

Nie minęła godzina, jak znaleźli się przy bramie. Dwóch znudzonych wartowników obrzuciło ich groźnymi spojrzeniami.

– *Guten Tag.* – Semen uchylił papachy. – My do pana Lemke...

Szwab przyszedł po chwili.

– Przywieźliśmy mięso, zgodnie z umową, sto pięćdziesiąt kilogramów. – Kozak wskazał worki na sankach. – Można zważyć. Świeżutkie, z porannego uboju.

Wartownicy chyba zrozumieli, bo ucieszyli się wyraźnie.

– To co, w następny poniedziałek kolejna dostawa? – uśmiechnął się Lemke.

– A to nie miało być jednorazowo? – zaprotestował Jakub.

– A czy ja wyglądam na idiotę? – Oburzony Niemiec położył dłoń na kaburze. – Mam do wykarmienia osiemdziesięciu ludzi! Muszą wypoczywać, dobrze się odżywiać i wiosną wracają na front. Czy wy nie rozumiecie, niewdzięczne kmioty, że tylko my, Niemcy, chronimy was przed komunizmem? Przelewamy za was krew, oddajemy młode życie przedstawicieli wyższej rasy w obronie takich jak wy podludzi, a wy nam odrobiny jedzenia żałujecie! – Kwatermistrz musiał głęboko wierzyć w to, co mówi, bo aż się zapluł z oburzenia.

– Dobra, dobra, tak tylko zapytaliśmy – burknął Semen i obaj wycofali się rakiem.

Skołatane przemową okupanta nerwy należało czymś ukoić... Na rynek mieli tylko kilka kroków. Mimo wczesnej pory knajpa w dawnym ratuszu była już czynna. Tego dnia na szczęście nie spotkali wewnątrz żadnych nieproszonych gości. Obaj kumple siedli w kącie, barman nalał im dwa piwa. Stuknęli się kuflami i pociągnęli po długim łyku.

– Zasrany szwab. Daj takiemu palec, a nie tylko złapie całą rękę, ale i ciebie samego łyknie – mówił kozak. – Zobaczył, że się da raz żarcie wymusić, i od razu chce rwać więcej i więcej. Wszyscy oni tacy. Pamiętam szkopów, którzy robili kariery na carskim dworze. „Chciwość” i „nadgorliwość” to dwa słowa, które najlepiej ich określają. Nie rozumieli subtelnej różnicy między pojęciami „służyć" i „wysługiwać się".

– Aha – skwitował Jakub, choć sam nie bardzo wiedział, czym to się różni.

Czas płynął powoli i leniwie...

– A jak to nie wypali? – zadumał się przyszły egzorcysta.

– To wymyślimy coś innego. Ale powinno się udać. Myślę, że już wróciła do domu. Zaraz ruszy tropem sanek...

Minął kwadrans, lecz nic się nie działo. Zamówili po kolejnym kuflu. Powoli sączyli przez zęby liche okupacyjne piwo. Prawie już stracili nadzieję, gdy spostrzegli nad dachami kobietę pędzącą okrakiem na miotle. Ledwo mignęła, a przez wieś przetoczył się huk, jakby grom uderzył. A po chwili kolejny. Skowyt ginących szwabów było słychać doskonale. Nieoczekiwanie padło kilkanaście strzałów karabinowych. Strzelano chaotycznie i chyba niecelnie, bo znów coś huknęło, tym razem tak mocno, że knajpa zadrżała w posadach.

– Oho, teraz się naprawdę wkurzyła – ocenił Jakub.

Przyjaciele stuknęli się kuflami i wypili jeszcze po łyku.

– Szkoda tylko, że nie mogliśmy tej rąbanki podrzucić Hitlerowi do Berlina – westchnął Semen.

– Oj, to by było piękne – rozmarzył się Jakub. – Ale tak też jest dobrze.

Seria niedalekich eksplozji ponownie wstrząsnęła knajpą. Przyjaciele poświęcili dobre pięć minut na wyłowienie odłamków tynku z piwa. Dopili i wytoczyli się przed lokal. Miasteczko na szczęście nadal stało, i to nawet z grubsza nienaruszone, więc ruszyli obejrzeć skutki ataku. Baba Jaga już wróciła do siebie. Wokół pobojowiska powoli zebrali się mieszkańcy osady. W milczeniu patrzyli na chaty rozniesione w drzazgi, drzewa rozdarte jak od uderzeń pioruna, roztrzaskane auta i motocykle oraz straszliwie okaleczone trupy esesmanów, poniewierające się wśród zgliszcz. Niektórzy dawali jeszcze znaki życia. Jęczeli straszliwie, a że cierpiące bydlę w każdym budzi litość, Semen uzbroił się w okuty orczyk i ruszył okazać im miłosierdzie.

– No i co się tak gapicie, ludzie? – burknął Jakub. – Nalot był, spadło kilka sowieckich bomb i szwaby poginęły. Nie ma się czemu dziwić. Normalna rzecz w wojnę, rzekłbym. Po to właśnie są naloty, żeby ludzie ginęli. Tradycja taka.

– Nalot? – zdziwił się aptekarz. – Wszyscy widzieli...

– Widzieliście, coście widzieli – wzruszył ramionami przyszły egzorcysta. – Baba Jaga atakowała z powietrza, czyli właśnie nalot zrobiła. Po prostu opowiadając o tym Niemcom, pominiemy kilka nieistotnych szczegółów.

Semen wrócił.

– To już wszyscy – zameldował. – Niech ktoś skoczy na pocztę i zadzwoni do Chełma. Szwaby chyba będą musieli to posprzątać...

Ruszyli na Grabowiecką. Wędrowycz senior z pewnością niepokoił się długą nieobecnością syna. No i drewno trzeba było wreszcie zawieźć do domu, zanim zabraknie polan.

– Co tam tak międlisz w łapie? – zaciekawił się Jakub.

– A, urwałem jednemu fagasowi. – Kozak pokazał łup. – Krzyż, ale nie taki zwykły, jak często noszą, tylko

lepszy chyba jakiś, bo z mieczami i liśćmi dębu. Szkopowi w każdym razie już niepotrzebny, to pomyślałem, że sprezentuję Kapitanowi Wypruwaczowi do kolekcji. W końcu urodziny miał albo imieniny, a my obiecaliśmy mu prezent.

Zlecenie

Wakacje dopiero miały nadejść. Muchy, komary i meszki rozbudziły się już dawno z zimowego snu i cięły bez litości. Ale czerwcowe wieczory bywały wciąż jeszcze chłodne. W takich chwilach, gdy słońce zapadało już za horyzont, a wiatry od wschodu przeciągały uliczkami miasteczka, knajpa zapełniała się tubylcami złaknionymi kulturalnej rozmowy i czegoś, co rozgrzałoby żołądki.

Jakub i Semen wkroczyli do lokalu z przytupem, jęknęły potraktowane z kopa drzwi, zakołysał się żyrandol.

– Barman, dwa duże! – huknął egzorcysta, kładąc na ladzie dwudziestozłotowy banknot.

– Już nalane, czekają na panów na stoliku... I zapłacone. – Ajent z pewnym żalem odsunął pieniądze wierzchem dłoni.

Obaj starcy wytrzeszczyli oczy.

– No, to rozumiem – ucieszył się Jakub. – Europejskie standardy obsługi połączone ze staropolską gościnnością! Wreszcie się nauczyli. I nalane na czas, i do stolika podane, i płacić nie trzeba! Siedemdziesiąt lat czekałem na ten wspaniały dzień!

– Nie ciesz ryja, tylko patrz! – syknął kozak. – W tym jest haczyk!

Wędrowycz mrugnął jednym okiem i poczuł, że nie wie, co powiedzieć. W każdym razie dobry nastrój prysł w jednej chwili. Faktycznie, dwa kufle piwa stały na ich ulubionym stoliku. Na zapotniałych ściankach połyskiwały kropelki. Piwa nalano ciut powyżej kreski. Piana też stała uczciwa, na dwa palce. Niestety, za stolikiem, też z kuflami w łapach, siedzieli Birski i Rowicki. Ubrali się po cywilnemu, szef dokleił sobie sumiaste wąsiska, a jego przydupas brodę, ale oczywiście starcy od razu ich rozpoznali.

– To pułapka! – mruknął Jakub, zezując na drzwi.

– Albo prowokacja policyjna. – Kozak uśmiechnął się do swoich carskich jeszcze wspomnień.

– Jak prowokacja, to w porządku. – Egzorcysta ruszył do stolika. – Jakby to była pułapka, to wiadomo, że lepiej od razu spierniczać. Ale skoro prowokacja, to możemy się napić, tylko zwyczajnie nie wolno dać się tym ciulom sprowokować.

Semen zadumał się nad tymi słowami i uznał, że jest w nich trochę racji.

– Nie wiem, kim jesteście, wędrowcy, ale dziękuję za tak hojny poczęstunek – powiedział Jakub, siadając do stolika.

– Wędrowycz, nie rżnijcie głupa, przecież nas poznajecie. Nie pierdolcie, tylko się napijcie, skoro stawiamy. Sprawa jest – mruknął Birski.

– A te wąsy to po co? – zagadnął kozak. – I czemu jesteście po cywilnemu?

– Bo musimy pogadać nieoficjalnie. Lepiej, żeby nikt się nie czepił. Policji nie wypada bratać się z elementem przestępczym.

– Doskonale rozumiem, bo nam też nie wypada bratać się z takimi jak wy. – Semen wywrócił papachę na lewą stronę i dopiero tak zamaskowany ujął kufel.

Po chwili złocisty napój z gulgotem znikał w spragnionych gardzielach.

Puffff... Gaz uszedł przez osiem dziurek od nosa jednocześnie. Lekka nutka chloru z kranówy, którą barman cichcem tłoczył do keg, nikomu tym razem nie zwarzyła humoru.

– Pierwsze koty za płoty. Teraz możemy posłuchać, ile tego bimbru chcecie kupić, na kiedy dostawa i po ile – rzekł Wędrowycz polubownym tonem.

– Wędrowycz, czy wy wiecie, czym policja różni się od reszty społeczeństwa? – zagadnął Rowicki.

– No, tak ogólnie to wiem, ale żeby były różnice w kwestiach konsumpcji samogonu, to szczerze powiedziawszy, nie podejrzewałem. Każdy przecież lubi sobie golnąć domowego wyrobu. Nawet szwaby we wojnę i ruskie tankowali, aż zaczynali przypominać z mordy zwykłych ludzi.

– Kto mówi, że nie lubimy? Po prostu różnimy się sposobami zdobywania. Gdy zwykły człowiek potrzebuje samogonu, sam pędzi albo idzie kupić. Gdy gliniarz potrzebuje, to rekwiruje, konfiskuje albo dostaje w prezencie od przyjaciół.

– To wy macie jakichś przyjaciół?! – Egzorcysta z wrażenia aż się zakrztusił piwem i Semen musiał walnąć go w plecy.

– Większość ludzi, gdy przymkniemy oko na ich wybryki, odczuwa coś w rodzaju wdzięczności – uświadomił go Rowicki. – Po kilku przymknięciach uczucie to...

– Rowicki, zamknijcie wreszcie mordę, bo już mnie łeb boli od tego ględzenia. To nie żadna przyjaźń, tylko zwykły syndrom sztokholmski, który rozwija się u często zatrzymywanych przez organa ścigania. Zaszkodził mu ten semestr zaocznych studiów na filozofii – usprawiedliwił podwładnego Birski. – Przechodząc zaś do rzeczy, my tu nie po wasz zajzajer, tylko w znacznie poważniejszej sprawie. Mój kuzyn pracujący w policji ma problem.

– No, skoro tam pracuje, to rzeczywiście – zarechotał Jakub. – Rzekłbym nawet, że cała wasza rodzina ma problem. I to podwójny, bo dwie czarne owce wyhodowali.

– Słuchajcie, obywatelu – posterunkowy uderzył w wyższe tony – mam w sobie nieskończone pokłady tolerancji dla waszych głupich odzywek i jeszcze głupszych wyskoków, a w pewnym sensie nawet i trochę chronię wam dupę, wrzucając do kosza szereg wysmarowanych na was donosów. Gdyby na naszym miejscu był ktoś inny, toby wam nie odpuścił, tylko ścigał do grobowej deski za wszystkie wasze grzechy, małe, duże, a zwłaszcza domniemane.

– W dodatku przecież wiecie, że za przysługę umiemy się odwdzięczyć, na przykład wlepiając Bardakom mandaty, grzywny, kontrole stanu technicznego pojazdów... Tygodniowy armagedon. – W głosie Rowickiego pobrzmiewały nutki, jakich nie powstydziłby się diabeł kusiciel.

Egzorcysta spoważniał w jednej chwili.

– Armagedon? Taki jak na tym filmie z asteroidą? – zagadnął zaciekawiony.

– Armagedon zrobimy może i bez asteroidy, ale Bardaki poczują go, jakby im się cały kosmos zwalił na puste łby – obiecał glina.

– Do Wigilii jeszcze daleko, ale widzę, że jak się postaracie, umiecie jednak przemówić po ludzku – pochwalił Jakub. – Tylko nie myślcie sobie, że nas kupicie jednym piwem. A konkretnie? Co niby mielibyśmy w zamian zrobić dla tego waszego kuzyna?

– Na jego terenie grasuje seryjny morderca. Usiłują namierzyć bydlaka od niemal dwudziestu lat. I za cholerę im nie idzie.

– Seryjny morderca... – zadumał się Semen. – A dlaczego niby my mielibyśmy go namierzyć? Skoro policja z całym swoim zapleczem technicznym i eksperckim...

– Bo każdy seryjny morderca to świr, a wy też jesteście świrami. Myślicie kompletnie pokrętnie. Paradoksalnie. Nieszablonowo. Inaczej niż zwykli ludzie. A do tego są również pewne przesłanki... – Birski urwał i zamyślił się.

– Chodzi o to, że w razie potrzeby potraficie posłużyć się specyficznymi metodami, które oficjalna nauka ignoruje, a nasz Kościół potępia, ale których realnego istnienia nie neguje – dodał Rowicki.

– Czy on nas czasem nie obraża? – Wędrowycz trącił kumpla łokciem.

– To raczej zakamuflowane komplementy – wyjaśnił Semen.

– Zatem jest szansa, że znajdziecie ślady, których normalni ludzie nawet nie zauważą – zakończył gliniarz.

– Brzmi interesująco, zwłaszcza ten armagedon, o którym wspomnieliście wcześniej. Ale zapodaj jakieś szczegóły – zaproponował egzorcysta.

– Morderca grasuje na tamtym terenie od osiemnastu lat. Atakuje tylko raz w roku. Dwudziestego czwartego czerwca. Zabija zawsze tylko jedną osobę... To znaczy – poprawił się Birski – tak przypuszczają. Po prostu co roku tego dnia jeden człowiek w ich okolicy znika bez wieści. Był i nie ma. – Glina strzelił palcami. – Zwłok ani nawet kości nigdy nie znaleziono. Kompletnie przypadkowy dobór ofiar. Nie stwierdzono śladów przemocy ani wykorzystania seksualnego.

– Bez znalezienia ciał to chyba trudno stwierdzić, czy było bzykanko, nie? – Jakub poskrobał się po głowie.

– I tak, i nie. Czasem nie trzeba ciała, są ślady walki, porwane odzienie, plamy z płynów fizjologicznych, porzucone opakowania po prezerwatywach lub zgoła akcesoria do sadyzmu i masochizmu – zauważył kozak. – No ale do rzeczy... Jakieś poszlaki, motyw, cokolwiek?

– Nie. Tylko ta data – wyjaśnił posterunkowy.

– Świętego Jana jest wcześniej... – zadumał się Jakub.

– Dwudziestego czwartego czerwca przypada Światowy Dzień Przytulania albo Światowy Dzień Chorych na Osteoporozę – podpowiedział Rowicki. – Tylko że z tego też nic nie wynika. Ofiary były zdrowe. A więc wątek z osteoporozą odpada.

– Może zatem rozjuszyły mordercę, bo odmówiły przytulenia? Albo wręcz przeciwnie, chciały go przytulić? A czy są jakieś dodatkowe poszlaki? – zapytał egzorcysta.

– Nie ma. No, może jedna. Kilka ofiar zaginęło nad wodą albo w jej pobliżu.

– Zapewne grasuje tam sobie jakiś zboczeniec pływający miniaturową łodzią podwodną kupioną od ruskich. W dniu swoich urodzin podpływa do brzegu, wabi na pokład ładne, ale niemądre dziewczęta, gwałci, a po wszystkim topi... – zadumał się Semen.

– Ciekawe hobby – rozmarzył się Jakub.

– Ładne i młode dziewczęta to były tylko dwie albo trzy ofiary. – Birski pokręcił głową. – Cała reszta taka nijaka... Księgowa, ślusarz, sklepikarka, emeryci jacyś... Ofiary nie były w żaden sposób powiązane towarzysko ani rodzinnie. Co do daty, sami wpadli, że to mogą być jego urodziny, imieniny albo coś podobnego. Sprawdzili wszystkich mieszkańców okolicy pod tym kątem. Wiecie, solenizantów, jubilatów i tak dalej. Niczego nie znaleziono. Poszli nawet krok dalej i ustalili, kto ma w tym dniu rocznicę ślubu.

– Coś podobnego! – pochwalił obcych śledczych egzorcysta.

– Nieznany motyw, nieznany sprawca, brak śladów, brak ciał – wyliczał kozak. – Nawet nie wiadomo, czy ofiary wykorzystano seksualnie... To niewiele. W dodatku do feralnej daty zostało tylko pięć dni. A tu kupa roboty. Trzeba jechać na miejsce, przejrzeć akta, przesłuchać świadków, zastawić zasadzkę... Przyjmijmy, że złapiemy wam tego seryjnego mordercę. Twój kuzyn będzie miał wynik, kopertę z premią, order na pierś, może nawet awans. A my?

– No właśnie, co konkretnie możecie zaproponować? – ożywił się Jakub. – Tydzień prześladowań to trochę mało. Takich jak Bardaki z każdej szanującej się wsi należy wywieźć na taczkach!

Targi trwały pół nocy. Usłużny barman coraz to donosił nowe kufle. Wreszcie świt zajrzał w okna.

– Tylko pamiętajcie, m-m-mordeczki – wymamrotał Birski, przysypiając na stole. – T-t-ten a-a-armage-gedon! Hik! To-to j-j-ja robię Ba-Ba-Bardakom, a-a-le ty-tylko jeśli zła-zła-złapie-eee-cie...

Dochodziła dwunasta. Bus, rzężąc dogorywającym silnikiem i skrzypiąc resorami, mknął po dziurawych drogach z prędkością zapierającą dech w piersiach. Jakub i Semen uznali to za dobrą okoliczność, by golnąć sobie po małym łyku – na odwagę.

– Zastanawiałem się nad tą sprawą i masa rzeczy mi się nie zgadza – snuł rozważania egzorcysta, patrząc w sufit pojazdu.

– Taaa?

– Są dwie możliwości. Skoro ten fagas Birski zatrudnił akurat nas i do tego wspomniał o jakichś niekościółkowych siłach, to chyba podejrzewa w sprawie wątek paranormalny. Bo jakby nie podejrzewał, toby wynajął nie nas, tylko kogoś innego.

– W sumie to logiczne – przyznał Semen. – A druga możliwość?

– Chciał się nas pozbyć z Wojsławic na kilka dni. Tylko nie wiem po co. Pewnie ma inspekcję z komendy wojewódzkiej i boi się, żebyśmy mu w trakcie nie wykręcili jakiegoś psikusa. – Jakub westchnął z pewnym żalem.

– Jest jeszcze trzecia możliwość – zauważył pogodnie kozak, iskając papachę z rozmaitego śmiecia. – Birski pokumał się z Bardakami, a tu żyje jakieś cholerstwo, które feralnego dnia zabije i zeżre akurat nas.

– Cwany plan! Ale jeśli tak, to się rozczaruje – wycedził przez zęby Wędrowycz. – A nawet jak nas coś zeżre, to jeszcze nie koniec! Będziemy go straszyli po nocach jako duchy. Dowalimy mu jeszcze gorzej niż za życia. Nas nie tak łatwo się pozbyć. Bardziej mnie martwi, że wtedy cała ta podróż na próżno. Przecież nie mamy pojęcia o dochodzeniach, śledztwach i całej tej policyjnej robocie!

– W praktyce nie – przyznał Semen. – Ale ujmując problem od strony czysto teoretycznej, nie jest tak źle. Oglądaliśmy przecież filmy o gliniarzach, a ja to nawet kryminały czytałem. Można powiedzieć, że przygotowanie teoretyczne posiadam.

– Czyli ty będziesz myślał, a ja będę od mokrej roboty?

– Jak zwykle. Coś nie pasuje?

– Nie żebym tego nie lubił. No i w myśleniu, bez obrazy, faktycznie jesteś ciut lepszy. Ale boję się, że my tym podziałem obowiązków coś za bardzo zaczynamy przypominać Birskiego z Rowickim.

– Nawet tak nie żartuj! – przestraszył się kozak.

Każda droga kiedyś się kończy... Karwosiek był niewielkim miasteczkiem na brzegu Wisły. Osada jakby wciskała się pomiędzy tartak wytwarzający europalety a cementownię. Centrum osady stanowiło kilkadziesiąt piętrowych kamieniczek ustawionych wokół rynku i rozrzuconych bezładnie wzdłuż przyległych uliczek. Epoka Edwarda Szczodrego pozostawiła po sobie kilkanaście bloków mieszkalnych oraz klockowate domy jednorodzinne. Całości dopełniały naćkane na obrzeżach „gargamele" – pseudodworki postawione przez nowobogackich. Obaj starcy wytoczyli się z pekaesu prosto na bruk rynku.

– Większe toto niż Wojsławice, ale i tutaj można sobie żyć – mruknął egzorcysta, licząc odruchowo knajpy i sklepy monopolowe na parterach kamieniczek.

– Znajdźmy nasz kontakt, a potem zadekujmy się na kwaterze – powiedział Semen, mocniej zaciskając dłoń na rączce starej tekturowej walizki.

– Znaczy się mamy wypatrywać faceta z czerwonym goździkiem w butonierce? – Jakub poskrobał się po głowie. – A on przekaże nam teczkę i mikrofilm?

– Za dużo w telewizor ślepisz. Do knajpy to się chodzi pić w miłym towarzystwie albo lać z tym niemiłym, a nie żeby się w pudełko gapić – ofuknął go kozak. – Szpiedzy już od dawna nie noszą goździków w klapach.

– Nie? Myślałem, że tradycja taka...

– Może kiedyś tak było, ale sądzę, że za dużo ludzi przez to tracili. To on ma nas rozpoznać. A jakby się nie zjawiał, zadzwonimy. – Semen wyciągnął z kieszeni komórkę.

Egzorcysta skrzywił się demonstracyjnie.

– Może i czasem coś sobie w TV obejrzę, ale podchodzę do tego krytycznie, z dystansem i umiem się bez tego obejść. Jednakowoż ty za bardzo ufasz elektronice. Ten twój telefon komórkowy... Może to i pomocne, ale pamiętaj, że nadmierne ułatwianie sobie życia prowadzi do zniewieścienia!

– Ja niby jestem zniewieściały?! Odszczekaj! – ryknął Semen.

W miejscu publicznym, w dodatku naprzeciw kościoła, nie bardzo wypadało się tłuc, więc pominęli etap nakładania sobie po mordach, tylko wyciągnęli piersiówki i od razu napili się na zgodę.

Kontakt czekał w umówionym miejscu na rogu ryneczku. Kłopot w tym, że rynek miał aż cztery rogi i chwilę zeszło, zanim natrafili na właściwy. Ale wreszcie stali przed właściwym człowiekiem. Ukłonili się sobie wzajemnie i wymienili imiona.

Nadkomisarz Sławek łypnął okiem i jednym długim spojrzeniem otaksował przysłanych przez kuzyna pomocników. Jakub przed wyruszeniem na tę robotę przeprowadził długi i staranny proces maskowania. Wyszorował się cały pastą BHP, ogolił gębę, ptaka, klatę, a nawet i włosy pod pachami. Założył też miastowe ubranie, kupione w wojsławickim lumpeksie, a nogi, wyszorowane ługiem, wbił w buty marki „Syrena". Zostały mu z pogrzebu tatki. Ba, nawet świeże skarpetki naciągnął. Co tu dużo mówić, sprzedał się, ale jak tu się nie sprzedać, gdy czarowna wizja tygodniowego pogromu znienawidzonego plemienia rozpala wyobraźnię? Semen na tę okazję wyprał i odprasował mundur.

Egzorcysta też łypnął okiem i obejrzał od stóp do głów tego całego Sławka. Facet, jak na gliniarza, wyglądał sympatycznie i inteligentnie. W żaden sposób nie kojarzył mu się z wojsławickim posterunkowym.

Inna genetyka chyba, wydedukował Jakub. Kurde, że też wcześniej na to nie wpadłem, przecież nazwisko ma inne. To pewnie nie jest taki czystej krwi Birski, ale krewny przyrodni, albo i z nieprawego łoża.

– Przejdźmy do rzeczy – odezwał się nadkomisarz, wskazując im miejsce na ławce. – Mój kuzyn wspominał w mailu, że wprowadził panów w temat...

– No, tak ogólnie wprowadził – przyznał egzorcysta. – Seryjny morderca, którego trzeba wykryć i wystawić wam do capnięcia. To rozumiemy.

– Przydałoby się więcej szczegółów – powiedział Semen.

– Mam pełne dossier ofiar. Osiemnaście teczek. Z tego, co ustaliłem, tylko kilkoro zaginionych znało się wzajemnie, a i to były bardzo luźne kontakty. Różna płeć, różne zawody, różny wiek. Różny wygląd i masa ciała. Próbowałem zestawić daty urodzenia. Nakładaliśmy adres na plan miasta... Żadnych zauważalnych korelacji.

Ależ mądrze gada. On chyba jednak nie jest krewnym Birskiego, zadumał się znowu Jakub. Chyba że to sensowna rodzina, a właśnie Birski to taka czarna owca i wyrodek...

– Mój kuzyn wspominał, że pan jest nie tylko zakałą lokalnej społeczności, psującą mu statystyki, ale też po trosze jasnowidzem, znachorem i nieomal wiejskim czarownikiem. – Gliniarz spojrzał na egzorcystę.

– Takie tam nieudolne eksperymenty. – Zawstydzony nieoczekiwaną pochwałą Wędrowycz spuścił głowę. – Człowiek ze wsi, mieszka blisko lasów i pól, to siłą rzeczy poznaje tajemne siły natury. I z drugiej strony wieś to ostoja tradycji, opowieści przekazywanych ustnie przez starych, mądrych ludzi... Dodając jedno do drugiego, można dojść do pewnej mądrości, niedostępnej mieszczuchom czytającym książki. To i owo w życiu mi się udało i poszła fama...

– Ta data... Coś jakby Wigilia, tylko że w czerwcu – zauważył Semen. – Równo sześć miesięcy po prawdziwym Bożym Narodzeniu, a zarazem sześć przed kolejnym... Czy macie tu w okolicy jakichś satanistów? – zapytał konkretnie.

– Satanistów?! – zdziwił się policjant.

– Tak mi to na nich trochę wskazuje – mruknął Semen. – Czarna msza to parodia zwykłej. W dawnych czasach czarownice odmawiały „Ojcze nasz" wspak. To i odwrotna data może wskazywać na czcicieli diabła.

– Z tego, co mi wiadomo, nie mamy na naszym terenie tego typu subkultur – zadumał się nadkomisarz. – Chyba że jakieś grupki małolatów. Ktoś na garażach czasem maluje szóstki i odwrócone krzyże. Jak wszędzie. – Lekceważąco machnął ręką. – Gówniarskie wygłupy. Ofiar z kotów i tak dalej raczej nie składają.

– Poszukamy – uciął egzorcysta.

– Proszę się spokojnie rozejrzeć po osadzie. Jakby co, jestem pod telefonem. Proponuję raz dziennie spotykać się celem omówienia postępów śledztwa.

– Raporty będą – obiecał Semen.

– Wynająłem panom kawalerkę. Będziecie się tam czuli zupełnie swobodnie.

Pokoik był całkiem sympatyczny – dwa łóżka, stolik, fotele, telewizor, szafa na ubrania, drzwi do łazienki. Obok znajdowała się mikroskopijna kuchnia. Jakub z ulgą ściągnął buciory. Zajrzał do lodówki i orzekł, że z braku odpowiedniej studni można w niej od biedy chłodzić trunki. Potem sprawdził materac na tapczanie i skrzywił się.

– Miastowi to jednak debile. Zobacz sam, na miękkim śpią, a potem marudzą jeden z drugim, że ich plecy bolą – westchnął. – Nie ma to jak bukowe dechy i siennik z prawdziwej słomy... Dziadek tak spał, tatko, żaden garba nie dostał!

– Uhum. – Semen z westchnieniem błogości rozwalił się w fotelu. – Możesz przecież spać na podłodze.

– E, żeby zaraz na podłodze, to byłaby lekka przesada. Kilka dni jakoś wytrzymam.

– Najwyżej trochę zniewieściejesz – podpuścił go kozak.

– Ja zniewieścieję?! Odszczekaj!

Nałożyli sobie wreszcie po gębach, ale tylko tak troszeczkę, rytualnie, dla pobudzenia krążenia. Potem kolejny raz tego dnia napili się na zgodę. Egzorcysta postanowił wypróbować materac i zasnął, a Semen założył okulary i przeglądał teczki stronica po stronicy. Zeznania świadków, zdjęcia, wszystko to było bardzo ciekawe, ale nie niosło ze sobą żadnych pomocnych informacji. Westchnął i zamknął jedenastą teczkę. Wyjrzał przez okno. Wychodziło na rynek. Sokole oko dawnego carskiego kuriera i agenta ochrany szybko odnalazło pewien bardzo interesujący punkt.

– Piętnasta dochodzi, pora na obiad – mruknął do siebie. – Potem mały rekonesans...

Obudził przyjaciela.

– Chodź – powiedział stanowczo. – Nie czas się wylegiwać, gdy prowadzimy śledztwo.

Egzorcysta, klnąc, wbił stopy w obuwie. Na pogrzeb ojca, wiadomo, kupił – jak tradycja nakazuje – buty o rozmiar za małe, by podczas uroczystości odpowiednio zbolałą miną okazywać szacunek wobec zmarłego. Nie przewidział jednak, że jeszcze kiedykolwiek będzie musiał w nich chodzić! Na początek ruszyli na rynek. Kozak prowadził jak po sznurku.

– A niech mnie! Ty to masz łeb! Jesteśmy tu trzy godziny, a ty już rozwiązałeś sprawę? – zachwycił się egzorcysta, zauważywszy, dokąd podążają.

– Że niby co?

– No bo przecież do budki z kebabem idziemy. Zatem podejrzewasz, że jakiś muzułmaniec morduje ludzi i przerabia ich na mięcho. Jak mówi polskie przysłowie, kupując kebaba, osiedlasz Araba! To co? Robimy jak Sobieski pod Wiedniem? Szarża, demolka, branie jeńców, a potem wzorem naszych przodków połaskoczemy bisurmana nożykiem po jajkach i zobaczymy, co wyśpiewa?

– Jesteś nadmiernie agresywny. To nie Arab, tylko nasi, i o nic ich na razie nie podejrzewam. Zjeść coś chciałem – wyjaśnił Semen. – A jak znam życie, też pewnie chętnie coś przetrącisz, żeby nie pić potem na pusty żołądek.

– Nasi?

– Wasi właściwie. No sam zobacz.

Szyld na budce nie pozostawiał wątpliwości. „Kebab polski – tradycyjny – narodowy – wieprzowy" – głosił napis wymalowany wołami.

– Kebab narodowy to z orła powinien być raczej. A tradycyjny z żubra, albo i z łapy niedźwiedzia... Hmm...

no tak – zafrasował się Jakub. – Miałem rację, żeby nie brać się za robotę, na której się nie znamy. Cholernie trudne to śledztwo. Taka fajna teoria nam się usrała.

– Nie łam się. W starciu z szarą rzeczywistością jeszcze nie takie hipotezy pójdą się bujać.

Świński karczek z bułą, kiszonym ogórkiem i sosem czosnkowym przyjemnie wypełnił żołądki. Podjedli zdrowo i smacznie. A potem ruszyli badać okolicę.

– Zaczniemy od tych satanistów na garażach – zaproponował Jakub.

– Garaży szczególnie wiele tu nie ma...

– Tym lepiej, szybko znajdziemy.

Opodal wiślanej skarpy stało kilka bloków mieszkalnych. Od rzeki oddzielał je pas drzew i długi ciąg murowanych szop.

– Coś jakby ktoś chciał park zakładać, ale potem zmienił zdanie – oceniał Semen.

Obeszli garaże od tyłu.

– Tu chyba będzie ich świątynia. – Jakub bezbłędnie wskazał ścianę ozdobioną krzywo namalowanym pentagramem.

Podkradli się pod mur. Nad pentagramem znajdował się wywietrznik. Z wnętrza garażu dobiegało jakieś zawodzenie.

– Oho, dobra nasza, chyba są w środku – zauważył kozak.

Zaczęli nasłuchiwać.

– Przybądź, szatanie! – rozległ się czyjś głos.

– Przybądź – odpowiedziało kilka innych.

Dźwięk był dziwnie dudniący, wyznawca diabła chyba dla dodania sobie powagi mówił przez metalową rurę.

– No to znaleźliśmy ognisko zła od dwóch dekad dręczącego okolicę. – Semen zatarł ręce. – A mówiłeś, żebyśmy się nie brali za śledztwo...

– Zasadniczo jestem za tym, żeby pomagać ludziom w spełnianiu ich drobnych marzeń. Skoro tak chcą spotkać diabła, zaraz im to umożliwimy – mruknął egzorcysta, odginając wąsy zawleczki.

– Co do likwidacji, jesteśmy chyba zgodni, ale może warto by ich wcześniej przesłuchać? – zadumał się kozak. – Albo może podsłuchać, o czym będą gadać?

– Może i tak. Nie wiem, jak się śledztwa prowadzi, to ty czytujesz kryminały... Ale jakby im się udało tego diabła wezwać, to pal licho dobro śledztwa, wkraczamy już bez zbędnej zwłoki.

– Się wie. Ale pamiętaj, że choć jednego trzeba wziąć żywcem. No wiesz, żeby policja miała kogo aresztować i się w sprawozdawczości wykazać.

Przydźwigali kilka pustaków z pobliskiego gruzowiska i ustawili w piramidkę. Wdrapali się i zajrzeli przez okienko. Z wnętrza dobiegała intensywna woń palonej marihuany. Rozczarowanie uderzyło ich jak obuchem. Z pozoru wszystko wyglądało nawet nieźle. W garażu na podłodze namalowano kolejny pentagram. Na rogach płonęły świeczki. Pośrodku leżała czaszka kozła. Niestety, wokoło zamiast prawdziwych satanistów siedziało kilku małolatów ubranych na czarno. Akurat zrobili sobie przerwę na wyjaranie skręta. Obaj starcy zeskoczyli na ziemię.

– Fałszywy trop – orzekł kozak.

– Tak czy inaczej, trzeba wdrożyć procedury wychowawcze. Pożycz telefon.

Jakub zrogowaciałym paluchem wystukał jakiś numer.

– Halo? – warknął w słuchawkę.

– ...

– Skąd znam numer? A czy to ważne? No dobra, od papieża dostałem na czarną godzinę i za szczególne przysługi oddane Kościołowi.

– ...?

– A to już sobie sami z Watykanem wyjaśniajcie. Z Czortkiem poproszę.

– ...!

– Nie że „nie ma u nas takiego", tylko połączcie, dobrze wam radzę. Bo jeszcze inne znane sobie numery mogę zacząć wykręcać, a tego byście pewnie nie chcieli!

– ...

– Hmmm... No w sumie to chyba macie rację. Skoro u was pracuje, to pewnie nazywa się teraz inaczej.

– ...?

– A skąd ja mogę wiedzieć? Sprawdźcie w aktach, ustalcie i powiedzcie mu, niech oddzwoni do Wędrowycza, albo lepiej niech się od razu gibnie tu do mnie na ziemię, sprawa jest. Dziękuję.

Wyłączył aparat i oddał go kumplowi.

– A ty niby skąd wiesz, jak używać ekranu dotykowego? – Semen spojrzał na egzorcystę podejrzliwie. – I do jakiego Czortka dzwoniłeś?

Spojrzał na wyświetlacz, ale ku swemu zdumieniu spostrzegł, że rozmowa wychodząca w ogóle się nie zapisała w pamięci urządzenia.

– Jak trzeba, to się umie – warknął jego przyjaciel, trąc palce o spodnie, jakby chciał je rytualnie oczyścić po kontakcie z wytworami techniki.

Nieoczekiwanie powietrze sapnęło i obok nich zmaterializował się anioł. Wyglądał odpowiednio. Miał długie kręcone blond włosy i coś w rodzaju koszuli nocnej, białej, jakby została wyprana w naprawdę dobrym proszku. Zza pleców wystawały mu skrzydła pokryte piórami, które przypominały gęsie. Aureolę też miał, ale w pełnym słońcu była słabo widoczna. Obrzucił obu starców niechętnym spojrzeniem.

– Dzień dobry, panie Jakubie – westchnął ciężko.

– ...bry – odkłonił się Jakub.

– No i czego znowu, eee... potrzeba? – zapytał anioł.

– Nie krzyw mordy, Czortek. Też jestem rad, że się znów widzimy. Wisisz mi przysługę – burknął egzorcysta.

Anioł z przyzwyczajenia grzebnął bosą stopą glebę.

– Nie nazywam się już Czortek, tylko Symforian.

– Ślicznie – powiedział z przekąsem Jakub. – Co nie zmienia faktu, że jesteś w pewnym sensie moim dłużnikiem. Nieprawdaż?

– No w sumie... Niech będzie i tak – westchnął anioł. – Czego trzeba?

– W tym garażu kilku małolatów bawi się w satanistów – wyjaśnił Jakub. – Gdybyś mógł na trzy minutki przybrać poprzednią postać i trochę ich postraszyć... Tak wychowawczo. Żeby im więcej głupoty do łbów nie przychodziły.

– Najuroczyściej zabronione, zresocjalizowane diabły nie mogą...

– Ty sobie przypomnij lepiej, kto cię zresocjalizował – warknął Jakub, zdrowo już poirytowany. – Bez mojej pomocy tobyś zapieprzał na dole, rzucając drwa pod kotły.

– Nie rzucałem drew, tylko obsługiwałem taśmociąg z koksem. – Były diabeł zrobił minę, jakby się chciał obrazić.

– W zaduchu, smogu i brudzie. A teraz sam popatrz na siebie. Ubranko bielutkie, rączki też czyste. Jak zgaduję, robota głównie biurowa. Siedzimy, kawkę pijemy, w komputer stukamy, akta grzeszników przekładamy z półki na półkę. Żadnego dźwigania worków z węglem w pyle i półmroku.

– No tak...

– Więc zrobisz, o co proszę. A jakby się czepiali, zwal całą winę na mnie. Mnie to i tak rybka. No i czynisz to w imię wyższego dobra. – Wędrowycz przybrał świętobliwą minę.

– No, ewentualnie... – Anioł zmiękł. – Ale tylko na minutę.

Pstryknął palcami. Jego cera pociemniała o ton, włosy stały się czarne i kędzierzawe, skrzydła gdzieś znikły, a zamiast nich pojawił się ogon. Stopy oblekły się w kopyta.

– Tak dobrze?

– Ujdzie, tylko oczy zrób bardziej czerwone i świecące, bo tam jest ciemnawo. Rogi większe. No i jak wejdziesz, daj dużo smrodu siarki.

– Ale jak jeszcze byłem diabłem...

– Nie wymądrzaj się, Smerfoniusz! Wiemy, co było. Byłem, widziałem, jak tam macie urządzone i jak bytujecie w naturalnym środowisku. Ale rzeczywistość i to, co sobie ludzie o was wyobrażają, to dwie różne rzeczy!

Anioł położył uszy po sobie, wykonał korektę wyglądu, a potem przybrał marsową minę i bez problemu przeniknął przez mur.

– O Jezu, udało się! Ratunku!!! – rozległ się przeraźliwy skowyt.

Zaraz potem trzasnęła brama garażowa. Rozpaczliwe wrzaski słychać było jeszcze dłuższą chwilę. Anioł wrócił. Zaraz też przybrał postać typową dla wysłannika niebios.

– Goniłem ich jeszcze ze dwieście metrów – pochwalił się. – No ale wszystko, co dobre, szybko się kończy. Muszę wracać do mojej papierkowej roboty.

Wyciągnął dłoń ku niebu, błysnęło i znikł.

– Nie wiedziałem, że masz takie znajomości – pokręcił głową Semen.

– To stare dzieje. Oddałem mu kiedyś przysługę. Tak czy siak, ognisko satanizmu zlikwidowane. Problem w tym, że zaginięcia to nie była robota tych małolatów. Pierwsze nastąpiły, jeszcze zanim się urodzili. Pogoniliśmy gówniarstwu kota, nie powiem, fajnie i pożytecznie spędziliśmy popołudnie, ale nijak nie przybliża nas to do rozwiązania problemu podstawowego.

– Mogliśmy tego anioła zapytać – zadumał się kozak. – Z pewnością tam, w górze, wiedzą, co jest grane. – Zazezował na niebo.

– Ty to masz łeb! Dawaj komórkę.

Egzorcysta ponownie wystukał te same cyferki, co przed kwadransem.

– Nie ma takiego numeru, nie ma takiego numeru, nie ma takiego numeru... – dobiegło z głośniczka.

– Cwaniaki – skrzywił się kozak. – Jeszcze przed chwilą numer istniał, a teraz go nie ma. A może te inne wykręcisz?

– Blefowałem. Znałem tylko ten – burknął Jakub.

– No trudno, mogliśmy pomyśleć wcześniej. Ale nie łam się, poradzimy sobie sami – uspokoił go kumpel.

Powęszyli jeszcze trochę, zwiedzili z grubsza osadę, ale nie natrafili na żaden sensowny trop. Zaszli jeszcze do sklepiku, kupili pieczywa i kiełbasy na zagrychę i poczłapali na kwaterę.

– Wiemy jedno – powiedział kozak. – Morderca, czy co to jest, uderzy pojutrze. Z pewnością ten przytomny gliniarz ściągnie kilkudziesięciu kolegów, którzy po cywilnemu będą penetrować osadę. Takimi siłami nie da się jednak pokryć całego obszaru. Chodzi o to, żeby przewidzieć, gdzie dojdzie do ataku.

Wieczorem egzorcysta pogapił się chwilę w telewizor, ale szybko go to znudziło, więc zajął się ustawianiem piramidki z puszek po piwie, Semen zaś zagłębił się w akta sprawy.

– Ostatni zaginiony, który wyparował przed rokiem, był działkowiczem – mruknął. – Miał na imię Zenek.

– Działkowiczem... – Egzorcysta wypowiedział te słowa z nieukrywaną pogardą.

– Co ci znowu nie pasuje?

– Sama idea posiadania ogrodu daleko od domu jest dziwna. Zasieje coś człowiek, przylezą kury sąsiadów wydziobać nasionka, a tu nie ma jak z okna kartoflami w nie naparzać, bo okno w bloku od działki daleko. Poza tym to chyba nienormalne trochę, żeby tracić czas na grzebanie w ziemi. Jak człowiek jest na emeryturze, to znaczy, że jest stary. A wtedy każdy dzień jest cenny. Szkoda po prostu umykającego nieuchronnie życia.

– Niektórzy lubią uprawiać roślinki. Sam przecież byłeś rolnikiem.

– No, było coś takiego. Kiedyś. Tylko czy mi się ta robota podobała? – Jakub wytężył pamięć. – No i pole miałem blisko domu. Semen? – zagadnął wreszcie.

– Taaa?

– Ty jesteś niezły w czytaniu. I po naszemu, i cyrylicą... – rozważał Jakub. – I wygląd masz też taki bardziej wyjściowy.

– To co?

– Pójdziesz do biblioteki i przejrzysz stare roczniki gazet. Kronikę kryminalną. Ze trzydzieści roczników, albo i pięćdziesiąt.

– To są tygodnie roboty.

– Nie, bo z każdego rocznika trzeba sprawdzić tylko ten dwudziesty czwarty czerwca i sąsiednie dni, tak do tygodnia maksymalnie.

– Zaciekawiasz mnie. I po co to?

– Myślę, że mogło być i tak, że ten seryjny morderca wcześniej grasował gdzieś dalej, ale tam na przykład zaczęli mu deptać po piętach i przeniósł się tutaj. Kto wie, może tam da się zdobyć jakieś informacje? Jak to mówili na filmach o Szerloku Hołmesie, trzeba złapać początek nitki.

– Się zrobi. A jak ja będę siedział w bibliotece...

– To ja, żeby nie marnować czasu, rozejrzę się w terenie i wypytam tych działkowiczów. Mam pewne przeczucia...

Następnego dnia wstali niemożebnie wcześnie, bo już o dziewiątej, i zjedli śniadanie.

– Z akt procesowych wynika, że czterech zaginionych było wędkarzami, trzy dziewczyny lubiły się opalać, a to się najczęściej robi na plaży nad wodą, jeden miał kajak, który też zaginął, a inny był ornitologiem – kozak zrelacjonował wyniki nocnego grzebania w teczkach. – Sporo ofiar miało związki z Wisłą.

– Ornitolog też pasuje? A fakt, jest też przecież ptactwo wodne – przypomniał sobie Jakub. – Smaczne nawet, tylko trzeba dobrze przyrządzić, żeby nie jechało mułem. Czyli siedem ofiar na szesnaście lub osiemnaście miało coś wspólnego z wodą!

– Więcej, kolejne trzy miały działki w ogródkach na skarpie, też w sumie nad Wisłą. A to już sprawia, że ponad połowa zaginęła nad rzeką.

– Dobra nasza. – Egzorcysta zatarł ręce. – A teraz do roboty!

Rozdzielili się. Semen powędrował do biblioteki, a jego przyjaciel ruszył na podbój ogródków działkowych. Ogródki rozłożyły się w północnej części miasteczka, na wysokiej skarpie. Szeroki pas nieużytków oddzielał je od bloków i od zakładu produkcyjnego.

Idealne miejsce na kryjówkę krwiożerczych kanibali przerabiających ludzi na kiełbasy. Ofiary mogą się drzeć do woli, nikt nie usłyszy, pomyślał Jakub.

Obok jednej z altanek wypatrzył staruszka, który rozpiął koszulę i wystawiał wątłą pierś do słoneczka. Na ludożercę nie wyglądał. Co więcej, kolor nosa dziadka wskazywał, że na emeryturze lubi sobie czasem coś golnąć.

Nie namyślając się wiele, Jakub pchnął furtkę i ruszył w jego stronę.

– Co tak siedzimy samotni i w melancholii? – zagadnął przyjaźnie, sadowiąc się obok działkowicza.

Wyjął z cholewki buta piersiówkę, odkręcił, pociągnął łyk i podał nieznajomemu. Ten z głębokim zaskoczeniem, ale i wdzięcznością przyjął poczęstunek. Dłuższą chwilę smakował produkt, a na jego twarzy malowało się coraz głębsze zdziwienie.

– Pierwszorzędny trunek – pochwalił. – I mocny, i gładko wchodzi, i kopa daje jak trzeba. Ze śliweczek pędzona?

– Nieodmiennie. W mojej okolicy nie ma lepszego samogonu.

– Marian jestem.

– Jakub.

– A z daleka droga prowadzi? – zagadnął tubylec.

– Z Wojsławic.

– A gdzie to niby jest? Bez obrazy – zastrzegł zaraz staruszek.

Ale Jakub ani myślał się obrażać.

– To bardzo daleko stąd... Na wzgórzach opodal mojego domu jest takie zagłębienie w ziemi. Drugie podobne jest w Chinach, widziałem na filmie podróżniczym. Chińczycy twierdzą, że to ich to pępek świata, i kasują turystów za możliwość jego obejrzenia. Skoro tam jest pępek, zatem u nas będzie to, co planeta ma po drugiej stronie, a co mój uczony przyjaciel Semen nazwał kiedyś z łaciny *anus mundi*.

– Innymi słowy, zadupie... – zadumał się działkowicz.

– Ale nasze zadupie – odparł Jakub. – Własne, swojskie, i kochamy je jak każdy, kto kocha swoją małą ojczyznę, dba o nią, fascynuje się jej przeszłością i teraźniejszością...

– Teraźniejszością, ha? – Staruszek łypnął podejrzliwie okiem.

– No właśnie. No to proponuję na drugą nóżkę.

Wypili, chuchnęli. Nos i czoło działkowicza pokryły kropelki potu, policzki też się zaróżowiły. Odrobina samogonu przywróciła na chwilę oczom młodzieńczy blask.

– O co chodzi z tą teraźniejszością? – zagadnął ostrożnie.

– Doszły mnie słuchy – egzorcysta zniżył głos – że źle się tu u was dzieje. Że ktoś, a może coś porywa ludzi i zabija, a może i zżera... A może to dawni bogowie łakną ofiarnej krwi?

– Oj, to będzie dłuższa rozmowa. I wydaje mi się, że moi dwaj kumple też powinni wziąć w niej udział. Z drugiej strony... hmmm... – Działkowicz popatrzył z frasunkiem na gabaryty piersiówki.

– Spokojnie, starczy dla wszystkich. – Egzorcysta uchylił połę kapoty, ukazując zawieszoną u paska pękatą carską manierkę.

– To w takim razie zapraszam.

Ruszyli w głąb ogródków, między grządki i altanki. Jakubowi średnio się tu podobało. Ten zakątek był po prostu nienaturalnie uporządkowany. Rabatki wyznaczono jak pod sznurek, siatki ogrodzeń naciągnięto, altanki były odmalowane, ze wszystkich stron kłuły w oczy jaskrawe barwy kwiatków. Wszystko wypielono na wysoki połysk i chyba regularnie podlewano, bo trawka tam, gdzie pozwolono jej rosnąć, lśniła niespotykanie soczystą zielenią.

Ci miastowi emeryci muszą mieć masę zbędnego czasu, z którym sami nie wiedzą, co zrobić, pomyślał. Dłubią w glebie, a wieczorami pewnie w TV ślepią. Frajerzy.

Sieją kwiatki, a przecież one najpóźniej jesienią zwiędną. Wyrywają chwasty, a one odrastają. Malują altany, a przecież najlepsza nawet farba po kilku latach się złuszczy. Po co próbować zawracać Wisłę batem? Przyroda jest nieujarzmiona. No i z drugiej strony czy nie przyjemniej bez wysiłku cieszyć oko naturalnym pięknem krajobrazu?

W cieniu altany siedziało dwóch kolejnych staruszków. Jeden miał intensywnie buraczkowy, haczykowaty nos, drugi – krótko przyciętą siwą brodę.

– Gościa przyprowadziłem – powiedział Marian. – Dajcie po szklance.

Nieznajomi przedstawili się jako Michał i Jacek. Po chwili przyjemny aromat śliwkowego bimbru rozszedł się w powietrzu i wyparł nieznośną woń kwiatków. Rozmowa potoczyła się gładko jak alkohol lejący się przełykiem.

– No coś chyba zabija tych ludzi – stwierdził Jacek, ten z buraczkowym nosem. – I pewnikiem zżera. Bo jakby nie zżarło, toby trupy znaleźli.

– I chyba duże jest – dodał drugi fachowym tonem. – Bo jakby było mniejsze, toby poszarpało i wtrząchnęło po kawałku. Coś by się z klienta znalazło. Albo z ubrania, albo buty, albo choć plamy krwi. A tu nic. Czyli kasuje jednym chapnięciem.

– I kwasy żołądkowe musi mieć mocne, bo skoro kości nie wysrywa, to pewnikiem się rozpuszczają w bandziochu – dowodził Marian. – Z drugiej strony gówna tej wielkości tośmy nigdy nie widzieli.

– A dlaczego sądzicie, że to nie jest człowiek? – zapytał Jakub.

– Bo to spokojna okolica i mili ludzie tu żyją – wyjaśnił Marian. – Nie było tu innych morderstw od lat.

Czasem sobie małolaty kości porachują, czasem komuś wyparuje coś cennego, jak wszędzie. Ale żeby zabijać? Tego u nas nie ma.

Obaj kumple pokiwali głowami, przyznając mu rację.

– To musi być coś innego. Potwór, albo i siła nieczysta – mówił Michał, drapiąc się po brodzie.

– Siła nieczysta? – ożywił się Wędrowycz. – Co mówią miejscowe legendy?

– No tak w zasadzie niewiele z nich wynika. Była jedna o pastuszku, który znalazł skarb. I o żołnierzu napoleońskim, który wrócił z wojny i dziedzica powiesił. I o dzieciach, które zabłądziły w lesie, ale rano się znalazły. I o ruskich, którzy mieli forsować Wisłę, ale się pochlali, zaspali i ich za to rozstrzelano – wyliczał Jacek.

– Smoki, bazyliszki?

– Nic z tych rzeczy. To by były średniowieczne raczej legendy, a nasze miasto aż tak stare nie jest... Musi chodzić o jakieś bardziej współczesne bydlę. – Marian poskrobał się po głowie.

– Jak był Czarnobyl, chmura poszła nisko nad miastem, wierzchołek jabłonki mi wtedy usechł. – Michał wskazał gestem rachityczne drzewko. – Może pyły z elektrowni gdzieś tu osiadły i nastąpiła od tego mutacja? Jakiś wilk się napromieniował, urósł wielki jak słoń... Choć nie, bo wtedy toby żarł ludzi regularnie, może i kilka razy w tygodniu – zafrasował się.

– No i łajno by znajdowano – poparł go Jacek. – W dodatku lasy tu, w okolicy, raczej marne. Zwierz wielkości słonia by się nie ukrył... A jakby zawył, to całe miasto by usłyszało.

– W wodzie pewnikiem siedzi – wysnuł teorię Marian. – Coś jakby wieloryb albo ośmiornica raczej. Krokodyl to nie, bo zimy by nie przetrzymał, chyba że to jakiś odporny gatunek. Z Syberii albo z Alaski. Ruskie różności tu kiedyś na targ przywozili, jeszcze w dziewięćdziesiątych latach. Może komu się znudziło i puścił krokodyla do stawu?... W tym ekosystemie krokodyl nie ma naturalnych wrogów, policji rzecznej też nie mamy, no to rósł bydlak przez lata, aż stał się zagrożeniem dla ludzi.

– Nie słuchaj ich pan – dobiegło od furtki. – To dobre chłopaki, ale jak się napiją, pierdolą jak potłuczeni. – Krokodyl na brzeg przecież wyłazi, nie dość, że byłoby go widać, to jeszcze ślady by zostawiał.

– O, pan prezes? Zapraszamy do kompanii. – Marian zrobił zachęcający gest.

– Franciszek jestem. – Nowo przybyły był starszy od pozostałych działkowiczów o co najmniej dekadę. Dosiadł się, postawił na stół flaszkę wina domowej roboty, ale bimberku też nie odmówił. – Rację mają, że to w wodzie siedzi. Ale to nie wieloryb ani ośmiornica, tylko syrena. Nie taka uśmiechnięta cycasta cizia z mieczem jak w herbie Warszawy, tylko prawdziwa. Jak w starych legendach. Taka, co wabi żeglarzy śpiewem, a potem wyżera im serca. Trupy pewnie gdzieś topi i obciąża, żeby nie wypłynęły. Ot i cała zagadka. Tylko nikt w to nie chce uwierzyć. Gliniarze sądzą, że to seryjny morderca. Ćwoki... – gderał.

– Ja tam wdziałem już w życiu takie rzeczy, że jestem skłonny w to uwierzyć – powiedział egzorcysta. – Ale przydałoby się jakoś hipotezę uprawdopodobnić.

– Tej nocy, gdy Zenek przepadł, słyszałem z daleka coś jakby śpiew. Niósł się po wodzie... Taki tęskny. Aż sam zacząłem iść w tamtą stronę. Tyle dobrze, że nie doszedłem, bo ucichło. Pewnie Zenek też usłyszał, polazł na swoje nieszczęście. A jak go już żarło, przestało śpiewać i dlatego ocalałem. Widać tylko jednego na rok musi wszamać. Rytuał pewnikiem, albo tradycja może.

– I co o tym sądzisz, przybyszu? – zagadnął Marian, polewając prezesowe wino do szklanek.

– Coś może być na rzeczy – pokiwał głową Jakub. – Czy akurat syrena, tego nie wiem, ale brzmi to nawet dość prawdopodobnie. Gdzie to konkretnie było?

– Tam, za krzakami, mamy takie rozlewisko u podnóża skarpy. Jest betonik na nabrzeżu, jest pomost, nawet kawałek jakby plaży. Czasem tam ludzie wędkują.

Godzinę później Jakub wracał na kwaterę trochę chwiejnym krokiem, ale zasadniczo zadowolony z wyników i nawiązanych znajomości. Co więcej, winko okazało się całkiem smaczne, a działkowicze i szarlotkę na zagrychę znaleźli.

Nie sądziłem że miastowi emeryci to tacy mili ludzie i potrafią tak przyjemnie spędzać czas, rozmyślał. A kuku na muniu w rodzaju sadzenia kwiatków można im przecież wybaczyć. Nie musimy być wszyscy tacy sami. Wzajemna tolerancja dla drobnych, nieszkodliwych dziwactw... Poza tym ogórki też sadzą, a i owoce umieją przerobić na bardzo ciekawe płyny. Ciasto to niby bezmyślne marnowanie cennego cukru, z drugiej jednakowoż strony... Nie samym bimbrem człowiek żyje! Zagrycha powinna być zbilansowana. To ważne dla zdrowia.

Na rynku koło budki z kebabem spotkał kumpla. Semen trzymał pod pachą teczkę jakichś kserokopii.

– No i co tam ciekawego w gazetach wyczytałeś?

– Były zaginięcia na północ stąd. Zaraz po wojnie. Ale pod koniec komuny zrobiono meliorację i osuszono teren. Po spuszczeniu wody z jednego zbiornika znaleziono kupę ludzkich kości, niektóre czaszki zabrano do analizy, odtworzono metodą Gierasimowa rysy twarzy zmarłych i okazało się, że to zaginieni – zrelacjonował kozak. – Uznano, że ci ludzie się potopili, a nurt rzeki zniósł kości w jedno miejsce. Zasadniczo śledztwo prowadzili chyba po łebkach, żeby zamknąć sprawy i mieć odfajkowane. A ty czego się dowiedziałeś?

Jakub zdał relację z wizyty na działkach. Potem podjedli, zdrowo i nawet smacznie. Sławek wpadł koło siedemnastej.

– I jak tam postępy waszego, hłe, hłe, dochodzenia? – zagadnął jakby z przekąsem.

– W zasadzie sprawa rozwikłana i liczę, że z małą pomocą organów ścigania jutro ją zamkniemy, ostatecznie eliminując zagrożenie – odgryzł się Jakub.

– Że niby co?! – Gliniarz wytrzeszczył oczy.

– Zacznijmy od początku, to znaczy od danych historycznych. – Semen, by dodać sobie powagi, założył na nos druciane okulary. – Tutejsza seria zabójstw jest kontynuacją tego, co po wojnie działo się siedemdziesiąt kilometrów w dół rzeki. – Rozłożył na stole kserówki artykułów z kroniki kryminalnej.

Nadkomisarzowi opadła szczęka. Przejrzał pospiesznie kartki.

– Dlaczego nikt na to do tej pory nie wpadł? – wykrztusił.

– Bo za szybko dają wam emerytury – zakpił Jakub. – Szczegółów starych spraw musicie szukać w archiwach, bo starzy i doświadczeni gliniarze, którzy mogliby dzielić się z wami wiedzą i umiejętnościami, są już zwolnieni.

– Jakub, przestań pieprzyć – warknął jego kumpel. – Naprawdę uważasz, że obecna policja powinna brać przykład z tych zasranych ormowców, którzy ci w czterdziestym siódmym do kur na podwórku strzelali?

– Yyy...

– A teraz zacznij gadać na temat! – rozkazał Semen.

– Panie Sławku, generalnie ustaliliśmy, że to, co atakuje ludzi, przed dwudziestu laty przeniosło się w te strony. A mieszka w rozlewisku starorzecza, pod skarpą opodal ogródków działkowych – wyjaśnił Jakub. – Zapewne wabi ofiary śpiewem, topi i zjada.

Gliniarz przez chwilę trawił informację.

– Mniej więcej zgadza się z tym, co nasi ludzie podsłuchali w postaci plotek – mruknął. – A jakieś dowody?

– Zapewne spoczywają na dnie. Osuszymy zbiornik, to znajdziemy.

– Ale co to właściwie jest? Utopiec jakiś czy co?

Egzorcysta z uznaniem pokiwał głową. Policjant miał zaskakująco otwarty umysł, dopuszczał istnienie rzeczy, których nijak nie można potem wpisać do protokołu.

– Utopiec raczej nie. Od lat nie widziałem żadnego. Myślę, że przy tym stopniu zanieczyszczenia środowiska mogły wyginąć jeszcze w latach siedemdziesiątych. Nabudował Gierek fabryk, a od tej industrializacji skażenie poszło jak piorun. Moim zdaniem to, co zjada ludzi, to raczej naprawdę duża ryba. Karp albo sum gigant...

– Że ryby śpiewają w Ukajali, to nawet książkę o tym napisali – mruknął policjant. – Ale żeby śpiewały karpie w bajorze na Mazowszu? Coś mi się nie widzi.

– Może to jednak syrena? – rzucił hipotezę kozak.

– Syreny wiślane wymarły całe dekady temu. Z tego samego powodu. Industrializacja, melioracja, nawozy sztuczne, ścieki komunalne i przemysłowe... Cały ten syf. Ryby jednak są odporniejsze na zanieczyszczenia. Pewnie dlatego, że syrena ma większą powierzchnię ciała, to i mocniej toksyny absorbuje – rozważał Jakub.

– Zbieramy się, panowie. – Policjant potrząsnął kluczykami. – Trzeba zobaczyć na miejscu.

Zapakowali się do auta i pojechali. Starorzecze nie było szczególnie imponujące. Rozlewisko miało kilkadziesiąt metrów długości, woda była ciemna. Przed wojną ktoś planował chyba urządzić tu port rzeczny. Od strony Wisły usypano wał przeciwpowodziowy, a w nim umieszczono przepust. Stalowa gródź była uniesiona i sądząc po jej stanie, nie opuszczano jej od całych dziesięcioleci. Wierzchem wału biegła asfaltowa dróżka. Od biedy dałoby się przejechać tamtędy autem.

– Gdyby tak to uruchomić, można by szybko i sprawnie odciąć akwen – mruknął Jakub.

– Tylko jak? – Semen z powątpiewaniem obejrzał kompletnie zardzewiałą korbę, która niegdyś służyła do opuszczania stawidła.

– Ten drążek upitolić i się zsunie... Tylko potem już się pewnie nie podniesie.

Obeszli bajoro wokoło. Od północy wszystko dawno zarosło. Od południa płytki ciek łączył się z głównym nurtem rzeki. W tym miejscu przerzucono lichą kładkę saperską.

– Jeśli stawidło zostanie opuszczone, bestia może próbować ucieczki tą drogą – zawyrokował egzorcysta. – Trzeba wyczaić, gdzie tu jest skup złomu, i wpierniczyć w to miejsce z dziesięć ton siatki ogrodzeniowej albo drutu kolczastego.

– To, co panowie mówicie, jest bardzo ciekawe – bąknął gliniarz. – Ale szczerze powiedziawszy, nie wiem, czy możliwe. To nie jest dżungla nad Amazonką, żeby żyły tu anakondy czy krokodyle.

– Fakt, dla anakond nasze wody są chyba za chłodne – zadumał się Semen.

– Ja tam myślę, że to po prostu wielka ryba – powtórzył Wędrowycz. – Choć z drugiej strony nie wykluczam tak do końca jakiegoś Ktulu z mackami. Trzeba skombinować tę siatkę. Albo kratownicę.

– Tylko należałoby ją tam wypierniczyć tak jakby przypadkiem, niby że ktoś robi dzikie wysypisko śmieci. Żeby się zwierzyna nie spłoszyła – dodał kozak. – A jutro, gdy zaatakuje, przyskrzynimy ją na gorącym uczynku. Jak już zablokujemy akwen, trzeba będzie odpompować wodę. Zakładam, że w obu zakładach pracy są przemysłowe straże pożarne, dysponujące odpowiednio wydajnymi pompami – wyłuszczał szczegóły planu. – Takie o mocy kilkunastu metrów sześciennych na minutę.

– Jeśli takich nie ma, to trzeba pociągnąć kabel energetyczny podpięty do sieci wysokiego napięcia. Myślę, że sto dziesięć kilowatów zarąbie to bydlę, a przynajmniej ogłuszy. Wolałbym jednak tego uniknąć, bo przy okazji zginie masa narybku i ptaszęta wodne. – Jakub chyba pierwszy raz w życiu wykazał się poszanowaniem dla ekosystemu.

Sławek kolejny raz poskrobał się po głowie. To, co gadały oba dziady, brzmiało kompletnie idiotycznie. Z drugiej strony ta kretyńska sprawa od tylu lat stała w miejscu...

– Dobrze, panowie, aprobuję plan. Najwyżej zrobię z siebie idiotę. Ale wykonamy go po mojemu. Pogadam ze strażą pożarną. Kratownicę wrzucimy. Strażaków załatwię, ale taka akcja to są pewne koszta. Dlatego obstawię bajoro moimi ludźmi. Dopiero gdy będą w miarę twarde dowody, że to, co mówicie, ma sens, to znaczy gdy domniemana istota kogoś zwabi, wtedy udaremniamy i wkraczamy.

– Dokładnie tak to sobie wyobrażaliśmy – zapewnił go Semen.

– Choć można by i od razu zablokować i odpompowywać. Idę o zakład, że siedzi tu na dnie – powiedział Jakub. – Będę potrzebował odtwarzacza CD z mocnym głośnikiem. Może pan coś takiego kupić? I płytę z heavy metalem.

– Jak potrzeba na akcję, to po co kupować? – wzruszył ramionami gliniarz. – Mam chyba coś odpowiedniego w magazynie dowodów rzeczowych.

Feralny dzień był ciepły i sympatyczny. Nic nie zapowiadało nadciągającej tragedii. Jakub i Sławek zalegli w chaszczach opodal zardzewiałego pomostu. Trzech innych gliniarzy zmobilizowanych na akcję ukryło się wokół bajora. Więcej się nie dało, wszystkie siły krążyły przebrane po cywilnemu, patrolując osadę.

Semen zadekował się opodal zardzewiałego stawidła. Na wszelki wypadek oplątał się w pasie łańcuchem krowiakiem, którego drugi koniec przypiął kłódką do latarni. Przygotował też zatyczki do uszu, na wpadek gdyby coś zaczęło wabić go śpiewem. Los sprawił, że nawet mieli potencjalną ofiarę. Na plaży rozłożył się na kocyku jakiś starszy gość. Chyba chciał się poopalać, bo ściągnął szorty i rozpiął koszulę. Wiaterek ciągnący od Wisły mierzwił nieliczne włoski na klacie i siwiznę na skroniach. Sławek zidentyfikował amatora kąpieli słonecznych jako księgowego z wytwórni europalet.

Dochodziła dziesiąta. Okolica tchnęła spokojem. Jakub też tchnął spokojem, a może to była raczej woń nadtrawionego samogonu? Naszykował sobie kuszokołkownicę i trzy metry linki hamulcowej. Ulubionego granatu wolał przy gliniarzu nie wyciągać. Wiadomo, policja musi reagować na podobne zagrożenia. Skoro to sojusznik, po co mu robić wrzody na sumieniu? Powierzchnia stawu co jakiś czas się marszczyła – to z lewej na prawą przetaczały się ławice karpi.

– A jeśli się pomyliłeś? – zagadnął Sławek.

– To ludzie poginą, bo to pierwszy raz? – wzruszył ramionami egzorcysta. – A ciebie opierdolą, że w chwili kolejnego zniknięcia, zamiast patrolować osadę, fraternizowałeś się nad rzeką z podejrzanym elementem.

– Fakt, mogę za to beknąć.

– Oj, nie łam się. Zresztą, jeśli ma cię to pocieszyć, nie przewiduję pomyłki. Zobacz, już coś się dzieje.

Faktycznie. Karpie, do tej pory pływające bez jakiegoś planu, zebrały się w wielkie stado i jak na komendę wystawiły pyszczki z wody. W powietrzu rozległ się dziwny ni to jęk, ni to świst. Odpoczywający na plaży księgowy uniósł zaniepokojony głowę. Jęk przerodził się w rytmiczne zawodzenie. Mężczyzna wstał i jak zahipnotyzowany ruszył w stronę pomostu. Na jego końcu rozeszły się kręgi. Coś bardzo dużego wynurzało się z wody. Ryby zaśpiewały nieco głośniej. Teraz i Sławek poczuł dziwny niepokój. Śpiew kusił, wzywał, coś obiecywał... Gliniarz powoli dźwignął się z ziemi. Dwaj inni, zamiast czatować w zasadzkach, też dreptali w kierunku rozlewiska.

Jakub uśmiechnął się wrednie i jakby od niechcenia pstryknął przełącznikiem bumboxa. Urządzenie sapnęło, jakby brało głęboki wdech, i po wodzie przetoczył się ryk heavy metalu. Nagłośnienie było pierwsza klasa, momentalnie zagłuszyło senne pienia dobiegające z pyszczków karpi. Dźwięk odbił się od skarpy i wrócił echem. Nagła eksplozja przetoczyła się głuchym hukiem po powierzchni wody. Stalowa płyta stawidła po raz pierwszy od siedemdziesięciu lat z upiornym zgrzytem zjechała po szynach, odcinając starorzecze. To działał Semen.

Hałas spłoszył stada ptaków, które zdezorientowane poderwały się i krążyły nad trzcinowiskami. Księgowy ocknął się, spojrzał na pomost, zatrzymał się w miejscu i niezdecydowany przestąpił z nogi na nogę. Policjant z Jakubem podbiegli do niego. Gliniarz pospiesznie zapiął urzędnikowi na przegubie obręcz kajdanek, drugą zatrzasnął na barierce.

– Ale co się dzieje!? – Mężczyzna odruchowo pociągnął za łańcuch.

– Działania operacyjne! Proszę tu zostać! – rzucił Sławek.

Wbiegli obaj na pomost. W wodze się zakotłowało, ewidentnie coś bardzo dużego otarło się o betonową podstawę. Konstrukcja zadrżała, ale stwór nie ryzykował konfrontacji, poszedł w zanurzenie. Ujrzeli dwie niewielkie ławice karpi mknące tuż pod powierzchnią wody. Jedna skierowała się do jazu, druga zbadała odpływ, zablokowany teraz złomem.

– Wie już, że go rozszyfrowaliśmy, wysłał ryby na przeszpiegi, sprawdzają, czy może umknąć. – Egzorcysta pokiwał głową.

Gliniarz wodził wzrokiem po powierzchni. Lufa glocka zataczała półłuki, ale nie było widać absolutnie nic, do czego warto by wygarnąć. Zawrócili na brzeg.

– Został pan uratowany – powiedział gliniarz do księgowego, odpinając mu kajdanki. – Proszę teraz zmykać do domu i o wszystkim zapomnieć.

– Ale co się...

– Eee...

– Tajemnica państwowa – podpowiedział Jakub.

– No właśnie, to ściśle tajne. Przeczyta pan w gazetach.

– Mam prawo... – zaczął mężczyzna.

– To my mamy prawo wlepić mandat do ośmiuset złotych za spożywanie alkoholu w miejscu publicznym! – Egzorcysta wskazał flaszkę oskarżycielsko lśniącą obok porzuconego koca.

Facet spokorniał. Pozbierał rzeczy i znikł.

– Ma pan widoczną wprawę w dostrzeganiu okazji do wlepienia mandatu... A ja na przykład nie zauważyłem tej flaszki. Nie był pan kiedyś przypadkiem gliną? – Sławek popatrzył w zadumie na sojusznika.

– Nie, ja zawsze byłem po drugiej stronie mocy! – oświadczył z godnością Jakub. W pierwszej chwili chciał się nawet obrazić, ale zadanie, które ich czekało, sprawiło, że postanowił odpuścić. – Każdy ma swoje powołanie, które kieruje jego życiem – dodał polubownym tonem. – Ludzie dzielą się na tych, co wlepiają mandaty, i na tych, którzy unikają wlepienia.

– Kuzyn wspominał...

Woda wzburzyła się. To karpie wróciły z rekonesansu. Raport, który złożyły, chyba się nie spodobał ich władcy, bo w wodzie coś chlapnęło wściekle.

– Mamy poczwarę – zatarł ręce Wędrowycz. – Nie wypłynie już na rzekę, to najważniejsze.

– Co dalej? Strażacy? Czy może głuszyć prądem? – Nadkomisarz spojrzał na pobliską latarnię.

– Nie wiadomo, jaką to coś ma odporność. Jak prąd bestię zabije, to dobrze. A co, jeśli doda jej tylko niszczycielskiej energii? Strażacy. Odpompujemy wodę i dobierzemy się do potwora na sucho. A potem miotaczami ognia albo jakoś inaczej. Wymyślimy, jak ją sobie obejrzymy.

– Ściągnąć proboszcza? Tak na wszelki wypadek...

– Poradzę sobie. Zaufaj mi, jestem egzorcystą.

Sześć wozów bojowych straży pożarnej stało na dróżce biegnącej wierzchem wału przeciwpowodziowego. Strażacy musieli być dobrze zakumplowani ze Sławkiem, nie wydziwiali, tylko zabrali się do roboty. Pompy huczały, poziom wody obniżał się szybko. Drobniejsze ryby umykały przez kratownicę. Karpie miotały się od brzegu do brzegu, jakby niezdecydowane. A może szukały jakiegoś przejścia?

– Pewnie chętnie spierniczyłyby razem z resztą, ale dostały rozkaz zostać – burknął egzorcysta. – Czyli i szefuńcio jest gdzieś tutaj...

– Jeszcze ze dwie, najwyżej trzy godziny i będziemy go mieli – zauważył Semen.

W tym momencie grupa karpi ruszyła do przodu i w samobójczym ataku rzuciła się ku wlotom pomp. Wprawdzie węże były zabezpieczone kratkami, ale ciała ryb, przylegając do nich, skutecznie utrudniały przepływ wody. Strażacy próbowali odpychać je bosakami i tłuc łopatami na płask, ale bez większego efektu. Wędrowycz uniósł rękę, silniki umilkły. Pochylił się nad wodą.

– Słuchajcie, rybie móżdżki – warknął, uruchamiając jeszcze na wszelki wypadek telepatię. – Ta wojna jest już przegrana. Rozkminiliśmy, co tu jest grane. Mamy miażdżącą przewagę techniczną oraz konkretne i mordercze zamiary, których nie poniechamy. Ale to nie jest wasza wojna. Nie musicie ginąć za swojego władcę. Kanał biegnący do Wisły jest zablokowany. Jeśli jednak zaniechacie oporu, uznamy, że się poddajecie, podniesiemy siatki i wypuścimy was tamtędy. Odpłyniecie, żeby stać się wolnymi rybami w wolnej rzece, i aż do Wigilii macie święty spokój. Kto zostanie, zginie. Fersztejen? Pięć minut na naradę i oczekujemy kapitulacji.

Karpie naradzały się chwilę, po czym jeden szczególnie dorodny okaz wystawił głowę nad wodę i poruszył

pyszczkiem. Jakub nie był szczególnie biegły w czytaniu z warg, ale jakoś dał radę.

– Poddają się. Proszą o możliwość opuszczenia rozlewiska – wyjaśnił. – Przepraszają za współudział w wabieniu ofiar, twierdzą, że były zmuszone do posłuszeństwa przez króla, który jest krwiożerczym tyranem, a na niepokornych wykonuje wyroki przy użyciu wydr lub szczupaków. Potępiają jego reżim i zbrodniczą ideologię.

– Eee... – zadumał się Sławek. – Tak zasadniczo nasz Kodeks karny nie przewiduje karania karpi za przestępstwa.

– Słyszeliście? – egzorcysta zwrócił się do ryb. – Tym razem wam darujemy, a teraz wypierdalać! – Wskazał odnogę rozlewiska prowadzącą do kanału.

Dwóch strażaków wskoczyło na quada i pojechało brzegiem w stronę odpływu, by podnieść siatki. Pompy znów zagrały swoją melodię. Poziom wody opadał szybko. Odsłoniło się dno usłane niewielkimi kamieniami. Pomiędzy nimi bielało kilka ludzkich czaszek, miednic i innych co solidniejszych kości.

– Siedem, osiem – liczył czerepy Jakub.

– Jak za odnalezienie zaginionych bez śladu dają w policji jakieś premie, to pewnikiem właśnie zarobiłeś, chłopie, na nowy telewizor. – Semen klepnął pobladłego policjanta po plecach. – A może i na pralkę wystarczy.

Uczestnicy polowania przesunęli węże i pompowali dalej. Pośrodku stawu zarysowało się wyraźne zagłębienie. Coś bardzo nerwowo poruszyło się pod powierzchnią zmętniałej wody. Przez chwilę zamajaczył jakiś kształt.

– To jest wielkie jak hipopotam! – szepnął jeden ze strażaków.

– Hipopotam czy inne Ktulu, zaraz go dostaniemy – powiedział Jakub, gładząc obuszek siekiery zatkniętej za pas.

Nieoczekiwanie rytmiczny warkot pomp zagłuszył jakiś inny dźwięk. To na nabrzeże wjechał nowiutki mercedes.

– U lalala... – mruknął Sławek. – Mamy problem.

– Co za jedni? – zaniepokoił się Jakub.

– Prezydent miasta. Obawiam się, że mamy przechlapane.

– Spokojnie, ja to załatwię. Róbcie swoje jakby nigdy nic – polecił Jakub i samotnie pomaszerował do boju z biurokracją.

Z bliska mercedes okazał się jeszcze bardziej wypasiony, a garnitur urzędasa z jeszcze wyższej półki.

– Dzień dobry. – Wędrowycz uśmiechnął się lekko i uchylił czapki.

Prezydent obrzucił go chmurnym spojrzeniem.

– Przepraszam, co tu się właściwie wyrabia? – zagadnął.

– Widzi pan, wpadł mi tu do stawu zegarek, cenna pamiątka po dziadku. Panowie strażacy byli tak mili, że spuszczają wodę, żeby pomóc mi go odnaleźć – wyjaśnił Jakub, jednocześnie patrząc urzędnikowi głęboko w oczy.

W mózgu ojca miasta coś trzasnęło.

– Ależ oczywiście, od dawna powtarzam moim podwładnym, że trzeba dbać o cenne zabytki, a pamiątki przeszłości powinny być bezwzględnie chronione. Cieszę się, że straż pożarna i policja podeszły z taką troską i zrozumieniem do potrzeb szarego człowieka. Życzymy szybkiego odnalezienia zguby. W razie potrzeby władze miasta udzielą wszelkiej możliwej pomocy.

Jakub puścił oko do kompletnie zbaraniałego kierowcy i wrócił na miejsce akcji. Gdy spławiał włodarza miasta, strażacy nie próżnowali. Odpompowali kolejny metr. Woda opadała i opadała, aż wreszcie w kałuży, która pozostała, ujrzeli grzbiet ogromniastej ryby. Leżała w mule i łypała jakby przestraszona albo zaskoczona.

– Mamy gada! – syknął Jakub.

Ruszyli ostrożnie w stronę potwora. Z bliska gigantyczny karp wydawał się jeszcze groźniejszy. Miał dobre pięć, a może i sześć metrów długości. Ślepia wielkości talerzy popatrywały na ludzi z nienawiścią.

– Król karpi – syknął egzorcysta.

– Skąd wiesz, że król? – zdziwił się Semen.

– Jego gwardziści tak mówili. Zresztą sam zobacz, koronę ma...

Faktycznie, na łbie bestii wybarwione złoto łuski układały się w zębatą obręcz. Bydlę poruszyło się, ale nie było już w stanie nigdzie umknąć, ani nawet dobrze się obrócić. Zagarnęło płetwą trochę błota i próbowało chlapnąć, ale jeden ze strażaków pogroził mu trzymanym w dłoni bosakiem.

– Dzieńdoberek – burknął Jakub, stając na głazach naprzeciw potwora. – Piękny dzień mamy, rzekłbym, świąteczny, bo to dziś Dzień Karpia... I, zdaje się, ostatni raz obchodzimy ten dzień.

Zwierzę nie odpowiedziało. Łypało tylko, a w jego ślepiach wielkości talerzy połyskiwała zimna, obca inteligencja.

– Co przez to rozumiesz? – bąknął Sławek. Był zielony na twarzy, ale jakoś się trzymał. – Co to niby jest „Dzień Karpia”?

– Tak to roboczo nazwałem. – Egzorcysta dumnie wypiął pierś. – Tak mi ta data nie dawała spokoju i chyba odkryłem, co jest grane. Raz w roku w odwecie za tysiące karpi, które zjadamy na Wigilię, król karpi zjada człowieka. Tak równiutko pół roku później. Zgadza się, bydlaku?

Nie oczekiwali, że zwierz odpowie.

– Proponuję układ – dobiegło z gardzieli ryby. – Wy darujcie mi życie, a ja wyniosę się z tej okolicy i więcej o mnie nie usłyszycie. A za przysługę i milczenie zostaniecie hojnie wynagrodzeni.

– Ciekawe niby, jak i czym? – burknął egzorcysta.

– Ta rzeka przez stulecia pochłonęła wiele skarbów. Jestem jej władcą. Moich rozkazów słucha każde wodne stworzenie. Puszczę raki, żeby bagrowały dno Wisły. Odnajdą każdy okruch metalu. Moi słudzy mogą naznosić na brzeg choćby beczkę złotych monet i wszelakich klejnotów, a nawet i wodoodpornych telefonów komórkowych...

Jakub zamyślił się głęboko.

– Monety można pogubić, a zgubić złotą to jednak cholerny żal. Klejnoty to przecież dla panienek raczej, telefonu też nie potrzebuję... – Wzruszył ramionami. – A jakbym potrzebował, od kumpla pożyczę.

– Wyznacz zatem swoją cenę – zaproponował król karpi. – Na dnie leżą różne ciekawe rzeczy. Dzieła sztuki, antyki... Każdy ma przecież swoje marzenia, plany, potrzeby.

Egzorcysta zadumał się głęboko. Przez wieki nurt Wisły z pewnością pochłonął niejedną pełną butelkę czegoś dobrego... Wyobraził sobie fale powodziowe znoszące z powierzchni ziemi zasobne szlacheckie dworki wraz z ich piwniczkami pełnymi węgrzynów, syconych miodów i leczniczych nalewek. A kto wie, może nie tylko flaszki tkwią w mule, ale nawet całe beczki lub zgoła cysterny? Przecież w czasie odwrotu zimą czterdziestego piątego bywało i tak, że pod niemieckimi ciężarówkami łamał się lód.

– Jestem pewien, że ludzie na poziomie jakoś się dogadają – kusił władca ryb.

– Ech, nie – powiedział Jakub i przyładował bestii siekierą w łeb. Raz a dobrze.

Strażacy nie chcieli być gorsi, zamigotały w powietrzu topory i bosaki. Wielka ryba momentalnie została porąbana na filety.

– Trochę szkoda – sarkał Semen. – Taki piękny, a rzekłbym nawet, unikatowy okaz powinien zostać wypchany i trafić do muzeum.

– Takiego bydlaka jeszcze nie spożywałem – westchnął ciężko jego przyjaciel, patrząc na kilkunastokilogramowe dzwonko leżące w mule. – Problem w tym, że ludziną pędzony, to jednak tak trochę obrzydzenie bierze. Ale chociaż łuskę sobie do portfela schowam, jak to mówią, na szczęście...

Inni uczestnicy obławy poszli za jego przykładem. Tylko Sławek stał z boku i przez komórkę wywoływał komendę powiatową. Do identyfikacji szczątków potrzebował fachowców.

Birski i Rowicki dotrzymali słowa, a ponieważ mieli miesięczną normę do wykonania, wykazali się nawet pewną nadgorliwością we wlepianiu mandatów. Pogrom rodu Bardaków trwał tydzień. Ani dnia krócej.

Sztuka kopania

Nad Starym Majdanem zapadał przyjemnie ciepły czerwcowy wieczór. Jakub Wędrowycz zanurzył spracowaną dłoń w wiaderku i wyłowił świeżego ogórka. Przeciapał go kozikiem wzdłuż, każdą połowę posypał szczyptą soli i puścił na to parę kropli octu.

– No to za twojego prawnuka i nadchodzące wakacje. – Semen uniósł ku zachodzącemu słońcu szklaneczkę dobrze schłodzonego bimbru.

Wypili, zagryźli ogórkiem. Wypili na drugą nogę, znów zagryźli ogórkiem. Wypili na trzecią... I zagrycha wyszła. Semen wygrzebał kolejnego ogórka. Polali po kolejnej szklaneczce.

– Swoją drogą, to dziwne – mruknął Jakub zamiast toastu, unosząc ku niebu słoik z solą.

– Co niby takie dziwne? – Semen łypnął na niego podejrzliwie.

– No weźmy taką sól. Wydobywa się ją z ziemi. Czasem w kawałkach, czasem pompuje jako solankę do odparowania. Łatwo, prosto, nieomal higienicznie. Tylko kopalnię wydrążyć. Nie powiem, jest z tym trochę roboty, ale wwiercisz się kilkaset metrów i już można się do woli częstować skarbami matki Ziemi. A tymczasem taki cukier trzeba z buraków pozyskiwać. W cukrowniach. Kupa z tym roboty. Zasiać, opielić, okopać, zebrać, odstawić do skupu... A potem oni też się męczą, bo to trzeba umyć pokroić, ugotować... Kupa ludzi przy tym tyra, chemikalia się dosypuje i maszyny różne drogie trzeba uruchamiać. I w efekcie, jak cukier wraca na wieś do sklepu, cena jest taka, że płakać się chce. W każdym razie to, czego sklepikarze żądają za kilogram cukru, nijak się ma do zapłaty za kilogram buraka w skupie.

– A ty byś chciał niby jak cukier pozyskiwać?

– Też w kopalniach. Albo z odwiertów pompować melasę, a potem z niej warzyć cukier. Albo na ten przykład zakazić taki odwiert drożdżami i od razu pompować gotowy zacierek... – rozmarzył się egzorcysta.

– Jakub...

– Taaaa...?

– To tak nie działa.

– No wiem. Tylko nie rozumiem. Niby dlaczego nie działa? Jeśli sól to skamieniałe siuśki dinozaurów i mamutów, skoro węgiel to skamieniałe drzewa i krzewy, to czemu buraki sprzed milionów lat nie mogłyby się skrystalizować i zmieniać w cukier?

– Są liczne przyczyny, głównie natury chemicznej, ale zasadniczy problem w tym, że wtedy buraków nie było.

– No co ty gadasz? Jak mogło nie być buraków?! – Jakub był wyraźnie zaskoczony.

– Zwykłe to może i były, w końcu dinozaury i mamuty żreć coś musiały, ale cukrowe to się uprawia może tak od dwustu lat. Wyhodowano je, właśnie takie bardziej słodkie, po to, żeby dało się z nich robić cukier. Bo widzisz, wcześniej robiono cukier z trzciny.

– No wiem. Nawet teraz w większych sklepach da się taki kupić. A czemu się buraków czepili?

– Bo trzcina cukrowa daleko rosła, w tropikach. Trzeba było z tym odwalić kupę roboty, jeszcze gorzej niż teraz. Najpierw niewolników nałapać w Afryce, a potem jeszcze ich przewozić cholera wie gdzie, znaczy na te plantacje, na inny kontynent... Nie dość, że robota upierdliwa, to jeszcze niezgodna z prawami człowieka.

– Coś podobnego, żeby buraków nie było... Zaskoczyłeś mnie. No dobra, przyjmijmy na chwilę twoją teorię. A z trzciny nie mógł się zrobić taki kopalny cukier?

– E, chyba nie. Trzcina to w wodzie wyrosła, jesienią zgniła i tyle.

– Ciekawi mnie jednak jeszcze kwestia taka, czy pomidory już wtedy rosły? – zadumał się Wędrowycz.

– Pomidory może i były. Rośliny okrytonasienne istnieją przecież od milionów lat. Ale to i tak nie u nas, tylko w Ameryce rosły. W każdym razie daj sobie z tym spokój. Nie dokopiesz się też czerwonego cukru z pomidorów.

– Słuchaj, a jak się wąwozem tu, w dole, na Trościankę idzie i tam taka skarpa jest, co na górze glina, a niżej opoka wapienna... No i tam na samym dole to tak czerwonawo i brązowo te kamienie zabarwione. Całkiem barwa jak rozcieńczony sok pomidorowy. Od czego to?

– To normalne. Taki kolor kredzie nadają drobiny żelaza z wymarłych żyjątek morskich, których wapienne pancerzyki stworzyły skały. Te skały, które są tu wszędzie pod lessami i glinami. – Dla podkreślenia swoich słów Semen tupnął nogą w glebę.

– Aaaa... Bo ja myślałem, że to od tych jurasickich pomidorów.

– To kompletnie niemożliwe – zapewnił go kozak. – Kolor nie przetrwałby tak długo.

– Yhym... – Egzorcysta zmarkotniał. – Dziabniemy sobie kolejnego? Bo potem muszę przystopować z chlaniem, prawnuk przyjedzie, to sam rozumiesz...

– A, no to w takim razie polewaj. I daj moją torbę, słoninki sobie na zagrychę ukroimy.

– Dziadku, czy mogę prosić o keczup? – zagadnął Piotruś znad talerza parówek.

– Skończył się – mruknął egzorcysta, patrząc pod światło na słoik ubabrany resztkami jakiejś czerwonej substancji. – Ale nic się nie martw, zaraz skombinujemy trochę. Chodź za mną.

W kącie podwórza leżała poobijana aluminiowa pokrywka od menażki. Pod nią ukazał się wylot starej żeliwnej rury odpływowej. Jakub omotał gwint słoika linką i wręczył jej motek prawnukowi.

– Spuść tam, na dół, i nabierz. Tylko uważaj, to głęboko jest, ze dwadzieścia metrów. Dwa tygodnie tę dziurę nocami drążyłem.

Piotruś długo odwijał sznurek z motka, aż z głębin ziemi rozległo się słabe pluśnięcie. Gdy wyciągnął słoik na światło dzienne, naczynie było pełne gęstej, jakby

kremowej masy czerwonego koloru. Chłopiec ostrożnie zebrał palcem odrobinę z zewnętrznej ścianki i włożył do ust.

– Doskonały ten keczup – pochwalił.

– Się wie. Tylko nie mów Semenowi, skąd go nabraliśmy. Bo mu przykro będzie.

Najcenniejsza ze złotych myśli

Nad Ursynowem zapadał październikowy wieczór. Profesor Malinowski, belfer jednego z warszawskich liceów, siedział jak na szpilkach. Tego dnia wybierał się z żoną do teatru... Całe popołudnie jego połowica okupowała łazienkę, a on od dłuższego już czasu czuł nieubłaganie narastające dokuczliwe parcie na pęcherz.

– Długo jeszcze? – Zapukał w drzwi.

– Przestań się czepiać! Powiedziałam wyraźnie: pięć minut! – Z wnętrza przez szum prysznica przedarło się coś jakby ryk pantery.

Belfer westchnął i wrócił do swojego pokoju. Popatrzył w ciemniejące okno i zasunął zasłonkę. To był czwarty raz w ciągu ostatniej godziny, gdy dowiadywał się, że „jeszcze pięć minut".

Pomasował dłonią brzuch, ale dokuczliwe parcie wcale się od tego nie zmniejszyło.

– Ech, zająć czymś myśli... – mruknął. Przecież żona kiedyś skończy.

W przypływie desperacji wyciągnął z szuflady biurka teczkę z wypracowaniami uczniów. W zeszłym tygodniu przyszły nowe wytyczne programowe z MEN. Polecono, by nauczyciele historii i polskiego zadali dzieciom wypracowania jako pracę domową. Na historię dzieciaki miały opisać bohaterskie czyny swoich przodków, na lekcję polskiego – jakie cenne myśli i prawdy życiowe przekazały im poprzednie pokolenia.

Budowanie lokalnej świadomości historycznej, poprawianie więzi międzypokoleniowej i tak dalej, rozmyślał, segregując papiery pokryte beznadziejnymi kulfonami. Wszystko to bardzo pięknie ktoś wymyślił, tylko spóźnili się z tym pomysłem o piętnaście albo i dwadzieścia lat! To już kolejne pokolenie. Pradziadkowie, co to walczyli na wojnie i coś by mogli opowiedzieć, od dawna nie żyją. Dziadkowie? A czego niby ciekawego doświadczyli? Jak się urodzili, to już nawet Warszawa była odbudowana. Rodzice? No, ci może stan wojenny pamiętają... Ale ta moja klasa to same słoiki. Jak ja stałem w kolejce po kaszankę albo brałem pałą za rozrzucanie ulotek, ich ojcowie siedzieli bezpiecznie na wsi, żarli kiełbasę i słoninę z nielegalnego uboju, rozżalił się nad swoją krzywdą.

Popatrzył na stos papierzysk i naszła go ochota, by to wszystko bez czytania ciepnąć do zsypu. I naraz usłyszał, że woda z prysznica już nie leci.

– Czy już wolne? – zakwilił.

– Nie rozumiesz po polsku?! Przestań mnie co chwila poganiać! Pięć minut! – Histeryczny wrzask wprawił w drgania kryształowe wazoniki ustawione na regale.

– Dobra, dobra...

Nauczyciel westchnął, zacisnął kolana i w przypływie desperacji sięgnął po pierwszą z brzegu pracę. Rzucił tylko okiem i już wiedział, że bardzo źle wybrał. Piotrek Wędrowycz, klasa I b. Na widok tego nazwiska belfer skrzywił się jak po cytrynie. Kojarzył, że ojciec chłopaka jest nieprzytomnie bogatym dyrektorem jakiejś międzynarodowej korporacji. Szkole dawało to pewne korzyści, bo zafundował generalny remont budynku liceum i kupił wyposażenie za ciężkie dziesiątki tysięcy złotych. Jednak w całej tej rodzince coś było nie tak. Od niesfornych fryzur począwszy, na niesfornych pomysłach skończywszy.

Jak rozsadnik czystego chaosu i bezsensownej destrukcji rzucony w nasz spokojny i poukładany świat, pomyślał belfer. Ten jego stary miał debilny pomysł z grami na wyświetlacze aparatów fotograficznych i zarobił na tym ciężkie miliony. Tyle dobrze, że to popularne raczej za granicą i do nas zaraza na razie nie dotarła. A chłopak? Wynalazca za dychę. Czternaście lat miał, jak opatentowali mu powerbank ładowany przez karuzelkę dla chomika. I teraz podobno Japończyki wdrażają to do produkcji...

Pęcherz zakłuł ostrzegawczo. Nauczyciel zacisnął zęby. Spojrzał kontrolnie do przedpokoju, ale łazienka nadal była zajęta. Westchnął, usiadł na krześle i z braku lepszego zajęcia zaczął czytać.

Piotr Wędrowycz, kl. I b

Spotkanie z nestorem rodu

Ostatni odcinek drogi wiódł po tak koszmarnych wertepach, że nawet nasz firmowy land rover omal nie stracił zawieszenia. Pradziadek opowiadał, że to właśnie dzięki tym fatalnym drogom wieś ocalała podczas wojny. W całej okolicy aż się roiło od partyzantów, więc Niemcy może by ją i zniszczyli, ale koniec końców nawet czołgami nie dali rady dojechać. Od tamtej pory niby czasy się zmieniły, ale mieszkańcy nadal nie przepadają za obcymi, więc dróg nie remontują, bo sami jakoś sobie z tymi wertepami umieją poradzić.

Kierowca zastanawiał się, czy nie pojechać przez ugory po lewej, ale ostrzegłem go, że w tych stronach gospodarze mają zwyczaj zakopywać na polach deski nabite gwoździami... Wreszcie, wytrzęsieni i poobijani, zatrzymaliśmy się przed naszym gospodarstwem. Na podwórze nie dało się wjechać, bo brama przed laty jakoś tak dziwnie opadła i wrosła w glebę. Ja w każdym razie nie pamiętam jej otwartej, a jeżdżę na wakacje do pradziadka od kilkunastu lat. W płocie brak niektórych słupków i sztachet, ale dziury nie są na tyle szerokie, żeby auto się przecisnęło. Tak czy siak, trzeba było przejść ostatni odcinek pieszo. Pradziadek Jakub, widząc znajomy samochód, podszedł zaraz do furtki.

– Coś się prawnuk tak wystroił jak szczur na otwarcie kanału? – Najwyraźniej ucieszył się na mój widok.

– Dzień dobry – przywitałem się grzecznie.

– Tak czułem, że dziś przyjedziesz. Chodź, obiad na stole. Pana też zapraszam. – Pradziadek spojrzał na kierowcę, ale ten przypomniał sobie najwidoczniej, co było w zeszłym roku, bo pozieleniał lekko na twarzy i pokręcił głową.

– Najmocniej dziękuję, muszę natychmiast wracać. Polecenie szefostwa korporacji – wybąkał.

– Co? Ze mną się, ciulu, nie napijesz!? – zirytował się pradziadek, ale tak był ucieszony z mojego przyjazdu, że pozwolił mu uciec.

Kierowca zmykał tak szybko, że zapomniał wypakować moją walizkę z kosmetykami, ubraniem, książkami i laptopem, ale w sumie to wszystko nie było mi potrzebne. Laptop i tak działałby do wyczerpania baterii, bo w gospodarstwie nie ma prądu. Internetu też na Majdanie nie ma, choć teoretycznie komórki zasięg łapią. Pradziadek bardzo się martwi, że psuję sobie wzrok, czytając, więc staram się oszczędzać mu tego widoku, bo to nieładnie robić przykrość starym ludziom.

Co do ubrań, na strychu wisi masa łachów z czasów, gdy dziadek, a potem tatko byli w moim wieku. Jest w czym wybierać, nie ma problemów z rozmiarami, a dzięki tym strojom bez trudu wtapiam się w otoczenie. Na wsi moda zmienia się powoli, nikogo nie dziwi kapota sprzed trzydziestu lat. A z drugiej strony lepiej tu markowymi ciuchami nie pańszczyć, bo miejscowi mogą się wpienić i takiego strojnisia raz-dwa zdemokratyzować. A co do kosmetyków, dziadek nie przykłada większej wagi do spraw higieny, a jak już koniecznie trzeba się umyć, ma zapas trzydziestoletniej pasty BHP po zlikwidowanym sklepiku GS-u i trochę starych worków pociętych na ręczniki. I wody w studni nie brakuje.

Uściskaliśmy się na powitanie i weszliśmy do chaty. To bardzo stary dom, postawił go jeszcze pradziadek mojego pradziadka, a zrobił to tak perfekcyjnie, że do tej pory nigdy nie było potrzeby przeprowadzać większego remontu. Tylko strzechę kiedyś wymieniono na eternit. Ściany polepione są gliną, co kilka lat szoruje się je tylko sodą kaustyczną lub perhydrolem, a deski podłogi nasącza na nowo ropą. Bakterie oraz grzyby giną i znów wszystko gra. Karaluchów nie ma, bo nie lubią panujących wewnątrz zapachów, a pluskwy też się pradziadka nie czepiają, bo zwykle jest tak nasączony samogonem, że jego krew jest dla owadów trująca. Myszy natomiast wyniosły się już dawno, żeby nie zdechnąć z głodu.

Pradziadek uwinął się szybko. Wszystko było jeszcze ciepłe, widać szósty zmysł podpowiedział mu, nie tylko że przyjadę, ale nawet o której godzinie. Na stole o blacie porżniętym nożem stanęły dwie wyszczerbione gliniane michy z zawiesistą grochówką wedle miejscowego przepisu. W zupie jako wkładka pływały kawałki podejrzanie wyglądającej kiełbasiny oraz jeszcze dziwniejszej wędzonki. Do tego, wiejskim zwyczajem, wzięliśmy po grubej pajdzie chleba.

– Żryj i niech ci dupą wylizie – powiedział mój przodek życzliwie.

– Smacznego – odparłem.

Wytarłem pogiętą aluminiową łyżkę o skraj koszuli i powiosłowałem w misce. Skończyliśmy równocześnie. Pradziadek wystawił naczynia za próg. Duża czarna suka od sąsiadów pojawiła się po chwili, zwabiona zapachem. Z wielkim zapałem zaczęła polerować kamionki językiem. Pradziadek pieszczotliwie poczochrał ją po gardle, a potem po grzbiecie, odruchowo sprawdzając grubość tkanki tłuszczowej na karku.

– Widzisz, prawnuku, trzeba być w życiu dobrym dla zwierząt, w podziękowaniu za ich poświęcenie, gdy w te gorsze czasy one wykarmiły nas – powiedział. – No a o psy szczególnie trzeba dbać, bo to nasi wierni, można powiedzieć nawet, że najwierniejsi przyjaciele. Nie raz ratowały nam życie. Niejeden z moich kumpli tylko dzięki kuracji psim smalcem dotrwał jakoś do epoki, gdy antybiotyki położyły kres gruźlicy.

Pogłaskał sunię i odprawił ją ruchem dłoni.

Po obiedzie zaległiśmy w sadzie pod jabłonką, żeby wszystko ułożyło nam się w żołądkach i żeby dać szansę sadełku na zawiązanie. Słoneczko przygrzewało przyjemnie, jabłuszka rumieniły się, dyndając nam nad głowami. Nad słonecznikami brzęczały pszczoły, muchy bzyczały nad gnojówką, krety i dżdżownice drążyły w glebie korytarze. W oddali piał kogut, jak to na wsi. Tylko krowy nie muczały, bo Unia narzuciła limity produkcji mleka i nikt już tej chudoby nie trzyma.

– Nie ma to jak grochówka na wędzonce – powiedział pradziadek, puszczając jednocześnie głośne i wyjątkowo cuchnące wiatry. – I w żołądku pełno, i w gaciach ciepło. Zimą szczególnie jest to korzyść nieoceniona.

– Ale trochę śmierdzi to ogrzewanie – zaprotestowałem, wachlując się intensywnie liściem łopianu.

– To, można powiedzieć, ekologiczny zapach. Naturalny, zdrowy, inny niż z chemikaliów robiony – pouczył mnie przodek surowo. – Poza tym nie ma co się krzywić, na wsi jest czyste powietrze i kwiatki pachną, to trochę przywracam równowagę w przyrodzie. Delikatne pierdy z umiarem wsączane w atmosferę są jak ta kropla miodu w beczce dziegciu.

Gdy obiad już nam się trochę uleżał, zgodnie z odwiecznym rytuałem poszliśmy na spacer. Ot tak, zobaczyć, co się na wsi zmieniło od mojego poprzedniego pobytu. Po prawdzie zmienia się tu raczej niewiele, tylko chaszcze z roku na rok intensywniej rosną. Dziadek widać znów zadarł z sołtysem, bo przed opuszczeniem podwórza okręcił się łańcuchem krowiakiem, a za pas zatknął siekierkę.

– Jak mówi rosyjskie przysłowie, siekiera karmi i ubiera – mruknął, widząc moje zainteresowanie.

Że siekiera może kogoś nakarmić, to jasne. Wystarczy zarąbać nią jakieś zwierzę, co mój przodek czyni dość regularnie. Ale nie miałem pojęcia, jak to narzędzie może kogoś ubrać, a głupio było mi pytać. Po drodze minęliśmy jakiegoś gogusia, mimo upału odzianego w garnitur. Facet niósł pod pachą teczkę. Wyglądał trochę na studenta, trochę na domokrążcę, a trochę na misjonarza jakiejś sekty. Pradziadek z reguły profilaktycznie goni wszystkich obcych, ale temu najwyraźniej odpuścił.

– Co to za jeden? – zapytałem.

– Kręci się po okolicy od trzech dni. Zbiera pieniądze na projekt naukowy, który ma udowodnić, że Ziemia jest płaska – wyjaśnił pradziadek, widząc moje zaciekawienie. – U mnie też był. Niech spada, idiota. Nie zamierzam tracić mojej ciężko uciułanej kasiory na udowadnianie rzeczy całkowicie oczywistych.

– Większość ludzi jest przekonana, że Ziemia jest kulą – zauważyłem ostrożnie.

– Wilka nie obchodzi, co myślą barany! Większość, powiadasz? – Spojrzał na mnie badawczo, jakby chciał sprawdzić, czy się z niego nie nabijam.

– Przecież tak się nawet mówi: „kula ziemska".

– I ty też sądzisz, że Ziemia jest kulą? Kto ci, prawnuk, takich głupot nagadał?

– To powszechny pogląd naukowy – broniłem się. – Nawet w szkole nas tego uczą.

– To miałem rację, że w porę się pożegnałem z tą instytucją!

– Kosmonauci, jak byli w górze, też to widzieli. Taki na przykład Jurij Gagarin...

– Ruskim tobym na twoim miejscu nie ufał. Amerykańcom zresztą też nie! Popatrz mi w oczy, potomku, i powiedz, co widzisz?

– Przekrwione... – stwierdziłem.

Istotnie, wyglądało na to, że przodek cierpi na ostre zapalenie spojówek, zapewne na podłożu alergicznym. W końcu to wieś, masa pyłków lata tu w powietrzu, a i alergeny z nawozów sztucznych i środków ochrony roślin mogą szkodzić.

– Przekrwienie jest od bimbru. Nie o to pytam. Powiedz, jakiego są kształtu.

– Hmm... Rzekłbym, że takie wypukłe. O to chodziło?

– Ano właśnie. W tym cały problem. Jak oko jest wypukłe, to siłą rzeczy obraz, który dociera do mózgu, zostaje zniekształcony, jakby go oglądać przez szkło powiększające albo denko butelki. Wszystko wydaje nam się nieco wypukłe i stąd wzięło się to idiotyczne przeświadczenie, że Ziemia jest kulą. Jakie jeszcze jest oko?

– Okrągłe? Znaczy się owalne.

– No właśnie. To jak ekrany bardzo starych telewizorów. Też były takie owalne trochę. Jak się dziennik oglądało, obraz pośrodku był okej, ale po bokach zdeformowany. I tu jest tak samo. Przez to ograniczenie wydaje nam się, że i horyzont otacza nas ze wszystkich stron, jakby kołem. A wystarczy popatrzeć na byle jaką mapę, żeby się przekonać, że cała powierzchnia jest pocięta na trójkąty i kwadraty miedzami, szosami, równikami i biegunami!

To, co mówił, wydawało mi się całkiem logiczne, ale na wszelki wypadek nie podejmowałem dalszej dyskusji. Przodek może i nie ma wykształcenia, ale lubi sobie czasem opracować własne interpretacje różnych zjawisk. A jak już w swoim mniemaniu rozkmini, co jak działa, trzyma się tych teorii niby pijany płotu.

Jak co roku poszliśmy na wzgórze i z ogromną dumą pokazał nasze pole. Chociaż „pole" to może trochę za dużo powiedziane, raczej rozległy łan wszelakich chwastów, który przerastają krzaki dzikiego bzu oraz wysokie na dwa metry brzózki i topole.

– Kiedyś to wszystko było Bardaków – powiedział z namaszczeniem. – A w przyszłości będzie twoje.

– Tak, wiem, że od sześciu pokoleń podorywaliśmy im miedzę, aż w końcu nie zostało im już nic, co mogliby zaorać – mruknąłem.

– No właśnie. Zapamiętaj na zawsze, że ziemia to nasza matka. Skarb i świętość. O ziemię trzeba dbać i niczym bezcenną relikwię chronić ją przed profanami. Kto traktuje ziemię z szacunkiem i ruguje z niej frajerów niegodnych miana gospodarzy, temu odpłaci się ona stokrotnie.

Coś z racji w tym odpłacaniu może i jest, bo wśród perzu widziałem całe kępy zielska, które nazywają tu „judaszowymi srebrnikami".

– I ty dbasz o tę zdobyczną ziemię lepiej niż ci wysiudani? – wolałem się upewnić.

– Najlepiej, jak tylko można, bo daję glebie odpocząć. Poleży odłogiem, nabierze sił, a gdy ty zostaniesz gospodarzem, zbierzesz czterysta kwintali polipastów z hektara.

– Czego niby?! – zdumiałem się.

– No, to takie bulwy, co idą na paszę. Odmiana buraka, albo i kartofla... Nie wiem, nie jestem agronomem. Gadali o tym instruktorzy z kółka rolniczego. Podorałbym jeszcze tamto pole. – Wskazał zagony za asfaltówką. – Ale z drogą gminną to jednak grubsza robota. Muszę tak to zrobić, żeby nikt się nie kapnął, że się nawierzchnia przesunęła.

– Może by to wykarczować trochę? – Spojrzałem mimochodem na siekierkę, którą pradziadek nosił za pasem.

– Ani mi się waż! Przez to upowszechnienie szerokopołaciowego rolnictwa giną kuropatwy, bażanty i zające. No bo wiesz, zając siedzi pod miedzą, a jak miedzy nie ma, to jest kaput... A tu są krzewy, w których stworzyłem istną ostoję polnej zwierzyny. Taki już jestem proekologiczny. – Wypiął dumnie pierś.

Po prawdzie kawałek za naszym polem rozciąga się las i głęboki wąwóz lessowy, tak zwana debra. Krzaczory, które tam rosną, są znacznie gęściejsze, więc z pewnością zwierzyna, mając wybór, ukrywa się wśród nich. Ale przodek tak był dumny z siebie, że wolałem mu nie dogryzać. Myślę, że w przyszłości trzeba będzie to wszystko po prostu zalesić, jako że uprawa tak niewielkiego kawałka lichej borowiny jest nieopłacalna ekonomicznie.

Po południu zaczęliśmy się szykować, żeby tradycyjnie w dniu mojego przyjazdu wyciąć jakiegoś psikusa naszym odwiecznym wrogom – Bardakom. Tym razem postanowiliśmy wyciąć psikusa pirotechnicznego. Pradziadek wygrzebał z szuflady kuchennego regału słoik karbidu. Bardaki od dawna mają już w chatach normalne ubikacje, spłukiwane wodą, ale nestor rodu, stary Izydor, jest zatwardziałym tradycjonalistą i woli korzystać ze sławojki. Podobno tak już przywykł od małego, że na starość nie zdołał się oduczyć.

– Jak się ściemni, pójdziemy do Wojsławic, zakradniemy się na ich podwórze i wsypiemy mu w dziurę na sranko tak z pół kilograma – wyjaśnił pradziadek. – Karbid w zetknięciu z wilgotnym gównem będzie wydzielał acetylen. Ten kmiot Izydor uwielbia palić pety, jak siedzi w wygódce. Wrzuci niedopałek w dziurę pod siebie, a wtedy bum! Albo wybuch pójdzie na boki i mu kibel rozniesie w drzazgi, albo do góry, to go tylko z klopa zrzuci i dupę przypali. W obu przypadkach ubaw będzie po pachy, a i on w gównie po pachy.

– No dobrze, ale po co nam ta nieustanna wojna z Bardakami? – zadałem pytanie, które od dawna mnie nurtowało. – Tłuczemy się z nimi od co najmniej dwustu lat.

– Od trzystu minimum, albo i pięciuset nawet! Słyszałem rodzinną opowieść, jak to się zaczęło. Otóż my, Wędrowycze, poszliśmy pod Grunwald pomóc naszym. Sam rozumiesz, na każdej wojnie jest kupa roboty, za którą rycerzom po prostu nie wypada się łapać.

– Konie czyścić i latryny dla wojska kopać? – domyśliłem się.

– To oczywiście też, ale chodziło mi raczej o to, że ktoś musiał dobijać rannych widłami i wyciągać poległym rycerzom sakiewki. No więc nasi przodkowie poszli, a te tchórzliwe patafiany wolały zostać w domach. W każdym razie od tamtych pór tłuczemy się regularnie. My ich, oni nas, w dawnych czasach, gdy było jednych

Nasz Dziennik
niedzie

i drugich więcej, to i trupy się trafiały. Na wsi konflikty o podoraną miedzę czy o podpalony stóg to poniekąd tradycja i, można rzec telewizyjnym językiem, dziedzictwo kulturowe.

Wypowiedziawszy te słowa, pradziadek wypiął dumnie pierś, by uświadomić mi, że to właśnie on jest niezłomnym strażnikiem tego dziedzictwa, albo może i samym dziedzictwem?

– Nadal trochę nie rozumiem – poskarżyłem się. – Skoro my ich, a oni nas... Można nieomal powiedzieć, że te tradycje wiejskie my i oni jednakowo podtrzymujemy.

Pradziadek zrobił srogą minę.

– Zasadnicza różnica jest taka, że my zachowujemy z wielkiej spuścizny przodków tylko to, co dobre, ewentualnie jeszcze to, co pożyteczne – zaczął mi tłumaczyć. – Natomiast Bardaki są rezerwuarem zachowań bezsensownych, a przy tym wieśniackich, burackich i obciachowych. Przeżytków epok ciemnoty i zabobonu, które należy plenić, a nie kultywować.

– Hmm... – wyraziłem wątpliwość.

– Zaraz ci wytłumaczę na przykładach. Weźmy najprostszy. Gdy normalny człowiek szcza do zlewu w kuchni, to najpierw wyjmuje brudne naczynia. A Bardaki? Nie wyjmują!

– A ty? – zapytałem ostrożnie.

– No, ja szczam normalnie, pod płotem. Ale gdybym miał zlew, tobym w takiej chwili naczynia wyjmował.

Rozejrzałem się odruchowo po kuchni, ale okazało się, że dobrze pamiętam. Pradziadek w ogóle nie ma w niej zlewu, a naczynia – o ile ich używa – myje w blaszanej wanience, wykorzystywanej też do prania gatek, szorowania gumiaków oraz mycia nóg przed niedzielną mszą.

Proponowałem nieraz, że ojciec kupi mu zmywarkę, ale przodek się wykręca, że nie pozwoli sobie założyć elektryczności. Twierdzi, że nie jest do niczego potrzebna, a instalacje szpecą krajobraz. Zasugerowałem, że żadne kable i słupy nie będą potrzebne. Przecież można kupić mały agregat na benzynę, albo nawet ściągnąć z USA taką zmywarkę na sprężone powietrze, jakiej używają amisze. Ale pradziadek tylko jak zwykle mnie wyśmiał.

Tak więc, podsumowując wypracowanie, mogę powiedzieć, że z licznych kompletnie bezużytecznych prawd życiowych przekazanych mi tego dnia ta jedna o zlewie wydaje mi się choćby w minimalnym stopniu cenna i użyteczna. No i może jeszcze myśl, żeby być dobrym dla zwierząt, choć ta dobroć w wykonaniu mojego pradziadka nie wydaje mi się tak zupełnie bezinteresowna.

Profesor westchnął ciężko. Nie pierwszy raz miał wrażenie, że młody Wędrowycz nie rozumie jego poleceń albo z jakiejś przyczyny nie potrafi ich poprawnie wykonać.

Niby zadanie zrobione, rozmyślał, ale jakość tych przekazanych mądrości życiowych absolutnie żenująca. Przesłanie moralnie wątpliwe. Co ja gadam „wątpliwe"? Przecież to czysta patologia i demoralizacja! Bo co chłopak zanotował w pamięci? Że Ziemia jest płaska, że psy to chodzące zbiorniki smalcu, używanego potem do praktyk znachorskich. Że pole powiększa się, rugując poprzednich właścicieli. I jeszcze ta historia o dobijaniu rannych rycerzy i o sakiewkach zabieranych trupom... Miejmy nadzieję, że to zmyślone! Mówiąc po ludzku, ten jego pradziadek to kompletny troglodyta! Jakim cudem uchował się w naszym kraju taki przypadek wiejskiego dzikusa, brudasa, złodzieja, idioty i łajdaka? Dno i metr mułu... Z drugiej strony chłopak jednak ładnie to wszystko opisał i w sumie nawet trochę krytycznie...

Czerwonym długopisem belfer namalował wielką, tłustą tróję i odłożył pracę na stosik przeczytanych.

Nic dziwnego, że Piotrek jest dziwny, skoro w takie miejsca i do takich krewnych jeździ na wakacje. Po prostu nieszczęsny dzieciak z patologicznej rodziny. Co z tego, że ojciec to nadziany informatyk? Czarno na białym widać, że to taka rodzinka, co to ze wsi już wyszła, ale do miasta nigdy nie doszła, a w dodatku wieś z nich uparcie wyjść nie chce. Wolę nie zgadywać, co ten gówniarz napisał na historię. Bo coś mi się widzi, że ten Grunwald to nie była jedyna przygoda w jego rodzinie...

Parcie na pęcherz stawało się już potworne. Belfer wyjrzał z nadzieją do przedpokoju. Z łazienki nadal dobiegały odgłosy przygotowań, tym razem był to dla odmiany szum suszarki. W rozdzieranym wewnętrznym ciśnieniem pęcherzu zakiełkowała nieśmiało nadzieja. Nauczyciel podszedł do drzwi i zapukał ostrożnie.

– Ileż razy będę powtarzać?! Nie umiesz wytrzymać głupich pięciu minut?! – Drzwi zadrżały od wrzasku.

Zniechęcony belfer pokuśtykał do gabinetu. Czuł, że za chwilę rozerwie mu już nawet nie moczowody, ale i same nerki. Plecy rwały tępym bólem. Każdy nieostrożny ruch potęgował męczarnie. Iść do sąsiada poprosić o możliwość skorzystania z toalety? Po pierwsze, głupio jakoś, po drugie, czuł, że nawet nie dojdzie... Lać przez okno też obciach, w dodatku tu wszędzie jest monitoring, a nie byłoby dobrze zostać gwiazdą Internetu. Do doniczek z kwiatkami? Będzie chryja...

I nagle zamarł, tknięty jakąś myślą. Sięgnął raz jeszcze po wypracowanie. Przeczytał ostatni akapit, skreślił tróję, walnął obok piękną szóstkę z plusem, a potem, ściskając kolana, podrobił do kuchni i zaczął gorączkowo wyjmować brudne talerze ze zlewu.

Rycerz burej onucy vulgo Leonidas współczesny

czyli czyn bohaterski synów ziemi naszej Symeona i Jakóba w dniu grunwaldzkiej bitwy dokonany

Wyimek z chełmskiej kroniki Iwana Krótkosza
z języka staro-cerkiewno-słowiańskiego
przełożył A. Pilipiuk

Opowiadali później, że ci dwaj z południa przybyli. Inni jednak twierdzili, że z północy wiodła ich droga. Ja jednak wiem najlepiej, gdyż po mowie poznałem, jako ich moja chełmska ziemia zrodziła, a spod Grunwaldu ku domowi wracając, za towarzyszy mojej podróży ich miałem, co rzecz potwierdziło. Przez wiele dni stopy nasze pylisty trakt mazowiecki deptały. Wieczorami za stołem w szynkach biesiadowaliśmy. Nocami obozowymi przy ogniu grzaliśmy kości. Niejedno mi wówczas o swym udziale w wiktoryji grunwaldzkiej opowiedzieli.

Sam świadkiem i uczestnikiem bitwy będąc, słowa ich rozważyć mogłem i ziarno prawdy od plew konfabulacyj odsiawszy, tę oto potomności opowieść przekazuję...

Wiem, że rozliczni mężowie w piśmie szkoleni dzieje bitwy grunwaldzkiej już drzewiej opisali, jednakowoż żaden z nich naocznym świadkiem starcia nie był, tedy zawierzyć musieli relacjom mniej i bardziej wydumanym przez rycerzy składanym. Na tym polu przewaga moja ogromna, gdyż wypadki te własnymi oglądałem oczyma. I czytając innych opowieści, niejednokrotnie rażące rozbieżności spostrzegałem. W szczególności łgarstwami obrosła sprawa poselstwa wielkiego mistrza, które dwa nagie miecze przyniosło. Rozkaz królewski kronikarzom wydany wiele wstydliwych szczegółów cenzurze poddał, a w usta postaci słowa wzniosłe a chwalebne włożono, które po prawdzie nie padły nigdy. Jam jednak człek wolny, przysiąg nie składałem, a król nasz już do wieczności się przeniósł – tedy kreślę te zdania w przekonaniu, że pora potomności prawdę poznać.

Słońce lipcowe przygrzewało mile i cała okolica ku Grunwaldowi ruszyła. Bitwa rozegrać się miała dnia następnego, więc kto żyw ciągnął, by oczy nacieszyć widowiskiem, a przy okazji niejeden umyślił trochę grosza zarobić. Szli chłopi, baby, dziewczęta, dzieciska i podrostki. Rzecz jasna, każden w sercu inne nadzieje niósł. Panny liczyły, iż za kilka srebrnych groszy cnotę szlachetnym rycerzom oddadzą. Rzeźnicy kiełbasy wieźli, bo jak wiadomo: czy przed bitwą, czy po bitwie – wojownicy głodni jednako. Karczmarze beczki z piwem i winem toczyli. Szli Żydzi, by łupy zdobyte od razu na brzęczącą monetę wymieniać. Maszerowali biedacy, którzy naciąć dobrego mięsiwa z ubitych koni pragnęli. Kowale osiołki prowadzili, a za pasy worki płócienne zatknęli. Po takiej bitwie znaleźć wszak można w trawie niejeden miecz zdatny do przekucia w lemiesz.

Byli i tacy, którzy w szlachetnym porywie serc pragnęli oskubać trupy rycerzy z sakiewek i w ten sposób dopomóc poległym dostąpić zbawienia. Wszak zapisano w Biblii, że bogaczom trudno będzie wejść do królestwa niebieskiego... A gdzieś tam śród ciżby ludzkiej kroczyli dwaj moi krajanie, wiodąc ożywioną dysputę.

– Spójrz na to od innej strony, drogi przyjacielu – rzekł Jakób, chudopachołek z wsi Woysławice, z racji zamiłowania do włóczęgostwa zwany Wędrowyczem. – To może być unikalna okazja, by status nasz społeczny poprawić i do stanu rycerskiego przystąpić.

– Co z ciebie niby za rycerz? – parsknął kroczący obok niego Symeon. – Zbroi nie posiadasz, pasa nie masz, miecza także nie nosisz. Co więcej, nie masz też rycerskiej rękawicy. Kto uwierzy, że chłop w siermiędze i łapciach z brzozowego łyka jest szlachetnie urodzony?

– I na to jest sposób. – Jego towarzysz miał już widać wszystko obmyślone. – Trza tylko przed bitwą upatrzyć wrogiego rycerza, ostrzem ojcowej siekierki życia go pozbawić, ze zbroi obrać i na siebie blachy naciągnąć. Po bitwie zaś iść do króla oświadczyć, że od ciosu w głowę postradaliśmy pamięć i prosimy, by nadał nam nowe imiona i jakieś włości, no bo co to za rycerz, który włości nie ma?

– Plan to zacny i przebiegły wielce, mój drogi przyjacielu. Obawiam się jednakowoż, że niełatwo będzie rzecz całą przeprowadzić. Wszak o obyczaju rycerskim pojęcie mamy nikłe i zaraz rozpoznają, żeśmy podłego pochodzenia i niskiego stanu... Na ten przykład czy wiesz, po co rycerzowi rękawica?

– Mniemam, iż by go po palcach mieczem nie chlasnęli – domyślił się Jakób.

– To swoją drogą. Jednakowoż rękawica bywa częściej potrzebna do wyzywania się na pojedynek. Rycerz drugiemu pod nogi taką rzuca i jak tamten chce się potykać, to ją podnosi.

– A co w razie, jak bliźniemu mieczem gnatów rachować nie zechce?

– No to nie podnosi. Ale wtedy rycerski honor traci i nikt go już więcej nie poważa.

– Mój przyjacielu, obyczaj ten wydaje mi się nielogicznym. – Wędrowycz poskrobał się po głowie. – Przecież gdy rycerz drugiego na pojedynek wyzywa i tamten jego rękawicę podnosi, to wyzywającemu jednej brakować będzie, wróg zaś o jedną za dużo posiądzie. Cudza rękawica, zwłaszcza okuta żelazem, to tylko kłopot i w boju zawada, a rzucić jej na ziemię nijak, bo ktoś uzna to za wyzwanie i kolejny pojedynek sprowokować można.

– Może zatem wyzwany rękawicę podniesioną przed potyczką właścicielowi oddaje? Tego to już nie wiem – zafrasował się Symeon. – Sam jednak przyznać musisz, iż niewiele wiemy o rycerskich sprawach i trudno nam będzie wejść między nich tak, by za swojaków nas wzięli.

– Ha! Tedy plan nowy w głowie mi się ulągł. Co powiesz, druhu, abyśmy dwóch rycerzy ze zbroi obłupili i do dom powróciwszy, ogłosili wszem wobec, że król nas po bitwie pasował w uznaniu zasług na polu boju i osadę w ręce nasze oddał? Ludzie u nas prości, mniemam, iż oszwabić się dadzą.

– To udać się może, jednak obawa mnie dręczy, co będzie, gdy to sprawdzić zechcą? – zaniepokoił się przyjaciel Jakóba.

– Rozchmurz swe czoło. A jak niby sprawdzą? Musieliby do Krakowa na dwór królewski pismo w naszej sprawie wysłać. A po primo, pisać nie umieją, zwłaszcza po łacinie, która jest kancelarii królewskiej językiem. Po sekundo zaś, jak odpowiedź przyjdzie, to czytać takoż nie umieją i raz jeszcze przypomnę, że łaciny nie znają, a w tejże mowie odpowiedź sporządzona będzie. I po tercjo, adresu królewskiego takoż nie znają, a nawet zapytać nie mają kogo. I wreszcie po kwarto, poczty u nas jeszcze nikt nie wymyślił, to niby jak to pismo wyślą? Wszak pieszo tak daleko nikt nie pójdzie. My zaś, mieczami dysponując, rychło wszelkie wątpliwości i głupie pytania uciszymy.

Przed wieczorem obaj utrudzeni wędrowcy z gęstych lasów na rozległą łąkę wyszli. Miejsce odnaleźli dogodne do obozowania. Suche było a słoneczne, krzewy tu jakoweś rosły do budowy szałasu zdatne, a las chrustu na ognisko pełen rósł nieopodal. W pobliżu zaś wypróchniałej wierzby pień leżał, w którego dziupli dzikie pszczoły gniazdo sobie uczyniły.

– Ha – rzekł Symeon. – Dziś już słońce się ku zachodowi chyli. Jednakowoż jutro, jeśli czasu przed bitwą stanie, dymem pszczoły odurzymy i plastry wonnego miodu wybierzemy, coby śniadanie przyjemniejszym uczynić.

– Takież jest i moje zdanie – rzekł jego towarzysz.

Z procy zająca ubili i rozpaliwszy niewielkie ognisko, spożyli kolację. Szałas z gałęzi liściastych zbudowali. Noce lipcowe ciepłe były, ale sen na gołej ziemi ich czekał, tedy pokrzepili się odrobiną benedyktyńskiej gorzałki z metalowego bukłaczka, a potem, rozgrzani i w swe spłowiałe opończe zawinięci, szybko w głęboki sen zapadli.

Wstawszy późnym rankiem, obolałe gnaty rozprostowali. Symeon przygasłe ognisko rozdmuchał, by resztki wczorajszego zajączka podgrzać, a i ogień pozyskać do pszczół odymienia. Woń mięsiwa właśnie nosy ich łechtać przyjemnie poczęła, gdy wypadki gwałtowne zaszły, spyży ich pozbawiając.

– Zobacz, mój przyjacielu. – Symeon druha łokciem trącił nieoczekiwanie. – Towarzystwo jakoweś nieproszone tu ciągnie, mniemam, głodne i zamiaruje zasłużonego posiłku nas pozbawić.

– Ale cóż to za jedni? O krucafuks, to przecież Germańce! – syknął Jakób.

Prawdę rzekł. Przez łan chwastów dwaj Krzyżacy maszerowali wprost ku nim. Słońce połyskiwało w polerowanych zbrojach. Pawie pióra szyszaki zdobiące na wiaterku powiewały. Wyraz twarzy zacięty mieli i ponury, a w sercach ich kamiennych nie było litości.

– Suczesyny na pewno do królewskiego obozu idą, by liczbę koni i armat przed bitwą zdradziecko porachować! Albo i, co gorsza, morale wojsk naszych ocenić! – wycedził Symeon.

– Na to pozwolić w żadnym wypadku nie możemy!

Podróżne kostury z ziemi porwali, po czym mimo lichości takowej broni odważnie drogę Teutonom zastąpili.

– Wy co? Zbyt daleko od domu zawędrowaliście? – syknął niższy. – Macie problem jakowyś?

– *Was?!* – zdziwił się Krzyżak.

– Jakóbie, wiochy nam tu nie czyń! – jęknął Symeon. – Tu nie szynk w naszej osadzie, ale przyszłej bitwy pole, które krwią bohaterów niebawem spłynie i nią po wieki uświęcone będzie. Chcesz starcie sprowokować, to choć trochę wykwintności, rycerskości, rytualnych zniewag z siebie wykrzesz. Pamiętasz, co ci o rękawicy mówiłem? Chcesz się z nimi bić, a nawet wyzwać ich wedle prawideł sztuki rycerskiej nie możesz...

– A pewnie, że pamiętam! I kto rzekł, że bez rękawicy zadaniu temu nie sprostam?

Jakób do łapcia sięgnął, burą, obślizgłą onucę wydobył i Krzyżakom pod nogi rzucił.

– Stawać do walki, kozie syny! – zawrzasnął gromko. – Tak dobrze będzie? – zwrócił się ku przyjacielowi.

Ten nic nie odrzekł, jeno minę zrobił, jakby go zęby wszystkie naraz rozbolały. I zaraz umykać musieli, bo Krzyżacy ruszyli na nich, młynki mieczami wywijając. Szczęściem, umykając, Jakób na pień wierzbowy wpadł, a kora wypróchniała pod stopami mu trzasnęła. Rój pszczół rozwścieczonych w powietrze się wzbił i zaskoczonych Teutonów gęsto opadł. Godzina cała minęła, nim obaj przyjaciele na miejsce starcia powrócili, Niemców wprzódy kosturami po głowach wygrzmociwszy, by ci przeszkód im w pracy nie czynili, a odgoniwszy ostatnie owady, zabrali się do swych planów urzeczywistniania... Powalony Krzyżak w trakcie obdzierania ze zbroi doszedł widać do siebie, bo rzekł coś cicho a boleśnie w swym narzeczu.

– Cóż rzecze ten człek? Przełóż mi słowa jego na naszą mowę, tyś, przyjacielu, w językach obcych uczony – poprosił Jakób.

– Mówi: „Wiedziałem, że w uczciwej walce pokonać nas nie zdołacie".

– No tak, w sumie ja także od razu o tym wiedziałem. – Jakób głową pokiwał, jakby sam dumał nad honoru swego podłą kondycją. – Ale rzecz najważniejsza dokonana. Mamy oto, czego nam było potrzeba – mruknął, na głowę hełm zakładając.

Gdy Jakób i Symeon, podzwaniając blachami zbroi zdobycznych, oddalili się, cichy jęk nad łanami chwastu wzniósł się i ku niebu błękitnemu popłynął. Dwaj krzyżaccy posłowie, poturbowani srodze i żądłami pszczół skłuci, doszli jakoś do siebie, a odnalazłszy wśród krzaków, świerzopu i dzięcieliny miecze przez mistrza im powierzone, ruszyli misję zleconą kontynuować.

Król nasz Władysław, mszy wysłuchawszy porannej, do bitwy właśnie się sposobił, gdy u wejścia do namiotu zadyszany pachołek stanął.

– Najjaśniejszy panie, posłowie wielkiego mistrza Ulryka von Jungingena przybyć raczyli – rzekł i ukłonił się w pas.

– Wyjdę do nich... – Jagiełło kufel niedopity na stolik odstawił. – A ty czego się uśmiechasz głupio a prostacko? – zirytował się.

– No bo widzisz, panie, oni są, jak by to powiedzieć, trochę niekompletnie ubrani... A raczej rozebrani, rzekłbym.

– Sam ubiór ich i jego niedostatki ocenię. – Władca podniósł się z siedziska, zaintrygowany.

Rycerze przysłani przez wielkiego mistrza z postury jak rycerze wyglądali, ale zarazem wyglądem ogólnym rycerzy nie przypominali. Byli jakoby dęby rośli, budowa ich kośćca mocną się zdała, a tu i ówdzie bliznami pokryci – widoczne ślady wielu zwycięskich wojen nosili na sobie. Giermek prawdę rzekł, gdyż całkowicie nadzy byli, jeno przyrodzenia sobie, jako praojciec Adam, klonowymi liśćmi zasłonili, a poza tym nawet śladu odzienia na sobie nie mieli. Gęby ich i dłonie bąble świeże znaczyły. Każden z nich miecz żelazny trzymał, a miecze także były nagie, a nawet bardziej niż posłowie, bo liściem nieosłonięte.

– Jego Wysokość król Polski... – zaczął herold.

– Tytulaturę daruj sobie, wszak kim jestem, wiedzą doskonale. – Zniecierpliwiony władca machnął ręką.

– ...Władysław Jagiełło – zakończył herold.

Wyższy Krzyżak odchrząknął.

– Najjaśniejszy królu, nasz wielki mistrz Ulryk von Jungingen te oto dwa nagie miecze przesyła... – zaczął.

– Chwileczkę – tak mu król przemowę wyrychtowaną przerwał. – Czegoście na mordach tacy spuchnięci? Strach obleciał i całą noc piliście? Że miecze nagie, to jeszcze jestem w stanie wyrozumieć, ale dlaczegóż i wy nadzy przed majestatem moim stajecie?!

Zakłopotani rycerze wymienili niepewne spojrzenia. Wreszcie ten niższy, zebrawszy resztki odwagi, w te słowa się odezwał:

– Zakon nasz, misje święte w Ameryce Południowej prowadząc, niejednokrotnie z Indyanami się stykał. Ludy pogańskie zaś nagość za znak czystości intencji uważają. Nabraliśmy przeto zwyczaju, by posłowie nasi bez ubrania występowali, chcąc podkreślić, że zdrady nie knujemy i nic do ukrycia nie mamy.

– Blefuje – rzekł z cudzoziemska królowi stojący u boku jego Zawisza Czarny. – Ameryka jeszcze odkrytą nie została.

– A więc za dzikusów nas macie?! – te słowa król ku posłom wycedził. – I do dzikich Indyan porównujecie? Zatem mistrzowi swemu przekażcie, że mieczy wprawdzie u nas poważny niedostatek, ale na takich jak wy eunuchów wideł od gnoju wystarczy! Kijami was zatłuczemy i czapkami nakryjemy. A teraz idźcie się wyswaźbnić! – Wskazał im kierunek, z którego przybyli.

Gdy posłowie jak niepyszni odeszli, Jagiełło do przybocznych się zwrócił:

– Ruszać już w pole mieliśmy, ja jednak plan bitwy zmieniam. Masa ludu ściągnęła obejrzeć, jak rycerze konno się potykają. Zatem w las ruszajcie i chłopom słowa obraźliwe gości naszych przekażcie. Zarazem wezwijcie, by wszyscy zdatni do noszenia broni pomogli nam tę zniewagę godnie i krwawo pomścić. W zamian tym, którzy bitwę przeżyją, pozwolę trupy obcych rycerzy do woli obdzierać i krzyżackie kobiety pogwałcić.

– Kiedy oni, zakonnikami będąc, wśród swego obozu kobiet nie mają – zauważył trzeźwo któryś z dworzan.

– Ty to wiesz i ja to wiem. A nasi poddani niekoniecznie – uciął król. – Perspektywa nagrody krew kmiotom rozgrzeje. A że nie pogwałcą, to nawet i lepiej, bo moralności ludu na szwank nie wystawimy, zatem także biskup gniewał się nie będzie. Na koń, panowie, pora na wieki całe wybić Germanom z głów myśli o zjednoczonej w ich ręku Europie.

Tak też się i stało. Gdy już rycerze polscy nawale krzyżackiej w polu ulegać poczęli, z głębi lasu nieoczekiwanie mrowie chłopów ruszyło, w dzidy, maczugi i lagi dębowe uzbrojonych. W bok germańskich formacji uderzyło i w chwil kilka pancerne zagony zmiotło. Kto zacz ci Indyanie, do których ich porównano, żaden pojęcia zielonego nie miał, obce słowo jednakowoż wystarczająco obraźliwie brzmiało, by głowy dymić poczęły.

Krzyżacy, gradem kamieni polnych z proc potraktowani, zalegli pokotem niczym przed wiekami obrzydłe dinosaurusy zmiecione mocą Świętej Ewy, znacząc białymi płaszczami pole bitwy, a na ziemi niechybna śmierć ich spotykała od kijów, wideł i kozików między płaty zbroi twardą chłopską ręką wrażanych.

Mniemam, iż pomoc ta, wcześniej nieplanowana, wojska nasze od klęski uratowała i los bitwy na szalę naszą przeważyła. A zatem – szerzej patrząc – to wysłannicy pięknej chełmskiej ziemi swoją zwadą z posłami i pozbawieniem ich odzienia o wyniku starcia przesądzili. W skromności swej na nagrodę z rąk króla nie czekali, jeno zaraz po bitwie, upchawszy za pazuchę sakiewki z trupów ściągnięte, w zdobycznych blachach do dom wyruszyli. Ale że szmat to drogi, a miesiąc cały wędrowali, w szynkach napotkanych najpierw bitą monetę roztrwonili, potem kawałki zbroi spieniężyli lub wymienili na piwo, tak więc między swoich wrócili, jako wyszli – w siermięgi chłopskie odziani, i miast łupów spodziewanych tylko wiekopomną chwałę do rodzinnych Woysławic przynieśli.

Złota kaczka

Jakub i Semen wtarabanili się do knajpy. Kopnęli z przyzwyczajenia drzwi, z przytupem gumofilców przemaszerowali po dechach podłogi i zahamowali przed ladą. I w tym właśnie momencie, gdy ucichły ich kroki, głucha cisza uderzyła w obydwu jakby obuchem.

Pewnie dziś zamknięte, pomyślał Wędrowycz, a potem rozejrzał się kontrolnie. Nie, lokal był pełen ludzi. Tylko z nieznanej przyczyny wszyscy siedzieli z ponurymi minami i zwiesiwszy nosy na kwintę, sączyli w milczeniu alkohol. Obaj kumple spojrzeli na siebie, jak na komendę wzruszyli ramionami.

– Dwa piwa. – Egzorcysta wielkopańskim gestem położył na ladzie wymięty banknot dziesięciozłotowy.

Barman bez słowa pokazał mu nową wywieszkę przy dystrybutorze.

– Co jest, do cholery! Jak to siedem dwadzieścia!? – ryknął Jakub.

Butelki na barze zadrżały, szyby w oknach też. Bardaki odruchowo przewrócili stoliki i rozpłaszczeni na podłodze, ukryli się za blatami.

– Nic nie poradzę – wycedził barman. – Podrożało.

– Że niby inflacja? – zaniepokoił się Semen.

– Nie. Po prostu podniosłem cenę.

Jakub potrząsnął głową jakby ogłuszony.

– Ale jak to podniosłeś cenę? – zdziwił się.

– Kojarzycie w Chełmie kantor na placu Łuczkowskiego? Ten w takim baraczku z pustaków? – zagadnął ajent.

– No, jest tam coś takiego – kiwnął głową kozak. – Kantor, skup złota i jednocześnie lombard i punkt lichwiarski, gdzie można sobie zaciągnąć pożyczkę z gatunku tych nie do spłacenia. Przejdź do rzeczy.

– Mój siostrzeniec pracował dwa lata w Anglii, wrócił z grubszą kasą i chce sobie kupić dom w Chełmie. Zaniósł tam uciułane funciaki, wymienił, ale jak miał wpłacić na dom, okazało się, że go ta gnida z kantoru przekręciła. Część polskich dostał fałszywymi banknotami... Dwadzieścia trzy tysiaki w plecy, mówiąc konkretnie.

– Fiu... – gwizdnął Semen. – Poszedł na policję?

– Poszedł. Gówno mu z tego przyszło. Wyśmiali go. Świadków nie ma. A na żadnym z lipnych banknotów nie ujawniono odcisków palców tego kantorowego dziada. W dodatku – ściszył głos – to synalek byłego ubeka jest. Tego, co tu był w Chełmie najważniejszy. Policja od razu mojemu krewniakowi powiedziała, że próbować procesować się z nim to jak kopać się z koniem. Ma układy i układziki, w sądach, w prokuraturze. Nie do ruszenia, kanalia. A już jest podpisana umowa przedwstępna i zostały dwa miesiące, żeby uregulować resztę kasy za chałupę. No to podniosłem wam cenę piwa, żeby siostrzeńca ratować.

Egzorcysta stał zbaraniały, potrząsając głową. Słowa, które usłyszał, były tak jakby w jego języku, ale treść, którą niosły zbudowane z nich zdania, nijak nie dawała się ogarnąć jego prostym chłopskim umysłem.

– Zaraz... – bąknął. – Czyli jeśli dobrze zrozumiałem, przez to, że jakaś gnida przekręciła twojego krewniaka, całe Wojsławice muszą cierpieć i składać się na pokrycie strat?! – zdziwił się.

– No właśnie. – Barman wypiął z dumą pierś. – Niegłupio to wymyśliłem, co nie? Chłopakowi pomogę i własnych oszczędności nie naruszę.

– Oj, niegłupio – wycedził przez zęby Jakub. – W ogóle łebski z ciebie facet, aż prawie szkoda, że był to ostatni pomysł w twoim życiu.

Na widok jego miny barman nieco pobladł i po raz pierwszy tego wieczora poczuł, że jego pomysł z podwyżką ceny piwa – choć na papierze wyglądał całkiem nieźle – niekoniecznie musi sprawdzić się w realnym życiu. W następnym ułamku sekundy świat fiknął koziołka, a on leżał rozciągnięty na szynkwasie. Twarde jak stalowe kleszcze palce lewej ręki egzorcysty trzymały go za gardło. Naga żarówka lampy krzesała refleksy na ostrzu wzniesionego do ciosu bagnetu. Ajent rozejrzał się w panice, spojrzał na zebranych w lokalu wieśniaków i wzdrygnął się. Patrzyła na niego setka jakby wilczych ślepi. We wszystkich czytał ten sam bezlitosny wyrok. I w dodatku miał całkowitą pewność, że gdy Birski będzie prowadził śledztwo w sprawie morderstwa, nikt, absolutnie nikt nie zezna przeciw Wędrowyczowi.

– Masz serce z kamienia, bydlaku, ale nie martw się, zaraz ci je wypruję – cedził tymczasem przez zęby najwierniejszy klient.

– Zaczekaj. – Semen delikatnie powstrzymał przyjaciela.

– No co?

– Zarżniesz go i co dalej?

– A co mnie to obchodzi? – prychnął egzorcysta. – Dłużej klasztora niż przeora. Ajenci przychodzą i odchodzą, a knajpa jest wieczna!

– Przyjdzie nowy barman. Ten tu jest od lat, oswojony i przyuczony do lokalnej specyfiki. Wie, żeby nalewać zawsze ciut ponad kreskę i żeby nie dobijać zbyt wiele kranówki do keg. Wie też bez pytania, jaki gatunek piwa lać nam, jaki Birskiemu, a jaki Bardakom. A nowy przyjdzie zielony. Najpierw przez rok czy dwa będzie kombinował, jak nas przekręcić. Zanim mu ręcznie wytłumaczymy, co właścicielowi knajpy wolno, a czego nie wolno.

– Rok? – zafrasował się Jakub.

– Rok minimum. Jeśli co tydzień zajdziemy do knajpy, to będą pięćdziesiąt dwa mordobicia szkoleniowo-wychowawcze. Albo i pięćdziesiąt trzy, bo to chyba rok przestępny będzie. Pięćdziesiąt razy dostaniemy inne piwo, niż lubimy. Za każdym razem będzie trzeba sprawdzać, czy w ogóle sięga do kreski, i smakować, czy się chlorowaną wodą za mocno nie odbija i czy nie dodał na dno kufla jakiegoś świństwa, żeby piana stała. No i czy kufle dobrze umyte. A jak się okaże niewyuczalny i będzie trzeba dziada zlikwidować, a potem od zera przyuczać trzeciego...

– Hmm... Sporo wiedzy praktycznej by przepadło. To może faktycznie w tym przypadku lepiej nie zabijać? –

Wędrowycz przestał dusić ofiarę i niechętnie wpuścił bagnet w cholewę gumofilca. – Jednakowoż jakaś kara za taką drożyznę powinna być.

– Z tą podwyżką to faktycznie niedopuszczalne przegięcie – kozak pouczył surowo barmana i dla podkreślenia wagi swoich słów pogroził mu palcem.

– Ale to dla ratowania krewniaka – zakwilił ajent.

– I tylko dlatego jeszcze żyjesz, dlatego właśnie odpuszczamy ci najwyższy wymiar kary, w imię wartości rodzinnych – burknął egzorcysta, a potem łypnął na obrazek Jana Pawła II wiszący nad barem i zdjąwszy uszankę, przeżegnał się uroczyście. – Proponuję układ. Cena wraca do poprzedniej wysokości, a my ze swojej strony uratujemy ci siostrzeńca. Umowa? – Wyciągnął brudne łapsko.

– Stoi. – Barman uścisnął mu dłoń.

Stara wywieszka wróciła na dystrybutor. Tłum rozradowanych wieśniaków omal nie stratował obu wybawców. Ci przez chwilę przyjmowali gratulacje i podziękowania, a potem z pełnymi kuflami zrzutkowego piwka pożeglowali w stronę ulubionego stolika. Wokoło huczało jak w ulu. Znajomy, swojski knajpiany harmider po długich chwilach martwej ciszy pieścił uszy jak najpiękniejsza muzyka. A jeszcze przyjemniej było patrzeć na dziesiątki rozradowanych gębuś. I w chwili takiego święta nawet nie przeszkadzało im, że część tych mord należała do członków plemienia Bardaków.

– Jeśli dobrze zgaduję nasz plan, jedziemy do Chełma, wpadamy w odwiedziny do kantoru, wygłaszamy pogadankę umoralniającą, zmuszamy ubeckiego synalka, żeby oddał zagrabioną kasę. Potem wysyłamy go wraz z budynkiem na orbitę okołoziemską – podsumował kozak. – Dwie pepesze, dziesięć kilo trotylu, zapalnik czasowy... Kasę zabieramy z odsetkami, które wpuścimy w kieszeń... to znaczy – zreflektował się – pobieramy prowizję dla pokrycia kosztów własnych.

– W zasadzie można i tak – kiwnął głową egzorcysta. – Ale dziadunio, choć sam kanalia, mawiał, że chama bardziej od kulki w bandzioch boli uderzenie po kieszeni. A najgorzej takiej gnidzie można dopiec, jeśli rozbudzi się w niej nadzieje na złoty interes, który potem pryśnie jak bańka mydlana... Tak, żeby na moment poczuł w ręku miliony i zaraz je stracił. Zabić to zabić. Żadna kara dla frajera. Ale wbić mu taką zadrę w duszę, żeby przez następne lata budził się po nocach i rozpaczał... – rozmarzył się.

– Zaciekawiasz mnie – mruknął kozak, faktycznie zaciekawiony.

– Co powiesz na wycieczkę do stolicy? Na przykład jutro, bo w sumie i tak nie mamy nic ważnego do roboty.

– Całe wieki nie byłem w Petersburgu – ucieszył się Semen.

– Do naszej stolicy! – Kumpel, waląc kułakiem w blat, przywrócił mu świadomość historyczną.

– Aaa... Warsiaffka... No, w sumie też dawno tam nie byłem – burknął polubownie kozak. – A po co tam pojedziemy? Pogapić się na miastowe dupcie można i w Chełmie. Bliżej, a i podróż tańsza.

– Do Warszawy pojedziemy po sakiewkę złota. Ale nie takiego zwyczajnego... – Wędrowycz zmrużył złośliwie oczy. – Zaufaj mi.

– Znowu?!

Jakub prowadził kumpla krętą drogą przez Powiśle. Wyglądało na to, że sam nie bardzo wiedział, gdzie iść, a może nie pamiętał trasy, bo co jakiś czas pukał palcami w skroń i przełączał się na instynkt. Wreszcie zatrzymali się na ulicy Tamka. Obok nich wyrastała górująca nad ulicą ceglana skarpa jakby starego bastionu, przyozdobiona u góry eklektycznym pałacykiem.

– Pałac Ostrogskich – oświadczył egzorcysta z dumą.

– Eeee... – wyraził swoje myśli jego kumpel. – I...?

– Jesteśmy na miejscu.

Zabrzmiało to dziwnie uroczyście.

– Muzeum Fryderyka Chopina – kozak odcyfrował napisy na tabliczce przy wejściu. – Jesteś tak zupełnie pewien, że jesteśmy tam, gdzie mieliśmy się znaleźć?

– Bezapelacyjnie pewien.

– Nie wiedziałem, że interesujesz się muzyką.

– Jaką znowu muzyką? – zirytował się Jakub. – A faktycznie, ten Chopin miał coś wspólnego z fortepianami. Nie, nie interesuję się. Kup bilety.

Muzeum nie było specjalnie duże, ale ładne i ciekawe. Semen wędrował od gabloty do gabloty. Podziwiał pożółkłe rękopisy, nuty, stare wydania utworów. Oglądał też obrazy wiszące na ścianach. Jego towarzysz też się rozglądał, ale wypatrywał ewidentnie czegoś innego. Wreszcie jego maślany wzrok spoczął na niepozornych drzwiach w kącie jednej z sal. Krok egzorcysty stał się nieoczekiwanie sprężysty. Podkradł się do drzwi niczym zwiadowca do wrogiego wartownika. Cichutko brzęknął wytrych, trzasnęła zapadka zamka...

– Włazimy. – Jakub przerwał kumplowi kontemplację rękopisu pod szybą, wepchnął kozaka do toalety dla pracowników i zamknąwszy drzwi, zostawił wytrych w zamku. – Teraz ani mru-mru, siedzimy i udajemy, że nas tu nie ma, a jak zamkną muzeum, przystępujemy do akcji.

– Szczerze powiedziawszy, nadal nic nie rozumiem z twojego planu. Ukradniemy rękopis Fryderyka Chopina...? – zagadnął kozak.

– Odbiło ci? Po kiego grzyba?

– Myślałem, że jak już zaciukamy tego ubeckiego synalka z kantoru, to odegramy nad trupem walc pogrzebowy albo jakoś tak.

– No, w sumie nawet ładnie by było, egzekucja z klasą – przyznał Jakub. – Ale chyba żaden z nas nie umie grać na instrumentach. Poza tym po co grać z niewyraźnego rękopisu, jak nuty można mieć wydrukowane?

– Fakt.

– To golnijmy sobie trochę i prześpijmy się, bo czeka nas pracowita nocka... Tylko bez chrapania.

Obalili ćwiarteczkę i umościwszy się na podłodze obok ubikacji, zaraz zapadli w głęboki sen.

Obudzili się o drugiej. Jakub odłożył na półkę rolkę papieru toaletowego, która służyła mu za poduszkę.

– Dobra pora na wyjaśnienia – powiedział. – Muzeum temu Chopinowi urządzili w pałacu Ostrogskich.

– Wiem, już mówiłeś, zresztą tabliczka na zewnątrz wisi. No i...? Co z tego wynika? Nigdy nie słyszałem o takim rodzie. Czy to ważne?

– Niby taki oczytany jesteś, ale jeśli chodzi o polskie baśnie, masz luki w wykształceniu. – Egzorcysta z wyższością uniósł brodę. – Wedle legendy w lochach pod pałacem jest magiczna sadzawka, po której pływa złota kaczka. I to jest właśnie integralna część mojego genialnego planu.

– Znaczy zaiwanimy złotego ptaka i spylimy w kantorze ubeckiego synka, a potem go podkablujemy i wsadzą gnoja za paserstwo? A może poczekamy, aż mu magiczna kaczka przerobi kantor na sadzawkę?

– Dobry plan, oj, dobry! – pochwalił Semena kumpel. – Ale zrobimy po mojemu. Widzisz, legenda mówi, że kaczka daje każdemu chętnemu sakiewkę złota. Sto dukatów.

– A haczyk?

– Trzeba je wydać w ciągu dnia co do jednego, i to szybko, do wieczora ma ich już nie być. Bo jak słońce zajdzie, to one pyk, a ten, który próbował, znów jest dziad. Skoro my już jesteśmy dziady, chyba nam się wiele nie pogorszy.

– Mów za siebie – obraził się kozak. – Może ty masz całego majątku tylko walącą się chałupę, aparaturę do samogonu i resztki mebli. Ja jednakowoż posiadam pewne kapitały i aktywa w postaci narzędzi produkcji rolnej. Na przykład bardzo dobry pług dwuskibowy, kosiarkę... Oraz lodówkę i kuchenkę mikrofalową.

– No cóż, faktycznie szkoda by tego było, ale to ryzyko jestem gotów ponieść – uspokoił go przyjaciel.

– A skąd wiesz, gdzie szukać tej kaczki? Nawet jak są tu jakieś lochy, to na razie jesteśmy w muzealnym kiblu. A jak wyściubimy nos za te drzwi, to na salach ekspozycyjnych z pewnością są fotokomórki i się włączy alarm.

– W ogóle nie będziemy włazili do lochów. Pomyśl logicznie. Ciepłą wodę dla muzeum i ogrzewanie do kaloryferów dostarcza MPC. A zimną wodę do kranów, kibli, podlewania kwiatków i tak dalej? Idę o zakład, że zrobili po taniości i podpięli się jakąś rurką do sadzawki z zaczarowaną kaczką.

– No, ewentualnie mogło tak być – przyznał kozak. – Czyli co? Wykujemy tu dziurę w ścianie i pójdziemy za rurami?

– A po co sobie aż tak życie komplikować? Sadzawka ma dopływ i odpływ. Jeśli lustro wody jest stabilne, to znaczy, że wpływa tyle wody, ile wypływa. Jak z pięćset razy spuścimy wodę w kiblu, to poziom wody w sadzawce znacząco spadnie. Wtedy pompa powinna zassać zaklętą kaczkę i będziemy ją mieli tu w sedesie bez konieczności łażenia po lochach.

– Genialne – westchnął Semen jakby z politowaniem. – Hmmm... A nie zadusi się w rurach? Cieniutkie są.

– Byty magiczne, podobnie jak bionekrotyczne, mają swoją odporność. Nic jej nie będzie. Pogniotą się piórka, to dzióbkiem ułoży i rozprostuje.

– Ale może być wkurzona po zassaniu i tłamszeniu w kolankach, i tak dalej... Z magicznym ptakiem, jakby co, sobie poradzimy, ale przypominam, że mieliśmy z nią pogadać po przyjacielsku, żeby dała nam sakiewkę.

– Fakt – przyznał egzorcysta. – Dobra, niech będzie po twojemu.

Po kilku minutach penetrowania kabiny i przyległej łazienki odkryli ekran z płyty pilśniowej, przykręcony kilkoma śrubkami. Rury z zimną wodą wybiegały ewidentnie zza niego. Wyjęli koziki, wykręcili śrubki i zdemontowali osłonę. Przed nimi ziała czarna czeluść korytarza, prowadzącego gdzieś w głąb skarpy. Zapalili latarki, które Wędrowycz, o dziwo, miał w torbie, i zagłębili się w plątaninę korytarzy.

– Przydałby się kłębek sznurka – sarkał Semen. – W takim labiryncie można zabłądzić.

– E, chodźmy po prostu wzdłuż rur. – Jakub wolał trzymać się pierwotnej koncepcji. – Sznurek może się zerwać, a rura to konkret.

Jak się okazało, skarpa w tym miejscu jako żywo przypominała ser szwajcarski. Ziemia kryła pomieszczenia, korytarze, sklepione przejścia... Nieoczekiwanie jakiś hałas przykuł ich uwagę. Oświetlili snopem latarek mijany loszek. Z ciemności coś wyłaziło. Bydlę było wielkości małego kucyka, pokryte łuską, a może spękaną, zrogowaciałą skórą i wręcz porażało brzydotą. Wlepiło w wędrowców spojrzenie paskudnych żółtych ślepi. Wzrok stwora bardzo się Jakubowi nie spodobał.

– Co się tak gapisz jak jakiś Bardak? W ryja chcesz? – zagadnął konkretnie.

– *Nu szto tak smatrisz, kozaka nie widieł?* – zażartował z bestii Semen.

Bydlę nie wydało żadnego dźwięku, tylko gapiło się w milczeniu. Oczyska miało wielkie jak spodki. Poniżej ziała jakby krokodyla paszcza z krzywymi, żółtymi zębiskami. Opierało się toto na sześciu krzywych nóżkach zaopatrzonych w paskudne pazury. Zatarasowało przejście.

– No dobra, skoro chce po łbie obskoczyć, nie mówimy „nie". Każdemu wedle marzeń. Ale zanim to uziemimy, wolałbym wiedzieć, co to, do cholery, jest? – prychnął egzorcysta.

– Jaszczurka jakaś – zawyrokował Semen. – Choć może i spokrewniona z kretem, bo ma łapy przystosowane do kopania w ziemi.

– Nasze jaszczurki mają tylko cztery nogi – pokręcił głową Wędrowycz. – To pewnikiem z kosmosu spadło albo mutas czarnobylski...

– A może rodzaj owada? Stonki na ten przykład chyba po sześć nóżek mają.

– Myślę, że to Telesfor.

– Że co?

– Smok z telewizora. Był taki program dla dzieci „Pora na Telesfora", dawno temu, jak Maciuś był jeszcze zupełnie mały. Nie, cholera, niepodobny.

Stwór chyba się obraził, że go ignorują, bo zasyczał gniewnie. Jakub przykucnął naprzeciwko gada i spojrzał spode łba. Bestia zadrżała, czknęła, a potem przewróciła się bezwładnie i wierzgnęła łapami w agonii.

– Chyba nie żyje – bąknął Semen. – Tylko dlaczego? Przecież nic mu nie zrobiliśmy.

– Wiem już, co to! – rzucił odkrywczo Wędrowycz. – To się nazywa... Eeee... Mam na końcu języka. Warszawski smok... Krzywokółek, nie! Gładzimyszek? A, już sobie przypomniałem: bazyliszek.

– A, to coś słyszałem – kiwnął głową Semen. – Podobno siedział w piwnicy i jak jakiś dzieciak wlazł, to wzrokiem zabijał.

– No właśnie, ten sam. Choć mieszkać miał nie tu, ale pod Starym Miastem. Widać jak szwaby burzyli Starówkę, musiał zwiać. Albo robole go wykurzyli, jak odbudowywali miasto... Albo może nawet jeszcze wcześniej uciekł. Tam się przecież kozacy z pepesowcami zdrowo tłukli także w czasie rewolucji. Znaczy w tysiąc dziewięćset piątym.

Semen zrobił minę, jakby przypomniał sobie coś przyjemnego.

– Tylko dlaczego to on zdechł, a nie my? – zadumał się.

– Widać jego spojrzenie odbiło się w moich źrenicach, rypnęło go rykoszetem i sam się frajer wykończył własnym wzrokiem... Ciekawe, dlaczego akurat tu siedział. – Jakub oświetlił latarką wnękę. – Może dla ochrony? Na wszelki wypadek przy kaczce nie wspominaj, że zdechł w naszej obecności. Może to jej ulubiony piesek łańcuchowy i jeszcze pomyśli, że to myśmy go załatwili.

Ostatnia sala w długiej amfiladzie nie była przesadnie duża, może cztery na pięć metrów. Pod ścianą znajdowała się sadzawka, obramowana marmurem. Z niewielkiego kranu wpuszczonego w ścianę wesoło ciurkało. Rury doprowadzające wodę do muzeum faktycznie kończyły się w sadzawce. Na podłodze leżały dwie zakurzone puste półlitrówki, zardzewiały klucz francuski i kompletnie przeżarta korozją kielnia. Charakterystyczne czerwone etykietki, resztki laku na szyjkach i cieniutkie błękitne szkło flaszek pozwoliły ustalić chronologię.

– Znaczy się nasi tu byli. Podpięli ten wodociąg w latach pięćdziesiątych – ocenił Jakub, trącając szkło gumofilcem. – Później już chyba nikt tu nie łaził.

– Szkoda tylko, że jak już obalili te flaszki, chyba zrobili sobie zagrychę z naszej magicznej kaczki – zauważył ponuro Semen. – Bo jakby żyła, toby tu pływała.

– E, raczej nie – uspokoił go przyjaciel. – Na surowo by jej przecież nie wtrząchnęli, bo to twarde i łykowate mięso. Upiec też nie upiekli, bo nie ma śladów ogniska. I pióra też by przecież leżały. Poza tym magiczne istoty się tak łatwo nie dają. Gdzieś się pewnie schowała. Taś, taś – zaszczebiotał, pukając w kran.

Błysnęło, huknęło i na powierzchni sadzawki pojawiła się zaczarowana kaczka. Nie była złota, pióra miały jasnożółtą barwę jak u kanarka. Nie była też specjalnie duża. Ale na jej głowie połyskiwała malutka korona, a ptak świecił własnym światłem, całkiem jak te żurawie z Czarnobyla, które Jakub z kumplem obserwowali zeszłego roku na łąkach.

– Dzień dobry. – Egzorcysta ukłonił się i uchylił czapki. – My w sprawie pani wiadomej.

– Coś podobnego! – zdumiała się kaczka. – Myślałam, że już definitywnie o mnie zapomniano. Od bardzo dawna nikt tu nie zaglądał. Zatem chcą się panowie poddać próbie z sakiewką?

– Dokładnie tak, jeśli to oczywiście możliwe. – Semen też się ukłonił, zamiatając papachą podłogę.

– Od pięćdziesięciu lat nikt nie próbował... Ale... No cóż, zasady są proste – powiedziała kaczka. – Mówiąc współczesnym językiem: artefaktem waszego questa jest sakiewka zawierająca sto dukatów. Macie wydać je co do jednego od świtu do zmierzchu. Nie możecie kupić za nie nic trwałego. Żadnej ziemi, nieruchomości, dzieł sztuki, wspaniałych ubiorów, koni i tak dalej. Tylko przyjemności, jedzenie, dupczenie, alkohol i rzeczy kompletnie bezwartościowe, ewentualnie bezużyteczne. Nie wolno się wam z nikim podzielić tymi pieniędzmi. Gdy słońce schowa się za horyzont, cała kwota musi zostać przepuszczona na głupoty. Jeśli się wam uda, czeka was nagroda. Dostajecie ten pałac, piękne stroje, powozy i beczkę złota. Ale jeśli w chwili gdy słońce zajdzie, choć jeden dukat pozostanie w sakiewce, czar pryska i na zawsze pozostaniecie dziadami, jakimi jesteście w tej chwili. Gdybyście któryś dukat zgubili, podobnie. Przepadło.

– Rozumiem – kiwnął głową Jakub.

– Jest jeszcze dodatkowy haczyk – ciągnęła kaczka. – Jeśli nie uda wam się przełamać czaru, wszystkie dukaty, zarówno wydane, jak i niewydane, o zachodzie słońca zamienią się w kamienie, a wy macie na karku dyszących żądzą odwetu karczmarzy, szynkarzy, dorożkarzy, panienki, alfonsów i tak dalej.

– Kaczuszko, kocham cię, dokładnie takich warunków oczekiwałem – rozczulił się Jakub.

– Z tą miłością lepiej nie wyskakuj – prychnęła kaczka. – Zdjęcie ze mnie klątwy i poślubienie wymaga spełnienia zupełnie innych warunków. To drugi etap, a na razie przez czterysta lat nikt nie przeszedł przez pierwszy. Wykonaj zadanie, to ewentualnie możemy pogadać, co robić dalej – zmiękła nieoczekiwanie.

– Ale ja czysto platonicznie – wyjaśnił Jakub. – Przecież nie jestem zoofilem. A w każdym razie nie bardzo.

– Pani jest zaczarowaną księżniczką? – zaciekawił się Semen.

– Owszem. I jakby mnie ktoś odczarował, będę zobowiązana... Dodam, że chyba warto się postarać. – Kaczka na chwilę wyświetliła coś jakby hologram, przedstawiający naprawdę piękną dziewczynę ubraną wedle mody z szesnastego wieku. – W każdym razie życzę powodzenia z pierwszym zadaniem.

– Dziękujemy serdecznie za możliwość... teges... – Wędrowycz zaplątał się w słowach.

– Za możliwość przystąpienia do próby – podpowiedział kozak.

Ukłonili się, wzięli sakiewkę leżącą na obramowaniu sadzawki i opuścili lochy. Znów idąc wzdłuż rur, dotarli do muzealnego kibla. Założyli ekran, przykręcili śrubki.

Ponieważ była dopiero czwarta nad ranem, umościli się wygodnie na podłodze. I po chwili spali jak zabici.

Jakub obudził się koło dziewiątej. Trącił kumpla.

– Uaaa... – ziewnął Semen. – Ależ miałem dziwny sen...

– To nie był sen. – Wędrowycz podrzucił w dłoni sakiewkę. Jej zawartość przyjemnie zabrzęczała. – Zbieraj się, muzeum zaraz otworzą, musimy wracać w rodzinne strony i doprowadzić psikus do końca.

Odczekali jeszcze trochę, a gdy tupot butów turystów obwieścił im, że muzeum znów jest czynne, cicho wymknęli się na zewnątrz. Nie minęło południe, a siedzieli już w pociągu do Chełma.

– Swoją drogą, ciekawa oferta – mruknął kozak. – Pałac, powozy i beczka złota... I to jako wstęp do drugiego zadania.

– Nie liczyłbym na to, szczerze mówiąc – odrzekł Jakub. – To było proste w jej czasach. A teraz takie rzeczy trzeba załatwiać notarialnie i urzędowo. Papiery, akty własności, wyciąg z hipoteki, księgi wieczyste i cała reszta tej biurokracji. A jak niby kaczka potwierdzi swoje prawa własności? Nawet gdybyśmy pałac dostali, co z nim zrobimy? Przecież muzeum nie wyrzucimy, bo to obciach, a na noc zamykają. Podobnie na grzyba nam powóz? Jak niby teraz karetą po Warszawie popylać? Od tych samochodów konie będą się płoszyć... Jeszcze zaprzężony w parę, to sami możemy ogarnąć. A szóstkę? Sto lat temu jak kto się na stangreta uczył, to pewnikiem miał odpowiednie zajęcia praktyczne. Ale potem przepadło. Stara kadra umarła, nie przekazawszy wiedzy następcom. Dziś już nikt sześciu nie umie ogarnąć.

– W sumie to racja. Ale tak sobie dumam... – ciągnął myśl kozak. – Czysto teoretycznie, rzecz jasna. Jakbyśmy przeszli pomyślnie pierwszą próbę, a potem drugą i ją odczarowali...

– To co?

– Jak to co? Bzykałbym – westchnął Semen rozmarzonym głosem. – I nie mów, że byś nie miał ochoty.

– Daj spokój, młoda, niewinna dziewczyna i takie stare, obleśne dziady jak my? To byłoby, rzekłbym, wręcz niehumanitarne. – Jakub nieoczekiwanie okazał się stróżem moralności i czci niewieściej. – Choć z drugiej strony ona nie jest taka młoda. Wedle legendy pływa po tej sadzawce już ze trzysta lat. Ale uwierz mojemu doświadczeniu, z ładną dziewczyną, i to dobrze urodzoną, nie ma co nawet zaczynać. Musisz taką traktować jak księżniczkę, a nawet wtedy fochy będzie strzelać. Inaczej biedna i jeszcze brzydka, ta ci wygodzi... – Uśmiechnął się do swoich myśli.

Zamilkli na chwilę, obaj pogrążeni we wspomnieniach.

– Cholera, zagadujesz, nabiłem sobie głowę księżniczkami i byłbym zapomniał o tym, co najważniejsze! – ocknął się nagle egzorcysta.

Rozsupłał rzemyczek sakiewki i wydobył jeden dukat. Obrócił go w palcach jakby z żalem. Ale zacisnął zęby, otworzył okno i cisnął przez nie pieniążek.

– Po co to? – Kozak odprowadził wzrokiem znikającą w powietrzu monetę.

– Żeby z całą pewnością nie udało nam się wydać wszystkich stu – wyjaśnił Jakub z godnością. – Mając dziewięćdziesiąt dziewięć, już na bank nie przełamiemy czaru. Pamiętasz, co mówiła? Zgubimy choćby jeden, to przepadło.

– Wydaje mi się, że zaczynam łapać, co planujesz zrobić...

Najdalsza nawet droga kiedyś się kończy. Pociąg toczył się po torach i toczył, aż wreszcie stanął na stacji końcowej. To znaczy końcowej dla Jakuba i Semena, a tak naprawdę przedostatniej, ponieważ wysiedli na dworcu Chełm-Miasto, skąd mieli znacznie bliżej do celu. Kiedy dotarli do kantoru, była już prawie siedemnasta. Koleś za ladą wyglądał faktycznie nieprzyjemnie. Nalana gębusia drobnego cwaniaczka, włosy przycięte na jeżyka.

– Dzień dobry – ukłonił się egzorcysta. – Mamy do sprzedania trochę złota...

– Złota? – Właściciel kantoru obrzucił przybyłych ironicznym spojrzeniem.

Nie raz trafiali się tacy dziadkowie. Z reguły ich smutne historie były podobne. „Okazyjnie" kupili na bazarze od Cyganów albo ruskich sygnet czy też „złotą" monetę i usiłowali je spieniężyć.

– No to pokażcie, co tam przynieśliście. – Podsunął tackę obitą zielonym aksamitem.

Wędrowycz rozsupłał sakiewkę i wysypał stosik dukatów. W świetle jarzeniówki nad kontuarem wyglądały jeszcze lepiej niż w naturalnym.

– Dziewięćdziesiąt dziewięć sztuk – powiedział z dumą Jakub. – Szczere złoto. Za belką na strychu starego młyna znaleźliśmy.

– Dwóch nas, więc chcemy je sprzedać, a potem się kasą podzielić po równo – dodał Semen.

Kombinator nie odpowiedział, wgapiał się tylko w stos dukatów jak sroka w gnat. Zamurowało go z wrażenia. Nigdy wcześniej nie widział niczego podobnego. Sięgnął po lupę jubilerską i obejrzał pierwszy z brzegu egzemplarz.

Dukat Sobieskiego, bardzo ładny stan, przemknęło mu przez głowę. Z całą pewnością autentyk. Wart jakieś kilkadziesiąt tysięcy. Albo i lepiej!

Obejrzał pro forma jeszcze parę sztuk. Czego tam nie było! Dukaty gdańskie Jana Kazimierza, toruńskie Zygmunta III Wazy. Donatywy elbląskie... Łypnął okiem na klientów. Nie wyglądali na intelektualistów, ba! w ogóle nie wyglądali na gości mogących choćby podejrzewać, jakie skarby przynieśli.

Wsiowe głupki... – pomyślał oszust. Nie mają zielonego pojęcia, ile to warte. To będzie interes stulecia. Mogę potem w diabły wyjechać z tej dziury, za kilka takich pieniążków kupię sobie wypasioną willę w Warszawie. Teraz trzeba tylko umiejętnie to rozegrać, żeby ich nie spłoszyć.

– No cóż, panowie – powiedział. – To faktycznie stare polskie monety. Niewiele warte w tym stanie, w dodatku to popularne wzory i roczniki, kompletnie nieciekawe dla kolekcjonerów.

– Oj, to niedobrze – zmartwił się Jakub.

– Liczyliśmy, że będzie dobry zarobek i traktory dla wnuków kupimy – dodał równie zmartwiony Semen.

– Mogę je oczywiście wziąć, ale na wagę, w cenie złomu... Sami rozumiecie, panowie. Szmelc nie szmelc, coś tam kruszcu zawierają. Ale spokojnie. Na traktory wystarczy, rzecz jasna, nie nówki, ale używane ursusy w dobrym stanie dostaniecie.

– No trudno, niech będzie na wagę – westchnął Wędrowycz. – Traktor na wsi ważna rzecz. Bez tego jak bez ręki.

Kombinator przesypał dukaty z tacki do plastikowej kuwety i postawił na wadze jubilerskiej. Wskaźnik pokazał niemal trzysta pięćdziesiąt gramów.

– To będzie razem jakieś sześćdziesiąt tysięcy. – Semen popatrzył na wywieszkę z cenami skupu kruszcu.

Oszust w duchu aż zgrzytnął zębami. Tyle pieniędzy? Nawet mając w perspektywie wielokrotne przebicie, nie chciał się rozstawać z taką masą forsy.

– Nie, nie. – Pokręcił głową. – Ta cena na górze to złoto inwestycyjne najwyższej próby w sztabkach. Takie monety bili ze znacznie słabszego stopu. Mogę dać... Eeee... Dwadzieścia pięć tysięcy za całość.

Obaj starcy skrzywili się demonstracyjnie.

– To trochę mało. Dwadzieścia siedem tysiaków! – podbił cenę Semen.

– No dobra, niech będzie moja strata – westchnął ciężko właściciel interesu, ale jego dusza śpiewała.

Postawił kuwetkę za ladę i otworzywszy pancerną kasetę, zaczął odliczać pieniądze. W pierwszej chwili miał ochotę dołożyć kilka fałszywych banknotów, ale przypomniał sobie słowa wujka gliniarza.

Nie tym razem... Zresztą to i tak przewał stulecia, uspokoił chciwe serduszko. To nawet na wagę warte jest z siedemdziesiąt patoli, a jak to spylę kolekcjonerom, dostanę ładne kilka, może nawet kilkanaście milionów! To towar na poważne aukcje...

Położył na ladzie dwa grubachne pliki banknotów i westchnął boleśnie, widząc, jak znikają w kieszeniach obu starców. Gdy tylko wyszli, oszust wywiesił na drzwiach kartkę „zamknięte" i rzucił się na zaplecze. Rozsypał monety przed sobą. Odpalił komputer i zaczął gorączkowo grzebać w necie. Już zbadanie pierwszej partii losowo wybranych ze stosu dukatów sprawiło, że zatarł ręce z radości, a żal po wypłaconych klientom banknotach trochę przycichł.

Dukat Jana Kazimierza, odmiana o stopniu rzadkości szacowanym na R7, został sprzedany dwa lata wcześniej za ponad trzydzieści tysięcy. Rzadka odmiana dukata toruńskiego Władysława IV z 1639 roku – za siedemdziesiąt dwa tysiące... Najtańszy był dukat Stefana Batorego, podobny sprzedano za zaledwie siedemnaście tysięcy, ale ten, który przynieśli staruszkowie, był w znacznie lepszym stanie.

Ten skarb jest wart trzy albo i cztery miliony złotych, a może nawet siedem albo osiem! – ocenił, sięgając po kolejne trzy sztuki. – Interes życia. Żeby tylko ci dwaj się nie zorientowali, jak totalnie na szaro ich zrobiłem. A zresztą – machnął ręką – nawet jak się kapną, to kto im uwierzy? A jakby mi bruździli, stuknę wiecholi, zakopię i tyle.

Zatarł ręce raz jeszcze i zaczął grzebać dalej.

Słońce powoli zapadało za horyzont. Jakub i Semen usiedli sobie wygodnie na stoku chełmskiej Górki, opodal opuszczonego cmentarza. Otworzyli puszeczkę mielonki, pokroili kajzerki, odkapslowali ćwiartkę żubrówki.

– Jak tu pięknie, cicho i spokojnie – zadumał się egzorcysta. – Nie to, co w tej brudnej, tłocznej i hałaśliwej Warszawie.

– Masz rację. Wszędzie dobrze, ale blisko domu najlepiej. Mam tylko nadzieję, że gdy czar pryśnie, pieniądze nam nie wyparują – burknął Semen.

– Spokojna marchewka. W czasach gdy rzucano te zaklęcia, banknoty nie były jeszcze w Europie znane. Z punktu widzenia złotej kaczki ten plik – poklepał się po kieszeni – to tylko bezwartościowa makulatura. Wolno nam było kupić rzeczy bezwartościowe i bezużyteczne.

Tarcza słoneczna kryła się za drzewami. Jakub i Semen pociągnęli jeszcze po łyku i w tym momencie z kantoru rozległ się dziki, nieludzki skowyt. Ryk przetoczył się po placu, mile popieścił uszy obu kumpli, odbił się od ścian katedry. Narastał, wibrował, aż wreszcie zachrypł i umilkł.

– Na co komu pałace, powozy, stroje i beczki złota, jak i bez tego można żyć spokojnie, przyjemnie i pożytecznie, skupiając się na prostych radościach, które niesie proste jedzenie i nieskomplikowane trunki? – kozak wrócił do poprzedniej myśli i pociągnął kolejny maleńki łyczek.

– Masz rację, jesteśmy prostymi ludźmi i cieszy nas prosta egzystencja, z dala od szaleństwa wielkich miast. – Egzorcysta odruchowo sprawdził, czy banknoty są na swoim miejscu.

Były.

– Wszystko dobre, co się dobrze kończy. Twoje zdrowie, złota kaczuszko! – zawołał i uniósł flaszkę ku rozognionym przez zachód słońca chmurom.

– ...bzykałbym – odpowiedziało echo.

Polak potrafi

Jakub i Semen stali, spoglądając ironicznie na wielki szyld zdobiący jedną z chełmskich kamieniczek. Na ich prostych chłopskich twarzach powoli wykwitły szydercze uśmiechy. „Bardak's Coffe" – głosił napis nad drzwiami.

– Jak naukowo, po angielskiemu nazwali – prychnął egzorcysta.

Zawędrowali tu w sumie przypadkiem. Najpierw załatwili sprawunki, potem poszli na Górkę obalić kilka piw, ciesząc się przy tym jesiennym widokiem panoramy miasta. I już wracali, gdy nieoczekiwanie wpadli na ten lokal. W Wojsławicach sporo się gadało o tym, że Bardaki zrobili zrzutę i otworzyli w mieście rodzinną kawiarnię. Nieliczni naoczni świadkowie, którzy mieli okazję obejrzeć ją od środka, wrócili do miasteczka zachwyceni. Chwalili smak kawy oraz ciast. Opiewali także wystrój wnętrz i jakość obsługi. Egzorcysta, słuchając o sukcesach odnoszonych przez przedstawicieli wrogiego plemienia, z przyzwyczajenia zgrzytał zębami. Sukcesy gospodarcze odwiecznych wrogów odbierał jako osobistą zniewagę, ale jakoś nie umiał wymyślić, co z tym fantem zrobić. Teraz też stał, patrzył i nie bardzo wiedział, co dalej.

– Wchodzimy czy jak? – zapytał Semen.

– Sam nie wiem – wyznał Jakub. – Jakby nas zaprosili, to byłby powód się obrazić i zdemolować lokal. Jakby przegonili, też byłby powód wedrzeć się siłą i zdemolować lokal. A tak? Może obrazimy się, że nas nie zapraszają?

– Niby można – westchnął kozak. – Ale pomyśl sam. Jesteśmy ich wrogami, więc czemu mieliby nas zapraszać? A wpadać tak i dewastować bez powodu jednakowoż trochę głupio.

– Spoko wodza, może i nie pijam kawy, ale zaraz znajdziemy powód do zadymy i demolki... – Egzorcysta podrapał się po głowie.

W poszukiwaniu natchnienia zlustrował fasadę budynku. Niestety, nie było się do czego przyczepić. Kamieniczkę niedawno wyremontowano. Balkonik wisiał solidnie, okna były osadzone jak trzeba, parapety równiutkie, rynny i piorunochrony też w porządku. Spojrzał, czy szyld został dobrze przytwierdzony, a potem skupił wzrok na menu wypisanym kredą na niewielkiej tabliczce wiszącej przy drzwiach.

– Latte sojowe... – przesylabizował. – Co to jest, u diabła?

– Kawa na mleku, ale nie od krowy, tylko wyciskanym z soi. Jeden prawnuk mnie tym kiedyś uraczył.

– Błe... I jak to niby smakuje?

– Coś jakby tania zbożówka zmieszana z gniecioną surową fasolą.

– Americanos cappuccino... Kawa kopi luwak – odcyfrował kolejne pozycje Jakub. – O kuźwa, cztery dychy za filiżankę kawy!? Co oni, z kapustą się na głowy zamienili!? Ile wódy i zagrychy by za to było!

– No coś podobnego? – Semen poskrobał się po głowie. – Że za granicą to serwują, to rozumiem, ale żeby tak ekskluzywny napitek u nas? W Chełmie? I to jeszcze w bardackiej kawiarni? Zdumiewające.

– A co to niby jest? – zirytował się egzorcysta.

– Nie słyszałeś? No fakt, bo i niby gdzie mógłbyś o tym słyszeć, jak telewizję oglądasz tylko w knajpie, a gazet i książek nie czytasz... To jest najdroższa kawa świata. Powstaje w ten sposób: na wyspie Jawie żyją łaskuny...

– Że niby co?

– Takie nieduże zwierzątka. Podobne trochę do piżmaków, ale mają inne łapy, inny pyszczek, inny ogon i sierść. A do tego łażą po drzewach.

– Aha. I z nich się ten napój wyciska?

– No niezupełnie, ale mają w tym swój udział. Te łaskuny, ganiając po lasach, żywią się między innymi surowymi ziarnami kawy. Zjadają, trawią je i wydalają. Pod wpływem trawienia ziarna zmieniają smak. Rozkłada się coś tam, co normalnie powoduje, że kawa jest gorzka.

– Chcesz powiedzieć, że ktoś te kupy zbiera?! – Jakub zrobił minę, jakby za chwilę miał się porzygać.

– Dokładnie tak. Tubylcy wyszukują w lesie kupy zwierzaczków, wypłukują z nich przetrawione ziarenka, suszą i parzą z tego kawę dla bogatych białasów. A taką ciutkę tańszą wersję pozyskują od łaskunów trzymanych na fermach i celowo karmionych nasionkami.

– Ale tę tańszą też uzyskują metodą przepuszczania ziaren przez zwierzę?

– Właśnie.

– Ohyda! Zawsze uważałem, że Bardaki to skończone buraki, ale żeby ludzi gównem poić, to już ostateczne przegięcie! W imieniu dobrego smaku i zdrowego rozsądku skazuję ich... – Wyjął z kieszeni granat i już odginał wąsy zawleczki...

– Wyluzuj – burknął kozak.

– Nie odpuszczę. Nie dość, że są Bardakami, co samo w sobie stanowi okoliczność obciążającą, to jeszcze bezczelnie oszukują klientów!

– Nie powiedziałbym, żeby oszukiwali – pokręcił głową Semen. – Przecież każdy, kto chce się tego napić, wie, że to z kupy wydłubane.

– Ludzie są tak ciemni, żeby pić coś podobnego, choć wiedzą, jak się to robi?! – Jakub wytrzeszczył oczy.

– Tak. To uczciwy biznes.

– Słowa „uczciwy" i „Bardak" jakoś mi się nie zgrywają! Wrócimy tu nocą i podpalimy tę budę! Nie będą ludzi truć!

– Ale to nie jest trujące.

– Że niby gówno małpy nie jest trujące!?

– Luwaki to nie są małpy. A nawet jak zwierzak zostawia na ziarnach jakieś bakterie albo pasożyty, to parzenie kawy we wrzątku zabija wszystko. Odpuść im. Po pierwsze, skubią miastowych, a nie naszych. Po drugie, to po prostu globalizacja. Przenikają się mody, także kulinarne. Nieuchronny postęp...

– To chyba nie nadążam za tym postępem – wyznał Jakub. – Z drugiej strony czy ja w ogóle chcę za czymś podobnym nadążyć? Niech sobie miastowi łby o sufit po tej kawie rozbijają i flaki wyrzygują, ale beze mnie. Nic tu po nas. Niech się miasto nurza w napojach z łajna. My wracajmy na wieś, która jest czysta moralnie i intelektualnie!

– O, i to jest głos rozsądku. Nasza chata z kraja. A teraz pospieszmy się, bo pekaes nam ucieknie.

Ruszyli w dół, ku ulicy Lwowskiej. Odprowadzała ich pełna wzgardy cisza oraz zapach świeżo parzonej kawy.

Przez kolejne dni nic się nie działo. Życie na wsi toczyło się spokojnie niczym leśny strumyk po kamieniach. Jakub swoim zwyczajem wstawał koło południa, pił poranny bimber albo wino, potem spędzał czas, leżąc pod jabłonką i rozmyślając, a gdy nie miał ochoty na wysiłek, to tylko leżąc. Czasem przeszedł się po wsi sprawdzić, czy wszyscy przestrzegają norm unijnych odnośnie do trzymania kur na zamkniętych wybiegach, i w razie czego od razu w czynie społecznym korygował niedopatrzenia. Niekiedy zaszedł do lasu oszacować pogłowie dzikiej zwierzyny. Po obiedzie odpoczywał pod śliwką, doglądając procesu dojrzewania owoców. Od czasu do czasu zachodził do niego Semen, spędzali wówczas przyjemnie czas, konsumując alkohol, piekąc wróble na szprychach rowerowych i wiodąc dysputy filozoficzne.

Uwielbiam to nasze proste, pracowite, pożyteczne wiejskie życie, myślał sobie nie raz, gdy wygodnie oparty o płot, wodził spojrzeniem po okolicy. Po cholerę komu cała ta elektryczność, komputery, telefony? Po co wzrok męczyć i ślepić w telewizor, żeby dowiadywać się różnych obrzydliwych rzeczy? Niech wielki, zły świat pędzi ku samozagładzie beze mnie. Semen dobrze gada: nasza chata z kraja! Miastowi piją napój z łajna? Niech im będzie na zdrowie, najwyżej dostaną liszajów na wargach, albo i parchów na języku. A mnie to zwisa.

Noc z czwartku na piątek też zapowiadała się zupełnie zwyczajnie. Śliwki dojrzewały, więc wieczorem egzorcysta wyparzył ukropem beczki na zacier. Potem postał sobie przy bramie, a jak mu się znudziło, posiedział na wraku siewnika. Gdy się ściemniło, przyszedł Semen i przyniósł wędzoną słoninę. Pod taką zagrychę grzech było nie wypić, więc trochę wypili. Potem poszło na drugą nogę. Wreszcie, ponieważ wieczór był naprawdę przyjemnie ciepły, a bimberek dodatkowo rozgrzewał starcze ciała, zalegli na ganku, nakryci końskimi derkami. Z oddali wiatr niósł metaliczny łoskot – to w remizie odbywała się potańcówka. Poza tym nic nie mąciło spokoju. Była jeszcze głęboka noc, gdy upiorny krowi ryk wstrząsnął Starym Majdanem, wyrywając mieszkańców ze snu. Jakub też się ocknął. Nasłuchiwał przez chwilę.

– Krowa zombie robi rzeźnię na dyskotece – ocenił kompetentnie. – Ano nic, jak będą potrzebowali pomocy fachowca, to przecież wiedzą, gdzie mieszkam, i ktoś po mnie przyślą.

– Co się stało? – wymamrotał zaspany Semen.

– Nic – uspokoił go przyjaciel. – Czyjaś chudoba właśnie wyręcza nas w redukcji pogłowia okolicznych dresiarzy.

– Aaaa, to w porządku. – Kozak nasunął głębiej na czoło swoją wyleniałą papachę i zasnął.

O świcie obaj starcy wygrzebali się z barłogu i zażyli małego klina. Zjedli proste wiejskie śniadanie – jajecznicę z jajek zniesionych pod płotem przez kurę sąsiada. Coś tam im kołatało, że w nocy była zadyma, więc z braku ciekawszego zajęcia powędrowali do wsi ocenić zniszczenia. Remiza była całkiem fachowo zdemolowana. Budynek wprawdzie ocalał, ale okna zostały wybite, eternit na dachu potrzaskany, piorunochron urwano, a zaimprowizowany ogródek nieznana siła rozniosła w pył. Wszędzie walały się resztki połamanych stolików i ław, rozdeptane w panice plastikowe kufle, wdeptane w glebę chipsy, ciasteczka. Z całej okolicy zbiegły się psy i myszkowały teraz, przetrząsając pobojowisko w poszukiwaniu kawałków niedojedzonych kiełbasek. Zapach rozlanego piwa unosił się w powietrzu. Pośrodku pola domniemanej bitwy sterczała ku niebu niemożebnie pogięta latarnia.

– Wygląda dość widowiskowo, ale to w sumie niezbyt poważne zniszczenia. Przynajmniej jak na efekt działań sześćsetkilogramowego wkurzonego bytu bionekrotycznego – ocenił Jakub.

– Może to nie była krowa zombie, tylko cielę zombie, albo może jałówka zombie? – rozważał Semen.

– Albo nie chciała ich wszystkich pozabijać...

Część terenu była już z grubsza ogarnięta, a gdy tak stali i patrzyli, zza remizy wyszedł ich kumpel Marek z wiadrem i łopatą na ramieniu.

– Dużo trupów było? – zagadnął egzorcysta, zezując na stojący pod ścianą plastikowy worek z nadrukiem „odpady organiczne". Worek był dość pękaty, ewidentnie wypchano go różnościami.

– Sąsiad, nie uwierzysz, co tu się wyrabiało. – Stolarz splunął. – Krowa do nas na imprezę wpadła. Myśleliśmy, że już po nas! Wściekła chyba, brązową pianę toczyła z pyska, ślepia wybałuszone... Nabluzgała didżejowi. No, w swoim języku oczywiście muczała, ale brzmiało jak bluzgi. No to zapodał żywszą muzę. Potem wskoczyła na środek, zaśpiewała i zaczęła tańczyć na rurze.

– Na rurze? – zasępił się Semen, patrząc na straszliwie powyginaną latarnię. – A striptizu przy tym nie robiła?

– Na szczęście nie!

– Ile trupów? – Jakub, choć opowieść o tańczącej krowie głęboko go zafrapowała, wrócił do tematu.

– Trupów, odpukać, nie było. Potańczyła, rozpierniczyła kegi, wyżłopała piwo, przegoniła ludzi, połamała stoliki i pognała jak wicher gdzieś tam. – Marek machnął ręką w nieokreślonym kierunku.

– Cuchnęła padliną?

– Nie, zwyczajny oborowy sztynk.

– Byłem przekonany, że to zwykła krowa zombie – mruknął egzorcysta zafrasowany. – Zombie to zombie, wystarczy upitolić łeb i po problemie. Ale skoro nie śmierdziała trupem, to niestety, trzeba podejrzewać najgorsze.

– To znaczy? – przerazili się jego rozmówcy.

– Opętanie! – Głos egzorcysty zabrzmiał ponuro i uroczyście. – Przez diabła albo przez demona... Biorę to zlecenie! Wytropimy gada i przytrzemy mu rogów. Ale najpierw sprawdzimy, czyja to była krowa i dokąd pobiegła. Czuję, że to znowu robota Bardaków.

– Jesteś monotematyczny – ofuknął go przyjaciel. – I masz obsesję! Powiedziałbym, że to może być rodzaj nerwicy natręctw, bo jesteś wręcz chory, jak nie przywalisz Bardakom.

– A czy to źle? – zdziwił się Jakub.

Trop krasuli był słabo czytelny, ale zwierzę, biegnąc na tylnych nogach, siłą rzeczy jakieś tam ślady zostawiło. Ruszyli najpierw drogą, potem przez wzgórza. Trop początkowo prowadził na południe, później na wschód. Dreptali, słoneczko wędrowało coraz wyżej, zrobiło się ciepło i przyjemnie. Po drodze poczęstowali się ulęgałkami leżącymi pod gruszą rosnącą na miedzy, zagryźli kolbami kukurydzy.

– No bo widzisz – tłumaczył Jakub przyjacielowi – jak krowa waży sześćset kilogramów, to gdy stoi normalnie, na jedną nogę przypada sto pięćdziesiąt. Jak idzie i w jednym momencie opiera się tylko na dwu, bo pozostałymi robi krok...

– Nie tłumacz mi – burknął kozak. – Nie jestem dzieckiem. Jak biegnie na dwu, to wybija dołki, jakby walnął tonowym kafarem, bo trzeba doliczyć bezwładność masy...

– No właśnie – potwierdził zadowolony egzorcysta.

Okolica tchnęła spokojem. Ścierniska już zaorano, kartofle też zebrano. Na polach poniewierały się tylko pożółkłe łęty. Jakieś ptaszydła, kracząc, wybierały robale z gleby. W oddali widać było dwie sarenki, ale mądre zwierzęta na widok starych kłusowników pospiesznie rozpłynęły się w krajobrazie. Ślad krowy kluczył, wreszcie zakręcił na północny wschód.

– Zmęczyła się, wytrzeźwiała. Ewentualnie ranek nadszedł, kur zapiał i diabeł odpuścił – zawyrokował egzorcysta, patrząc na ślad pozostawiony już ewidentnie przez cztery racice.

– Czyli doszła do siebie, rozejrzała się, stwierdziła, że takie wagary są bez sensu, i wróciła do ciepłej obory na świeże sianko?

– Coś w ten deseń – kiwnął głową Jakub.

Tropili i tropili, aż dużym łukiem doszli do Wojsławic. Tu ślady nieoczekiwanie się urywały.

– No cóż, było do przewidzenia, bo na asfalcie słabo się odbija – zasępił się kozak.

– Wiedziałem, po prostu czułem w kościach, że to bardacka chudoba weszła w szkodę! – z gardzieli Wędrowycza dobiegło głuche, ale pełne zadowolenia warczenie.

– Powiedzmy, że to dość prawdopodobna teoria, ale z drugiej strony czy to nie jest przypadkiem jeden z objawów tej twojej obsesji? Przecież Bardaki po prostu nie mogą odpowiadać za całe zło tego świata. – Semen zdjął papachę, by podrapać się po ciemieniu.

– Nie? – zdziwił się Jakub. – No, w sumie żeby tak odpowiadać za całe zło, to faktycznie jest ich trochę za mało... I musieliby się nauczyć języków, żeby brać się za zło zagraniczne. Ale w naszej gminie odpowiadają za większość i powinni ponieść tego surowe konsekwencje!

– Powtórzę, że to dość prawdopodobne. Ale jeśli mogę coś zasugerować, to zanim im dowalisz, najpierw sprawdź, czy to aby na pewno ich krowa. No bo wiesz, jak ich zglanujesz, a okaże się, że akurat tym razem są niewinni, to jeszcze będziesz musiał przeprosić.

– Przepraszać Bardaków?! – przeraził się Wędrowycz. – Chybabym od tego dostał pypci na języku! Masz rację! Zanim im wkopiemy za opętanie krowy, lepiej najpierw sprawdzić.

Powędrowali na Uchańską, gdzie w miejscu dawnych czworaków znajdowały się plugawe siedziby większości członków wrażego plemienia. Malwy przekwitały już w ogródkach, trawniki wygrabiono, krzaki róży gubiły płatki. Tu i ówdzie widać było przygotowania do nadchodzącej zimy – pryzmy węgla, stosiki równiutko porąbanych polan, odmalowane rynny, ogacone drzewka. Płoty poprawiono i odmalowano farbą olejną. Niektóre niepotrzebne już maszyny rolnicze przetoczono pod wiaty i nakryto plandekami. Wszędzie panował niemal idealny porządek.

– Tfu, ślicznie tu jak na pocztówce – splunął z pogardą egzorcysta. – Fałszywy obraz, cukierkowa wizja zasobnej i dostatniej, sielankowej prowincji...

– Co masz na myśli? – zdziwił się Semen.

– Gospodarze z nich jak z koziej dupy trąba. Nie rozumieją, patałachy, że wieś to miejsce, gdzie się żyje i pracuje, tu po prostu nie może być za czysto i zbyt ładnie. Bo po pierwsze, jak się robi, to się brudzi, a po drugie, zarobiony człowiek walczący bohatersko o byt swój i najbliższych zwyczajnie nie ma czasu posprzątać! Od dziecka nie lubiłem takich pieprzonych czyścioszków, co to nawet stare butelki muszą równo pod ścianą poustawiać, bo ich ciśnie w środku!

Podeszli do gospodarstwa Izydora Bardaka, nieformalnego wodza klanu. I tu ich podejrzenia zaczęły się krystalizować. Na podwórzu panował zdrowy wiejski nieład. Wszystko było dosłownie wywrócone do góry nogami. Gleba stratowana, płot przechylony, rabatki zdeptane...

– Z tego Izydora to straszna fleja, brudas i bałaganiarz – burknął Jakub. – Zobacz, jaki bajzel na podwórku, brudno, nawet polana niepoukładane, tylko zwalone byle jak na stos. Leń śmierdzący nawet nie pozamiata, a przecież mogą się tu zaplątać turyści i co oni sobie pomyślą o naszym ślicznym i schludnym miasteczku!?

Wnuk gospodarza wraz z dwoma młodszymi członkami rodu pracował spawarką, najwyraźniej usiłując poskładać do kupy wyłamane i rozbite na kawałki wrota obory. Płot od strony pól też leżał potrzaskany na ziemi.

– Świeże ślady zniszczeń – zameldował kozak.

– Widzę. – W głosie Wędrowycza zabrzmiało głębokie zadowolenie. – Ciekawe tylko, czy krowa wróciła o świcie, czy dalej gania po okolicy.

W tym momencie z obory wyszła bardacka córka, niosąc emaliowane wiadro do dojenia. Podeszła z nim do gnojówki i obojętnie wylała całą zawartość. Semen wprawdzie mleka nie używał od wielu lat, ale na widok takiego marnotrawstwa aż nim telepnęło.

– Tyle mleka wylać?! – jęknął. – Ja rozumiem unijne zakazy, ale to przecież nie trzeba zgłaszać każdego litra. Można po chichu przerobić na ser.

– Ćwoki to straszliwe, ale wiedzą, co robią – mruknął Jakub. – Mleko od opętanej krowy może zaszkodzić człowiekowi zarówno duchowo, jak i fizycznie. Czyli wiedzą, że mają problem. Dobra, jak sobie diecezjalny egzorcysta nie poradzi... A diabła tam, ja i tak Bardakom nie pomogę! No chyba żeby naprawdę dobrze zapłacili. Skoczymy na jednego? Muszę sobie to wszystko poukładać.

Knajpa powitała ich znajomym ciepłem, gwarem, smrodem tanich petów i wonią kwaśniejącego piwa. Egzorcysta z lubością wciągnął głęboki haust knajpianego powietrza, z łoskotem uwalił się na swoje krzesło przy ulubionym stoliku. Oparł wygodnie dłonie na spękanym laminowanym blacie.

Gdyby jeszcze Bardaki tu nie właziły i nie trzeba było płacić za napoje, tobym się tu czuł lepiej niż we własnym domu, pomyślał. Chociaż z drugiej strony w domu można się wyspać, a tu jednakowoż lepiej nie, bo jak się leży pod stolikiem, to mogą człowieka niechcący przydepnąć.

Przyjaciel po chwili postawił przed nim kufel. Stuknęli się, pociągnęli po dużym łyku. Piwo rozkosznie popieściło gardła.

– ...dopuszczalne straty – dobiegło od stolika Bardaków. – Technologia jest absolutnie pionierska w skali europejskiej, może nawet ogólnoświatowej. Nie oczekujmy, że od razu wszystko pójdzie zgodnie z planem.

– Czyli robimy drugie podejście?

– Oczywiście. Tylko trzeba zmniejszyć dawkę. Pół wiadra... no, ewentualnie trzy czwarte. Do tego proponuję podać uprzednio kwartę oleju parafinowego, szprycą pod ogon, to powinno rozwiązać problem zatwardzenia. I na wszelki wypadek...

Jakub i Semen nadstawili uszu, ale niestety, Izydor spostrzegł ich zainteresowanie i rozpaczliwym gestem dał znać swoim krewnym. Bardaki byli nieźle wytresowani. Jak na komendę zaczęli gadać o dupie Maryni, czyli komentować wyniki sportowe reprezentacji. Obaj przyjaciele spędzili miło przedpołudnie, ale choć wypili po sześć piw, niczego więcej się nie dowiedzieli. Wreszcie kieszenie pokazały dno. Nie było sensu przedłużać wizyty w ulubionym lokalu. Oba dziady wstały i chwiejnym krokiem opuściły lokal.

Dzień był słoneczny, ale w powietrzu wisiał już charakterystyczny chłód. Gdy dreptali przez pola, wiatr dawał się trochę we znaki. Zarazem zimne podmuchy, owiewając ich czoła, pomogły uporać się z bólem głowy spowodowanym zapewne niską jakością trunku.

– Jesień idzie – zauważył z melancholią kozak.

– Ja tam bardzo lubię jesień – orzekł Jakub. – Tylko że wolę obserwować ją przez szybę z ciepłej chatki. Patrzeć, jak wiatr toczy po niebie deszczowe chmury, słuchać, jak śmieci trzaskają w piecu, i grzać dłonie o kubek herbaty z samogonem...

– Potem pewnie będzie zima – snuł przypuszczenia jego przyjaciel.

– Zimę też lubię, z tych samych powodów. Choć gdyby tak przyszło globalne ocieplenie, też by nie było źle. Z pomarańczy i ananasów jeszcze nie pędziłem... I drewna ile bym zaoszczędził na ogrzewaniu. To jednak cholernie ciężka robota tak każdej jesieni piłować sąsiadom płoty.

Zanim doczłapali na Majdan, była już w zasadzie pora obiadu. Przegryźli coś, popili, znów popili, trzeci raz popili, zakąsili i zabrali się do planowania dalszych działań.

– Wczoraj nie było pełni, ale krowa zaatakowała. Zatem ten rodzaj opętania nie uaktywnia się w zależności od faz księżyca. Myślę, że dziś w nocy możemy się spodziewać kolejnej manifestacji – rozważał Wędrowycz. – Zaczaimy się na pagórku za chałupą Bardaków. Będzie dobry widok na całą okolicę. Gdy opętana krowa znów wyłamie wrota obory i zacznie demolować wioskę, przyjdziemy ludziom z pomocą. Podziurawimy bydlę srebrnymi kulami, a jak wyskoczy z niego demon, to go załatwimy wodą święconą. – Potrząsnął zraszaczem do kwiatków.

– A jeśli krowa nie zaatakuje?

– To wrócimy do mnie albo do ciebie, napijemy się i pójdziemy spać. Ale myślę, że narozrabia. Wczoraj fajnie sobie zabalangowała, na pewno zechce to powtórzyć. A opętaną przez demona krowę niełatwo będzie kropnąć. Co gorsza, jak ją kropniemy, znów będzie afera. Nielegalne użycie niezarejestrowanej broni palnej, ubój zwierzęcia gospodarskiego bez nadzoru weterynarza poza wyznaczoną rzeźnią powiatową i tak dalej.

– Od kiedy niby się tym przejmujesz? – zirytował się Semen.

– Od kiedy wnuk mi przysyła tego swojego prawnika na pomoc. Z początku to było fajne, sędzia z prokuratorem wysmarowali akt oskarżenia, już myśleli, że mnie złapali za jaja, a ten wchodził na salę rozpraw i w pięć minut robił z nich mokrą plamę.

– Ech... – Kozak uśmiechnął się do pięknych wspomnień. – No, niezłe to było. Lepszy ubaw niż w kinie.

– No i w którymś momencie pomyślałem, że to jednak niesportowo dawać ludziom nadzieję, a potem patrzeć, jak ich marzenia pryskają niczym bańka mydlana. To jak strzelać do zwierzyny przy paśniku. Choć z drugiej strony, gdyby tak kropnąć na przykład z muszkietu?

– Zwierzynę czy sędziego niby? – nie załapał Semen.

– Nie, o krowie przecież mówimy.

– Hmm... No może i tak, muszkiet to w końcu broń zabytkowa, czyli pewnie można z niej strzelać po legalu, choć nie jestem przekonany, czy do żywych celów też.

Widzę jeden maluśki problemik. Ten muszkiet skąd niby weźmiesz?

– Słyszałeś o trzech muszkieterach?

– Nawet książkę o tym czytałem – pochwalił się kozak.

– I film taki był. No więc tych trzech miało jeszcze takiego młodszego kumpla, co to Darth Agnel się nazywał, czy Gargamel może? Ale w filmie nie wspomnieli o najważniejszym. Był jeszcze piąty muszkieter. Przywódca tych czterech. Najwierniejszy sługa kardynała Ryszeljełu.

– Że niby kogo!?

– No, takiego ważnego kościółkowego z Francji. W filmie też był, ale coś reżyser, poszukując taniej sensacji, kompletnie przekręcił tę część historii.

– Aaa... To słyszałem.

– Ten kardynał chyba też był egzorcystą, jak ja, bo za życia nazywali go szarą eliminacją... Ale jak ten łajdak Napoleon zrobił rewolucję, to zaraz wprowadził terror i świętobliwego zgilotynował. Wówczas mój przodek plunął na wszystko i wrócił do Polski wziąć udział w powstaniu listopadowym.

Semen łypnął na Jakuba podejrzliwie i zaczął coś liczyć na palcach.

– Coś mi się w datach nie za bardzo zgadza – wyznał.

– No, może trochę poplątałem, była w tych zamierzchłych czasach cała masa różnych wojen i innych zadym, ale ogólny sens rodzinnej historii zachowałem – burknął Jakub. – Najważniejszy konkret to muszkieter, który wrócił do ojczyzny. I jest pochowany w krypcie pod naszym kościołem parafialnym. Chcę dziś nocą odwiedzić jego grób.

– Nocą? – zdziwił się Semen. – No cóż, rozumiem, że ksiądz proboszcz nie darzy cię przesadnie dużą sympatią, ale jak zechcesz się pomodlić nad grobem przodka, chyba cię przecież nie przegoni...

– Ufasz mi?

– Nie.

– Skoro cię cykor obleciał, pójdę sam.

– W moim słowniku słowo „cykor" nie występuje w pierwszej osobie!

Egzorcysta przez chwilę zastanawiał się nad sensem wypowiedzi przyjaciela, a potem doszedł do wniosku, że dziwne zdanie oznacza zgodę na wspólną wyprawę.

Kościół drzemał w cieniu starych lip. Najbliższa latarnia na szczęście była zepsuta. Dwie postacie bezszelestnie przemknęły przez bramę i zapadły w gęsty cień pod murem. Uważny obserwator, gdyby się tam trafił, nie miałby szans dojrzeć obu przyczajonych dziadów, mógłby co najwyżej poczuć woń Jakubowych skarpetek. Odczekali chwilę, ale ponieważ nikt nie wszczynał alarmu, przeskoczyli pod mur kaplicy. Przypadli do ziemi, by ich sylwetki nie były widoczne na tle niedawno odnowionej ściany. Nisko nad ziemią znajdowało się okienko prowadzące do krypty.

– Ksiądz proboszcz pourywa nam głowy – zauważył markotnie Semen. – Albo i klątwę rzuci z ambony...

– Pourywa, jak się dowie – zbagatelizował Jakub, wyciągając gwoździki przytrzymujące szybę. – A co do klątwy, nie jego kompetencje, to wolno tylko biskupowi.

Z otworu zionęło stęchlizną.

– Podziwiam twoją zimną krew, ale pakować się do grobowca po nocy to jakoś tak... – zadumał się kozak.

– Zaufaj mi, jestem egzorcystą!

Jakub wsunął się nogami do przodu w ciasny otwór. Przyjaciel po chwili wahania poszedł w jego ślady. Dopiero gdy znaleźli się wewnątrz i zasłonili okno, zapalili latarkę. W ciasnym pomieszczeniu ustawiono kilka cynowych sarkofagów. Przejście prowadzące dalej, do krypt dziedziców władających niegdyś miasteczkiem, zamurowano.

– Wiesz, tak się zastanawiam... – marudził Semen. – Uważa się powszechnie, że północ to godzina duchów. Wprawdzie starzy ludzie twierdzą, że wcale nie, że godzina, gdy zło jest najmocniejsze, to trzecia w nocy.

– No i...?

– Bo tak mi się wydaje, że ta trzecia w nocy to może być wedle czasu zimowego. Czyli teraz to będzie druga raczej... Albo nie, może czwarta. Trochę się chyba pogubiłem.

– No, nie da się tego tak całkowicie wykluczyć – przyznał Jakub.

– Bo widzisz, jeśli duchy wylezą o drugiej czy tam o czwartej, to dobrze. Bo jeśli o północy, to został nam zaledwie kwadrans.

– Nie masz innych zmartwień? – prychnął Wędrowycz. – Większość duchów jest z dawnych epok, kiedy zegarki były drogie i mało kto je miał. To skąd niby mają wiedzieć, która będzie godzina?

– Jest zegar na wieży ratuszowej.

– A myślisz, że jak ktoś zegarka w życiu nie miał, to go po śmierci oświeciło na tyle, że umie z cyferblatu czas odczytać? A swoją drogą, ja całe życie funkcjonuję bez zegarka i dobrze mi z tym. Bierz przykład, zamiast wywalać kasę na budziki i inne takie. Poza tym, jak godzina duchów będzie wcześniej, to akurat dobrze. Gdyby mój przodek zechciał nam udzielić porad, jak się z muszkietem obchodzić, będzie miał okazję.

Zaczęli rozglądać się po pomieszczeniu. Odlane z cyny skrzynie stały ciasno stłoczone. Wszystko pokrywała warstwa pyłu. Próbowali omiatać czapkami tabliczki. Wreszcie Jakub odnalazł właściwy sarkofag. Odczyścili go z kurzu. Smętne resztki złoceń zabłysły w świetle latarki. Egzorcysta wyciągnął zza pazuchy wielki, zardzewiały śrubokręt.

– Nie podoba mi się to miejsce – marudził kozak. – O tych naszych dziedzicach różne rzeczy gadali... niedobre rzeczy – uściślił.

– Oj tam, oj tam. – Jego kumpel wykręcał kolejne śruby. – Dawno już nie przykołkowałem żadnego wampira. Niech sobie wstają na zdrowie. Najwyżej będzie trochę zabawy.

Chrupnęła ostatnia śruba. Egzorcysta podniósł ciężkie wieko i z pomocą przyjaciela odstawił je na bok. Ich oczom ukazała się stara, spróchniała trumna.

– Nie pasują mi jeszcze dwie rzeczy – utyskiwał Semen.

– No a tak dokładniej, to niby co? – Wędrowycz wbił już łom między dechy.

– Po pierwsze, skąd wiesz, że w trumnie tego twojego przodka znajdziemy muszkiet?

– No bo był muszkieterem.

– To już powiedziałeś. Ale dlaczego sądzisz, że go pochowali z muszkietem?

– W dawnych czasach dzielnych wojowników poległych na polu chwały zawsze grzebano z ulubioną bronią – pouczył przyjaciela Jakub. – Nawet ja to wiem, choć książek nie czytam.

– Owszem, był taki zwyczaj... Ale tu mnie naszła druga wątpliwość. No bo wiesz, w takich lochach to zazwyczaj jest dość wilgotno. Zobacz, jak te blachy pordzewiały i dechy nadgniły. Wydaje mi się, że i flinta twojego praszczura mogła się już dawno obrócić w rdzę.

– To był zawodowiec. Żył z tego, że latał z muszkietem. To było jego narzędzie pracy, dające mu utrzymanie i szacunek społeczny. Z pewnością o nie dbał i zostało dobrze naoliwione.

Egzorcysta uniósł wyłamane dechy.

Na resztkach wyściółki spoczywały częściowo zmumifikowane zwłoki. Jakubowy krewniak miał wysokie buty z cholewami, dziwaczny kaftan oraz kapelusz ozdobiony literką N w wieńcu laurowym i resztkami strusich piór.

– Ten mundur wygląda na napoleoński – wydziwiał Semen.

– To niewykluczone, przecież jak wiał z rewolucyjnej Francji, musiał się jakoś zamaskować, żeby go zbyt łatwo nie zgilotynowali. Witaj, czcigodny przodku. – Jakub ukłonił się nieboszczykowi. – Wybacz, że przerywamy na chwilę sen wieczny, ale zasadniczo przyszliśmy tu gnani palącą potrzebą, to znaczy chcemy pożyczyć twój muszkiet. Jeśli nie wyrażasz zgody, oczywiście to uszanujemy. Po prostu pokręć głową.

Odczekali stosowną chwilę, ale zwłoki nie wyraziły protestu.

– No i załatwione polubownie. Po akcji broń oczywiście zwrócimy. – Jakub zatarł ręce, a potem zamarł i zaklął.

W trumnie nie było muszkietu. Przegrzebali pospiesznie resztki wyściółki, ale bez skutku. Flinty nie było i już. Z próżnego i Salomon nie naleje...

– Dziadek złodziejskie nasienie! – syknął Jakub. – To pewnie robota tego bydlaka. Własnego przodka nie uszanował, nieboszczyka w trumnie ograbił!

– Mam pomysł – odezwał się Semen po dłuższej chwili milczenia. – I też historyczny. Pamiętasz opowieści o takim facecie, co się nazywał Kościuszko?

– No był ktoś taki – przyznał Jakub.

Faktycznie coś o nim gadali w szkole i podczas uroczystości rocznicowych w gminie, a nawet figura tego gościa stała na cokole po pomniku cara Aleksandra, zaraz koło dawnej apteki.

– No i tenże Kościuszko miał kosynierów – dokończył Semen.

– Takich, co to latali w białych kaftanach i z kosami postawionymi na sztorc – załapał egzorcysta. – Hmmm... to jest myśl. Taką broń łatwo będzie przygotować, a do walki z opętaną krową może być całkiem poręczna. Dzięki za podpowiedź. Miłych snów wiecznych, przodku – zwrócił się jeszcze do nieboszczyka. – Ty sobie odpoczywaj po trudach licznych rewolucji, a my idziemy kuć kosy!

Co za czasy parszywe nastały, żeby prawosławny kozak i były zaborca musiał edukować Polaka z historii jego własnego kraju... – pomyślał z nagłą melancholią Semen i ruszył w ślad za kumplem.

Opuszczali właśnie teren przykościelny, gdy z daleka wiatr przyniósł upiorne ryczenie, trzask łamanych płotów i brzęk wybijanych szyb.

– Opętana krowa znów robi Bardakom noc żywych trupów – westchnął egzorcysta. – A my niegotowi...

– Jutro ją dopadniemy – uspokoił go przyjaciel. – A teraz postępujmy zgodnie z planem, wypijmy coś i idźmy spać.

Starcy obudzili się koło południa. Tradycyjnie zażyli klina, popili wodą po kiszonych ogórkach i trawiąc jajecznicę, czekali cierpliwie na restart systemu. Wreszcie ich mózgi leniwie podjęły pracę.

– Z muszkietem pomysł był pierwsza klasa – pochwalił kozak. – Szkoda tylko, że nie wypalił. Ale nie ma co zwieszać nosa na kwintę, pora na wariant B.

Przeszli do szopy i rozejrzeli się wokoło.

– Dawno niczego nie kosiłem – westchnął egzorcysta. – Jak kobyłka padła, to już nie było po co ani dla kogo... Hmmm, gdzie ja to mogłem upchnąć? Niech pomyślę... Może po lewej stronie?

– Nie uprawiasz pola, to faktycznie kosa zbędna – pokiwał głową Semen.

– Jak to nie uprawiam?! – obraził się Jakub. – Ugór użytkowy, nic ci to nie mówi?

Jego kumpel poskrobał się po głowie.

– Ugór sam rośnie, a uprawa to coś, co się uprawia – zawyrokował. – Tak wskazuje źródłosłów tych wyrazów. Z drugiej strony, skoro za ugory należy się dopłata unijna dla upraw rolnych... To może te łany chwastów faktycznie można uznać za jakiś rodzaj...

– No i sam widzisz – uciął jałowe dywagacje egzorcysta. – Znaczy się pole uprawiam, ale ekologicznie, bez kosy.

Dłuższą chwilę w milczeniu przerzucali stosy wszelakiego szmelcu. Jakub zgromadził w szopie rozmaite różności, które jego zdaniem mogły się kiedyś przydać. Zajrzeli za silnik od czołgu, przesunęli starą beczkę po kapuście, odrzucili kawał blachy z jakiegoś nieziemskiego latadła.

– Sierp znalazłem – zameldował kozak.

– Sierp przekuć na sztorc i nim dźgać? – zadumał się Jakub. – Nie, to na nic, trzonek jest za krótki, trzeba by podejść bardzo blisko, a to jednakowoż wydaje mi się niezbyt bezpieczne. No i kłóci się z tą kościuszkowską tradycją.

– A to niby co takiego!? – Semen oglądał wygrzebany ze stosu rupieci starożytny egipski miecz, chepesz.

– A to w Dębince kiedyś znalazłem – wyjaśnił Jakub. – Szmelc jakiś starożytny, z brązu jeszcze odlany. Ani to dobrze naostrzyć, ani wygodnie złapać. Wywal barachło, nie tego szukamy.

Ryli w milczeniu przez kolejny kwadrans. Znaleźli oczywiście wszelakie różności. Resory od hrabiowskiej bryczki, rurę od pancerfausta, jarzmo do orki wołami, a nawet zardzewiałą prowadnicę francuskiej gilotyny – zapewne przywiezioną na pamiątkę przez przodka muszkietera.

– Wiesz, tak mi się wydaje, że kosa to raczej nie będzie na ziemi leżała. Ktoś mógłby na nią nadepnąć albo jakiś dzieciak wbiec do szopy i się nadziać. Ostatecznie przestałeś kosić trawę i uprawiać pole, gdy twoja kobyłka zdechła. A to było jakieś trzydzieści lat temu, akurat ciut przed tym, zanim twój wnuk zaczął przyjeżdżać tu na wakacje.

– Faktycznie. A że BHP zawsze stawiałem na pierwszym miejscu, to znaczy, że kosę schowałem gdzieś wyżej. Ty to masz łeb.

Zadarli głowy i spostrzegli dwie kosy wetknięte za łaty akurat nad ich głowami. Ostrza były troszkę zardzewiałe, ale poza tym wszystko chyba grało. Jakub zakrzątnął się szybko i sprawnie. Najpierw odszukał puszkę z osełką i odpowiednim młotkiem. Naostrzył obie kosy, wyklepał, znów naostrzył. Oczyścił wielkie kowadło z rozmaitych odpadków. Jego kumpel rozpalił w piecyku, który zwykle służył jako źródło ciepła pod kocioł z zacierem. Zluzowali okucia, rozgrzali zaczepy. Potem Semen trzymał ostrze cęgami, a Jakub walił młotem.

– Szkoda, że nie miałem jakiegoś przodka kosyniera – mruknął zasapany egzorcysta podczas przerwy w pracy. – Kupę roboty byśmy zaoszczędzili.

– Myślisz, że kosynierów też grzebali z ulubionymi kosami? – zakpił kozak.

– Bezapelacyjnie.

– Ale jak niby? Przecież kosa jest długa. Z trumny wystawała przez jakąś dziurę czy jak?

– Może drzewce było składane? Albo się tę ostrą część demontowało jak bagnet przy karabinie? Skąd mogę znać takie szczegóły? To przecież było, zanim się urodziłem. O, już wiem, jak to mogli robić! Przecież kosynierzy to było ubogie wiejskie chłopstwo. Myślę, że w ogóle nie

mieli trumien, tylko ich w całun zawijali. Wtedy nie ma problemu, z nieboszczyka robi się elegancki tłumoczek, a jak kosa jest od trupa dłuższa, to nawet lepiej, bo wystaje z obu końców. Wtedy wygodnie można złapać i zanieść klienta na cmentarz!

– No, za koniec kija to jeszcze rozumiem. Ale za ostre łapać?

– Pomyśl chwilę! Pewnie szmatą okręcili i rąk nie pocięli...

– No, ewentualnie mogło i tak być – przyznał kozak.

Kuli i kuli. Metaliczny łoskot niósł się między opłotkami. Po godzinie mordercze narzędzia były gotowe. Pozostało jeszcze tylko je posrebrzyć. Egzorcysta odszukał przedwojenną dziesięciozłotówkę z Piłsudskim, a potem tak długo pocierał monetą po ostrzu, aż uznał, że wystarczająco wiele atomów kruszcu osiadło na stali.

Nadszedł wieczór. Obaj starcy stali na rozstajnych drogach, obserwując Stary Majdan z góry. Wszędzie panowała cisza i spokój. Wiar niósł z daleka woń nawozów azotowych.

– To już nie jest ta sama wieś, co kiedyś – westchnął Jakub. – Kiedyś szedł człowiek, poczuł sztynk fermentującego obornika, usłyszał muczenie krów i wiedział, że już blisko do ludzkich siedzib. A teraz? Szkoda gadać. Tylko opryski, ropa, spaliny...

Telewizory w chatach połyskiwały kolorowo, rzucając zajączki na szyby. Poza tym nic się nie działo. Wschodzący księżyc z pewnym zdziwieniem przeglądał się w srebrnych ostrzach kos.

– Ileż w tym mimowolnej poezji, a nawet i historii. – Jakubowi znów zebrało się na filozofię. – Jak przed wiekami w czasie najazdów tatarskich lub potopu szwedzkiego. Ludzie bezpiecznie ukryci w swoich lichych chatkach i dwaj nieustraszeni kosynierzy strzegący spokoju osady.

– Fakt – przyznał Semen, gładząc mimowolnie biały... no, prawie biały fartuch, niegdyś należący do wojsławickiego dentysty.

Jego przyjaciel uparł się, że skoro mają atakować kosami, powinni włożyć białe sukmany, jak żołnierze insurekcji kościuszkowskiej.

– Swoją drogą, tylko dwa razy w życiu widziałem, żeby krowa chodziła na dwóch nogach – mruknął Wędrowycz.

– No bo wiesz, ona ma taką budowę miednicy, że bardzo trudno jej tak stanąć, no i brzucho takie, że zawsze przeważa i ściąga do przodu – wyjaśnił kozak. – Prawa fizyki, grawitacja, statyka, dynamika, składowe ruchu i tego typu sprawy.

– Czyli tak jak myślałem. Żeby biegać na dwóch, musi bardzo chcieć. Albo być opętana. Albo musi jej się wydawać, że jest człowiekiem. Ewentualnie inne rodzaje otumanienia... Założyłem, że to demon, ale może ta diagnoza była zbyt pospieszna? – Jakub poskrobał się po głowie, siejąc przy tym wokół łupież.

– Co masz na myśli?

– Może szaleje, bo się upiła, albo i naćpała?

– Skąd krowa wzięłaby narkotyki? – zirytował się Semen. – To nawet ludziom trudno zdobyć. A jakby znalazła dilera, to czym by mu zapłaciła? Mlekiem?

– A może ktoś zrobił plantację marihuany, ale żeby się gliniarze nie kapnęli, pomieszał konopie indyjskie i zwyczajne... Krowa weszła w szkodę, nażarła się... – rozważał Jakub. – Niby teoretycznie konopie indyjskie tak nie działają. Nawet czysty haszysz daje inny efekt. Ale ten inny efekt obserwowano u ludzi. U krów chyba nikt nie sprawdzał. Ćpuny uważają, że od tego rozszerza się świadomość. Może i krowie się rozszerzyła? Zrobiła się muzykalna...

– Też masz powody, żeby głowę łamać! – prychnął Semen. – Co ci się tak na filozofię zebrało? Zazwyczaj od myślenia to ja jestem! Jak opętanie, to użyjemy posrebrzonych kos. Jak narkotyki, też posrebrzone kosy... Efekt ten sam.

– Masz rację. – Jego kumpel odetchnął z ulgą. – Likwidujemy, inkasujemy... To znaczy – poprawił się – skoro to na szkodę Bardaków, likwidujemy w czynie społecznym i też się opłaci.

– Warto by jednak po wszystkim mieszkańców trochę skasować – mruknął kozak. – W końcu robota niełatwa i niebezpieczna...

– Nie bądź taki Wiedźmin, swojakom trzeba pomóc.

– Nie neguję, ale czy koniecznie za darmo? – szepnął Semen już jakby tylko do siebie.

W tym momencie na szczycie przeciwległego wzgórza pojawiła się sylwetka jakiejś istoty. Sylwetka była spora, miała ze cztery metry wysokości, jak to zwykle bywa, gdy krowa stanie na tylnych nogach. Melodyjne muczenie wstrząsnęło doliną.

– Ta krowa... faktycznie śpiewa?! – zdumiał się kozak.

– Po raz ostatni rozszerzyła sobie świadomość o muzykę! Huzia na nią!

Ruszyli truchtem, ale gdy wspięli się na wzgórze, zwierzęcia już nie było. Na szczęście nadal słyszeli coś jakby śpiew. Ruszyli w pogoń. Nie bardzo wiedzieli, jak wyglądał atak w wykonaniu wojaków insurekcji, a ich doświadczenie z prac polowych okazało się bezużyteczne. Próbowali biec z kosami wystawionymi do przodu, ale ostrza ciążyły ku ziemi. Gdy zarzucili styliska na ramię, strasznie się gibały. Wreszcie jakoś tam wetknęli kosy pod pachy.

– Wyglądamy jak rycerze na turnieju, tylko bez koni – wysapał z dumą egzorcysta.

– Zamknij się i szarżuj!

Krasula, nawet biegnąc na dwóch nogach, oddalała się szybko, ale obaj starcy nie odpuszczali, choć już tracili oddech.

– Bo widzisz, czy to Hitler, czy to demon, nie ma gada, którego nie załatwi się bombą o odpowiedniej mocy – wycharczał Jakub.

– Zwieje nam – ponuro przepowiedział Semen. – A mogłem natrzeć łydki viagrą – burknął. – Albo traktor mogliśmy podprowadzić sołtysowi... Z buta to jednak ciężko za potworami ganiać.

Nie dogonili. Krowa oddalała się kołyszącym krokiem, aż znikła za pagórkiem. Nadal było ją jednak słychać. Stanęli, żeby się wysapać.

– To już nie ten wiek, żeby biegać maratony – zauważył filozoficznie kozak.

– Co ty pierniczysz? A jak byliśmy młodsi, to niby biegaliśmy te maratony?

– No, tak w sumie to faktycznie nigdy – przyznał Semen. – Ale może trzeba było? Pewnie za taki bieg nagrody dają. Medale czy coś. A tak człowiek nie pomyślał i przepadło.

– Ech, stracona młodość...

– Pognała chyba w stronę Witoldowa. Tam teren opada, będziemy ją mieli jak na dłoni. Ruszajmy!

Krowa daleko nie uciekła – po chwili znów ją spostrzegli. Tańczyła, mucząc sobie do taktu na szczycie kolejnego pagórka. Starcy ruszyli w jej stronę. Daleko nie zaszli... Stopy kozaka utknęły w czymś lepkim i mazistym.

– Co to jest, do cholery!? – syknął Semen.

– No... krowi placek. Bo to pierwszy raz? Normalna rzecz na wsi – zarechotał Jakub. – Z drugiej strony krów w naszych czasach już niewiele, to może trzeba się nacieszyć, skoro jeszcze jest okazja. – Skoczył obunóż, aż bryznęło wokoło.

– Że krowi placek, to i ja widzę. Ale on jest jakiś taki gruzełkowaty...

Oświetlili znalezisko latarkami.

– Co, do cholery, krowa sra chrząszczami? – Jakub rozgarnął łajno butem. – Ty, zobacz, stonkę wysrała! Ciekawe, dlaczego tak? Przecież krowa kartoflanych łodyg nawet nie ruszy...

– Nie! To przecież chyba... ziarna kawy! Całe kilogramy!

Wędrowycz od dziecka miał uraz do logicznego myślenia, nie przepadał też za dedukcją i temu podobnymi meandrami rozumu, ale gdy odpowiednio się skupił, był w stanie dokonać nawet takiej sztuki jak ta nieszczęsna dedukcja. Teraz też stał, dumał i grzebał końcem kosy w znalezisku. Wreszcie uniósł głowę.

– Ta kawa z gówna małpy, o której mówiłeś wtedy w Chełmie... – mruknął. – Nabiera niezwykłego smaku i aromatu skutkiem trawienia w żołądkach zwierząt. Jak tak dodać jedno do drugiego, to coś mi się zdaje, że z braku łaskunów Bardaki użyli do produkcji swojej krasuli. Cwane bydlaki, ale z drugiej strony jest w tym pomyśle pewien błysk mrocznego geniuszu. No cóż, powiadają, że Polak potrafi! Powiem więcej: mamy nawet powód do pewnej dumy narodowej, oczywiście, jeśli na chwilę zapomnimy, że tym Polakiem jest Bardak.

Semen trawił to spostrzeżenie może dziesięć sekund. Szukał luk logicznych w słowach kumpla, ale nie znalazł. Egzorcysta chyba po prostu miał rację.

– Jesteś geniuszem – westchnął kozak. – Nic dziwnego, że szalała, taka dawka kofeiny musiała ją zdrowo pobudzić... Ba, nie wiemy przecież, jak to działa na mózg krowy, może się tą kawą nawet naćpała. Rozszerzyła sobie świadomość albo zgłupiała. No i pewnie od tego jej się wydało, że jest człowiekiem. Pytanie, co robimy dalej. Ścigamy krowę czy darujemy sobie?

– Skoro to nie jest opętanie, nie mamy tu nic do roboty. Wybiega się, wypoci kofeinę i spokój będzie.

– No ale co z Bardakami? Puszczasz im to płazem? – zdumiał się Semen.

– Generalnie nie lubię kablować – burknął Wędrowycz, a na jego wargi wypełzł zimny i okrutny uśmieszek. – Ale w obronie niewinnych zwierząt i żeby zaszkodzić odwiecznym wrogom, gotów jestem nawet na takie poświęcenie. Pora na broń ostateczną. Zadzwoń do animalsów!

– Eee...? Nie mówisz chyba poważnie – przeraził się kozak.

– Oczywiście, że poważnie!

– Przecież te zielone ekoczuby rozpirzą całą gminę! Jak już się tu zwalą, zajrzą w każdy kąt, przyczepią się do setki spokojnych gospodarzy... Wypuszczą lisy z fermy, odczepią rottweilery z łańcuchów. A już nie daj Boże, znajdą pewne obecnie nielegalne, ale uświęcone tradycją...

– Podobnie jak Bardaki, jestem gotów pogodzić się z pewnymi dopuszczalnymi stratami! – uciął Jakub. – A zwłaszcza z cudzymi stratami.

Ryk dobiegający zza pagórka nagle uderzył w wyższe tony, a potem urwał się jak ucięty nożem. Obaj starcy popatrzyli na siebie zaniepokojeni i pobiegli. Krowa leżała na świeżo zaoranym polu. Jakub przypadł do niej pierwszy, targnął za ogon, ale nie dostrzegł żadnej reakcji. Przyłożył ucho do wielkiej łaciatej piersi.

– Brak oddechu, brak akcji serca!

– Tętno niewyczuwalne! – zameldował kozak, który oburącz usiłował wymacać puls na pęcinie.

– Reanimacja, szybko! Robię masaż serca! – Egzorcysta zaczął fachowo skakać obunóż po krasuli, a jego przyjaciel otworzył pysk i zastosował sztuczne oddychanie metodą usta-usta.

Niestety, wyglądało na to, że na ratunek było już za późno.

– Zawał serca – orzekł Jakub, zeskakując na ziemię. – Stwierdzam zgon. To pewnie od tej kofeiny...

– Taką fajną krowę zmarnowali, bydlaki. – Zasmucony kozak zdjął papachę. – Wesoła, pomysłowa, nawet tańczyć na rurze... to znaczy na latarni umiała. W cyrku mogłaby karierę zrobić, kawałek świata zobaczyć. Całe życie przed nią było...

– Dobra, zmywajmy się, bo ktoś przyuważy i będzie jak zwykle na nas! No i oczywiście zapraszam na stypę po nieboszczce.

Tydzień po pościgu zakończonym śmiercią krowy obaj starcy jakoś tak znów zaplątali się do Chełma. Obeszli centrum miasta. Przed muzeum spostrzegli niemiecką wycieczkę. Podkradli się cichutko i wyskoczyli zza rogu, uchylając czapek.

– Gluten Tag! – wrzasnęli radośnie, wyciągając w stronę zbaraniałych turystów po bagietce.

Szkopy omal się nie potratowały, uciekając do autokaru. Jeszcze długo potem przyjaciele rechotali na wspomnienie pobladłych twarzy zagraniczniaków.

Wreszcie nogi same tak jakoś zaniosły ich na plac Łuczkowskiego. Kawiarnia działała w najlepsze. Przez okna widać było parki licealistów okupujące stoliki i kanapy. Chłopcy trzymali dziewczęta za kolanka albo obejmowali ramieniem, szepcząc czułe słówka w różowe uszka. Panienki w odpowiedzi chichotały kokieteryjnie, skubiąc widelczykami serniki i szarlotki. Bardackie córki i wnuczki uwijały się w roli kelnerek. Tak jakby nic się nie wydarzyło.

– Odnieśliśmy niewielki, bo niewielki, ale jednak miły sercu sukces – powiedział egzorcysta z zadowoleniem.

– He? Jaki konkretnie sukces masz na myśli? – zaciekawił się kozak.

– A ło... – wskazał palcem Jakub.

Semen spojrzał i spostrzegł, że słowa „kopi luwak" ktoś przekreślił kredą. Za to na samym dole dopisano „mleko czekoladowe". Wędrowycz jednak najwyraźniej tego nie zauważył.

Ciekawe... Karmią krowy czekoladą, czy może raczej nasionami kakaowca? – Kozak zadumał się głęboko.

Stoczył sam ze sobą ciężką walkę, ale ostatecznie postanowił na wszelki wypadek nie pokazywać napisu kumplowi.

Najlepszy samogon świata

Prolog

Zegar na ratuszowej wieży uderzył dwukrotnie. Amiens spało już głębokim snem. Jules Verne odłożył pióro. Spojrzał w zadumie na równe rzędy liter. Pora udać się na miejsce spotkania. Uchylił okno. Ciepła letnia noc wabiła... Zarzucił na ramiona płaszcz i wsunąwszy w kieszeń rewolwer, wyszedł z domu. Szybko przemknął zaułkami miasta i dotarł na skraj parku. Nad Sommą unosił się biały opar mgły.

Gdzieś na brzegu rzeki rozbłysła zapałka, a po chwili pojawiła się plamka żaru. Pisarz przyspieszył kroku. Wysypana żwirem alejka doprowadziła go na pomost. Spojrzał w wodę. Kadłub wykonany z nitowanych stalowych blach przypominał grzbiet wieloryba. Przez uchylony luk słabo połyskiwało ostre elektryczne światło. Kapitan Nemo, stojący przy słupku cumowniczym, spokojnie palił fajkę.

– Drogi panie Olszakowski – odezwał się nienaganną francuszczyzną – rad jestem pana widzieć.

Pyknął z fajki, a potem podał kapciuch z tytoniem rozmówcy. Ten zręcznie skręcił kozią nóżkę i odpaliwszy zapałką, zaciągnął się.

– Tytoń przedni, jak u nas pod Radomiem... – mruknął. – Jednak wolałbym...

– Wybaczcie mój nietakt. Jak pan sobie życzysz, niech będzie Verne. Czy może lepiej Erlebaum?

– Ależ, kapitanie Psi... – zirytował się pisarz.

– Żadnych nazwisk. – Kapitan uniósł ostrzegawczo rękę. – A zwłaszcza tych prawdziwych! W tym kraju nawet ściany mają uszy.

– Przejdziemy może do mojego domu? – zaproponował gospodarz. – Mam butelkę przedniej śliwowicy...

– Nie będę się zasiadywać. – Kapitan pokręcił głową. – Zanim wstanie dzień, musimy wyjść w morze. Armia i flota Republiki Francuskiej upolowałyby mnie równie chętnie jak Rosjanie.

– Mam w domu także egzemplarze autorskie.

– Dziękuję, odwiedziłem już księgarnię. – Przybysz błysnął zębami w uśmiechu. – Nawet przeczytałem.

– I jak wrażenia?

– Dokładnie według zlecenia – pochwalił. – Tylko jeden szczegół...

– Wydawca się nie zgodził, żeby bohater był Polakiem. – Pisarz wzruszył ramionami. – Racja stanu, ocieplenie stosunków z cesarstwem rosyjskim i tak dalej. Wymogi tego wielkiego oszustwa, które zwą polityką międzynarodową.

– Nic nie szkodzi. Admiralicja w Petersburgu i tak wie, że to ja jestem bohaterem książki. I piany na ustach dostają. A w przyszłości opublikujemy wydanie poprawione.

– Czym zatem mogę służyć? – literat postanowił przejść do konkretów. – Wyznaczył mi pan spotkanie. Dedukuję, iż nie tylko po to, żeby wyrazić zachwyt lub otrzymać autograf.

– Proponuję kolejne zlecenie – wyjaśnił kapitan.

– Nowa książka o szaleńczych przygodach na pokładzie pańskiej łodzi podwodnej?

– Bynajmniej. Słyszałem, że pracuje pan nad powieścią o bezludnej wyspie.

– Owszem. W zasadzie już prawie kończę. Za trzy tygodnie oddaję rękopis. Powinna wyjść nie dalej niż za pół roku. Będzie miała tytuł „Zagubieni".

– Zatem proponuję, aby wplótł pan w akcję scenę mojej śmierci i przy okazji zniszczenia „Nautilusa".

Verne gwizdnął pod nosem.

– Da się zrobić. Tylko po co?

– Zanadto depczą mi po piętach – wyznał przybysz jakby niechętnie. – Muszę się przyczaić na jakiś czas. Wiedzą, że byliśmy w kontakcie. Ta publikacja uśpi ich czujność. Niech im się wydaje, że i tym razem opisał pan prawdę.

– Jeśli mogę w ten sposób pomóc...

– Będę bardzo wdzięczny. – Kapitan wyjął z zanadrza grubą, szeleszczącą mile kopertę. – Płacę wedle poprzedniej stawki.

– Inflacja...

– Dziesięć tysięcy franków za jedną kilkustronicową scenę. – Marynarz wzruszył ramionami. – To chyba uczciwa cena.

– Więc nie muszę przerabiać całej powieści?

– Nie. Chyba nie. Bo i po co? Najlepiej, gdy spotkają mnie gdzieś pod koniec.

– Niech będzie... Kiedy zobaczymy się znowu? – Pisarz schował pieniądze.

– Nieprędko, może już nigdy... Czas na mnie. Dobrej nocy.

Kapitan zeskoczył na pokład i odwrócił się na chwilę.

– Juliuszu? – odezwał się po polsku.

– Tak?

– Tytuł... Niezły jest, ale wydaje mi się, że mało chwytliwy.

– Co zatem proponujesz?

– Co powiesz na „Tajemniczą wyspę"?

– Niech będzie...

Literat stał, patrząc w zadumie, jak okręt podwodny idzie w zanurzenie. Po wodzie rozeszły się kręgi, woń gorzelnianego spirytusu też już się rozwiewała... Dotknął opuszkami tkwiącej za pasem koperty. Pieniądze...

– Aj waj mir, ten to ma gest – cmoknął z uznaniem i ruszył w stronę domu. – A zlecenie nietrudne. Napiszę tę scenę w dwa, może w trzy dni... Gut geszeft. Trzeba iść spać, a od rana biorę się do roboty.

Po chwili odgłos jego kroków ucichł w alejce ogrodu. Kapitan nie mylił się. To było ich ostatnie spotkanie. Verne przez kolejne lata próbował dowiedzieć się czegoś o losach zleceniodawcy, ale bez skutku. Kapitan Nemo jakby rozwiał się w powietrzu. Jeszcze kilka razy znikły bez śladu jakieś rosyjskie okręty, jeszcze nie raz pisarz podczas spacerów spostrzegł śledzących go agentów carskiej ochrany. Jeszcze przez jakiś czas ktoś „życzliwy" wysyłał do francuskiej prasy brukowej anonimy demaskujące go jako Judę Erlebauma vel Juliusza Olszakowskiego, byłego żydowskiego sklepikarza spod Radomia.

Na szczęście rosnące rzesze wiernych czytelników lekceważyły te rewelacje.

Wraz z tajemniczym gościem zniknął bez śladu „Nautilus". Pod koniec życia Verne był przekonany, że wymyślona przez niego scena śmierci kapitana Nemo całkowicie odpowiada prawdzie. Tak samo zapewne myślała admiralicja w Petersburgu, bo „psikusy" ustały. A potem sprawa ostatecznie ucichła.

Jakieś sto lat później, albo i trochę więcej

Lipcowy wieczór był ciepły i przyjemny. Tylko że nie wszyscy cieszyli się jego urokami w tym samym stopniu. Dla niektórych ten dzień kończył się raczej niezbyt miło.

– Wiesz, to chyba trochę nie w porządku – zadumał się Semen. – W naszej gminie nikomu nie pozwalasz pędzić samogonu ani handlować cudzym, za to własny sprzedajesz tylko swojakom...

– Dlaczego nie w porządku? – zdumiał się egzorcysta. – A niby co? Mam sprzedawać swój produkt wrogom? Niech się trują sklepowymi wynalazkami, które są drogie i marnej jakości. A na żadną konkurencję nie pozwolę, bo w większości wypadków obcy robią podły i szkodliwy zajzajer. Uczciwy bimbrownik dba o jakość... Tu jeszcze wystaje jakaś gula, depnij, a dobrze. Równiutko ma być.

– Tak, wiem. W powiecie tylko ty gwarantujesz... – zaczął kozak i urwał. – Ale zasadniczo wolny rynek wymaga istnienia konkurencji – rzekł po chwili.

Trochę zasapał się przy pracy.

– Uczciwej konkurencji! Można zejść z kosztów, obniżając jakość. I to właśnie robią inni bimbrownicy. Dają produkt trochę tańszy, ale bardzo marny. I tak gorszy towar wypiera z rynku lepszy. Tak jak kiepskie, ale tanie buty szyte w Chinach wykończyły nasze fabryki i naszych szewców.

– Coś w tym jest – przyznał Semen.

– A kto dobrze ze mną żyje, ten się napije tanio albo i za darmo uczciwego samogonu, a nie jakiejś podróby na zgniłych kartoflach.

Jakub przerwał przemowę i nadepnął na nadgarstek Izydora, a Semen zręcznie wyłuskał flaszkę spomiędzy słabnących palców. Porzucili wroga malowniczo wdeptanego w trawnik przed pomnikiem Kościuszki i spokojnie ruszyli w stronę Jakubowej chaty.

– Ano zobaczmy, co to za obcy produkt... – Egzorcysta uniósł flaszkę ku światłu latarni.

– Sklepowa wóda – ocenił jego kumpel. – Zobacz, jaka przejrzystość.

– Gdzie niby sklepowa wóda miałaby taki kolor? – zirytował się Jakub. – Może i ta ciecz jest przejrzysta jak kryształ, ale przecież widać to charakterystyczne, lekko żółtawe zabarwienie. No i flaszka też z recyklingu. Ale co do klarowności, masz rację. Ciekawe, filtrowana jakoś specjalnie czy jak?

Obejrzał butelkę raz jeszcze.

– Badamy bukiet?

– Zbadajmy...

Odkręcił nakrętkę i niuchnął. Bimber śmierdział, rzecz jasna, bimbrem, ale w stopniu umiarkowanym. Spod gorzelnianej woni przebijała delikatna owocowa nutka.

– Śliwki i czereśnie dodane jako wsad do zwykłego zacieru na pszenicy – zawyrokował. – Bardzo ciekawa, rzekłbym nawet, że elegancka kompozycja.

Pociągnął niewielki łyk i na jego twarzy odmalowało się głębokie zdziwienie. Znów się napił. Rysy mu zmiękły, wargi rozciągnęły się w uśmiechu najgłębszej rozkoszy.

– Daj skosztować – zażądał kozak.

Egzorcysta pospiesznie pociągnął jeszcze i z niechęcią oddał flaszkę przyjacielowi. Ten nabrał odrobinę produktu w usta i starannie badał go językiem. Przez całe długie, naprawdę długie życie próbował rozmaitych wynalazków. Pijał samogon, który Griszka Rasputin w swojej chacie we wsi Pokrowskoje napędził specjalnie dla cara. Pijał ryżowe destylaty produkowane przez chińskich mędrców w Mandżurii. Pijał nad Oceanem Lodowatym ewencki bimber z żurawin. Na Zaporożu kosztował ukraińskiego pierwacza. W osadach zagubionych pośród bagien Polesia częstowano go berbeluchą. Rusyfikując Kurpie, nie raz złagodził carskie represje pod wpływem księżycówki. Z piaskarzami nad Wisłą opił się do wypęku mleczka wściekłej krowy. Nie była mu obca wóda z morwy – produkt górali z Abchazji. Oczywiście wychlał wiele cystern produktów swojego kumpla Jakuba. Ale tak wybornego destylatu kosztował pierwszy raz w życiu.

– Jakub... – zaczął niepewnie. – Nie obraź się, ale to jest lepsze od twoich wynalazków!

Odruchowo zrobił unik, ale o dziwo, przyjaciel tym razem nie planował zamalować go w gębę.

– Czuję, że jest lepszy – warknął poirytowany i zmarkotniały. – Powiedziałbym nawet, że to najlepszy bimber świata, a w każdym razie najlepszy, jaki w życiu piłem! Ale wcale mi się to nie podoba!

– Z twojej miny dedukuję, że poznajesz producenta?

Egzorcysta zadumał się naprawdę głęboko.

– Poznaję, ale to chyba kompletnie niemożliwe... Piłem to już... dawno, naprawdę dawno temu... Jakoś tak po pierwszej światowej tatko pracował jako dekarz, pomagałem mu robić dachy i naprawiać te uszkodzone w czasie wojny. No i raz mieliśmy taką przygodę, że w strzesze bardzo starej chaty znaleźliśmy flaszkę wódki jeszcze z czasów przed powstaniem styczniowym. Rozpiliśmy z gospodarzem na trzech. To był właśnie ten smak!

– To było siedemdziesiąt lat temu...

– Nigdy nie zapominam smaku samogonu! A zwłaszcza tak dobrego!

– Więc ten bimber smakuje jak produkt sprzed stu pięćdziesięciu lat?

– Taaa... Smaku tak genialnego wyrobu nie zapomina się nigdy. Ale to nie może być aż tak stary alkohol, bo wódka, nawet najlepsza, z wiekiem mimo wszystko trochę się psuje. Z drugiej strony bimber jest jak zupa pomidorowa. Niby jest tylko czterdzieści przepisów, jak ją zrobić, ale nawet robiona ściśle wedle tej samej receptury, a przez różnych ludzi nie smakuje tak samo. Nawet jak spotyka się kilku wirtuozów gotowania i warzą ją z tych samych składników, smak zawsze jest inny. Indywidualny.

Z tego, co Semen wiedział, jego przyjaciel pomidorowej kosztował jedynie w barach i knajpach, ale gdy sam przypomniał sobie smaki zupy serwowanej na carskim dworze i w najwykwintniejszych lokalach przedrewolucyjnego Petersburga, musiał przyznać kumplowi rację.

– Czyli nadrzędne znaczenie tak w przypadku zupy, jak i samogonu ma czynnik ludzki? – upewnił się.

– Tak. Był taki człowiek – powiedział Jakub. – Nazywał się Psinka. Hrabia Psinka...

– Dziwne nazwisko, jak na hrabiego? – zdumiał się Semen.

– Bo cesarze Austrii sprzedawali takie tytuły na prawo i lewo, trzeba było tylko przyjść do nich z odpowiednią kasą... W każdym razie ten człowiek był wynalazcą i inżynierem. Ulepszył silnik parowy Połzunowa. Jakieś patenty posprzedawał, kupił tytuł hrabiowski i kawałek ziemi. Po jego majątku jeździły lokomobile samobieżne, czyli coś jakby traktory, ale na parę. Miał też gorzelnię, słynną na cały powiat.

– Gdzie miał tę gorzelnię?

– A gdzieś tam w majątku w okolicach Krasnegostawu. Tylko że w czasie powstania styczniowego buntownicy napadli na carski posterunek w tym miasteczku i pogonili ruskim kota.

Semen zrobił minę, jakby zgryzł kawałek cytryny, ale wolał się nie odzywać. Jego towarzyszom broni i tak to życia nie przywróci. A po co się kłócić, jak można się napić?

– Carscy, rzecz jasna, bardzo się zdenerwowali i zaczęli kombinować, kto w okolicy najbardziej ich nie lubi. Wyszło im, że skoro powstańcy staranowali ścianę ich koszar opancerzoną parową lokomobilą, to maczał w tym palce hrabia Psinka. Najechali jego dobra, zrabowali, co się dało, zniszczyli resztę, pogwałcili służbę obu płci i na odchodnym spalili gorzelnię. Na szczęście hrabia był w tym czasie we Francji i w dodatku trzymał część pieniędzy za granicą, bo inwestował po całej Europie w stocznie, kopalnie, koleje i inne takie. W każdym razie, gdy się dowiedział, że z jego mająteczku nie został kamień na kamieniu, poprzysiągł ruskim krwawą zemstę. Za swoją kasę i wedle własnych planów wybudował najnowocześniejszy okręt podwodny i ruszył zatapiać okręty carskiej floty. Przybrał imię kapitan Nemo.

– A... to chyba coś o tym słyszałem – przyznał kozak. – Książkę chyba nawet o tym napisali. Ale dlaczego sądzisz, że te odległe sprawy mają ze sobą jakikolwiek związek?

– Jego okręt był bardzo nowoczesny, a ponieważ jeszcze nie produkowano benzyny, napędzał go samogonem. W dodatku na pokładzie była aparatura gorzelnicza, a kapitan opracował technologię pozyskiwania bimbru nawet z wodorostów i planktonu, skutkiem czego nigdy nie brakowało mu paliwa.

– Czyli mamy do czynienia z podróżnikiem w czasie? – zadumał się kozak.

– Tego wykluczyć nie możemy, ale wydaje mi się raczej, że ktoś odnalazł aparaturę hrabiego Psinki.

– Przecież gorzelnia została zniszczona. To i aparatura chyba przepadła?

– Owszem, wierny sługa, widząc, że wszystko stracone, wysadził ją semteksem.

– A czemu tym?

– Bo dynamit nie został jeszcze wynaleziony. W każdym razie przepadło, ale przecież był jeszcze drugi egzemplarz, ten na pokładzie „Nautilusa". Zastanawiam się tylko, co z tym fantem zrobić...

– Olejmy to – zaproponował Semen. – Carska Rosja upadła i nic już jej nie wskrzesi. Ja tam żadnych waszych powstań nie tłumiłem, we flocie nie służyłem, za to carskich marynarzy nie lubiłem, bo nie raz w Petersburgu po gębie od nich dostałem. Nie chcę wyrównywać żadnych rachunków za potopione carskie statki. Moja chata z kraja.

– Hmm...

– No i co z tego, że ktoś pędzi lepszy bimber niż twój? Niech się Bardaki zachlają nawet na śmierć. Co cię to obchodzi? Swojego i tak nie dajesz im nawet powąchać.

Jakub milczał dłuższą chwilę, aż wreszcie eksplodował.

– Nie pozwolę, żeby jakieś leszcze niszczyły moją legendę! Jest tylko jeden najlepszy bimbrownik w tym kraju. To byłem, to jestem i to będę ja!

– No, jeśli spojrzymy na problem od tej strony, to faktycznie – zasępił się Semen. – A co wiemy o „Nautilusie"?

– W jednej książce napisano, że został zniszczony przez wybuch wulkanu gdzieś na półkuli południowej. Moim zdaniem to pic na wodę. Ba! Na pewno pic na wodę, skoro ktoś odpalił aparaturę. Z drugiej strony przypuszczam, że „Nautilus" był dobrze schowany przez ostatnie półtora wieku, bo nigdy wcześniej tak znakomity bimberek nie pojawił się na rynku.

– Hmmm... Odnaleźć okręt podwodny nie będzie łatwo, zwłaszcza że nie mamy absolutnie żadnego punktu zaczepienia – dumał Semen.

– Okręt podwodny zapewne znajduje się w wodzie, to nam znacznie zawęża obszar poszukiwań – uspokoił go Jakub. – Woda to tylko kilka procent powierzchni kraju.

– A może wynajmiemy fachowca od przeprowadzania takich poszukiwań?

– Fachowca? Aaaa... tego rozczochranego?

– Masz jeszcze tę jego wizytówkę?

Egzorcysta przegrzebał lewą kieszeń. Znalazł w niej różne różności. Smoczek z czasów, gdy jego wnuk był mały, fałszywy banknot tysiączłotowy z Kopernikiem. Zapomniany bilet PKS-u sprzed trzydziestu lat, zużytą prezerwatywę, paczkę biełomorkanałów, którą kupił, na wypadek gdyby kiedyś zapragnął zostać nałogowym palaczem.

– Tu jednakowoż nie mam – zameldował i zabrał się do prawej kieszeni.

Wygrzebał króliczą łapkę, granat, legitymację, którą zabrał kiedyś kagebiście, psi numerek z czasów okupacji, ozdobiony swastyką i runami SS. Uśmiechnął się do wspomnień...

– Ty nie dumaj o tym, co dawno temu zeżarłeś, tylko szukaj – szturchnął go kumpel.

– Dobra, dobra. – Egzorcysta niczym archeolog badał kolejne warstwy kulturowe. I wreszcie, gdy kozak kompletnie już stracił nadzieję, wyciągnął wyświnioną i wymemłaną wizytówkę. Przyjaciel wyjął mu ją z dłoni, odlepił co większe paprochy. Odczyścił numer, odklejając obierkę z kartofla...

– Dwudziesta pierwsza szesnaście – mruknął. – Za późno nie jest. No to dzwonię. – Wyciągnął z kieszeni odrapany telefon komórkowy. Zrogowaciałym paluchem wystukał numer. – Dzień dobry? Pan Robert Storm? Mamy dla pana zlecenie...

Egzorcysta odszedł kilka kroków, by zapewnić przyjacielowi zachowanie konstytucyjnego prawa poufności rozmów.

Po chwili Semen go dogonił. Minę miał markotną.

– No i co tam? – zagadnął Jakub.

– Głupi gówniarz, a nie profesjonalista. Powiedział, że nie weźmie tego zlecenia, bo wyobraź sobie, nie zajmuje się fantastyką naukową.

– Taki widać z niego fachowiec jak z koziej dupy trąba. Olejmy buca z miasta. Sami znajdziemy! A na razie wracamy pod pomnik.

Izydor na widok wracających wrogów wyciągnął z kieszeni telefon i próbował wystukać jakiś numer, ale Semen tylko siepnął nahajką i urządzenie poleciało gdzieś pomiędzy róże.

– Nie zabijajcie – zaskamlał Izydor.

– Nie planowaliśmy, ale w sumie niegłupi pomysł – kiwnął głową Jakub. – Piętnaście lat ci się, gadzino, zbierało...

– Tak naprzeciw kościoła to chyba grzech – mruknął kozak i zdjąwszy papachę, przeżegnał się nabożnie.

– Grzech, i to paskudny – uśmiechnął się egzorcysta. – Ale tym lepiej...

– Co chcesz przez to powiedzieć?

– Mój dziadek, kanalia parszywa, gdy byłem mały, przykazał mi likwidować Bardaków. Słabo ich wtedy znałem, miałem pewne wątpliwości, rozterki natury moralnej... Powiedział wtedy, żebym zarzynał ich spokojnie, a on wszystkie grzechy z tym związane bierze na swoje sumienie. No to dziadowi już do rejestru dwunastu dołożyłem, do końca wieczności posiedzi w piekle. A ja mam czystą kartę.

– Hmmm... – zadumał się Semen. – Wydaje mi się, że to chyba jednak nie tak działa.

– W każdym razie... – Jakub zwrócił się do Izydora i urwał w pół słowa, widząc, że trawnik jest pusty.

Wróg musiał gdzieś odpełznąć.

– Co za czasy parszywe nastały, żeby trupy, zamiast na trawniku leżeć... – zaczął kozak.

Ale jego przyjaciel już wypatrzył wroga, rozpłaszczonego w cieniu kościelnej dzwonnicy. Dopadli go w kilka chwil. Na ich widok zrobił ruch, jakby chciał się zapaść pod ziemię, ale na szczęście była zbyt spoista.

– Słuchaj no, Izydor – warknął Jakub, czule i nieomal delikatnie kopiąc wroga w nerkę. – Czy szanujesz naszego wójta i księdza proboszcza?

– Oczywiście – wymamrotał wróg.

– A czy szanujesz nasze zabytki?

– Nieodmiennie.

– A szanujesz władze powiatowe i Ministerstwo Kultury?

– No jakżeby nie... – Bardak niepewnie strzelał spojrzeniem na boki.

– Teraz popatrz. To jest ściana naszej dzwonnicy. Obiekt z osiemnastego wieku, od trzystu lat służący naszej społeczności. Ostatnio została ślicznie wyremontowana na polecenie księdza proboszcza i za pieniądze, które nasz wójt wyszarpał z gardła różnym urzędom powiatowym i centralnym. Popatrz na tę śnieżną biel tynków... Wiesz, ile czasu się nad nimi męczyli, żeby było gładziutko i bez przebarwień? Wiesz, jak świeży tynk farbę pije? Czasem i pięć warstw okazuje się mało...

– Aha? – Bardak nie bardzo rozumiał, do czego zmierza jego wróg, ale wolał na wszelki wypadek przytaknąć.

– A teraz grzecznie odpowiesz na nasze pytania albo rozsmaruję cię po tej ścianie na fresk i cały wysiłek ogromnego sztabu ludzi zostanie przez ciebie bezmyślnie zniweczony.

– Powiem, wszystko powiem, do rana będę gadał. – Nestor wrogiego rodu najwidoczniej nie miał ochoty zostać freskiem na ścianie dzwonnicy.

– Skąd masz tę flaszkę? – warknął Jakub.

– Ku-ku-kupiłem.

– Tego to się akurat domyśliłem – burknął Wędrowycz. – Sami takiego nie wytworzycie, choćbyście się posrali, a za darmo nikt was nie poczęstuje.

– Od kogo kupiłeś? – warknął kozak. – I gdzie?

– No tu, na targu. To przyjezdny był...

Jakuba omal szlag nie trafił.

– Na moim targu, w samym sercu mojego terenu ktoś sprzedawał nie mój samogon, a ty, zamiast mi zameldować, ośmieliłeś się... – Egzorcysta już plótł stryczek z linki hamulcowej.

– Jakub, nie zabijaj go! – Semen, widząc, co się święci, wolał zawczasu interweniować.

– Dlaczego?

– Bo od trupa nie dowiemy się, kto nam tę świnię podłożył.

– A... no chyba że tak... Skąd ten obcy gad przyjechał? Jak można nawiązać z nim kontakt?

– A tego to już nie wiem – wykrztusił Bardak.

– Czyli remont będzie do powtórki – westchnął egzorcysta. – Szkoda tej dotacji, ale cóż, może za dziesięć lat nową dadzą.

Po prawdzie żal mu było tej ściany i proboszczowi też nie lubił fikać, ale uznał, że w tej sytuacji kwestia ochrony zabytków musi zejść na plan dalszy.

– Jakub, zaczekaj – odezwał się jego kumpel.

– No co tam znowu?

– Freski to specjalna technika. Maluje się je na mokrym jeszcze tynku – zauważył Semen. – A remont to już jakiś czas temu zrobili... Wszystko wyschło.

– To może zrobimy malowidło temperą? – Jakub z rozmachem kopnął wroga między nogi. – No co? Do tempery dodaje się gniecionych jajek – dodał, widząc zaskoczony wzrok przyjaciela.

– Pooowieeemmm... – jęczał Izydor, tarzając się po trawniku. – Tylko że ja na-na-na-prawdę nie wieeem...

– To jak niby chcesz powiedzieć? – zdziwił się kozak.

– Bo ja nie wiem, ale się dowiem i wtedy wam powiem – zaskamlał Bardak.

– Oto zaczątek mądrości – mruknął egzorcysta. – Dobra, niech będzie i tak. Masz dwadzieścia cztery godziny. I nawet nie myśl, że zdołasz się wymigać.

Izydor zakwilił i zgięty wpół pocwałował do swojej chaty. Obaj przyjaciele uznali, że również powinni udać się na spoczynek.

Przed snem rozpili jeszcze zdobyczną butelkę. Teraz, gdy delektowali się na spokojnie i używając musztardówek, mogli ze zgrozą stwierdzić, że samogon smakuje jeszcze lepiej, niż sądzili. Każdy łyk był jak powiew świeżej morskiej bryzy na twarzach. Budził w żyłach gorączkę włóczęgi, żądzę nowych przygód... Z tytanicznym wysiłkiem zmusili się, by zostawić choć trochę na dnie – jako próbkę kontrolną.

– I pomyśleć, że po tylu latach ktoś ot tak odkrywa prastary sekret – dumał Jakub, moszcząc się w barłogu.

– „Nautilus", kapitan Nemo... – Kozak wiercił się na swoim sienniku. – A tak właściwie skąd znasz tę zdumiewającą historię!?

– Miałem ucznia – mruknął egzorcysta. – Będzie... no z pięć, może osiem lat temu. Wtedy, co pojechałeś do wnuka na wykopaliska.

– A, pamiętam...

– No i on mi to opowiedział, to jego historia rodzinna, bo jest w bocznej linii potomkiem tego gorzelnika, który potem został kapitanem Nemo... Arkadiusz hrabia Psinka się nazywał. Nawet w Krasnymstawie mi pokazywał grób przodka.

– Czyli to jego wyrób?

– Nie. Zdolniacha z niego, nie powiem, ale po pierwsze, nie zdołałby aż tak ulepszyć swojego produktu, po drugie, pracuje jako drwal w Szwecji. Chyba że ulepszył i wrócił do kraju... – Oczy egzorcysty zwęziły się w szparki. – Taaaa... Trzeba chyba złożyć mu wizytę. Jutro.

Jakub i Semen dreptali na przystanek PKS-u, gdy w oddali pojawiła się znajoma sylwetka Izydora. Przemykał się przez miasteczko chyłkiem, zapewne chcąc uniknąć spotkania...

Ale i tak go dopadli.

– Izydor, psi synu, widzę, że jednak nie szanujesz naszej dzwonnicy! – syknął Jakub.

– Ale to miały być dwadzieścia cztery godziny. – Wódz wrogiego plemienia strzelał oczami na boki. Niestety, jak sięgnąć wzrokiem nie było widać nikogo z członków klanu. Znikąd ratunku...

– Część z tych dwudziestu czterech właśnie minęła – warknął kozak. – Gadaj, co ustaliłeś!

– Kolo, który sprzedawał tamten samogon, nazywa się Janek i jest z okolic Krasnegostawu – wyjaśnił spiesznie Bardak. – Tylko nazwiska jeszcze nie wiem. Ale gdzieś nad Wieprzem mieszka i w jego gospodarstwie jest staw rybny.

– Ustal nazwisko gagatka i zamelduj. – Jakub puścił go i przyjaciele przyspieszyli kroku, żeby im autobus nie uciekł.

– Ten twój uczeń miał na imię Janek? – zagadnął kozak.

– Nie, Arkadiusz się nazywał, tak jak przodek. To akurat nie pasuje do teorii, ale trudno, dowiemy się wszystkiego na miejscu.

Chata Jakubowego ucznia stała na przedmieściach. Widać było, że w ostatnich latach ktoś poczynił tu pewne inwestycje. Drewniane ściany obito estetycznie sidingiem, domostwo otaczał ładny płotek z metalowych paneli, a podjazd wyłożono kostką. Obok chaty stało auto ze szwedzką rejestracją.

– Znaczy wrócił ze Szwecji – warknął Jakub.

– Pewnie na urlop – zauważył Semen. – O tej porze roku nie ma tam wiele roboty dla drwala.

Podkradli się do drzwi niczym partyzanci pragnący zaskoczyć niemieckiego wartownika w wychodku.

– Hrabio Arkadiuszu, otwieraj! – Jakub załomotał pięścią.

– A kto puka!? – dobiegł ze środka przestraszony głos.

– Historia! – odburknął egzorcysta.

Drzwi skrzypnęły i stanął w nich wysoki dryblas w samych slipkach. Semen skrzywił się w duchu. Z hrabiami miał w życiu nie raz do czynienia. Ten koleś, jak na jego gust, wyglądał i odziewał się trochę mało arystokratycznie.

Straszne spustoszenia w mentalności i ubiorze poczyniła ta rewolucja, westchnął w myślach kozak.

Gospodarz przez chwilę wpatrywał się zdumiony w gości, a potem runął na kolana i pochylony w pokłonie, ucałował dłoń Jakuba.

– Mistrzu – wykrztusił przez zaciśnięte wzruszeniem gardło – czemu zawdzięczam ten zaszczyt...

– Do rzeczy. – Egzorcysta oderwał dłoń od jego ust. – Mamy problem.

– Mistrzu, powiedz tylko, kto ci ubliżył, a flaki przez nos mu wypruję! – zapewnił chłopak.

– Masz swój bimber? Dawaj na stół. Kontrola jakości!

– Gdzież ja, niegodny, śmiałbym takim podłym zajzajerem częstować najczcigodniejszego...

– Kontrola jakości! – warknął egzorcysta.

– Trzy minutki tylko proszę zwłoki!

Po chwili stół nakryty był śnieżnobiałym obrusem. Arkadiusz ustawił na nim paterę z chlebem, pokrojoną wędzoną golonkę, pęto kiełbasy, chrzan, musztardę i dwie szklanki. Z lodówki wyjął oszronioną butelkę.

– To świństwo, które pędzę, niegodne jest, żebyś zechciał w tym gumofilce obmyć... – zaczął.

– Polej na trzech! – polecił Jakub.

– Mistrzu! Nie jestem godny spożywać w waszym towarzystwie...

– Na trzech – powtórzył Wędrowycz trochę łagodniej.

Po chwili schłodzony eliksir popłynął do szklanek.

– Twoje zdrowie. – Egzorcysta uniósł musztardówkę.

Gospodarz zaczerwienił się ze wzruszenia i delikatnie stuknął swoim szkłem o szkła gości. Pociągnęli po łyku. Samogon był pierwszorzędnej jakości, choć oczywiście ciut gorszy niż przeciętna wędrowyczanka...

– Jakość druga! – pochwalił Jakub.

– Dziękuję! – W oczach gospodarza stanęły łzy.

– Bukiet wydaje się identyczny jak w przechwyconej flaszce – zauważył kozak. – Bo i kultura drożdży ta sama. Ale stężenie olejów fuzlowych i estrów jednak znacznie wyższe.

– Spróbuj tego i śmiało mów, co sądzisz. – Egzorcysta wlał chłopakowi resztę próbki kontrolnej. Ten pociągnął ostrożnie.

– To przecież mojego prapradziadunia?! – zdumiał się. – Nie piłem tego... No, ze dwadzieścia lat, ostatni raz na stypie, bo po dziadku ostatnią butelkę specjalnie na tę okazję trzymali... Znalazłeś, mistrzu, coś ze starych zapasów?

– To współczesny wypęd – wyjaśnił kozak. – Skoro to nie twój wyrób...

– ...to znaczy, że ktoś odnalazł „Nautilusa"! – Oczy chłopaka rozbłysły.

– To, że ktoś używa szacownego zabytku naszej myśli niepodległościowej do produkcji samogonu, jest nieomal profanacją. A już fakt, że robi przy tym bimber lepszy niż mój, to jak naplucie mi do zupy – mruknął Wędrowycz. – W każdym razie ktoś uwłaszczył się na twojej łodzi podwodnej, a to plama na twoim honorze i trzeba ją jak najszybciej zmyć!

– Wedle rozkazu! Tylko, eee... moja rodzina szukała „Nautilusa" przez ostatnie sto dwadzieścia lat... Od czego zaczniemy?

– Wiemy, że kolo, który zaiwanił twój okręt podwodny, nazywa się Janek, mieszka nad rzeką i ma staw rybny. Znasz kogoś takiego?

– Eeee... Nie. A jak ma na nazwisko?

– Tego, niestety, nie wiemy – westchnął kozak. – Ale świta mi jedna myśl... Zobaczcie sami. Kapitan wrócił w rodzinne strony. Zapewne wyszedł z założenia, że pod latarnią najciemniej. Przypłynął „Nautilusem", a to tutaj gospodarstwo leży daleko od rzeki.

– Na brzeg okrętu nie wyciągnął, boby się rypło – dumał Jakub. – Zatem schował go gdzieś w pobliżu brzegu. I raczej nie w głównym korycie, bo jeszcze jakaś powódź narobiłaby szkód.

– W starorzeczu też raczej nie, bo może się zamulić i nie da się odpłynąć – rozważał Arkadiusz. – Ten staw rybny to może być dobry kamuflaż.

– Masz mapę okolicy? Trzeba przepatrzyć brzegi Wieprza! – polecił kozak.

– Mapy nie mam, ale zaraz zobaczymy obraz satelitarny na komputerze!

Gospodarstwo leżało niedaleko rzeki Wieprz. Wszyscy trzej obwiesie długo lustrowali je wzrokiem. Krzywy płot, stara chata, obora z ytongu, wrak traktora. Nic podejrzanego. Za podwórzem było spore rozlewisko, zapewne zapuszczony staw rybny. Łączył się z rzeką poprzez śluzę.

Jedynym dziwnym elementem, ewidentnie niepasującym do reszty, był kiosk łodzi podwodnej wznoszący się pomiędzy trzcinami.

– Naprzód – syknął Jakub.

Niczym Indianie przemknęli się pomiędzy zabudowaniami i zapadli w chaszcze nad stawem. Nie minął kwadrans, jak na ścieżce pojawił się poszukiwany. Chłopak wyglądał na studenta, tylko okularów nie nosił. Szedł sobie spokojnie, niosąc wiaderko z towotem. Nieoczekiwanie zatrzymał się w pół kroku i zaniepokojony rozejrzał. Maskowanie było idealne, więc czuwających w zasadzce zdradzał jedynie zapach Jakubowych skarpetek.

– Brać go! – Semen rzucił hasło do ataku.

W ciągu pół minuty zdumiony właściciel gospodarstwa stał przywiązany konopną liną do brzozy.

– Dzieńdoberek – warknął Jakub, unosząc do ciosu kij bejsbolowy, powypalany w huculskie wzorki. – Ty się nazywasz Janek? Będzie wpierdol...

– No faktycznie Janek jestem. Ale kim wy jesteście, no i za co ten wpierdol? – zdumiał się chłopak.

– Produkcja samogonu poza systemem cechowym, jego nielegalne rozprowadzanie na moim terenie... Do tego bezprawne przywłaszczenie sobie bezcennego pomnika polskich dążeń niepodległościowych. – Wędrowycz oskarżycielskim gestem wskazał kiosk łodzi podwodnej sterczący z trzcinowiska. – Jedyna okoliczność łagodząca to fakt, że produkt był naprawę doskonały. Dlatego nie zostaniesz powieszony na miejscu.

– Nie rozumiem zarzutu – bąknął zatrzymany. – Jaki znowu system cechowy i czyj niby teren?

– Twój mistrz nie wyjaśnił ci, jakie są zasady? – zdziwił się Arkadiusz.

– Jaki znowu mistrz?! – Chłopak ewidentnie nie rozumiał, o co chodzi.

– Kto cię uczył pędzić bimber? – zapytał kozak.

– Nikt, jestem samoukiem, doszedłem do tego metodą prób i błędów na podstawie notatek, które znalazłem na pokładzie „Nautilusa". – Wskazał brodą rozlewisko.

– Arkadiusz hrabia Psinka – przedstawił się najmłodszy z napastników. – Jestem potomkiem kapitana Nemo i ta jednostka należy do mnie.

– Yyyy... Mój przodek był mechanikiem u kapitana. Mieliśmy strzec okrętu i zwrócić go, gdyby znowu był potrzebny, ale przez sto czterdzieści lat nikt się nie zgłosił, więc pomyślałem, że to już nieważne. Skoro jednak odnalazł się właściciel... Choć powiem od razu, że przydałoby się tak z dziesięć procent, nazwijmy to, znaleźnego. Wypompowałem wodę, odpicowałem wszystkie mechanizmy, trzy lata przy tym dłubałem, żeby zaczęło wyglądać po ludzku... Samego towotu poszły ze dwie beczki.

– No fakt, trochę roboty na pewno z tym było – przyznał hrabia, rozcinając więzy. – Co do kosztów i robocizny, to jakoś się dogadamy. W zasadzie – obrzucił chłopaka uważnym spojrzeniem – wspólnik by mi się przydał. A uzdolniony mechanik-bimbrownik tym bardziej.

– Czyli nie glanować – podpowiedział Semen i Jakub opuścił kij.

– Panowie, co tak będziemy stać? – bąknął niedawny więzień. – Zapraszam pod pokład. Mam świeży produkt, słoninę, boczek, cebulkę. Jest nas tu czterech dżentelmenów. Każdy ma swoje racje i argumenty. Zrobimy flaszeczkę albo dwie na zgodę i z pewnością dojdziemy do jakiegoś porozumienia. I przepraszam za naruszenie tych jakichś stref wpływów...

I faktycznie, nim słońce wstało, wszyscy czterej byli już serdecznymi przyjaciółmi.

Epilog

Keja wykonana była z kilku beczek po piwie i kilkunastu europalet. Unosiła się na powierzchni rozlewiska. Obok pomostu z wody wynurzał się gęsto nitowany kadłub „Nautilusa". Niebo na wschodzie już zbladło, niebawem miało wstać słońce. Arkadiusz stał oparty o kiosk. Jego wspólnik, pochylony nad lukiem, nasłuchiwał odgłosu silników. Przeprowadzali próbny rozruch.

– Musimy ruszać, żeby najdalej za tydzień znaleźć się na wodach Bałtyku – powiedział hrabia.

– Zależałoby mi osobiście, żeby produkt panów nie był więcej sprzedawany na terenie naszego kraju – zastrzegł egzorcysta. – Nie mam nic do jego jakości, wręcz przeciwnie. Po prostu samogon ten przyćmiewa niebezpiecznie legendę mojego wyrobu.

– To niewyobrażalny zaszczyt usłyszeć coś takiego. – Janek ukłonił się głęboko.

– Mogę to zagwarantować – zapewnił hrabia Arkadiusz. – Wyruszamy na północ, do Szwecji i Norwegii. Do krajów straszliwie dotkniętych przez miejscowy system represji, wymuszający drastyczne ograniczenia sprzedaży oraz horrendalne ceny trunku. Chcemy ratować żyjące tam ludy!

– To bardzo szlachetnie z waszej strony – skłonił się Jakub i wraz z Semenem przeskoczyli na keję.

Hrabia i mechanik zniknęli. Klapa luku opadła ze zgrzytem.

– Wprawdzie tym razem nie uratowaliśmy ludzkości, ale po raz kolejny zwyciężyliśmy, przywróciliśmy światu prawo i sprawiedliwość – oświadczył egzorcysta z zadowoleniem.

– Nie podoba mi się w tej historii tylko jedno – burknął Semen. – Gadałeś tyle o nieuczciwej konkurencji i o tym, że gorszy produkt wypiera lepszy...

– No i...? – nie zrozumiał Jakub.

– Tak mi się wydaje, że właśnie to zrobiliśmy. Pozbawiliśmy Polaków dostępu do samogonu znacznie lepszego niż twój.

Jakub mruknął coś pod nosem, ale jego słowa zagłuszył szum zanurzającego się „Nautilusa", więc Semen nigdy się nie dowiedział, czy jego przyjaciel jest zwolennikiem wolnego rynku, jeśli chodzi o bimber, czy nie.

/komunikat agencji TASS/

W odpowiedzi na brudne insynuacje ze strony „ekspertów" szwedzkiej marynarki wojennej admiralicja Floty Bałtyckiej i rząd Federacji Rosyjskiej oświadczają z całą stanowczością, że obiekt zaobserwowany latem na Archipelagu Sztokholmskim nie był rosyjskim okrętem podwodnym. Rosja nie wysyłała i nie wysyła napędzanych bimbrem okrętów podwodnych na wody terytorialne Szwecji, a poza tym taki okręt można sobie kupić w sklepie z okrętami.

Indiańskie lato

O tym, że Bardaki uruchamiają agroturystykę, mówiło się w Wojsławicach od jakiegoś czasu. Mało kto wiedział coś konkretnego, oni też trzymali gęby na kłódkę. Nawet Jakub z Semenem niewiele zdołali wydedukować, choć zużyli sporo butelek płynów poprawiających szybkość myślenia. Coś jednak musiało być na rzeczy, bo członkowie wrogiego rodu przez całą wiosnę coś kombinowali. Pozaciągali kredyty w banku spółdzielczym, wyremontowali kilka wiekowych budynków gospodarczych. Ktoś przyuważył, że pewnej nocy przyjechała do gospodarstwa Izydora duża ciężarówka ze sklepu meblowego. Wreszcie odgrodzili swoje sady wysokim płotem z desek, jakby chcieli się odizolować od ciekawskich spojrzeń. Na ukrywanym terenie sadzili w hurtowych ilościach iglaczki i wznosili jakieś konstrukcje z desek.

Jakub kwitował te działania wzruszeniem ramion.

– Jaka tam niby turystyka w naszych stronach? – gderał. – Gór nie mamy, morza nie mamy. Nikt się tu nie wygłupia z sypaniem stoków narciarskich czy kopaniem aquaparków. Osobliwości przyrodnicze dawno już skłusowane i zjedzone, a pomniki przyrody burze połamały, to i pocięto je na opał. Turystów u nas nie było, nie ma i nigdy nie będzie. I nie potrzeba! Dla nas to nawet lepiej, że jesteśmy tak nieciekawi. Obcych mało się po gminie pałęta, nie grozi nam demoralizacja młodzieży, prostytucja, narkomania ani inne choroby cywilizacyjne... Dość mamy własnych schorzeń i patologii! – Z dumą uderzył się w pierś.

– W tej gminie powstaje najlepszy samogon w kraju – zauważył Semen.

– Tylko tego brakowało! – zapienił się egzorcysta. – Żadni turyści nie będą mnie podglądać przy robocie! To są sekrety cechu, przekazywane z ojca na syna. Obcym od nich wara! A gotowego produktu też nie sprzedam. Robię tylko na własne potrzeby, dla rodziny i ewentualnie dla wypróbowanych przyjaciół.

– Turystyka nie jest taka zła. Generuje dochody i tworzy miejsca pracy – pouczał Jakuba kumpel. – Całe Podhale z tego żyje i trzepie ciężką kasiorę, obojętnie, lato czy zima.

– Już ja bym wolał, żeby się tym łajzom Bardakom nic nie wygenerowało, a natrzepać to oni sobie mogą... – Tu Wędrowycz wykonał gest, którego nie należy szczegółowo opisywać.

– Ano, pewnie im się nie uda – przyznał mu rację Semen.

Dla obydwu było całkowicie jasne, że można spać spokojnie. Niezależnie, co by kombinowali, nic Bardakom z ich „turystycznych" planów wyjść nie mogło.

Jednak jak na złość, wraz z nastaniem lata ulica Uchańska niepokojąco się ożywiła. W gminie pojawiały się auta, sądząc po tablicach, przybywające z dalekich zakątków kraju. Jakieś długonogie miastowe dziewczyny parę razy przejechały przez Stary Majdan na rowerach. Dziwnie ubrani ludzie fotografowali z zapałem pożydowskie rudery i co bardziej malowniczo zapuszczone chaty. Bardzo to martwiło wójta, który jako dobry gospodarz gminy wolałby ukazywać światu raczej bulwarek nad stawem, odszykowany ryneczek z nowiutkim ratuszem czy pięknie wyremontowany kościół. Wobec oczywistego zagrożenia infamią kilka ruin urząd gminy pospiesznie wyburzył, a teren po nich splantowano i obsiano trawką. Niestety, na wyprostowanie wszystkich „niedociągnięć" zwyczajnie brakowało budżetu. Urzędnicy zamówili zatem dwieście tabliczek „zakaz fotografowania" i porozwieszali je na co bardziej jaskrawych „przykładach braku środków". Niewiele to pomogło. Obcy nadal cykali zdjęcia, a część tabliczek zabierali na pamiątkę.

Jakub, choć jak co roku czekał na odwiedziny prawnuka, jakoś nie był w stanie cieszyć się wakacjami. Kolejne informacje o sukcesach znienawidzonego plemienia tylko pogłębiały jego frustrację. Co gorsza, ktoś podsłuchał w banku rozmowę, która kompletnie go dobiła. Bardaki nie dość, że pospłacali kredyty szybciej, niżby to wynikało z grafiku rat, to jeszcze rozpytywali o warunki założenia lokat oszczędnościowych. Tyle dobrze, że niechciani turyści nie przeszkadzali w knajpie. Owszem, zaglądali czasami, ale na sam widok twarzy autochtonów odwracających się od stolików jakoś szybko brali nogi za pas.

Minął pierwszy tydzień lipca, zaczął się drugi. Jak w każdą środę, Jakub przyczłapał do miasteczka i zgarnąwszy po drodze swojego wiernego druha, zaszył się w knajpie. Wypili po piwie, potem po drugim. Myśli egzorcysty stały się odrobinę bardziej klarowne.

– Wiesz, tak się zastanawiam, co jest takiego w tych Bardakach, że wszystko im się udaje – powiedział, gdy byli przy trzecim kufelku. – Myślę, że to czarna magia.

– E, chyba trochę przesadzasz – mruknął Semen. – Po prostu jest ich sporo, trzymają się razem, pomagają sobie i finansowo, i przy robocie. Silne chłopy, przyuczone do ciężkiej pracy, zdrowe jak dęby. Mają ziemię, maszyny, dużo dobrych pomysłów... Do knajpy przychodzą dopiero po robocie, jak odwalą wszystkie obowiązki, i nie siedzą tak długo jak my. To i wiedzie im się lepiej niż tobie. Bez magii.

– Wszystkiemu jest winien ten zakichany humanizm. Było tyle okazji, a ja za mało tego ścierwa wytłukłem – odburknął egzorcysta. – Ale co ja mogłem w pojedynkę, gdy syn i wnuk nie chcieli mi pomóc, może z prawnuka chociaż coś będzie. Bo jeśli nie, to jeszcze bydlaki całą gminę opanują! Tyle dobrze, że ze Starego Majdanu ich jakoś wykurzyłem, bo już by się żyć nie dało! Hmm... a gdyby tak...

– Co planujesz? – zaniepokoił się Semen.

– Tak czysto teoretycznie rzecz ujmując, gdybyśmy tak się zakradli i... Podejrzeli, co tam robią z tymi turystami?

– A co niby mają robić? Skubią na różne sposoby, jak wszędzie na świecie. Żarełko, alkohol, wypoczynek, rozrywki.

– Może chociaż córki pakują turystom do łóżek? – westchnął z nadzieją Jakub. – Niektóre Bardaczki to nawet całkiem ładne są...

– Nie sądzę. – Kozak pokręcił głową. – Bardaki dobrze żyją z wójtem i proboszczem, raczej by kumplom takiego numeru nie wycięli.

– Ale przecież z turystyki zawsze rodzi się patologia, ateizm, alkoholizm, narkomania i prostytucja?

Pili, marudzili, snuli najbrudniejsze podejrzenia, aż wreszcie, gdy czwarty kufel pokazał dno, podjęli męską decyzję, że nie ma co mleć jęzorami po próżnicy, trzeba po prostu iść i sprawdzić, co też się u Bardaków wyprawia.

Słońce zaszło niedawno, zapadał już mrok, ale na horyzoncie połyskiwała jeszcze czerwonawa łuna. Dwa czarne cienie nadeszły od południa, rozkręciły płot przy słupku i przeniknęły na zakazany teren. Pomiędzy drzewkami stał wysoki na jakieś cztery metry rzeźbiony i malowany totem.

– Ha, ha, mówiłeś, że to wszystko z uczciwej pracy, i śmiałeś się, gdy twierdziłem, że wspomagają biznes czarną magią – syknął egzorcysta.

– Nie rozumiem?

– Proszę, oto dowód. Prawdziwy indiański totem. To znaczy – zastrzegł – nie jest prawdziwy, sami go zrobili. Co nie znaczy, że nie działa. Wyczuwam wokół tego słupa silne apaczowskie pole magiczne.

– Jak ty sobie wbijesz do łba jakąś bzdurną teorię, to i czwórką koni jej nie wykorzeni – burknął kozak. –

A skoro uważasz, że totem pomaga im w zdobywaniu kasy, to może po prostu go skopiujemy, postawisz sobie taki na podwórzu i niech pomaga i tobie?

– Ech, nie, ksiądz proboszcz mógłby się pogniewać. Wolę kościółkowym nie fikać.

Rozejrzeli się uważnie. Stało tu kilka wigwamów i parę tipi. Na stawie rybnym kołysało się canoe, wykonane ze skóry naciągniętej na szkielet z brzozowych żerdek. Na drzewach zawieszono czaszki, wprawdzie tylko krowie, ale ulepione z masy plastycznej rogi nadawały im nieco wygląd bizonich...

– Wygląda mi to na jakiś pseudoindiański skansen albo plac zabaw dla dzieciaków – mruknął Semen. – Fajnie pomyślane, tylko krajobraz wokoło mało preriowy... No i ten szamański bęben bardziej przypomina lapońskie.

– Pies im buźkę lizał. Przypomina czy nie, mam to w dupie. Nie podoba mi się tu i już – uciął Jakub. – Dobra, badamy sprawę dalej!

Ich uwagę zwróciły głosy dobiegające jakby spod ziemi. Za czasów komuny klan Bardaków dorabiał się na uprawie pieczarek. W okresie rządów Wojtka Spawacza kilogram takich grzybków ceną dzielnie gonił kilogram cielęciny. Z braku lochów o odpowiedniej kubaturze wykopali i wymurowali w sadzie piwnicę w formie długiego na niemal trzydzieści metrów tunelu. Niestety, koniunktura na pieczarki skończyła się. Przez ostatnie dwadzieścia lat loch stał pusty, a teraz widocznie znalazło się dla niego nowe zastosowanie... Przyjaciele dłuższą chwilę kontemplowali gruby kabel rozpięty na żerdziach i niknący w glebie.

– Pewnie mają tam bimbrownię, no bo co innego można mieć pod ziemią? – burknął Wędrowycz, teraz już naprawdę zły. – Tym wabią tych wszystkich miastowych ćwoków. Tego tylko brakowało! Nielegalna produkcja samogonu, i to na moim terenie!

Podkradli się do schodków. Drzwi były uchylone, więc ostrożnie zajrzeli do środka. Jasne światło kilku żarówek poraziło oczy starców. Piwnica zaadaptowana została na strzelnicę. Najdalszą ścianę tunelu osłonięto workami z piaskiem. Na nich zawieszono tarcze. Z kolei w pobliżu wejścia umieszczono ławeczki, ladę i stanowisko strzeleckie. Na ławeczkach siedziało chyba z dziesięcioro miastowych dzieciaków w indiańskich strojach.

Dwaj młodsi członkowie klanu Bardaków, jeden przebrany za Old Shatterhanda, a drugi za Davy'ego Crocketta, wołali je po kolei. Wręczali smarkaczom rewolwery czarnoprochowe, ustawiali, pomagali wycelować. Dzieciarnia, piszcząc z uciechy, rąbała do tarczy, aż z sufitu tynk leciał. Potem nastąpiła zmiana broni, młodzi goście dostali flinty o długich lufach. Chętni mogli też spróbować sił w nabijaniu i czyszczeniu strzelb. Obaj przyjaciele wycofali się chyłkiem, niezauważeni.

– Uczą nieletnich posługiwania się bronią palną! – Jakubem aż trzęsło. – To sprawa dla prokuratora!

– A ty to niby Piotrusia nie uczyłeś? Zapomniałeś już, co to było w zeszłym roku, jak żeście walili w lesie ze szmajsera? W dodatku oni do tarczy kropią, a wy, zdaje się, strzelaliście do saren.

– Nie do saren, tylko do wilka! Sarna przypadkiem wlazła nam pod lufę.

– Tym gorzej, bo wilki są pod ochroną. I nie ma się o co napinać. Broń czarnoprochowa jest całkowicie legalna.

– Czyli rodzice siedzą sobie i piją piwo, może oglądają przy tym striptiz bardackich córek, a dla dzieciarni jest tu atrakcja – podsumował Jakub.

– Psyt, ktoś lezie...

Ukryli się spiesznie w krzakach malin. Zrobili to w ostatniej chwili, bo na ścieżce pojawił się kolejny zjawiskowo przebrany członek klanu. Stary Izydor Bardak pomalował gębę na brązowo. Jakaś domieszka ormiańskiej lub gruzińskiej krwi po przodkach zaopatrzyła jego twarz w haczykowaty, jakby trochę indiański nochal. W czarnej peruce z warkoczem, w pióropuszu i odpowiednim stroju wyglądał jak rasowy Apacz. Tylko na nogach miał góralskie kierpce zamiast mokasynów.

– Ale na to draństwo już z pewnością są jakieś paragrafy – oburzył się Jakub, gdy wróg znikł w głębi sadu.

– A niby jakie przestępstwo tu widzisz? – zirytował się Semen.

– No przecież podszywanie się pod przedstawiciela innego, w dodatku przyjaznego nam narodu jest chyba, do cholery, karalne?

Kozak tylko westchnął ciężko.

– Chodźmy lepiej zobaczyć, dokąd lezie – zaproponował.

Nie musieli iść daleko. Pomiędzy jabłonkami stały cztery tipi. Pomiędzy nimi ułożono krąg kamieni. Stary Izydor właśnie rozpalał ognisko. Na metalowym trójnogu zawiesił jakieś mięsiwo. Zaraz też dwaj „kowboje" przyprowadzili dzieciarnię.

Izydor najpierw opowiedział zebranym kilka „indiańskich" historii. Gdyby Jakub i Semen czytali książki, pewnie rozpoznaliby fragmenty bezczelnie ukradzione z książek Karola Maya, Alfreda Szklarskiego i Wiesława Wernica.

Potem Izydor puścił w obieg fajkę pokoju. Dzieciaki zaciągały się i podawały dalej.

– Częstowanie nieletnich tytoniem – syknął Wędrowycz. – Na to już są odpowiednie paragrafy... I choć uważam kablowanie za skrajny obciach, to tym razem chyba się przełamię i zawiadomię kogo trzeba. Dla ratowania zdrowia niewinnych dzieci, oczywiście – zastrzegł szybko.

– Daj se siana. To nie tytoń, tylko wysuszone obierki jabłek – zidentyfikował zapach Semen.

Fajka zatoczyła krąg. Izydor sypnął do ogniska garść jakichś ziół. Buchnął kłąb dziwacznie pachnącego dymu.

– O wielki Manitu, wzywamy cię, wskrześ bizony! – zaintonował Bardak, bębniąc przy tym na szamańskim bębnie.

Dzieciaki podchwyciły zawołanie. Obaj starcy wycofali się chyłkiem, na szczęście niezauważeni.

– Coś mi się zdaje, że już wiem, jakiego by tu psikusa wyciąć Bardakom – oznajmił Jakub. – Tylko najpierw trzeba przygotować totem.

– Że niby taki indiański?

– No właśnie. Gibajmy do ciebie, bo bliżej. Będę potrzebował drewnianego pala, deski, dłuta, młotka, farby...

– Wydaje mi się, że wszystko mam – mruknął kozak.

– I piły. A jutro czekają nas wielkie czyny!

Najpierw wypili coś na dobry sen. Potem się wyspali. Następnie wstali i zjedli śniadanie. Około godziny dziesiątej rano z szopy kozaka zaczęły dobiegać rytmiczne odgłosy. Na przemian stukał młotek, chrobotała piła i brzęczały flaszki. Egzorcysta pracował w natchnieniu, od czasu do czasu robiąc krótkie przerwy.

– Czy aby na pewno wiesz, co robisz? – zagadnął kozak, przynosząc mu obiad.

– Spokojnie, znam się na tym. To znaczy znam się o tyle o ile. Widzisz, symbolika, której używają szamani w różnych częściach świata, jest trochę odmienna, ale to jakby sposób komunikacji z tamtym światem, tylko wyrażany różnymi językami... Jak wiemy, co chcemy osiągnąć, dopasowujemy narzecze...

– Eee... – Semen wyraził swoje uznanie, a może wątpliwości i poszedł do chaty.

Zmierzchało już, gdy nieziemsko utrudzony egzorcysta pokazał przyjacielowi swoje dzieło. W szopie spoczywał trzymetrowy, topornie rzeźbiony pal, ozdobiony poprzeczną deską, powycinaną na kształt skrzydeł orła.

– Cool – kiwnął głową Semen. – Czyli co? Postawimy go tutaj i będzie nam pomagał w zdobywaniu kasiory? Albo u ciebie może?

– To tak nie działa. Poza tym, jak już mówiłem, ja proboszczowi nie fikam.

– To nic nie rozumiem? Po co go robiłeś w takim razie?

– On jest dla Bardaków.

Semen łypnął podejrzliwie, ale wyglądało na to, że kumpel mówi zupełnie poważnie.

– Myślę, że się ucieszą – powiedział ostrożnie. – Jest wypisz wymaluj taki, jak te ich. Tylko że jeśli dobrze pamiętam, mieliśmy wyciąć im psikusa, a do tego popsuć interesy. To zaś wygląda, jakbyś chciał im pomóc w tworzeniu indiańskiego skansenu. Sprezentujemy im go na znak pojednania? Czy może po to, żeby proboszcz się na nich obraził? Albo żeby zebrali tyle kasy, że się zdemoralizują i stoczą w nałogi?

– Dobry pomysł z tym sprezentowaniem. – Jakub pokiwał głową. – Ale mogliby go ustawić nie tam, gdzie trzeba. Tu trzeba precyzji...

– Zaciekawiasz mnie.

Było już dobrze po północy, gdy na drodze biegnącej przez pola za sadami Bardaków pojawił się dwukołowy wózek ciągnięty przez dwóch zamaskowanych dziadów. Na wózku spoczywał długi i dość ciężki pakunek. Obaj obwiesie zdrowo się zasapali, nim dowlekli go na miejsce. Zdemontowanie jednego z paneli płotu zajęło im nie więcej niż trzy minuty.

– Na szczęście dziś nie opowiadają żadnych indiańskich kocopałów przy ognisku. – Jakub zatarł ręce. – Warty też chyba nie wystawili.

– A jak wystawili?

– To im powiemy, że podrzucamy totem jako prezent na znak przyjaźni i pojednania. Może uwierzą... Hmmm... Nie. Pewnie nie uwierzą. No nic, będziemy się martwili, jak nas złapią.

– Ja tam bym wolał, żeby nie złapali.

Obaj nieproszeni goście dłuższą chwilę wsłuchiwali się w ciemność, ale wszyscy przedstawiciele wrogiego rodu chyba już dawno poszli spać. Przyjaciele przemknęli obok tipi. Kółka wózka skrzypiały trochę, ale na szczęście tylko tyci, tyci. Zaparkowali obok wygasłego ogniska. Jakub zmierzył odległości pomiędzy obydwoma totemami, zaplątał do obu po kawałku sznurka, jeden koniec dał Semenowi, a drugi sam wziął do łapy.

– Idziemy po łuku, aż znajdziemy miejsce, gdzie linki zetkną się końcówkami. Wyznaczymy w ten sposób trzeci wierzchołek trójkąta – wyjaśnił.

– Trójkąt równoboczny. Geometria... Coś tam jednak zapamiętałeś ze szkoły! – zdumiał się kozak.

– To takich rzeczy w szkole uczą? – Egzorcysta wyglądał na niewąsko zaskoczonego. – Nie, ten sposób tatko mi kiedyś pokazał.

Wyznaczyli punkt. Jakub ujął w dłoń saperkę i pospiesznie wydrążył głęboką dziurę. Sapiąc z wysiłku, wetknęli w nią koniec totemu.

– No i świetnie. – Jakub otrzepał ręce. – Nawet jak zauważą, że mają o jeden za dużo, to Bardaków jest sporo. Pomyślą, że to ktoś z klanu wykazał się inicjatywą. Nas nie będą podejrzewali, bo przecież jesteśmy wrogami.

– Zawiłe, ale genialne. Zdradzisz mi teraz szczegóły planu?

– Widzisz tamten szmelc?

Stary kombajn z początku lat osiemdziesiątych od dawna już kwalifikował się na złom. Po raz pierwszy skazało go na kasację kółko rolnicze. Odsłużył swoje, wykręcono z niego części do naprawy podobnych trupów, ale jakoś nikomu nie chciało się przetoczyć go kilkadziesiąt metrów dalej, do bazy, w której funkcjonował skup metali. Plemię Bardaków dało gdzie trzeba łapówkę i go sobie odkupiło.

W rodzinie znalazł się i ślusarz, i mechanik, połatali maszynę, jak się dało i czym się dało, i co chwila reanimowana, służyła jeszcze kolejne dwie dekady. Wreszcie ostatecznie wyzionęła ducha. Nawet wtedy zapobiegliwi Bardacy nie skazali jej bezmyślnie na zniszczenie. Rodzinne konsylium orzekło, że to się jeszcze pewnie kiedyś naprawi. Albo kupi się nowy, a stary będzie na części. Poza tym kombajn, nawet niedziałający, jednak dodawał gospodarstwu splendoru. Zaparkowano trupa za stodołą i tak sobie stał kolejne dziesięć lat, powoli wrastając w krajobraz i przeobrażając się w rudę żelaza, z której kiedyś powstał.

– No widzę. I co?

– Załatwimy bydlaków ich własną bronią – mruknął egzorcysta.

– Przyznam, że nadal trochę nie rozumiem – bąknął Semen.

– Postawili dwa totemy, skopiowane zapewne z książki po Indianach. Palą fajkę i wzywają Manitu, żeby wskrzesił bizony. Ale nie mają o tym nawet zielonego pojęcia. W magii europejskiej do koncentracji magicznych mocy stosuje się krąg, a Indianie stosowali trójkąt, którego wierzchołkami były totemy.

– I co?

– Do tej pory wytwarzane rytuałami pole magiczne po prostu rozpraszało się. Wkopując nasz trzeci totem, zamykam trójkąt. Teraz zacznie się kumulować.

– Aż, eeee... wskrzesi bizona?

– Aż wskrzesi TEGO bizona. – Egzorcysta poklepał zeżartą przez rdzę burtę.

Napis „Bizon", malowany z szablonu, znaczyły purchle korozji, ale mimo to był czytelny.

– Kombajn zombie. – Kozak przez chwilę jakby smakował te słowa. – Czy to bezpieczne?

– Oczywiście, że nie! Zrobi im rzeźnię. Zdemoluje chałupy, rozpędzi turystów i ich bachory, poniszczy sad, no i te wszystkie indiańskie cudactwa...

– Ale w razie czego będziesz umiał go, teges... wyłączyć? – Semen wolał się upewnić.

– No, tak w zasadzie to nie. Ale właściwie po co wyłączać? Niech sieje grozę, śmierć i zniszczenie. Do ostatniego Bardaka! Wedle testamentu dziadunia. Kanalia to była straszna, ale co do Bardaków miał rację!

– A wiesz chociaż, jak ten kombajn poszczuć, żeby spuścił łomot tylko im?

– Eeee... też nie bardzo – przyznał Jakub. – Ale skoro bez litości zarzynali go podczas robót w polu, to zakładam, że krwawy odwet zechce wziąć właśnie na nich. A nam pozostaje czekać na efekt. Dobra, komu w drogę, temu ślimak podaj łapę.

– Leć przodem, dogonię cię zaraz – bąknął kozak. – Wysrać się muszę i pomyślałem, że najlepiej tu obok w krzakach – dodał, widząc pytające spojrzenie przyjaciela.

– Na ścieżce klocka postaw, to może który wdepnie.

– Jak wdepnie, to od razu pomyśli, że to nasz klocek. Z tego wydedukuje, że tu byliśmy, i zacznie coś podejrzewać. A jak zobaczy dodatkowy totem, to jeszcze przejrzy nasz niecny plan. I co wtedy?

– Oj, tego to byśmy nie chcieli – zafrasował się Jakub. – Stawiaj w krzakach i dobrze przysyp ziemią. – Wręczył przyjacielowi saperkę.

– Idź, zaraz cię dogonię.

Gdy tylko egzorcysta znikł w ciemności z wózkiem, Semen pospiesznie zdrapał kozikiem kilka indiańskich znaków z totemu. W kieszeni na szczęście znalazł gruby marker. Na miejsce zdrapanych namalował nowe, podobne do poprzednich, ale jednak nieco inne.

Wybacz, przyjacielu, usprawiedliwiał się w duchu. Ale chcesz stworzyć kombajn zombie, którego w dodatku nie da się wyłączyć i będzie kosił ludzi na oślep, nie patrząc, kto Bardak, a kto nie... Ta gmina i jej mieszkańcy nie raz zalali mi sadła za skórę, ale mimo wszystko uważam, że nie zasługują na armagedon. Zatem ktoś w naszej zgranej paczce musi wykazać się rozsądkiem i odpowiedzialnością...

Po chwili dogonił Jakuba.

Klan Bardaków zebrał się niemal w komplecie. Wliczając zięciów ożenionych z bardackimi córkami, w sadzie znalazło się przeszło trzydziestu chłopa. Stali i gapili się, kompletnie zdumieni. Przez ostatnie lata wszyscy przywykli do myśli, że kombajn będzie już tylko ozdobą, a teraz...

– Nie wierzę, no po prostu nie wierzę! – Izydor Bardak obszedł maszynę dookoła, gapiąc się na nią jak sroka w gnat.

Wdrapał się po drabince do kabiny, włożył kluczyk w stacyjkę, przekręcił. Silnik zaskoczył natychmiast i zagrał cicho, równo, bez charkotów i zgrzytów. Z wysokości szoferki wódz groźnie spojrzał na pobratymców. Opadł wygodnie na siedzenie. Wrzucił bieg i zrobił małe kółko.

Podzespół tnący działał bez zarzutu. Nestor rodu po kolei sprawdzał wszystkie funkcje maszyny, także te, które od nowości nie działały.

– Przyznać się, huncwoty, który to zrobił i jak? I jakim cudem wszystko naprawiono w jedną noc? Skąd wzięliście części? Przecież tu wszystko jest fabrycznie nowe, a wielu zamienników nie produkuje się od trzydziestu lat. Muzeum jakieś okradliście?

– Ale my nic... – bąknął jeden z członków klanu. – To się jakoś tak samo naprawiło.

Izydor wyłączył maszynę, zszedł na ziemię. Kopnął w nowiutkie opony, zabębnił palcami po idealnie gładkiej czerwonej blasze.

Kupili nowy, przemknęło mu przez myśl. Pojutrze mam urodziny, miała być niespodzianka, ale za wcześnie zauważyłem i teraz głupio im się przyznać. Tak, to chyba jedyne sensowne i logiczne wyjaśnienie. Tylko skąd, do diabła, wytrzasnęli idealnie zachowany egzemplarz sprzed czterdziestu lat!? I skąd mieli na to kasę!? Przecież jeśli kompletnie zajeżdżony wrak z lat dziewięćdziesiątych kosztuje ze trzydzieści tysiaków, to taki nówka sztuka pewnie z pół miliona! Albo i lepiej. Poza tym... – Spojrzał w trawę. – Gdyby zabrali stary i podstawili nowy, to przecież poważna operacja. Dźwig, laweta, byłyby jakieś ślady, nawet koleiny...

– Dziadku – zakwilił któryś z młodszych członków klanu – to naprawdę nie my.

– Cud jakiś – mruknął Izydor, raz jeszcze kopiąc czule w oponę. – Przecież ten kombajn to był zimny trup, a teraz wygląda, jakby wczoraj z fabryki wyjechał. Zupełnie jakby coś go... wskrzesiło.

Drzwi

Z pozoru ten wrześniowy dzień nie różnił się niczym od pozostałych. Gdy Semen wygrzebał się z wyra koło południa, Jakub już czekał na ławeczce przed jego chatą. Wypili klina, poprawili sokiem z kiszonych ogórków, zjedli śniadanie, a potem wyruszyli zobaczyć, czy nie ma ich w kochanych starych Wojsławicach. Ponieważ nigdzie się nie wypatrzyli, poszli sprawdzić w knajpie. A skoro już tam trafili, postanowili na chwilę zakotwiczyć.

Jakieś dwie godziny od rozpoczęcia libacji Semen spostrzegł, że coś jest nie tak. Jego kumpel, zwykle wesoły i gadatliwy, siedział milczący i zdawał się błądzić myślami gdzieś daleko. Marszczył przy tym czoło, jakby roztrząsał niezgłębione sekrety bytu bez odbytu.

– Nad czym dumasz? – zagadnął kozak.

– Wiesz, tak się zastanawiam... – mruknął egzorcysta.

– No widzę, że milczysz i łamiesz sobie głowę.

– No tak konkretnie, to gryzie mnie pytanie, dokąd, u diabła, prowadzą te drzwiczki. – Jakub wskazał palcem coś nad ramieniem kumpla.

Semen obejrzał się odruchowo i spostrzegł, że jego krzesło faktycznie opiera się o nieduże drzwi pokryte pajęczynami. Kozak poskrobał się z zafrasowaniem po głowie. To był ich ulubiony kąt i ulubiony stolik od dobrych czterdziestu lat. Pijali tu piwo oraz mocniejsze trunki w każdą środę, czasem też w inne dni. Te drzwi... No tak, zawsze tu były, zawsze zamknięte. Przywykli do nich, a nawet przydawały się, bo na klamce odwieszali kapoty.

– Prowadzą pewnie do sklepu z zegarkami obok – zawyrokował.

– Po co komu drzwi z knajpy do sklepu? – wzruszył ramionami egzorcysta. – Zegarkiem nawet nie zakąsisz.

– Po nic. Ale to może jest po prostu tylna strona drzwi ze sklepu do knajpy. – Kozak ponownie podrapał się po ciemieniu, ale nic mu nie przyszło do głowy, a tylko nabił sobie łupieżu pod paznokcie.

– To ma więcej sensu – przyznał Jakub. – Ale dam sobie rękę uciąć, że po drugiej stronie ściany w sklepie nie ma żadnych drzwi.

Semen popukał w dechy. Zadudniło, jakby była za nimi pusta przestrzeń. Nacisnął klamkę, ale drzwi okazały się zamknięte.

– Wejście do schronu z czasów zimnej wojny – zawyrokował. – Albo może zapasowy kibel.

– Ściana jest za cienka, żeby można było wstawić między lokale jakieś pomieszczenie.

– To może kiedyś było tu wyjście na zewnątrz, ale postawili obok drugi budynek i przy okazji zastawili je murem? Nie wiem, nie jestem architektem... – Semen obojętnie pociągnął łyk z kufla.

– Potrzymaj mi piwo!

Egzorcysta ukląkł i przytknął oko do dziurki. Po drugiej stronie widać było tylko ciemność... Przyłożył dla odmiany nos i niuchnął.

– Czujesz coś?

– Kurz jakby... Stęchlizna... Może pleśń? Będziemy potrzebowali gwoździa i kombinerek. I może łomu na wszelki wypadek.

– Zamierzasz dorobić wytrych? – zaniepokoił się kozak.

– Tak. Może to tylko zejście do piwniczki pod knajpą. Ale jeśli nie, to naszym obowiązkiem jest sprawę zbadać. W końcu to my stoimy na straży spokoju miasteczka i jego mieszkańców...

– Nie chciałbym być niedelikatny, ale tak mi się zdaje, że my się w to wszystko zanadto angażujemy. Bez przerwy nadstawiamy karku za tych naszych współplemieńców. Pal diabli, że nadstawiamy za normalnych mieszkańców, ale nie zapominaj, że ratując ich, ratujemy też przy okazji Bardaków... A co do obowiązku, pamiętasz, żeby ktoś go na nas nałożył?

Jakub poskrobał się po głowie.

– W sumie to nie – bąknął. – Zapewne jesteśmy dla naszej gminy obrońcami samozwańczymi. I co gorsza, samofinansującymi się... Tak czy inaczej, skoro nasz stolik jest właśnie tutaj, trzeba zbadać, co jest za tymi drzwiami. Proponuję wrócić po południu z narzędziami. Otworzymy zamek, wślizgniemy się do środka i wyjaśnimy sprawę.

Kozak bez większego entuzjazmu kiwnął głową.

Barman nie zdziwił się specjalnie, widząc stałych klientów drugi raz tego dnia tarabaniących się do środka. Obaj obwiesie zamówili po litrowym kufelku piwa i zapadli w swój kąt. Drugą połowę sali wypełniali Bardaki, na szczęście tego wieczora nie wykazywali skłonności do wszczynania awantur. Można było w spokoju popracować nad rozwikłaniem zagadki. Semen zasłonił przyjaciela. Jakub wygiął gwóźdź i zaczął dłubać nim w dziurce. Zamek nie należał do skomplikowanych. Niestety, przez lata nieużywania smary stężały, metalowe elementy powlekła śniedź i wszystko się zastało.

– Na sucho nie da rady. Weź sardynki na zagrychę – polecił Wędrowycz.

Kozak przepchał się do lady i po chwili wrócił z płaską puszką. Konserwa była nieco przeterminowana, ale na szczęście jeszcze nie zardzewiała z wierzchu. Otworzyli ją majchrem. Wyjedli rybki, wyciągając je z konserwy, jak każe tradycja – własnymi grzebieniami. Sardynki pod piwo niezbyt im podchodziły, ale poczucie obowiązku wobec współplemieńców sprawiło, że jakoś je w siebie wmusili. Alkohol ożywił chyba truchełka, bo obaj poczuli, jakby rybie ogonki łaskotały ich od środka w żołądki. Spiesznie zapili piwem, żeby szprotki nie wyskoczyły przedwcześnie z powrotem. Poprawili na drugą nogę. Następnie Jakub wlał oliwę z puszki w oporny zamek. Resztą rybnego sosu skropili zawiasy, które też wyglądały na niezdatne do użytku. Odczekali dziesięć minut, sącząc kolejne piwo. Wreszcie przyszedł czas podgrzać smar. Jakub wsunął w dziurkę zamka zapaloną zapałkę. Znów zaczął gmerać pod klamką wytrychem i wreszcie pokonał zapieczony mechanizm. Zachrobotał przesuwający się rygiel. Oczywiście podczas kolejnych remontów knajpy drzwi pomalowano raz i drugi. Ale cienka warstwa farby olejnej puściła, gdy egzorcysta przejechał wokół płyciny kozikiem. Wreszcie nacisnął klamkę. Drzwi ustąpiły.

Na szczęście nikt nie zwracał na nich uwagi, spojrzenia bywalców wędrowały niespiesznie od kufli i kieliszków w stronę stojącego na ladzie baru telewizora. Obaj obwiesie odczekali jeszcze, aż uwaga wszystkich skupi się na prognozie pogody, i cicho jak duchy wniknęli za drzwi. Zamknęli je za sobą i znaleźli się w nieprzeniknionym mroku.

– To chyba nie jest wejście do schronu – rozległ się głos kozaka. – Raczej jakby otwarta przestrzeń, choć nie do końca chyba... Żeś nasmrodził tą zapałką.

– Zapałką?

Zaniepokojony Jakub pociągnął kinolem. Faktycznie, powietrze śmierdziało siarką.

– Drzwi do piekła w naszej knajpie? – zadumał się. – E, to chyba niemożliwe. Wprawdzie alkohol ułatwia popełnianie różnych grzechów, ale proboszcz święci lokal co rok...

Ciemno było, choć oko wykol. I zimno jak w lodówce. Jakub i Semen machali rękami, usiłując wyczuć drogę przed sobą. Dłonie grzęzły im w jakichś miękkich przedmiotach. Wreszcie egzorcysta poświęcił kolejną zapałkę.

– Fiu, fiu – gwizdnął. – Karakuły...

Wokół nich wisiały futra. Były mocno zapleśniałe i zeżarte przez mole. Ich rząd ciągnął się gdzieś w ciemność, ale z daleka pobłyskiwało coś jakby światło.

– Niezły magazyn – mruknął. – Powiedziałbym, że jakiś bogaty Żyd ukrył tu przed Niemcami swoje zapasy.

Problem tylko, że tę knajpę zbudowali dopiero w latach pięćdziesiątych. A może schowano to przed milicją? Co jednak nie zmienia faktu, że to wszystko nie pomieściłoby się w cienkiej ścianie między budynkami...

– Magia? – zaniepokoił się Semen.

– Na to wygląda... A to chyba dopiero początek niespodzianek.

Przeszli kolejne kilka kroków i nieoczekiwanie stwierdzili, że nie otaczają ich już kożuchy, ale rosnące ciasno świerki. Nad głową zobaczyli szare jesienne, a może i zimowe niebo. Tu też cuchnęło siarką. Zatrzymali się obok pogiętej latarni. Nie świeciła, pewnie była zepsuta. Zrobiło się znacznie zimniej, więc Jakub wyjął piersiówkę i łyknęli na rozgrzewkę berbeluchy.

– Hmmm... – zadumał się kozak. – Coś mi to przypomina.

– To są drzewa.

– Tyle to i sam zauważyłem. Ja nie o tym. Wydaje mi się, że... – Semen zawiesił głos. – Zagadkowe drzwi, futra zamieniające się w las... Latarnia... A niech mnie! Jesteśmy w Narnii!

– Że niby gdzie?

– Była kiedyś taka książka o dziewczynce, która weszła do szafy w Anglii, pobłądziła wśród futer i wylądowała w zasypanym śniegiem lesie w zupełnie innym kraju – wytłumaczył Semen. – Czytałem to do snu jednemu z prawnuków. Dziewczynka spotkała tam fauna, gadającego bobra, złą czarownicę, a nawet lwa.

– A to nie miało czasem ekranizacji? – Jakub poskrobał się po głowie. I jemu coś kołatało. Jakby o tym słyszał, a może nawet i oglądał?

– I to niejedną. W każdym razie, jak tak patrzę wokoło, dostrzegam niepokojące analogie do naszej obecnej sytuacji.

– A co tu niby niepokojącego? – zirytował się Jakub. – Jak dla mnie, może być i Narnia. A lwy, czarownice i gadające zwierzaki to tylko dodatkowa atrakcja wycieczki. Co tam jeszcze wyczytałeś?

– Że czarownica rzuciła na tę krainę czar i przez sto lat panowała w niej zima... I nigdy nie było Bożego Narodzenia.

– Nie wiem, po co czytasz takie bzdury. Z ekologicznego punktu widzenia to niemożliwe – uspokoił go egzorcysta. – Po pierwsze, nawet drzewa iglaste wymagają zmiennego cyklu pór roku. Te choinki nie wytrzymałyby takich warunków, a tu mają normalne zdrowe igły. Po drugie, gdyby zima trwała sto lat, to tubylcy wyciapaliby całą tę puszczę na opał. Co do Bożego Narodzenia, też nie da się go odwołać ot tak. Nawet hitlerowcy i komuchy nie dali rady, to co by mogła zdziałać jakaś tam czarownica?

– Może i masz rację...

– A było coś o tym zaduchu? Śmierdzi gorzej niż smog krakowski.

– Yyy... Tam pisało raczej, że w Narnii powietrze przesycały przyjemne wonie... Nie podoba mi się to. Idziemy dalej czy wracamy?

– Ja bym się tu trochę rozejrzał, tak na wszelki wypadek. Otworzyliśmy niechcący przejście między światami. Wolałbym osobiście, żeby żaden lew nie wlazł nam tędy nagle do knajpy. Choć z drugiej strony, gdyby wlazł akurat wtedy, kiedy Bardaki zbiorą się większą kupą... –

Jakub przymknął oczy i uśmiechnął się, wyobrażając sobie tę scenę.

Przeszli jeszcze kilkadziesiąt kroków i nieoczekiwanie natknęli się na sporą kolekcję ludzkich kości. Leżały bezwładnie rzucone pomiędzy samosiejkami. Przerastały je źdźbła zrudziałej trawy. Gnaty nie tworzyły żadnego sensownego porządku anatomicznego. Po prostu je tu porzucono.

– Coś mi się zdaje, że w tych opowieściach o starej szafie prawdziwy był głównie lew – mruknął egzorcysta, patrząc na szczątki. – Dzieciaki odkrywały przejście i właziły, bo ciekawe. Potem, jak to miastowe Angliki, gubiły się w lesie, a on je chaps. Z drugiej strony te kości nie wyglądają, jakby je lew poobgryzał. I końce, jak widać, nadpalone od grilla albo ogniska... I świeże dosyć. Z pewnością nie leżą tu długo. No chyba że to robota tej czarownicy. W końcu opowieści o Jasiu i Małgosi nie wzięły się z niczego! Czy w tej całej Narnii żyli ludożercy?

– Eee... Nie. W każdym razie w książkach nic o tym nie napisali. W sąsiedniej krainie mieszkały olbrzymy... One gustowały w ludzinie – wyjaśnił Semen.

Pochylił się i podniósł z ziemi poczerniałą monetę. Wytarł ją o spodnie i uniósł zaciekawiony do oczu. Po jednej stronie ozdobiona była podobizną jakiegoś łysego wojskowego, po drugiej orłem, który miał na piersi gwiazdę, a w szponach trzymał sierp i młot.

– To chyba nie jest Narnia. – Kozak kopnął kawałek cegły dziurawki. – Tam był dziki, pierwotny las, a tu drzewka samosiejki rosną na jakimś gruzowisku. Szkoda, niegłupio byłoby żywego fauna zobaczyć...

– To chyba jeden ze światów alternatywnych, tak mi się wydaje – powiedział Jakub. – Co więcej, zdaje mi się, że i tym razem jesteśmy w Wojsławicach. W alternatywnych Wojsławicach. Ta moneta jest srebrna?

– Aluminiowa raczej.

– Wykonana dziadowsko, ozdobiona paskudnymi emblematami i wybita z szajsmetalu, co wskazuje na jakąś mutację socjalizmu albo komunizmu – podsumował Wędrowycz. – Trzeba się mieć na baczności. Czerwoni to wyjątkowa zaraza...

Ruszyli zbadać teren. W gęstym młodniku nie było wiele widać, ale gdy przeszli parę kroków, spostrzegli nad choinkami resztki ścian frontowych domów południowej pierzei rynku, a trochę dalej majaczył nawet potrzaskany fronton kościoła. W dodatku znów potknęli się o ludzkie kości. Poza nimi w trawie poniewierały się resztki spalonych mebli, jakieś przegniłe szmaty i całe kilogramy zaśniedziałych łusek karabinowych.

– Wojna była chyba – zawyrokował egzorcysta. – Tak sądząc po wieku drzewek, jakieś piętnaście do dwudziestu lat temu.

– Krwawa wojna... Choć te kości to chyba nie z poległych, bo też wyglądają na ogryzione i opalone.

– Uhum... Ale to może być robota ghuli. Ponoć lubią się pojawiać na pobojowiskach, gdzie mają pod dostatkiem żeru. Choć z drugiej strony one szamałyby trupy raczej na surowo. Bardziej od tych gnatów niepokoi mnie klimat. U nas jest wrzesień, a tu jakby koniec listopada. Do tego wieczór się robi szybciej niż u nas. Może wojna była taka konkretniejsza, z nawalanką atomową i od wybuchów bomb wodorowych zepchnęło planetę z orbity albo co... Bo i niebo takie żółtawe jak wtedy, gdy Czarnobyl rąbnął.

– No dobra. Sprawdziliśmy, gdzie prowadzą drzwi, i znaleźliśmy świat, który kompletnie nam się nie podoba – podsumował kozak. – W dodatku może tu być skażenie, od którego zmutanciejemy. Wracamy?

– Ja bym się tu jeszcze przez chwilę rozejrzał. – Jakub pokręcił głową. – Masa ludzi tu zginęła. A jak kto kopnie w kalendarz, to zostaje po nim gotówka, złoto i sporo ciekawych fantów, które mogą nam się przydać.

– Jeśli tu był komunizm, to panowała nędza, więc gówno znajdziemy – trzeźwo zauważył Semen.

– Ale pogadać chciałem, co tu się wydarzyło.

– Pogadać?! A z kim niby, jak tu nikogo nie ma?

– Widzisz, to jest tak. Myślę, że za tymi drzwiami była po prostu ściana. Przejście otworzyło się, bo bardzo blisko pojawili się nasi alternatywni bliźniacy. Wtedy czasoprzestrzeń staje się podatna na uszkodzenia. Mogą powstać dziury...

– Alternatywni bliźniacy?

W tym momencie zza świerczków rozległ się złowrogi ryk. Obaj podróżnicy odwrócili się i ujrzeli dwóch paskudnych staruchów z maczugami.

– Bij Bardaka, bij, to ich będzie mnij! – ryknął alternatywny Wędrowycz, a potem zamarł, gapiąc się na przybyszów.

– Jeszcze nikt mnie nie pomylił z Bardakiem, a zwłaszcza ja sam nie pomyliłem się z Bardakiem! – Oburzony Jakub rąbnął go sierpowym w podbródek. – Coście, dziady, zrobili z moimi kochanymi Wojsławicami?! – Zaczął okładać drugą wersję siebie po gębie.

– Odwal się. To nie my! – Alternatywny egzorcysta, jak się okazało, też miał twarde kułaki i gdy minęło pierwsze zaskoczenie, dobrze się odgryzał, parując ciosy i zadając własne.

Obaj Semenowie łypnęli na siebie złowrogo i podejrzliwie, a potem uśmiechnęli się i już w pełnej zgodzie przyjęli rolę sekundantów pojedynku.

– Nawet jak nie wy, to nie dopilnowaliście. – Wędrowycz zrobił zwód, a potem wyprowadził piękny lewy prosty.

Alternatywny padł jak długi.

– Basta! – krzyknął, podnosząc rękę.

Egzorcysta podał mu dłoń, otrzepał z pyłu i wyjąwszy manierkę, poczęstował. Tamten Jakub pociągnął dziewięćdziesięcioprocentowego samogonu i uśmiechnął się z wdzięcznością. A potem z cholewki gumiaka wyjął własną manierkę i puścił w obieg. Pierwsze lody zostały przełamane. Mieszkańcy tej krainy ubrani byli w workowate portki, chłopskie siermięgi i serdaki z owczej skóry. Ich buty swoje przeszły, były łatane płatami gumy z dętek samochodowych, przyfastrygowanymi drutem.

– Jesteście nami? – wolał się upewnić alternatywny Semen. – Przybywacie z innej rzeczywistości?

– A tak wyszło – wyjaśnił prawdziwy kozak. – Chcieliśmy tylko sprawdzić pewne drzwi i trafiliśmy tutaj. Nie powiem, w naszym świecie Wojsławice są ładniejsze. To znaczy – poprawił się – w naszym świecie nadal istnieją!

– No to opowiadajcie, co to za granda? – zażądał Wędrowycz. – Coście z naszym krajem zrobili, huncwoty? Dlaczego osada jest zrujnowana, czemu tu śmierdzi jak w fabryce zapałek i co to za brak poszanowania dla ludzkich szczątków? – Wskazał stos kości.

– To będzie długa i smutna historia. Parę lat temu uaktywnił się w Europie superwulkan – odezwał się alternatywny kozak, zachęcając ich gestem, by usiedli na bryłach gruzu. – Konkretnie: zbiornik magmowy pod Wezuwiuszem eksplodował. Poszła reakcja łańcuchowa. Rąbnęło też na Polach Flegrejskich, wybuchł wulkan Stromboli i Etna na Sycylii. Pyły wulkaniczne oraz rozmaite wyziewy zapaskudziły atmosferę i popsuły klimat. Pozmieniało się na całym świecie. Mamy teraz w Polsce prawie sześć miesięcy zimy...

– Skandynawia zamarzła wtedy, żyjące tam ludy ruszyły na południe. A ludy z południa, uciekając przed kwaśnymi deszczami z pyłów wulkanicznych, ruszyły na północ – dodał alternatywny Jakub. – Jak dwie wielkie fale, albo nawet, rzekłbym, dwa kolejne potopy szwedzkie, tylko naraz i w tym jeden nieszwedzki.

– I te dwie fale uchodźców spotkały się tu, w Wojsławicach? – domyślił się egzorcysta.

– Tak. No, nie tylko tutaj, w okolicy też. Całą środkową Europę zdewastowały. A my pochowaliśmy się w lasach, poczekaliśmy, aż Włosi, Grecy, Turcy i rozmaici wikingowie się maksymalnie wytłuką, i wtedy uderzyliśmy. Wyszlachtowaliśmy niedobitków. Na parę lat ich wystarczyło – wyjaśniał drugi Semen.

– Rozumiem – kiwnął głową Jakub. – Czyli Wojsławic już nie ma?

– Jak widać. Przechodziły kilka razy z rąk do rąk. Ale kiedyś je odbudujemy! Na szczęście Stary Majdan ocalał. Ściągnęliśmy ile się dało materiałów i zbudowaliśmy sobie taką niewielką twierdzę. Może nie jest szczególnie piękna, ale lepsza niż bardacki kasztel koło Uchań.

– I nie macie tu faunów, lwów ani czarownic? – Semen wolał się upewnić.

– Nie, a dlaczego pytasz?

– A, tak jakoś... – westchnął kozak.

– Jak możemy wam pomóc? – zagadnął egzorcysta konkretnie.

– Nijak. Pyły wulkaniczne muszą opaść same. Amerykańce to badają i monitorują na bieżąco. W radiu twierdzą, że najgorsze już za nami. Jeszcze dziesięć do piętnastu lat, atmosfera się oczyści i będzie podobnie jak wcześniej. Tylko kilku państw i narodów już dziś trudno się doliczyć.

– A tak właściwie po co łazicie po tym gruzowisku?

– To jakby ziemia niczyja. Jesteśmy na polowaniu – wyjaśnił alternatywny bliźniak Jakuba.

– Polowaniu?

– Trzeba się czymś odżywiać i nie ma co wybrzydzać. W naszej diecie okresowo występują duże deficyty białkowe... – bąknął alternatywny Semen, jakby nieco zawstydzony.

– Chcesz powiedzieć, że niedobory pożywienia uzupełniacie, polując na Bardaków? – zdumiał się ten prawdziwy.

– Oni na nas, niestety, też. Okolica trochę się od tego wyludniła, ale jak na razie wygrywamy. – Alternatywny kozak wypiął dumnie pierś. – Chcecie zobaczyć?

Zaraz za chaszczami zaparkowano wóz zaprzężony w konika. Na furmance leżały dwa trupy. Oba były już fachowo wypatroszone i posypane przyprawami.

– Mamy w twierdzy weterynarza, bada mięso, czy zdrowe, cobyśmy jakiegoś bardackiego hifa nie złapali.

A to moi wnukowie. – Alternatywny Wędrowycz wskazał gestem czterech rosłych młodzieńców o wyjątkowo nieprzyjemnych gębusiach.

Jeden z młodych Wędrowyczów czyścił chabetę zaprzężoną do fury, drugi rozglądał się czujnie, trzeci dłubał w zębach trawką, a czwarty przymierzał maskę uszytą niezgrabnie z ludzkiej zapewne skóry. Kolesie uzbrojeni byli w paskudnie wyglądające kusze. Przywitali alternatywnego dziadka, uchylając czapek. Zachodzące słońce skrzesało refleksy na łysych glacach.

– Sami rozumiecie, że jako samozwańczy i samofinansujący się obrońcy naszej gminy musimy dbać o swój lud. – Alternatywny Jakub dumnie wypiął pierś. – I dbamy, nikt w naszej twierdzy nie chodzi głodny. No i tak z kilometr wokół naszej bazy jest prawie zupełnie bezpiecznie.

– A kusze po co? Amunicja się skończyła czy jak? – zaciekawił się kozak.

– Amunicji mamy jeszcze zapas, ale trzymamy na czwartą wojnę światową. Kusza jest lepsza, bo zabija po cichu. – W oczach alternatywnego Wędrowycza zabłysły mroczne ogniki. – Po co cała okolica ma wiedzieć, że ruszyliśmy na łowy?

– Cóż, skoro tak świetnie sami sobie radzicie, pozostaje życzyć wam powodzenia i smacznego. Pora już na nas – mruknął prawdziwy egzorcysta. – Przejście może się zamknąć. Skoro nie jesteśmy tu potrzebni, pożegnamy się...

– Spoko, bracia. Wracajcie do siebie. Tu wszystko spoczywa we właściwych rękach.

Alternatywni bliźniacy i ich potomkowie uściskali serdecznie przybyszów z innej rzeczywistości. Obaj Jakubowie wymienili się jeszcze na pożegnanie manierkami i goście ruszyli przez gruzowisko. Kości, dachówki i kawałki szyb nieprzyjemnie chrupały im pod gumiakami. Wleźli do dawnego magazynu kożuchów, przecisnęli się między futrami i odszukali drzwi. Nie minęła minuta i byli już w knajpie. Odetchnęli z ulgą, chłonąc ożywcze powietrze, wolne od wyziewów siarki, a za to aż gęste od dymu tanich papierosów, smrodu starych skarpetek, stęchlizny, odoru potu, smrodu spalonego tłuszczu i innych knajpianych woni. W uszy zamiast ciszy ruin i poświstywania wiatru dźgnął przyjaciół gwar wielu rozmów, podkręcony na pełen regulator telewizor, brzęczenie kufli... Nawet głos Izydora Bardaka śpiewającego pijacką piosenkę wydał im się tego wieczora prawie miły. A co najważniejsze, nikt chyba nie zauważył ich półgodzinnej nieobecności.

– Cóż to była za obrzydliwa kraina, zamieszkała przez zdziczałych troglodytów – westchnął Semen. – Możesz jakoś zamknąć to przejście? Nie potrzebujemy tu wizyt ludożerców.

– Spoko wodza.

Jakub wyrył na drzwiach odpowiedni symbol, coś mruknął, a gdy po chwili uchylił skrzydło, widniała za nim już tylko nieotynkowana ściana – mur sąsiedniego budynku.

– Szkoda, że to jednak nie była Narnia – stwierdził kozak. – Prawnukom bym opowiedział, i ty swojemu też.

– Nie rozklejaj się. Nie potrzebujemy żadnej Narnii. Jak chcesz zobaczyć lwa, to do zoo pójdziemy. Z faunami i gadającymi zwierzakami większy problem, ale możemy coś wykombinować – pocieszył go Jakub. – Swoją drogą, w tamtym świecie z jednym poszło mi lepiej. Aż czterech wnuków mam i od razu widać, że to konkretne chłopaki od mokrej roboty, a nie jak tutaj jakiś inżynierek od komputerów. – Pogardliwie wydął wargi.

Kozak poszedł po nowe kufle. Wrócił i postawił jeden przed przyjacielem.

– Ale przygoda była w sumie ciekawa, tylko dzika trochę – mruknął. – Rozumiem, że w niesprzyjających warunkach bytowych nasze alter ego mogą przejawiać oznaki poważnych dysfunkcji społecznych, jednak to już było w mojej ocenie dno i metr mułu, a może nawet odwiert. I mimo wszystko zaskoczyło mnie ich nonszalanckie podejście do kwestii...

– Wiesz, tak sobie myślę... – przerwał mu Jakub, zezując na stoliki okupowane przez przedstawicieli wrogiego plemienia. – Każda podróż i każda przygoda niosą człowiekowi pewną mądrość.

– I czego to niby się dowiedzieliśmy? – burknął Semen. – No, ewentualnie tego, że z tym Wezuwiuszem jest spora afera i może warto by go zgasić. Gdyby tak wydrążyć tunel z Zatoki Neapolitańskiej pod górę i wpuszczać wodę z morza bezpośrednio do ogniska magmowego... – zadumał się.

– Nie, ja nie o tym. Pamiętasz, jak w dawniejszych czasach kilku Bardaków wysłaliśmy na tamten świat?

– No zdarzyło się, że wysłaliśmy. Należało im się. I co z tego?

– W sumie to nic. Po prostu do tej pory nie przyszło mi do głowy, że można ich jeszcze potem... zjadać.

Żona

Odrapana kamieniczka rozpaczliwie wyglądała remontu. Cała lubelska starówka była już w zasadzie odnowiona, a o niej jakoś zapomniano... Tynki sypały się na potęgę, okna zarosły pajęczynami, mech piął się po zardzewiałej żeliwnej rynnie. Nawet kot leżący na parapecie jednego z okien był brudny i wyliniały. Izydor Bardak pchnął spróchniałe, rozklekotane drzwi i wszedł do sieni.

W zasadzie to nawet lubił zapach gotowanej kapusty. Swojska woń stęchlizny przypominała mu młode lata i chatkę babci. Do smrodu myszy i kocich siusków przywykł u siebie w domu, ale w tym budynku połączenie tych trzech woni i ich natężenie sprawiły, że postanowił chwilowo oddychać przez usta. Kolejne odrapane drzwi, pamiętające zapewne jeszcze czasy cara Aleksandra, prowadziły do zatęchłej klitki koło schodów. Izydor sprawdził raz jeszcze adres, choć w zasadzie nie musiał. Do łuszczącej się farby przyklejono niestosownie nowiutką wywieszkę: „Kamil Maj – jasnowidz".

Przybysz skrzywił się, imię jasnowidza jako żywo nie kojarzyło mu się z niezgłębionymi sekretami przeszłości, przyszłości, bytu i niebytu. Zanim jednak zdążył odwrócić się na pięcie, drzwi skrzypnęły rozdzierająco i uchyliły się.

– Proszę wejść.

Izydor z pewną obawą wkroczył do wnętrza pomieszczenia. Pokój pomalowano na czarno. Do tego w kątach straszyły upięte artystycznie draperie – też czarnej barwy. Jedynym białym elementem była ludzka czaszka leżąca na biurku. Do czaszki przytwierdzono świecę. Jej blask wydobywał z półmroku sylwetkę mistrza... Bardak sądził, że będzie to ktoś taki trochę jak Pan Kleks, a tymczasem jasnowidz wyglądał raczej zwyczajnie, nawet brody nie nosił.

– Czcigodny mistrzu – zaczął Izydor – przybyłem tu, albowiem...

– ...albowiem ród twój od pokoleń zmaga się z innym rodem, a dziś, gdy w waszej gminie pozostał już tylko jeden osobnik tamtej rodziny, zamierzacie odnieść zwycięstwo. – Jasnowidz najwyraźniej był prawdziwym fachowcem, wystarczył mu jeden rzut oka w głębiny szklanej kuli, żeby postawić tak precyzyjną diagnozę.

– Eeee... No tak. Próbowaliśmy różnymi metodami pozbyć się gada. I przemocą, i genialnymi podstępami... Nie wychodzi.

– Usiądź i przełóż. – Mistrz Kamil wręczył Bardakowi wytłuszczoną talię.

Wysłannik rodu wykonał polecenie. Jasnowidz odebrał karty i ułożył na stole coś w rodzaju pasjansa.

– Największą słabością twojego wroga jest jego żona – mruknął mistrz, patrząc na kolorowe kartoniki.

– Żona!? Przecież on nie ma żony! – zdumiał się Izydor.

– Hmmm... – Pan Kamil dla odmiany potarł dłonią szklaną kulę i długo wpatrywał się w jej opalizujące wnętrze. – Widzę, że jego żona spoczywa w szklanej trumnie... W lochu. Pod jego domem... To znaczy nie pod samym domem. Coś mi obraz interferuje... Raczej gdzieś pod oborą.

– Zamordował ją?! – zdumiał się Izydor. – Faktycznie, coś mi się przypomina, że miał kiedyś żonę, ale potem znikła. Milicja jej chyba szukała, ale tak dobrze nie pamiętam, bo byłem wtedy dzieciakiem. Ludzie różnie o tym gadali. Ale jak u niego zakopana, to idę o zakład, że to on ją zabił. No bo niby kto inny?

– Nie wiem, niejasne to... Wyczuwam jakieś pole magiczne, które zakłóca przekaz. Widzę jednak kobietę w białej trumiennej sukni. Leży w skrzyni... W lochu... Pod chatą... Nie, chyba raczej pod oborą – powtórzył. – Dziwne, zazwyczaj obraz jest jak żyleta, a tu rozmazania, odbicia, całość fazuje, jakby się telewizor zepsuł. Boję się, że to wszystkie informacje, które mogę uzyskać.

– Furda! Nawet jak ten stary dziad jej nie zabił, to dowalą mu za profanację zwłok. – Izydor zatarł ręce. – No, Wędrowycz, przyszła na ciebie kryska.

– Że niby co?! – Jasnowidz zrobił się blady jak ściana. – Człowieku! Co ty, do cholery, odwalasz?! Wrobiłeś mnie w akcję przeciwko Jakubowi Wędrowyczowi?!!

– A co? – zirytował się Bardak. – Coś nie pasi?

– Ty idioto! Przecież on, jak tylko skończy z tobą i twoją rodzinką, zaciuka mnie tępym nożem! Wypier... ćwoku, i żebym cię więcej nie widział!

Zrozpaczony mistrz Kamil zaczął wyć i w desperacji walić głową w ścianę. Izydor wyszedł chyłkiem, a gdy tylko znalazł się na rynku, zaczął się cieszyć jak dziecko.

– Bezcenną informację zdobyłem i oszczędziłem dwie stówki, bo wygonił mnie, zanim zdążyłem zapłacić – cieszył się. – Udany dzień. Teraz napiszemy donosik i wyślę go stąd, z Lublina, żeby się Birski nie domyślił, że to ja.

Poranek na posterunku upływał sennie. Poprzedniego dnia prawie zdarzyła się interwencja, ale zanim dobiegli do knajpy, obcy szukający zwady z miejscowymi sami zdążyli zrozumieć niestosowność swojego zachowania. Norma mandatów na ten miesiąc została już wyrobiona... Od czasu gdy wiosną lokalny złodziejaszek jakoś tak powiesił się na słupie, nawet włamania się nie przytrafiały.

Rowicki ostrzył ołówki i rzucał je do góry. Niektóre wbijały się w piankę ocieplającą sufit, inne nie. Muchy bzyczały leniwie na szybie. Broń spokojnie rdzewiała w sejfie. W lodówce chłodziła się woda mineralna i sok pomarańczowy. Substancje przydatne do ewentualnego rozcieńczania wody i soku spoczywały w magazynie dowodów rzeczowych, schowane na wypadek jakiejś kontroli. Wśród rozmaitych trunków poczesne miejsce zajmowała skrzynka whisky podrabianej przez ukraińską mafię poprzez moczenie starych klepek podłogowych w ziemniaczanym spirytusie. Obaj gliniarze mieli już do czynienia z podobnymi substancjami. Obaj musieli też przyznać, że stuletnia dębina, oddając przedwojenne, jeszcze polskie pasty do podłóg, nadawała maceratowi naprawdę piękny kolor.

– Ta bezczynność mnie dobija. Spałowałoby się kogoś... – westchnął Rowicki. – Jak za dawnych, dobrych zomowskich czasów.

– Nudzi ci się? – zagadnął zza swojego biurka dowódca placówki. Od dobrej godziny, coraz bardziej zafrasowany, przeglądał jakieś pożółkłe ze starości akta.

– No właśnie... Że też w naszej gminie nie ma żadnego, że się tak wyrażę, rozsadnika zadymy. Gdyby tak ktoś zaczął demonstrować... A najlepiej demonstrować nielegalnie. Marsz równości moglibyśmy rozgonić albo ochraniać przed miejscowymi... – rozmarzył się Rowicki. – Popatrzeć, jak się kaczyści leją z antykaczystami albo narodowcy z Antifą, a potem ich wszystkich złoić pałami za zakłócanie porządku, do jednej celi zamknąć, a gdy się znów za łby wezmą, zimną wodą ze szlaucha polewać... Albo gazu łzawiącego napuścić... – Uśmiechnął się błogo.

– Faktycznie mamy tu, cholera, spokój jak na cmentarzu! – westchnął szef. – Antify nie ma, bo Wędrowycz zakazał. A jak nie ma Antify, to i nie ma narodowców, bo co to za frajda być narodowcem, jeśli nie ma kogo tłuc. Dresiarze wymarli, a tym, którzy nie chcieli sami wymrzeć, Wędrowycz pomógł.

– Kaczyści nie leją antykaczystów, bo rodziny są podzielone politycznie, a bić ojca, wujka czy kuzyna to jednak trochę obciach. O tęczowych to nawet nie wspomnę – biadał podkomendny. – Jakoś to całe LGBT na wiosce nie występuje...

– Bo już klasycy marksizmu uważali, że gender bierze się z dekadencji i dobrobytu – pocieszył go Birski. –

Wystarczy poczekać. Ludzie narobią więcej dzieciaków, wezmą pięćset plus, wzbogacą się, od tej kasy palma im odbije, zdekadentują, to może zaczną szukać sobie urozmaiceń i udziwnień.

– No, w sumie to tak... Tylko ile będziemy czekać na ten dobrobyt? Już chyba szybciej na emerytury przejdziemy.

– Jak tak koniecznie chcesz popracować, to może mam coś dla ciebie. Wpłynął donos...

– Znów od Bardaków i znów na Wędrowycza? – domyślił się Rowicki.

– Nieodmiennie. Donos oczywiście nie jest podpisany, ale charakter pisma tego tłuka Izydora już od dawna rozpoznaję bez pudła z trzech kilometrów bez lornetki. Nieważne, czy pisze prawą ręką, czy lewą, czy normalnie, czy drukowanymi.

– To też nuuuudne. Ciągle na niego coś smarują. Nie mogłoby choć raz być odwrotnie?

– Najpierw Wędrowycz musiałby się nauczyć pisać, żeby Bardaków podkablować – skrzywił się Birski. – Poza tym donosicielstwo to nie taki łatwy kawałek chleba. Nie wystarczy bujna wyobraźnia i umiejętność składania literek. Moim zdaniem, żeby być poważnym konfidentem, trzeba to mieć we krwi. A może i w genach.

– Nie tak sobie wyobrażałem policyjną robotę. Niby człowiek się nie męczy, a pensja leci, jednak brakuje mi ruchu. Albo jakiejś zagadkowej zbrodni...

– Zbrodni, powiadasz? – uśmiechnął się krzywo pryncypał. – A może być niewyjaśniona zagadka i domniemane morderstwo sprzed lat? – Klepnął w papiery.

– To znaczy? – ożywił się Rowicki.

– Tak się składa, że od godziny dumam nad najprawdziwszym morderstwem!

– Szefie, i nic pan nie mówi!? Ja tu mchem obrastam, a pan taką sensację trzyma dla siebie?! – obraził się podkomendny.

– Bo widzisz, ten donos i te prehistoryczne akta tworzą pewną całość.

– Kto został zamordowany?

– Żona Wędrowycza.

– Że niby kto? To on miał żonę?! – Rowicki wybałuszył oczy.

– W sumie chyba kiedyś musiał. Skoro ten jego wnuk prezes się tu pojawia i ten gówniarz prawnuk, pewnie i jakaś rodzina była... Niby mógł też na kocią łapę dzieciaków naprodukować, ale w tamtych czasach to nie było takie łatwe, nawet na wsi ludzie się bardziej moralnie prowadzili. – Birski zmarszczył czoło, jakby chciał sobie przypomnieć czasy dzieciństwa.

– No dobra. I co z tą jego żoną?

– Zniknęła. To było dawno, w czasach naszych poprzedników. Pięćdziesiąt lat temu. Była i wyparowała. Ówczesna milicja podejrzewała morderstwo.

Birski pokazał przypięte do teczki zdjęcie całkiem niebrzydkiej damulki.

– Hmm... My też go podejrzewaliśmy o jakieś piętnaście czy dwadzieścia zgonów – pokiwał głową Rowicki. – A Bardaki to w ogóle twierdzą, że pół rodziny im wymordował. Ale żeby kobietę? To do niego nie pasuje.

– Też tak myślę. Niemniej jednak babeczka była i jej nie ma.

– E, pewnie tylko uciekła od tego chlora... Kto by chciał żyć pod jednym dachem z takim menelem? I co, nie znalazła się?

– Ano nie. Wędrowycz coś miał na sumieniu, nie zgłosił jej zaginięcia. Gdzieś po miesiącu się rypło. Czasy były inne, nie cackano się wtedy z podejrzanymi. Dostał pałami po grzbiecie ile wlezie, ale nic z niego nie wyciągnęli. Przeryli mu gospodarstwo, też nic. Ani trupa, ani innych śladów. Przepadła jak kamień w wodę. To mu tylko pięć lat wlepili, bo jak już robili rewizję, to i obrzyna znaleźli, i aparaturę do samogonu, i broszurki kwestionujące postępowe przemiany w naszym kraju.

– Za te broszurki to w sumie niesłusznie, bo przecież i tak tego nie przeczytał, prawda?

– Nie musiał czytać, za samo posiadanie był paragraf. To jednak były wspaniałe czasy dla stróżów prawa. Trafił się klient, to i paragraf się na niego znalazł... – Birski westchnął boleśnie.

– A donos?

– Ano tak. Bo zagadujesz mnie ciągle i wątek straciłem. No więc Bardaki twierdzą, że wiedzą, gdzie jest jej ciało.

– Czekaj... – Rowicki zaczął liczyć na palcach. – Mamy rok... Cholera, skoro minęło pół wieku, to się przedawniło chyba.

– Nawet jak się przedawniło, jest taki przepis, że zwłoki trzeba pogrzebać na cmentarzu. Mamy tu profanację szczątków, sprowadzenie zagrożenia epidemiologicznego, do tego u podnóża skarpy jest źródło, więc dołożymy składowanie odpadów organicznych nad ujęciem wód podziemnych. Znajdzie się z piętnaście paragrafów, za pomocą których można gadowi dowalić. Wsadzić drania się pewnie nie da, ale może chociaż grzywna...

– A jak zadzwoni do wnuka i znów przyślą tego korporacyjnego prawnika? – Rowicki wzdrygnął się na samo wspomnienie.

– Owoż jest i na to sposób. Jak się wnuk dowie, że dziadek wykończył babcię, to gówno mu przyśle, nie prawnika.

– Szefie, jest pan geniuszem! – zachwycił się prostotą planu podwładny.

– Niestety, donos nie precyzuje, gdzie dokładnie znajduje się ciało, tyle że leży w krypcie pod gospodarstwem, w skrzyni i ma na sobie białą suknię.

– To spora działka – mruknął Rowicki.

– Właśnie. Licząc z sadem, tam jest ze trzy, może cztery tysiące metrów. Będziemy szukać niczym igły w stogu siana. Ale znajdziemy.

– Koniecznie! Ale jak?

– Bo jesteśmy mądrzejsi od Wędrowycza, a technika daje nam miażdżącą przewagę nad dziadem, który nawet prądu w chałupie nie zainstalował. Trzeba będzie ściągnąć ekipę dochodzeniową z Lublina. I zaawansowany sprzęt poszukiwawczy. Kamerę termowizyjną i radar geologiczny. Potrzebujemy dwóch albo trzech dni na przygotowania. A potem uderzymy, znajdziemy trupa jego żony i tak to rozegramy, że wióry z gada polecą.

– O kuźwa! – w powietrzu rozległ się zduszony szept. Dźwięk nie miał konkretnego źródła, zdawał się dobiegać zewsząd i zarazem znikąd.

Obaj gliniarze rozejrzeli się nerwowo, ale po chwili uznali, że to tylko duchy dawnych aresztantów dokazują w piwnicy. Birski otworzył drzwi prowadzące na schody i używając zraszacza do kwiatków, psiknął w ciemność wodą święconą. Pomogło, bo już nic więcej nie usłyszeli.

– A jak go przymkną, znów będzie normalnie – rozmarzył się Rowicki. – Pojawią się subkultury, złodziejstwo, gender. Rozplenią się dresiarze, skini, punki... Kto wie, może nawet gangi i mafie przestaną omijać łukiem naszą gminę... Napałujemy się różnego tałatajstwa za wszystkie czasy.

Birski przeglądał kolejne teczki – dodatkowe akta z dochodzenia w sprawie zaginięcia Heleny Wędrowycz, przesłane z archiwum komendy powiatowej w Chełmie. Pełna dokumentacja fotograficzna sprawy sprzed pół wieku. Zdjęcia były wprawdzie czarno-białe, ale wykonano je dobrym aparatem, szczegóły były wyraźnie widoczne. Ukazywały zupełnie inny świat. Szef pokazał materiał podwładnemu.

– Kto by pomyślał – syknął Rowicki.

Na fotografiach widać było zadbaną chatę. Różniła się tym, że pierwotnie kryta była strzechą, a obecnie Jakub preferował eternit. Przed pół wiekiem pod oknami rosły malwy, a same okna były wyposażone w okiennice. Na podwórku plątała się masa drobiu – kury, gęsi, kaczki. Poza stodołą i szopą, którą tak dobrze znali policjanci, wypatrzyli jeszcze kurnik, gołębnik, spichlerzyk i chlew. Przy płocie stał wóz z chomątami dla dwóch koni, a pod wiatą sanie, na wypadek gdyby zimą szosa była nieprzejezdna. Płot stał prosto, brama też wyglądała doskonale.

– To przecież normalne gospodarstwo było! – Szef kręcił głową ze zdumienia. – Zobacz, nawet ule miał na ogrodzie, że już o samym ogrodzie nie wspomnę.

– Zabrakło kobiecej ręki, pojawił się alkohol i wszystko przepadło – mruknął podkomendny. – Albo się zestarzał i mu się odechciało.

– E, to chyba zbyt proste wyjaśnienie. Wygląda raczej, jakby jakaś klątwa spadła...

Jakub klęczących ludzi widywał z reguły tylko w kościele. Czasem trafiało się jeszcze, że ktoś modlił się przy kapliczce albo pod krzyżem przydrożnym. Ale żeby u niego naprzeciw ganku, to jeszcze nigdy. Stanął na progu i w milczeniu podziwiał widok. Gość, który klęczał, nie wyglądał na czarownika, jednak pole magiczne roztaczał tak silne, że powietrze drgało. Ubrany był w wór pokutny, na szyi zamiast krawata powiesił sobie szubieniczną pętlę. Przed nieznajomym stał wiklinowy kosz pełen dobrze obwędzonych kiełbas, a na lewo i prawo od kosza umieszczono kartony dobrego wina.

– Coś ty za jeden? – zainteresował się Jakub.

– Kamil Maj. Jasnowidz.

– Nie wiem, koleś, co przeskrobałeś, ale widzę, że umiesz naprawdę ładnie przeprosić. – Egzorcysta z uznaniem kiwnął głową. – A teraz gadaj.

– Mistrzu, popełniłem tragiczną pomyłkę – wyjąkał przybysz. – Niechcący wystąpiłem przeciw tobie.

– Spoko wodza, na razie nic złego mi się nie przytrafiło. – Jakub, słysząc uniżony i pokorny ton, jeszcze bardziej polubił nieznajomego. – Opowiedz własnymi słowami. Chodź do środka, nie ma sensu, żeby cała wieś wiedziała, że mam gościa.

Siedli do stołu, Jakub polał bimberku, zagryźli przyniesioną kiełbasą, wypili na drugą nogę... Gość powoli wyspowiadał się ze wszystkiego.

– Jak zdołałeś obejść zabezpieczenia? – zdumiał się Jakub. – Moje gospodarstwo powinno być całkowicie odporne na wszelkie próby telepatycznego włamu.

– Z całym szacunkiem, ale te zabezpieczenia były dobre może siedemdziesiąt lat temu. Wszystko idzie naprzód, technika sondowania także.

– Że niby co? Potrójne zaklęcie białego sanktuarium...

– Ramotka. To zaklęcie słynny Szyller Szkolnik ułożył jeszcze przed pierwszą wojną. Takie bariery przebijam, nawet nie zauważając, to jest wiedza na poziomie trzeciej klasy.

– A ty co, chcesz powiedzieć, że niby Hogwart skończyłeś? – zirytował się Jakub.

– Nie Hogwart, tylko Durmstrang. I nie ukończyłem, bo mnie wylali. Kilka lat im to zajęło, ale w końcu się zorientowali, że list z zaproszeniem miałem tak nie do końca prawdziwy.

– No dobra – westchnął Jakub. – Ja miałem prawdziwy, sowa przyniosła... Ale wiesz, do Anglii daleko, po pierwszej wojnie panowała bieda, nie było kasy na bilet, do tego nie gadam po angielskiemu, to machnąłem ręką. Wiesz, jak to bywa w tych zagranicznych krajach. Obce języki dla mnie to jakby gęś gęgała, i słowa takie podobne. Łatwo o pomyłkę i zamiast do Akademii Jedi trafia się do Akademii Yeti, albo nawet jeszcze gorzej, bo do Pana Kleksa. W każdym razie ja jestem prosty człowiek ze wsi, ale jak ty jesteś taki uczony... No i zakładając, że chcesz odkupić winy...

– Co potrzeba? – zapytał gość konkretnie.

– Tu nie trzeba jasnowidza, żeby się domyślić, co jest grane. Ten szczur Izydor z pewnością już nasmarował donos. Chcę wiedzieć, co knują takie dwa fagasy, niejaki Birski z niejakim Rowickim. Możesz mi coś wyczarować w tym względzie?

– Zasadniczo kodeks czarodziejów zabrania popisywania się magią w obecności mugoli... Ale po pierwsze, nie jestem prawdziwym czarodziejem, po drugie, z całym szacunkiem, pan nie jest typowym mugolem. Tylko żeby nas nie namierzyli. Będę potrzebował zaciemnionego miejsca i miski z wodą.

– To wszystko? Da się zrobić.

Po chwili na stole stała poobijana miednica. Egzorcysta zasłonił okno plandeką, a jasnowidz wyjął zza pazuchy buteleczkę. Wpuścił do wody dwie krople eliksiru, postukał różdżką w lustro cieczy. Rozeszły się kręgi, a gdy się uspokoiły, pojawił się obraz. Marny, bo marny, ale czytelny. Jakub rozpoznał wnętrze posterunku oraz Birskiego i Rowickiego. Miednica zawibrowała, to mistrz Kamil sobie tylko znanym sposobem włączył fonię.

– *Bo jesteśmy mądrzejsi od Wędrowycza, a technika daje nam miażdżącą przewagę nad dziadem, który nawet prądu w chałupie nie zainstalował. Trzeba będzie ściągnąć ekipę dochodzeniową z Lublina. I zaawansowany sprzęt poszukiwawczy. Kamerę termowizyjną i radar geologiczny. Potrzebujemy dwóch albo trzech dni na przygotowania. A potem uderzymy, znajdziemy trupa jego żony i tak to rozegramy, że tylko wióry z gada polecą.*

– O kuźwa – syknął Wędrowycz.

Niestety, jego oddech zmącił powierzchnię cieczy i połączenie uległo zerwaniu. Jakub nie zdążył się zdenerwować, gdy ktoś zapukał do drzwi i nie czekając na odpowiedź, wtarabanił się do środka chaty.

– Semen! – ucieszył się gospodarz. – Właśnie myślałem o tobie. Jest cholerny problem... Będę potrzebował twojej pomocy.

– Jak zwykle – westchnął kozak. – A to co za jeden?

– Nasz sojusznik, Kamil Maj, jasnowidz, a z wykształcenia to nawet czarodziej. To znaczy z nieukończonego wykształcenia, bo przed czasem wylany z jakiegoś tam Dupenszlaku.

– Fiu, fiu, zatrudniłeś siły fachowe? Znaczy się jakaś grubsza afera. Będziemy znowu ratowali ludzkość, czy może tym razem całą Galaktykę?

– E, nie. Tym razem chodzi o sprawy daleko ważniejsze niż jakaś tam ludzkość. Birski i Rowicki chcą mi się dobrać do zada i tym razem wygląda na to, że może im się udać!

– No to tym bardziej możesz na mnie liczyć. Kumplowi się nie odmawia. Co zmalowałeś tym razem?

– Moja żona...

– Co z nią? – zaniepokoił się Semen.

– Odpukać, chyba jeszcze nic. Ale ten sukinsyn Birski ze swoim przydupasem są na tropie krypty. Chcą ściągnąć z Lublina ekipę, co to ma radar geologiczny, i prześwietlą moje podwórze aż do jąder ziemi.

– Bardaki nadali sprawę?

– A któż by inny?

– Ale skąd się ciule dowiedzieli? Zresztą nieważne. Co robimy? Trzeba ją wykopać i gdzie indziej schować.

– Sam nie wiem – westchnął Jakub.

– Może ja coś doradzę? – zaproponował nieśmiało czarownik. – Tylko, szczerze mówiąc, nie znam szczegółów. Nie wiem, czy to nie będzie nietaktem, ale gdybym mógł poprosić kilka słów wyjaśnienia... Po pierwsze i najważniejsze: ona żyje czy nie żyje?

– Chodź, młody, sam zobaczysz, co jest grane. – Wędrowycz ciężko dźwignął się z krzesła.

Przeszli do obory, Jakub pomajstrował przy żłobie i odchylił go od ściany, odsłaniając wnękę, z której strome stopnie prowadziły gdzieś w dół. Zapalili lampy naftowe, zeszli do lochu, zakręcili i znaleźli się w niewielkiej sklepionej krypcie. Pośrodku na dwóch europaletach stała szklana trumna, w której faktycznie spoczywała kobieta w białej... no, prawie białej sukience.

– I tak to wygląda – burknął Jakub. – Od pięćdziesięciu lat.

Jasnowidz Kamil pochylił się nad trumną, wykonał skan aury.

– Auć... Wyczuwam tu mocną, choć dość prymitywną i archaiczną magię.

– Klątwa snu rzucona przez kapłana Światowida – westchnął Jakub. – Moja wina. Zarąbałem gada, zamiast wymusić na nim jej cofnięcie.

– Jak go pan zarąbał, to wygaśnie – spróbował go pocieszyć mistrz.

– Tia... Standardowo po osiemdziesięciu do stu lat od jego zgonu. Czyli jeszcze trzydzieści, może więcej. Mnie już raczej nie będzie na świecie. No, nie powiem, wdówka na pewno ułoży sobie jakoś życie. Wnuk zarabia na tych swoich gierkach pstrykanych, to przecież babci lewą tożsamość załatwi. Młoda nie do końca, ładna nie za bardzo, ale bogata. Znajdzie sobie nowego męża, źle nie będzie miała. A ja przywykłem do swojego trybu życia i w zasadzie dobrze mi tak, jak jest. Tylko te dwa pieprzone fagasy...

– Musimy cię jakoś uratować – westchnął Semen. – Tylko za cholerę nie wiem jak. Nawet jeśli ją wyniesiemy i schowamy u mnie, to zostanie krypta, bo tak szybko jej nie zasypiemy.

– A gdyby ją obudzić? – zaproponował ich sojusznik. – Przyjdą szukać trupa, a spotkają domniemaną ofiarę żywą.

– Ty to masz państwowy łeb! – zachwycił się Semen.

– Ale jak to obudzić? – zaniepokoił się Jakub.

– Normalnie. Uchylić klątwę.

– Tak się da!? Od pięćdziesięciu lat szukam sposobu! I wcale nie wiem, czy na pewno chcę go znaleźć...

– Pan jej nie kocha? – zdziwił się pan Kamil.

– Masz, przeczytaj. – Egzorcysta pokazał mu linie na dłoni.

Czarodziej wczytał się. Nie uszło jego uwagi, że linia życia nosi ślady ręcznej korekty. Jednak to plątanina tych mniej ważnych była bardziej istotna.

– Ale jak to lubczykiem? – zdziwił się.

– Normalnie. Po wojnie było mało facetów, a już szczególnie mało młodych albo prawie młodych, zdrowych i do tego dobrych gospodarzy – wyjaśnił egzorcysta. – Wpadłem jej w oko. Zeszliśmy się raz i drugi, poczęstowała herbatką... No i zaprawiła mnie ziółkami, zgłupiałem, zakochałem się, ożeniłem. Po ślubie, jak to jest w zwyczaju, przeniosłem przez próg, rzuciłem na wersalkę, zwyobracałem, zbrzuchaciłem... Oj, co myśmy wyprawiali! – Uśmiechnął się. – Miastowa dziewczyna, to i czytała w książkach o takich tam różnych... Robiła

znaczy się łóżkowe akrobacje, które wieśniaczkom nawet do głowy by nie przyszły. Nieważne. Nie powiem, fajnie było mieć babkę w domu. Wszystko, co trzeba do szczęścia, pod ręką, bez latania pół nocy po stodołach. I obiadki robiła niezłe. I dzieciaka mieć to sama radość życia przecież. Ale jednak mężczyzna nie może długo tak funkcjonować na zbyt krótkiej smyczy. Zresztą co ja ci się będę spowiadać! – fuknął. – I dobrze z nią było, i zarazem nie za bardzo. Obudzisz ją, to sam zobaczysz, czym pachnie małżeństwo ze zbyt silną jednostką! A ja, no cóż, wyniosę się mieszkać do kumpla... Chociaż nie. Tam mnie przecież zaraz wytropi. To może w jakimś mieście menelem na cały etat zostanę?

– Obudzić tak na stałe się nie da, ta pogańska magia jest po prostu zbyt silna i mało kompatybilna z obecnie stosowaną. Przez te tysiąc lat bardzo zmienił się język. Nie znamy nawet słów do ułożenia odpowiednich kontrzaklęć. Ale mogę spróbować ją wybudzić na jakieś sześć, może osiem godzin. A potem znów zaśnie – wyjaśnił jasnowidz.

Jakub skrzywił się, jakby rozgryzł cytrynę.

– To mi się jednak dość ryzykowne wydaje. Może raczej przebrać kogoś, kto odegra rolę – bąknął. – Tylko że Semen mało podobny jest... A nikogo obcego wolałbym nie wtajemniczać. Cholera, chyba nie mamy wyboru. Tylko jest jeden problem. Jak by to powiedzieć... – Rozejrzał się i westchnął.

– On chce powiedzieć, że ta jego żona lubiła, jak w chałupie było w miarę posprzątane, a gdy zasnęła, mój przyjaciel szybko porzucił nawyk porządkowania otoczenia wokół siebie i eliminowania odpadków, przez co dom jest odrobinę zapuszczony – wyjaśnił kozak. – Jak się obudzi i rozejrzy, to tak się wkurzy, że pewnie zarąbie go pogrzebaczem na śmierć.

– Więc może najpierw wypadałoby tu trochę posprzątać? – zasugerował mistrz Kamil.

– No, w sumie można, to i owo odmalować, to i owo wyprostować, naprawić, umyć, wyszorować, pozamiatać, wynieść śmieci, zakopać kości, schować butelki... Ale tu jest roboty na miesiąc! – Egzorcysta trzeźwo ocenił sytuację.

– I łachy należałoby wyprać – dodał Semen. – Buty wypastować... Firanki zawiesić i obrus na stole położyć. A może i dywan nawet.

– Przestań mnie straszyć – jęknął Jakub.

– I nie zapomnij o świeżych skarpetkach. – Najlepszy kumpel znęcał się bez litości.

– Dobra – podjął męską decyzję egzorcysta. – Zgadzam się. Rzucaj czar posprzątania... To wasze repario czy jakoś tak...

– Tak się nie da. – Czarodziej rozłożył ręce. – Proste zaklęcia porządkujące są do drobnych prac, jak sklejenie rozbitego wazonu. Takie mocniejsze odbudują nawet roztrzaskane mury, ale to wszystko nie tak hop-siup. Jest ograniczenie. Entropia cofa się wedle wzoru $R = mt^2$.

– Że niby co? Po ludzku proszę! – bąknął Jakub.

– Naprawa równa się masa razy czas do kwadratu. – Kozak, choć w magii był raczej laikiem, liznął kiedyś trochę nauk ścisłych, a nawet schlał się z Einsteinem, przez co geniusz zaspał i przepadła mu rozbierana randka z Marią Skłodowską.

– Masa czego? – zakwilił jego przyjaciel.

– Im przedmiot cięższy, a czas od jego zepsucia dłuższy, tym więcej energii magicznej pochłania przywrócenie go do stanu pierwotnego – wyjaśnił sojusznik zrozumiałym językiem. – Ta chałupa to dziesiątki ton różnych materiałów budowlanych, a jak chcemy usunąć pół wieku dewastacji, to w ogóle możecie zapomnieć. Trzeba by poświęcić na to całe megatony energii. Skombinujcie mi walizkę antymaterii jako źródło zasilania, wówczas ewentualnie mogę popróbować.

– Jak w grę wchodzą megatony, to może lepiej nie. – Jakub przypomniał sobie, jak kiedyś na gminnym wysypisku znalazł ruską bombę wodorową. – Tak zupełnie nic nie da się zrobić?

– Mogę ściągnąć środki czystości, drabiny, pędzle, wałki i inne takie... Ale jest jeden warunek: tylko z niemieckiego marketu budowlanego.

– Czemu nie z Zamościa albo z Chełma? – zaciekawił się kozak.

– Bo zasadniczo etyka zawodowa czarodzieja zabrania kraść za pomocą magii, ale skoro Niemcy nie uregulowali jeszcze kwestii reparacji wojennych, możemy chyba pobrać odsetki od tych kwot w naturze – objaśnił mistrz Kamil.

– Te skrupuły przynoszą ci chlubę! – wzruszył się egzorcysta.

Obaj starcy nie widzieli przeszkód natury etycznej. Nie minęło dziesięć minut i na ganku leżało wszystko, co potrzeba.

– No to mamy sprzęt i chemię pierwsza klasa. Jednakowoż wydaje mi się, że nie zdążymy – westchnął Wędrowycz.

– Zdążymy. Panowie... – Jasnowidz wyciągnął z kieszeni małą klepsydrę na łańcuszku. – To jest zmieniacz czasu.

– Aha – mruknął Semen.

– Eeeee? – Jakub wolał uzyskać dokładniejsze wyjaśnienia.

– Coś w rodzaju kieszonkowego wehikułu. Umożliwia cofnięcie się w czasie o godzinę. Bierzemy się do sprzątania, za godzinę przekręcam klepsydrę, cofamy się raz jeszcze o godzinę i znów sprzątamy.

– Tylko że będzie na to sprzątanie nie nas trzech, ale sześciu. Albo dziewięciu... Takimi siłami w godzinę można bardzo dużo zrobić – zgodził się Semen. – Jakbyś wyczarował jeszcze dzbanek mocnej kawy... Ewentualnie z rumem – dodał, patrząc na zgorszoną minę kumpla.

Po chwili piętnastu Jakubów, piętnastu Semenów i piętnastu czarodziejów tłoczyło się przed chatą w kolejce do stolika z kubkami. Pospiesznie rozdzielono zadania i rozpoczął się generalny remont. Jak się okazało, w skrzyni na strychu znalazły się nowe firanki, pościel, a nawet obrus i wzorzysty chodnik. Egzorcysta mętnie kojarzył, że synowa kupiła to w zeszłym roku, tylko po jej wyjeździe chyba zapomniał o prezencie. I proszę, przydało się jak znalazł. Z ubraniami i butami było nieco gorzej, ale jeden z Semenów podskoczył do lumpeksu i coś zorganizował. Gdy po godzinie reszta ekipy poznikała, trzej bohaterowie słaniali się na nogach ze zmęczenia.

– Nie rozumiem, dlaczego jestem taki zrypany – jęknął kozak, waląc się na trawę pod jabłonką. – Odwykłem od wysiłku chyba.

– Organizm wyczerpał rezerwy, bo w ciągu tej godziny pracowaliśmy piętnaście godzin bez przerwy – wyjaśnił mag. – Gdy odwrócony czas wraca na swoje miejsce, wówczas stan obiektów zlewa się i kumuluje.

– Nie rozumiem – poskarżył się Jakub. – A zresztą nieważne. Grunt, że wszystko odpicowane. Od nowości tak nie wyglądało.

– Trzeba odespać, bo jutro czeka nas wielki dzień – mruknął czarodziej.

Wszyscy byli tak wykończeni, że nawet nie pomyśleli, żeby się napić... Wzięli po kolei prysznic w wyczarowanej kabinie, a potem zasnęli, gdzie który padł.

– Wstawaj, kretynie. – Pieszczotliwe powitanie i kubek lodowatej wody chluśnięty prosto w twarz doprowadziły Jakuba do stanu natychmiastowej przytomności.

– Yyyy... Witaj, kochanie. – Na wszelki wypadek uśmiechnął się szeroko.

– Wyłaź z wyra, śniadanie na stole – burknęła żona i odpłynęła do kuchni.

– Ja też się cieszę, że cię widzę – rzucił za nią pro forma.

Ubranie, które miał na sobie, było zbyt świeże, drapało nieznośnie. Skórę wyszorował wczoraj pod prysznicem, nie żałując szczotki i pasty BHP, a teraz czuł, że zdarł zbyt wiele zrogowaciałego naskórka, odsłaniając wrażliwsze warstwy. Chciał się odruchowo podrapać w pachwinie, ale nie bardzo potrafił to zrobić przyciętymi na krótko i wyszorowanymi paznokciami. Smród chemikaliów – szamponu, wody po goleniu i dezodorantu – nieznośnie kręcił go w nosie.

Mężczyzna powinien wonieć mężczyzną, potem, bimbrem, oborą, dymem, ewentualnie jeszcze tytoniem, a nie bukietem polnych kwiatów czy egzotycznymi owocami, pomyślał.

Wszedł i momentalnie dostał ślinotoku. W kuchni pachniało niebiańsko jajecznicą na wędzonce. Czarodziej i kozak siedzieli już przy stole. Miny mieli nietęgie, jako że gospodyni zdążyła ich już zdrowo wymusztrować. Egzorcysta przeliczył krzesła wzrokiem i postanowił zająć miejsce zgodnie z tradycją, czyli u szczytu stołu.

– Zapuściłeś naszą chatę nieziemsko. Co w was, facetach, jest za skaza, że niepilnowani przez kobiety wszystko błyskawicznie zamieniacie w chlew?! – gderała jego połowica, nakładając mu na talerz apetyczną górkę potrawy. – I najpierw łapy umyj, ale już! – huknęła, widząc, że łypie łakomie w stronę posiłku.

Siedli we czwórkę. Jakub wodził wzrokiem za małżonką. Pół wieku wystarczyło, by zatrzeć w jego pamięci blaski i cienie małżeństwa. Teraz przypominał sobie wszystko. I to, jak fajnie obłapiać taką sztukę we własnym wyrku, i to, jak boli uderzenie pogrzebaczem. Jak miło wracać z targu, gdy w domu czeka świeżo ugotowany bigosik, i jaki respekt wzbudza w mężczyźnie wałek lub mokra ściera.

Trudno powiedzieć, czy z babą w domu jest lepiej, czy gorzej – zadumał się. – Ale na pewno jest inaczej, niż się przywykło.

– Znalazłeś już jakąś metodę, żeby mnie obudzić? – zagadnęła. – Bo pan czarownik Kamil już mi wyjaśnił, że to dzisiejsze jest tylko tymczasowe.

– No, jak do tej pory nie potrafię. – Pokręcił głową.

– A szukałeś w ogóle sposobu? – Łypnęła okiem. – Czy może wolisz, jak śpię i nikt nie przeszkadza ci w chlaniu z kumplami?

– No co ty gadasz, kochanie? – obraził się egzorcysta, choć w tym, co powiedziała, było sporo prawdy.

– Oj tam, zaraz chlanie... – bąknął Semen. – Czasem owszem, trafiała się kulturalna rozmowa przy winie... Za to tytoniu nie paliliśmy!

– Ciebie, kopany zaborco, nie pytałam! – fuknęła.

– Na pewno nie przesadzali z ilością trunków. Ale kieliszek koniaku czy szklanka lekkiego wina ułatwia takie nocne Polaków rozmowy – próbował załagodzić mistrz Kamil.

– Polaków rozmowy? Niby jak je mieli prowadzić, skoro jeden jest ruski znad Wołgi, a ten mój mężuś to lokalna mieszanka firmowa? Zlepek wszystkich ludów, co się przez te ziemie snuły, i depozyt genetyczny każdej wrogiej armii. Wypierdek polsko-ormiańsko-żydowsko-cygański, przyozdobiony przez dziedzica ukraińskim nazwiskiem.

– My, Wędrowycze, byliśmy zawsze tutejsi – obraził się Jakub. – Że przy rozmaitych okolicznościach historycznych do różnych krajów i narodów nas zapisywali, to już nie nasza wina. Co do moich genów, mam najlepszy możliwy zestaw. A nowoczesny patriotyzm polega na tym, żeby brać od innych ludów najlepsze cechy i je asymilijować, albo nawet twórczo rozwijać. Nasze nazwisko po ukraińsku byłoby Mandriwnyk, albo i Błukajuczyj... Chociaż tu, na pograniczu, rzecz jasna, i ukraiński miewał różne lokalne dialekty – dodał pospiesznie, widząc, jak żona, znudzona jego przemową, podrzuca w dłoni wałek.

– Pilnowałem, żeby nie pobłądził w życiu – zapewnił kozak. – No i wierności małżeńskiej dochowywał, a przez ostatnie dwadzieścia lat to już szczególnie.

– Na obiad będzie bigos – burknęła połowica, chyba trochę udobruchana. – Tylko to da się zrobić z odpadków zebranych w spiżarce. Resztę wyrzuciłam, jeszcze byś się otruł. A wy, nieroby, nie traćcie czasu, narąbcie mi drew na zapas. – Władczym gestem wskazała szopę.

Podreptali i korzystając, że wnętrza nie było widać z okna kuchni, zasiedli na pieńkach. Mistrz Kamil wyczarował pudełko z dziurkami, postukał w nie różdżką i z wnętrza zaczęły dobiegać odgłosy uderzeń siekierą. Drugim machnięciem zamienił stos kłód w równiutką pryzmę polan.

– Zapas na cały kwartał – zachwycił się egzorcysta. – Warto było drewno kraść w bardackim lesie.

– Ta magia to fajna rzecz – zadumał się kozak. – Szkoda, że ksiądz proboszcz nie pochwala podobnych metod.

– Fajna, jednakowoż Kościół ma rację, że jej zakazuje. Pomyśl sam. Gdyby ją na co dzień stosować, toby nas potwornie rozleniwiła – zawyrokował egzorcysta. – Brak zdrowego wysiłku fizycznego degeneruje i powoduje otyłość. A jak się ma za dużo czasu, to też niedobrze. Z nudów ludzie zaczynają chlać, ćpać i palić pety.

– Gliniarze są już w drodze, za chwilę się tu pojawią. – Jasnowidz zajrzał do szklanej kuli.

– No to będzie widowisko. – Jakub zatarł ręce.

Radiowóz i towarzysząca mu furgonetka sunęły po wybojach. Niby wszystko było w porządku, a zarazem nie było. Obaj gliniarze znali Stary Majdan z niezliczonych interwencji, ale tym razem jakoś nie byli w stanie trafić, gdzie trzeba.

– Jasna cholera, pobłądziłem – syknął Birski.

– Magia tego dziadygi? – zaniepokoił się Rowicki.

– Nie, ta nowa chałupa mnie zmyliła... Pojęcia nie mam, kiedy ją postawili. Zaraz? – Szef łypnął okiem. Zastanowił się, a potem łypnął raz jeszcze. – Że niby co?!

– To przecież obejście tego gada, tylko odpicowane na wysoki połysk! – wykrztusił nie mniej zdumiony Rowicki. – Co tu się powyrabiało? To obejście wygląda jak z fotek, co to były w starych aktach.

– Wędrowycz, psia jego mać, zatrudnił ze dwudziestu ukraińskich gastarbeiterów i zrobili mu generalny remont – zawyrokował Birski. – Ty, popatrz, nawet płot prosto stoi. Tylko uli na ogrodzie nie ma i malwy nie rosną pod oknami. Ciekawe tylko, po co to odnawianko? Może chciał ostatecznie zatrzeć ślady zbrodni?

Zatrzymali się przed bramą.

– Darń to chyba z rolki rozwijana. – Podwładny lustrował podwórze. – No, niezłe jaja... Nawet szyby i rynny wypucowane! Szef zobaczy, wycieraczkę sobie położył! I kwiatki w doniczkach. Zwariował na starość czy jak?

– Dobra, robimy rozpoznanie wstępne, a potem wkracza ekipa.

Przeszli przez furtkę. Zawiasy nawet nie zgrzytnęły, egzorcysta chyba je naoliwił. Podeszli do chaty i zapukali. Drzwi otworzyły się i stanęła w nich rosła kobitka około trzydziestki. Była nawet niebrzydka, ale w jej rysach odbijała się pewna odstręczająca twardość. Błękitne oczy patrzyły chłodno i wyzywająco zarazem. Stercząca pierś i dłonie godne zawodowej traktorzystki przywodziły na myśl posągi przodowniczek pracy.

– Słucham panów? – warknęła ta istna Horpyna, obrzucając gliniarzy chmurnym spojrzeniem.

– Dzień dobry, mamy nakaz rewizji i aresztowania w zależności od wyników... – Birski na widok ciężkiej drewnianej kopyści w dłoni kobiety poczuł dziwną obawę.

– A niby pod jakim zarzutem? – prychnęła.

– Jak już znajdziemy zwłoki, to pod zarzutem morderstwa. A w ogóle kim pani jest? Może na początek zechce pani się przedstawić?

Krewka niewiasta jednym stanowczym pociągnięciem wyjęła mu nakaz z ręki i przeleciała wzrokiem. Zmarszczyła czoło.

– Co to, do cholery, za bzdury?! – prychnęła. – Zarzut zabójstwa i ukrycia ciała Heleny Wędrowycz? Przecież ja żyję i mam się dobrze! A mój Kubuś może i jest trochę wyrywny, ale na kobietę nigdy by ręki nie podniósł! Poza tym to idiota, gdzie by tam zdołał zbrodnię zatuszować, to nie na jego głowę. I że niby co? – Skupiła wzrok na kolejnej linijce. – Moje zwłoki mają być tu gdzieś pogrzebane? Śmiechu warte. Jakub może nie jest przesadnie religijny, ale o porządny kościelny pogrzeb i ładny grób na cmentarzu parafialnym przecież by zadbał, choćby miał w tym celu proboszcza poturbować!

– Pani... – Teraz dopiero Birski uświadomił sobie, skąd zna tę twarz. – Pani zaginęła...

– To sobie odnotujcie, że się znalazłam – burknęła. – Na krótko, bo zaraz znów wyjeżdżam. Mam swoje sprawy i swoje życie, z dala od tej zabitej dechami dziury pełnej wiejskich ćwoków.

– Czy mogłaby pani... Prosilibyśmy o jakikolwiek dokument tożsamości – zakwilił cicho Rowicki.

– Proszę. – Obojętnym gestem wyciągnęła z kieszeni zieloną książeczkę, dowód osobisty sprzed pięćdziesięciu lat.

Przejrzeli go pospiesznie. Wszystko się zgadzało, nawet wstemplowany meldunek.

– To by należało wymienić na nowy, plastikowy – pouczył Birski.

– A niby po co? Tu jest przecież napisane, że ważny bezterminowo. – Puknęła palcem w odpowiednie miejsce.

– Eeee...? No tak. To niech pani podejdzie do gminy, wpiszą pani numer pesel. – Posterunkowy oddał kobiecie dowód.

– Skoro to wszystko, przepraszam panów, teraz muszę obiad mężowi zrobić. Jakub niby zje wszystko, ale przypalone gorzej mu smakuje. – Władczym gestem wskazała bramę i zatrzasnęła im drzwi przed nosem.

Zebrani w szopie z niemałą satysfakcją obserwowali sromotny odwrót sił policyjnych. Zawarczały silniki radiowozu i furgonetki. I znów zapanował spokój. Jakub, Semen i ich towarzysz poczłapali do chaty, niosąc naręcza polan.

– Gołąbeczko, uratowałaś mi tyłek – wzruszył się Jakub.

– A bo to pierwszy raz? – prychnęła. – Co ty byś zrobił beze mnie? A teraz siad na zady, dziady, i pałaszować, bo raczej nie będzie następnej okazji. Tylko łapy umyć, ale już! Pan też! – Łypnęła groźnie na czarodzieja.

Usiedli przy stole. Nakrochmalony obrus drapał nieznośnie łokcie. Wypolerowane ajaxem widelce lśniły, aż bolały oczy. Ściany też były obrzydliwie białe, ta jasność wręcz oślepiała, dezorientowała, męczyła wzrok. Przez wypucowane szyby i wyprane firanki wpadało zbyt wiele światła. Egzorcysta czuł się jak królik doświadczalny zagubiony w szklanym labiryncie sterylnego laboratorium. Miski też wydały mu się jakieś takie zbyt czyste. On nigdy nie mył ich tak dokładnie, wiedział, że to grozi zdarciem emalii. Na szczęście bigos smakował tak niebiańsko, jak zapamiętał z młodości.

– Uaaa... – ziewnęła Helena. – Coś się zdaje, że znów mnie śpik bierze.

– Wybudzenie z klątwy, jak już wspomniałem... – zaczął czarodziej, ale uciszyła go machnięciem ręki.

– Żegnaj, mężusiu – burknęła. – Gdzie ja miałam oczy, jak za idiotę wyszłam. Zresztą wybór był marny, a ty jesteś dobry człowiek w sumie, tylko fleja, pijak i bałaganiarz. Mogłam trafić gorzej. Uaaaa... – ziewnęła ponownie. – No ale niech ci będzie, kochałam cię przecież trochę, ty mój muchomorku sromotnikowy.

– No, tak trochę to ja ciebie też – przyznał Jakub. – Choć wtedy z tą łopatą do chleba trochę przesadziłaś. No ale zrosło się i nie ma o czym mówić... Śpij sobie dobrze, za trzydzieści lat się obudzisz. I teges, miłych snów.

– Wszystkiego dobrego – wymamrotała. – Naszego syna pozdrów, synową, wnuka, prawnuka i tak dalej, bo oczywiście kretyn jesteś i nie pomyślałeś w porę, żeby rodzinę na przebudzenie babci zaprosić!

– To wszystko wyszło tak nagle...

– Wartości rodzinne nigdy nie były twoją mocną stroną – zganiła go. – Prawie nigdy nie pamiętałeś o moich urodzinach, myliło ci się, jak syn ma na imię... I pamiętaj, żeby nie palić papierosów, bo to obrzydliwe.

A potem opadła na fotel i po chwili chrapała ogłuszająco.

– Uf... Wszystko dobre, co się dobrze kończy. – Jakub z ulgą pozbył się krawata.

Odłożył zbędną łyżkę i przechyliwszy miskę, zaczął przelewać jej zawartość bezpośrednio do gardła. Gdy oderwał naczynie od ust, na stole nie było już obrusa, za to Semen polewał bimberek do trzech wyszczerbionych musztardówek.

– Wypijmy za pokrzyżowanie planów organom ścigania – powiedział zadowolony egzorcysta. – Oraz zdrowie mojej pięknej... eeee... zdrowie mojej żony.

Stuknęli się naczyniami. Czarodziej podobnie jak oni wychylił szklaneczkę jednym haustem, ale potem długo kasłał, nie mogąc złapać tchu.

– Co to jest? – wykrztusił przez zaciśnięte gardło. – Paliwo rakietowe!?

– To jest nasz mugolski eliksir przyjaźni, siły i dobrego humoru – wyjaśnił Wędrowycz. – Panowie, zanim naleję drugą kolejkę, czekają nas obowiązki...

Wynieśli śpiącą gospodynię do krypty, ułożyli w trumnie i troskliwie nakryli niepotrzebnym już obrusem oraz firankami.

– Jakby się tak dobrze zastanowić – zadumał się mistrz Kamil – wybudziłem ją wprawdzie na krótko, ale za to niemal od ręki. Ta turbosłowiańska magia wcale nie jest tak silna, jak mi opowiadali. Może gdybym jeszcze popróbował...

– Dziękuję za dobre chęci, ale to raczej zbędne. Zachowaj swoje eliksiry i zaklęcia dla naprawdę potrzebujących. – Jakub poklepał go przyjacielsko po ramieniu. Przyjacielsko, ale zarazem jakby ostrzegawczo.

– Może niech popróbuje zdjąć tę klątwę? Co nam szkodzi? Najwyżej się nie uda – zasugerował kozak. – Jak ona niebiańsko gotuje...

– I co? Ma biedaczka robić za kucharkę u takich starych, paskudnych meneli jak my? Szkoda kobity. Poza tym nie zdradzę naszej twardej męskiej przyjaźni za garnek bigosu, choćby był to najlepszy bigos na świecie! – uciął Wędrowycz.

Łza wzruszenia zakręciła się w oku Semena.

Dochodziła północ, ale okno posterunku nadal rozświetlał blask żarówki. Obaj gliniarze omawiali jeszcze wypadki tego dnia.

– Pieprzony pokemon, jak on to zrobił? – westchnął Birski, odkręcając drugą już butelkę podrabianego ukraińskiego łyskacza. – Skąd ją wytrzasnął!? I skąd, u diabła, wiedział, co się szykuje?! No bo musiał wiedzieć, skoro był gotów na naszą wizytę i jeszcze tak koncertowo nas wyrolował.

Polał hojnie sobie i podwładnemu do kubków na ołówki. Wypili jednym haustem, jak lekarstwo. Zakąsili mielonką. Wypili na drugą nogę... Gorycz porażki zmieszała się z posmakiem starej dębowej klepki podłogowej rozmoczonej w kartoflanym spirytusie, ale dokuczliwy ból gliniarskich dusz trochę zelżał.

– Nie wiem, jak tego dokonał – westchnął Rowicki. – Bardziej mnie martwi, że znowu wyszliśmy na idiotów przed tymi z Lublina.

– Fakt, taki kawał jechali na darmo. Prędko nam tego nie zapomną.

– Jedno mnie jeszcze w tej sprawie niepokoi.

– Tylko jedno?

– Babka wyglądała jak na zdjęciu z naszego archiwum, a tak na logikę powinna być starsza o pięćdziesiąt lat. A najbardziej mnie zastanawia, dlaczego podczas interwencji żaden z nas nawet o tym nie pomyślał.

– Chcesz tam wrócić i sprawdzić?

– Nie – orzekł podwładny po chwili zastanowienia.

– No to polej na drugą nogę. Żeby nam się na pewno odechciało.

Kolejka

Jakub dreptał przez stolicę, prowadząc swojego prawnuka Piotrusia ze szkoły do domu. Egzorcysta rozglądał się wokoło zdegustowany i tylko obecność potomka powstrzymywała go przed spluwaniem na chodnik. Miasto od zawsze budziło w nim jednoznaczną abominację. Wzrok męczył mu się niepomiernie – przyzwyczajony do swobodnego hulania po polach, co chwila zderzał się ze ścianami budynków. Także smród spalin i huk pojazdów drażniły zmysły. O wiele bardziej wolał pieścić uszy gwarem knajpy. Nos, wyspecjalizowany w łowieniu zdrowych wiejskich zapachów – obornika, końskiego potu i skarpet zakiszonych w gumiakach, aż swędział wewnątrz. Miejskie wonie nieodmiennie prowokowały do kichania. Stopy, przywykłe do chodzenia poboczem szosy i po wertepach, też nie chciały się dostosować do równej jak stół powierzchni chodników. Zatrzymali się przed pocztą.

– W sumie to można by wysłać kartkę Semenowi. – Egzorcysta poskrobał się po głowie. – Z drugiej jednak strony trzeba by na niej coś napisać, przypomnieć sobie adres, no i znaczek kupić, a z tym problem jeszcze większy niż z alfabetem. – Spojrzał na tłum ludzi wypełniający wnętrze i wzruszywszy ramionami, podreptał dalej.

– Pradziadku?

– Tak?

– Jak to jest, że w spożywczym można kupić wszystko od ręki, a na poczcie zawsze kolejka na godzinę stania?

– To taki... mechanizm – mruknął Jakub. – Metafizyczny i parapsychiczny, rzekłbym.

– Mechanizm?

– Jak by ci to wyjaśnić? Czasem nie widzisz pająka, ale czujesz na twarzy, że wlazłeś w jego sieć... Albo może... Ech, nie. Chyba muszę wyjaśnić ci wszystko od początku.

Warszawa, czerwiec 1989

Przedwojenna willa na Targówku z zewnątrz wyglądała niepozornie. Od strony ulicy otaczał ją płot pospawany z zardzewiałych prętów zbrojeniowych. W ogródku plenił się łan chwastów. Okna były brudne, a nawet gdyby były czyste, i tak nie dałoby się zajrzeć do środka, wisiały w nich bowiem grube kotary. Jakub i Semen siedzieli w salonie przy starym orzechowym stole. Cztery ciężkie pałacowe kandelabry, zdobione herbami Poniatowskich, wykonano chyba ze srebra. Wypolerowany blat odbijał blask płomyczków świec. To znaczy nie bardzo odbijał, bo większą część stołu pokrywały stosy grubych ksiąg oprawionych w poczerniałą ze starości skórę. Rzeźbione krzesła, gdańskie szafy, stary perski dywan grzejący stopy wędrowców i obrazy na ścianach nadawały siedzibie mędrca swoisty przepych. Jednak kozak, dobrze pamiętający wnętrza Pałacu Zimowego, uśmiechał się nieco ironicznie. Natomiast Jakub, który w życiu widział niewiele poza wojsławickimi chatami, tylko się dziwował. Niby wiedział wcześniej, że krzesła mogą być wyściełane, ale co innego wiedzieć, co innego zobaczyć w muzeum, a zupełnie co innego doświadczyć luksusu własnym zadem.

Więcej książków niż w bibliotece gminnej, pomyślał mimochodem. Prawie tyle, co u mojego wnuka w pokoju. Tylko że on to raczej takie nowsze czyta. A ten malunek to nawet fajny, ażbym sobie taki powiesił w sypialni.

Zapatrzył się na osiemnastowieczny flamandzki obraz przedstawiający alchemika z uczniem pędzących bimber.

– Deflegmator źle osadzony – ocenił. – Puszczałoby za dużo oleju fuzlowego.

– Może artysta, zamiast malować z natury, pracował z pamięci – rzucił hipotezę Semen.

– Panowie – odezwał się naczelny astrolog kraju – wezwałem was w związku z nadzwyczajnym wydarzeniem, którego niebawem będziemy świadkami...

– Komuna zbankrutuje – skwitował Semen. – Nie widzę w tym absolutnie nic szczególnie nadzwyczajnego, od dawna przeczuwałem, że w końcu wyczerpią się carskie zapasy.

– Jaruzela to pewnie powieszą, choć może lepiej byłoby zatłuc kijami, bo stryczek to zbyt honorowa śmierć dla takiego ścierwa... – rozmarzył się Jakub. – Ale i w tym nie ma nic nadzwyczajnego, zdrajców i renegatów wiesza się przecież od niepamiętnych czasów.

Astrolog zamachał rękami, jakby odganiał natrętne muchy.

– Panowie, rozumiem, że doniosłość zachodzących przemian rozpala wszystkim głowy, ale zapomnijcie na chwilę o polityce i politykach. Cała ta komuna, choć nieprzyjemna, to tylko pył i proch wobec niezgłębionych tajemnic wszechświata i mgnienie oka wobec wieczności.

– Niezgłębione tajemnice wieczności i wszechświata zarazem? – zaniepokoił się Jakub. – Czyli co? Przedwieczni zamieszkujący staw parkowy w Łazienkach niby się budzą?

– A, to już dawno... Nie, zupełnie nie o to chodzi. Posłuchajcie chwilę, panowie, zamiast ciągle mi przerywać! Zbliża się absolutnie unikalny układ planet. – Astrolog rozwinął jakieś tabele i wykresy, narysowane artystycznie kolorowymi tuszami. – Ten szczególny moment to unikalna okazja, żeby dokonać eliminacji różnych dokuczliwych stworów od lat gnębiących nasz kraj.

– Odnoszę wrażenie, że najbardziej dokuczliwe stwory gnębiące nasz kraj wędrują pomiędzy nami w milicyjnych mundurach lub z partyjnymi legitymacjami w kieszeniach – zauważył Semen. – Ale żeby ich wszystkich wyeliminować, trzeba całych wagonów amunicji.

– Zabijając jednego komucha, chronimy tysiąc zwykłych ludzi, czyli trzeba załatwić jakieś czterdzieści tysięcy komuchów, żeby uratować Polskę – zauważył Jakub. – Sił naszych mało...

– Ale partiami da się chyba zrobić. To kiedy zaczniemy?

– Niezupełnie to miałem na myśli – bąknął astrolog. – Zapomnijcie na chwilę o czerwonych, milicji, ZOMO, ubecji i tak dalej. Tym razem nie o nich chodzi.

– Sugeruje pan, że pora wytłuc bydełko z Domu Czterech Liści? – zafrasował się Jakub. – To będzie trudniejsze niż ten plan z komuchami.

– Eeee... Tych z Domu to nie, lepiej nie. – Astrolog wyglądał na przerażonego samym pomysłem. – Panowie, dacie mi wreszcie dojść do słowa?

Kiwnęli głowami.

– Jutro po południu przez dwadzieścia siedem i pół minuty na niebie nad Warszawą pojawi się konfiguracja gwiazd i planet, która zatrze granice wizualne pomiędzy tym, co żywe, a tym, co martwe.

– Brzmi poważnie – mruknął Jakub.

– Przede wszystkim taki unikatowy układ astronomiczny jest okazją do zobaczenia wszystkiego, czego na co dzień nie widać!

– Czyli co? Każdy będzie mógł zobaczyć duchy i inne takie? – zdumiał się Semen.

– Każdy to byłaby lekka przesada. Na szczęście z daru skorzystać mogą tylko ludzie szczególnie wrażliwi, otrzaskani w zmaganiach z tamtą stroną rzeczywistości. Tacy jak ja czy wy. Zaprosiłem was, panowie, bo niestety, sam zapolować już nie zdołam. – Astrolog z westchnieniem wskazał kule oparte o fotel. – Tu trzeba pomocy ludzi młodych... eeee... chciałem powiedzieć: młodszych, sprawnych fizycznie i odpornych psychicznie.

– Może pan na nas liczyć – zapewnił kozak.

– Mogę prosić o szczegóły techniczne? – bąknął jego kumpel. – Co ma do tego astronomia czy też astrologia?

– Koniunkcja powoduje, że światło planet, będące w rzeczywistości odbitym światłem słonecznym, padając na naszą atmosferę, zainterferuje w bardzo specyficzny sposób. O ile normalne widmo światła słonecznego rozszczepia się, tworząc poza barwami podstawowymi także szereg... Panowie rozumieją, o czym mówię?

– Ja chyba nie – westchnął egzorcysta.

– Chodzi o to, że z białego światła nie powstanie normalna tęcza barw, ale pojawią się też zupełnie inne, nieznane nam na co dzień kolory? – domyślił się kozak.

– Owszem. Wprawdzie ludzkie oko ich nie zarejestruje, bo ewolucja zmysłu wzroku nie przygotowała nas na to, ale oświetlone tymi promieniami przedmioty wydadzą nam się inne, a czasem nawet zdradzą swoją prawdziwą naturę. Podobnie istoty żywe.

– Ajajajaj – mruknął Jakub. – Czyli lepiej wleźć do piwnicy i wyleźć, jak już całe zjawisko schowa się za horyzont?

Czyżby mój kumpel miał coś do ukrycia? – Zaniepokojony Semen łypnął z ukosa, aż go ufocki implant w mózgu zaswędział.

– Innymi słowy – ciągnął niezrażony astrolog – jest to jedyna okazja, żeby trochę tu posprzątać. Trzeba się oczywiście pospieszyć, ale jeśli rzecz odpowiednio zaplanujemy i poczynimy stosowne przygotowania, przez te kilka minut dużo da się zrobić. Wezwałem was zatem, panowie, żeby zaproponować specyficzny rodzaj polowania. Pomyślcie jednak najpierw, jaka jest największa bolączka naszego kraju?

– Komuchy – odpowiedział natychmiast Semen.

– Mieliśmy zapomnieć na chwilę o komuchach!

– Przepraszam, skoro nie komuchy, nie milicja, nie ubecja... O, już wiem, zaniżone ceny skupu żywca wieprzowego!

– Semen, co ty chrzanisz? – burknął Jakub. – To wcale nie jest takie złe! A w każdym razie nie dla nas. Dzięki tym zaniżonym cenom rolnikom nie opłaca się produkcja świń, w sklepach brak przez to mięsa i wędlin, a to poprawia naszą sytuację ekonomiczną, bo mięso z nielegalnego uboju schodzi jak ciepłe bułeczki, i to za bardzo rozsądne pieniądze.

– Z drugiej strony zawyżone ceny też nie byłyby złe. Płaciliby dobrze, to nie opłacałoby się trzymać wielu świń, bo to dodatkowa robota. Przez to mięsa byłoby mniej... Ale może wróćmy do tematu – bąknął kozak, widząc minę gospodarza.

– To ja myślę, że największą bolączką naszego kraju są sowieckie dywizje stojące na Bugu. Jako że komunizm to odmiana satanizmu, bezpośrednie graniczenie z krajem wyznawców diabła powoduje na poziomie metafizycznym przenikanie najohydniejszych... – zaczął Wędrowycz, ale zaraz poznał po wyrazie twarzy astrologa, że i tym razem nie trafił.

Zamilkli obaj i rozłożywszy ręce, dali do zrozumienia, że sami nie rozwiążą zagadki.

– Największą zmorą naszego pięknego kraju są kolejki do sklepów i urzędów – rzucił astrolog.

– No, w sumie może i tak – bąknął Semen.

– Wie pan, może tu, w mieście, faktycznie tak jest, ale szczerze powiedziawszy, nas to nie dotyczy – wyjaśnił Jakub. – Wieś nadal opiera się na gospodarce pierwotnej, a nawet rzekłbym, częściowo zbieracko-łowieckiej. Kury na rosół chodzą po podwórzu i jeszcze do tego znoszą jajka. Króliki na pasztet siedzą w klatkach. Chleb piecze się w domu. Mleko, masło i sery od krasuli. Ogórki w ogródku, kartofle na polu. Samogon i wino też robimy sami. Czasem się sarenkę skłusuje albo wieprzka zaszlachtuje na mięso i wędlinki. To po co stać w jakichś ogonkach? Ja to tylko w knajpie po piwo czasem, ale szybko idzie, a jak piwa braknie, to nawet w ogóle stać nie trzeba, tylko od razu idzie się do sklepiku po jabola.

– Do rzeczy. Pomożecie czy nie? – spytał astrolog.

– Pomożemy – uspokoił go Semen.

– Po to tu przyjechaliśmy przecież – przyświadczył jego kumpel. – Mamy zlikwidować kolejki. Zgaduję, że nie chodzi o to, żeby wystrzelać stojących w nich ludzi, zatem poprosimy o instrukcję.

– No to po kolei. Jaki jest powód powstawania kolejek? – zagadnął astrolog.

– No bo jak ludzie chcą coś kupić, to się ustawiają – mruknął Semen.

– Tak się powszechnie uważa, ale zwróćcie, panowie, uwagę na parę rzeczy. Po pierwsze, w naszych sklepach niewiele da się kupić, a kolejki i tak stoją. Po drugie, jak rzucą towar, to wiadomo, że wystarczy go dla trzydziestu, może pięćdziesięciu ludzi, a kolejka liczy nawet trzystu. Po trzecie, bywa czasem i tak, że kolejka stoi do zamkniętego sklepu, który nie wiadomo, czy otworzą, kiedy otworzą ani czy w ogóle będzie w nim jakikolwiek towar.

– Hmmm... – zadumał się kozak. W słowach gospodarza było dużo racji. – Wcześniej jakoś nie zastanawiałem się na tymi problemami – wyznał.

– Może ludzie po prostu lubią stać w kolejkach? – zaryzykował teorię Jakub. – W telewizji mało co ciekawego puszczają, a tu stanie sobie człowiek, posłucha plotek, gazetkę przeczyta... Może to taki zamiennik normalnego życia towarzyskiego? Ja tam prosty chłop ze wsi jestem, to się nie znam na waszych miastowych obyczajach.

– Widzicie, panowie, badam zjawisko kolejek od czasów Bieruta. I powiem od razu, powstawanie ogonków nie ma nic wspólnego z zatowarowaniem.

– Czy chce pan powiedzieć, że ludzie zbierają się w kolejkach niezależnie od chęci kupienia jakichś produktów? – zainteresował się Semen. – Kolejki to coś jak cząsteczki roztworu w trakcie krystalizacji? Albo jak opiłki żelaza potraktowane elektromagnesem?

– Trafne porównanie – pochwalił mędrzec.

– To by oznaczało, że istnieje jakiś czynnik zewnętrzny, który powoduje takie zachowanie.

– Dokładnie to chcę powiedzieć. Postoją ludzie w kolejkach, kupią albo i nie, wracają do domu, nie chce im się już nawet telewizora włączyć, tylko od razu idą spać.

– Stanie w kolejce to prosta czynność, wymagająca w sumie niewielkiej energii. – Semen poskrobał się po głowie. – Czyżby to zmęczenie było objawem...

– ...odsysania części energii życiowej? – dokończył za niego Jakub. Teraz i on zainteresował się tematem.

– Tak. Kolejki nie biorą się same z siebie. Istnieje istota, byt niematerialny lub nie do końca materialny, który wabi ludzi, steruje ich emocjami, pobudza nadzieję i agresję, a potem na nich żeruje. Żywi się emocjami i energią życiową stojących w ogonku. Wysysa ich, także emocjonalnie. Nawet gdy zdobędą upragnione dobra, wcale ich to nie cieszy. Jest nawet jeszcze gorzej, bo klient opuszczający kolejkę zamiast radości odczuwa złość i frustrację.

– A to nie jest tak, że jak ktoś kupi paczkę kawy, to później idzie i myśli, że przed wojną to nie byłby żaden wyczyn, a w krajach kapitalistycznych wyczynem nadal nie jest? – Jakub poskrobał się po ciemieniu.

– Trochę tak, ale rozważania ideologiczne są w tym przypadku wtórne w stosunku do buzujących uczuć. Ludzie najpierw czują smutek, a potem dorabiają sobie do tego wyjaśnienie kontestujące ustrój naszego kraju.

– Czy to jedna istota? – zadumał się kozak. – Czy może cały rój?

– Z moich obliczeń wynika, że jedna. W czasie swoich podróży astralnych próbowałem ją namierzyć. Widziałem kłębowisko czarnej energii i wybiegające z niego setki ni to macek, ni to korzeni.

– Jeśli jest tylko jedna, musi być cholernie, nieprawdopodobnie wręcz silna – mruknął egzorcysta – skoro do podtrzymania egzystencji wchłania *vis vitalis* populacji prawie czterdziestomilionowego kraju.

– Nikt nie powiedział, że będzie łatwo. – Astrolog rozłożył ręce. – Możecie panowie zginąć. Może wam wyprać mózgi. Być może nawet opętać albo zmienić w kolejkowe zombie. Takie przepływy energii to nie w kij dmuchał.

– Furda, damy radę. Wreszcie jakaś konkretna robota. – Egzorcysta zatarł ręce. – Wytropimy, zaciukamy...

– Czyli podczas koniunkcji planet, kiedy światło zinterferuje, jest szansa zobaczyć to coś gołym okiem? – zagadnął jego przyjaciel.

– Tak.

– A pańskim zdaniem czym najlepiej można to załatwić? – zapytał Jakub.

Astrolog wyraźnie się zafrasował.

– Nie wiem. Przede wszystkim nie znam do końca natury tej poczwary. Myślę, że jest to byt złożony głównie z ektoplazmy i energii. Ektoplazma jest wrażliwa na uszkodzenia chemiczne i termiczne. Energia na uziemienie, rozproszenie... Relikwie i sakramentalia też nie zaszkodzą.

– Skoro jest częściowo ektoplazmatyczna, to można spróbować stuknąć ją jak zwykłego ducha. Wiadro kwasu azotowego i miotacz ognia... – zadumał się Jakub. – A co zostanie, polać wodą święconą i zasypać solą egzorcyzmowaną. Gorzej z tą energią. Jeśli umie transformować, zamrozi nas, usmaży, przygwoździ do gleby grawitacją, albo i porazi prądem lub zgoła radiacją.

– Skonstruowałem pewną broń – powiedział gospodarz, wysuwając szufladę.

Położył na blacie gruby srebrny długopis i lusterko kieszonkowe. Normalni ludzie na ten widok roześmialiby się, ale ponieważ obaj goście byli fachowcami, zaprawionymi w szlachtowaniu rozmaitej paranormalnej gadziny, zamyślili się tylko.

– Ten długopis to... – zaczął Semen.

– Amerykański. Dostałem od przyjaciela w paczce żywnościowej. Ma wbudowany wskaźnik laserowy. – Astrolog wcisnął guziczek i na suficie pojawiła się mała czerwona kropka. – Używa się tam takich na wykładach.

– To na baterie działa czy jak? – zdziwił się egzorcysta.

– Do środka wchodzą trzy malutkie baterie jak do zegarka elektronicznego.

– Ale to chyba za słaba moc, żeby coś przeciapać albo przepalić na wylot? – skonstatował kozak.

– Lusterko jest pokryte związkami srebra. – Jakub pierwszy domyślił się, o co chodzi. – To święty metal, toksyczny dla bytów bionekrotycznych. W dodatku wampiry i inne takie nie odbijają się w lustrach. Powszechnie uważa się, że po prostu srebro nie przyjmuje ich wizerunku. Ale słyszałem też, że działa trochę jak czarna dziura, to jest nie tyle nie odbija, co wsysa, najpierw wizerunek, potem stopniowo stwora... Czyli sądzi pan, że po odbiciu od takiej powierzchni spolaryzowane światło lasera nabierze dodatkowych cech niszczycielskich dla tej wróżki kolejkuszki?

– Tak. Z tym że nie nazywałbym tej ohydnej poczwary wróżką. W każdym razie podejrzewam, że zajączek z lasera podpali zmorę. Ale głowy nie dam.

– Czyli ruszamy do walki z metapsychicznym potworem, całkowicie amoralnym, śmiertelnie niebezpiecznym, ssącym od wielu dekad energię życiową całego narodu. I będziemy uzbrojeni w broń, o której nie wiadomo nawet, czy działa – podsumował Wędrowycz.

– Na to wygląda. – Mag bezradnie wzruszył ramionami.

– Ale ekstra! Dawno już nie byłem w takich tarapatach! – zawołał Jakub.

– To jest prawdziwa męska przygoda! – zawtórował mu Semen.

Minęło południe. Czerwcowe słoneczko rozleniwiało. Ludzie snuli się apatycznie. Obaj kumple znaleźli zamknięty na głucho sklep. Obiekt mieścił się na parterze bloku, szyld zdjęto. Przez brudne szyby widać było puste, zakurzone półki wystawy, w głębi równie zakurzoną ladę i regały z płyty meblowej, mogące świadczyć, że kiedyś był to sklep spożywczy albo spożywczo-przemysłowy.

Jedna ze ścian pokryta była kafelkami, ale brakowało na niej haków do wieszania wędlin, więc raczej nigdy nie był to mięsny. Tabliczka z godzinami otwarcia odpadła i leżała wewnątrz na podłodze. Kraty zabezpieczające witrynę opuszczono i zapięto na kłódki, mocno już pordzewiałe. Do drzwi przyspawano uszka, spięte kabłąkiem potężnej kłódy.

– Oto idealny obiekt do naszej prowokacji. – Jakub zatarł ręce. – Zrobimy tu teraz szybciorem fałszywą kolejkę na jakieś tysiąc luda. Taka masa krytyczna powinna przyciągnąć potwora. Gdy będzie się nami pożywiała, nastąpi koniunkcja. Światło odbite od planet ujawni jej prawdziwą naturę i wtedy ją rozpoznamy, zidentyfikujemy, zaatakujemy, zlikwidujemy i zatrzemy ślady. Albo i nie.

– Kolejka na tysiąc luda?! Niby jak?

– Zaufaj mi. Stawaj tu, wbij ręce w kieszenie, zrób znudzoną minę i rozglądaj się po gzymsach budynków.

– A co w nich ciekawego? Zwykły socrealizm. – Semen skrzywił się na znak, że nie poważa takiej architektury.

– Ciekawego? Nic. Ale rozglądaj się. Więcej nonszalancji w postawie, ugnij lekko kolana. Możesz pogwizdywać pod nosem. Obojętna mina.

– Nie umiem robić obojętnej miny, zawsze wychodzi mi taka sztuczna, że nikt się nie nabierze – poskarżył się kozak.

– No i świetnie, o to właśnie chodzi! Udajemy, że udajemy, że jesteśmy tu zupełnie przypadkiem.

– Udajemy udawanie... Pogubiłem się. Możesz to jakoś jaśniej wytłumaczyć?

– Musimy po prostu sprawiać wrażenie, że mamy coś do ukrycia. Że wcale nie stoimy pod drzwiami sklepu tylko ot tak sobie i ścianę podpieramy jak warszawskie szlifibruki – wyjaśnił cierpliwie egzorcysta.

– Chyba zaczynam rozumieć...

Nie minęło pięć minut, a do stojących dołączyła starsza wiekiem kobieta z wypchaną siatką. Przez chwilę stała w milczeniu. Jakub i Semen usilnie udawali, że nic takiego nie robią. Wreszcie babina nie wytrzymała.

– Względem czego panowie tu stoją? – zagadnęła.

– Na autobus czekamy – zbył ją egzorcysta.

Posunięcie było genialne w swojej prostocie. Babina najpierw łypnęła na odległy o dobre sto metrów przystanek, potem na miejsce po szyldzie.

– No coś pan. Co tu dają? – zaatakowała.

– Nic. Zamknięte przecież.

– Ślepa nie jestem, widzę, że zamknięte. Ale przecież coś rzucą? – nie odpuszczała.

– Dlaczego pani taka ciekawska? – ofuknął ją Jakub. – Stoimy sobie z przyjacielem pod ścianą. Bez powodu.

– I tylko przypadkiem przed sklepem? – zakpiła, świdrując ich chytrymi oczkami.

– Przypadkiem – oświadczył Semen z godnością.

– To może się tak o meter przesunieta spod tych drzwi?

– Tu nam dobrze! Odczepi się pani wreszcie? Stoimy, gdzie stoimy. A co, nie wolno?

– Każdemu wolno – odburknęła i ustawiła się obok, tworząc zaczątek kolejki.

– Proszę pani – kozak udał zirytowanego – ten sklep jest zamknięty od tygodni.

– Oj, nie bądź, człowieku, taka żyła – syknęła. – Pierwsi jesteście w ogonku, starczy i dla was, i dla mnie.

– No niby tak – zgodził się Jakub niby tylko pro forma, a w duchu zatarł ręce.

Zręcznie zarzucony haczyk zadziałał bezbłędnie. W ciągu kolejnego kwadransa ogonek urósł do dwustu osób. Ludzie stali, gadali, jedni twierdzili, że rzucą pomarańcze, inni byli pewni, że to ma być tylko kawa. Ktoś upierał się, że nie chodzi o produkty żywnościowe, tylko z Radomia jedzie transport papierosów z odrzutów eksportowych. Brak jakiegokolwiek szyldu nad zamkniętymi drzwiami nikogo nie zrażał. Przyjechał patrol MO, mundurowi przez chwilę obserwowali kolejkę, potem sporządzili notatkę służbową i odjechali. Na efekty ich rekonesansu nie trzeba było długo czekać. Kolejka szybko wzbogaciła się o kilka milicyjnych żonek i parunastu kolesi wyglądających jak gliniarze po służbie, albo i tajniacy po cywilnemu. Dwaj starsi wiekiem mężczyźni zaczęli niezależnie od siebie tworzyć listy społeczne, a potem długą chwilę okładali się laskami, nim ustalili, czyja lista jest „legalna". Wieści o spodziewanej dostawie sprawiły, że nadciągnęła gromada zawodowych staczy kolejkowych. Podkupili kilka pierwszych miejsc. Jakuba i Semena też próbowali przekonać do odstąpienia miejscówki, ale na widok trzech banknotów z Chopinem egzorcysta tylko się roześmiał.

– Szanowni panowie, czy ja naprawdę wyglądam na frajera? – Popatrzył na nich z politowaniem.

Zapewnili, że absolutnie nie mieli zamiaru go obrazić, poskrobali się z frasunkiem po głowach, zaproponowali jeden banknot więcej, perswadując, że przecież kupują tylko pierwsze miejsce w ogonku, Semenowi nikt nie odbiera drugiego. Ale przyjaciele nie dali się przekonać. Z pewnym opóźnieniem nadciągnęli inwalidzi wojenni, kobiety w ciąży i honorowi krwiodawcy, ustawili po drugiej stronie drzwi kolejkę uprzywilejowaną. Tłum zaszemrał. Wiadomo – konkurencja. Wszyscy zaczęli dyskutować, jak będzie wyglądała obsługa. Jeśli na pięciu zwykłych kolejkowiczów zostanie obsłużony jeden uprzywilejowany, to jeszcze pół biedy. Ale jeśli sprzedawczynie okażą się złośliwe i będą obsługiwały na przemian w proporcji jeden do jednego?! Pojawił się kombinator z bazarku przy Polnej, przeszedł wzdłuż kolejki, szepcząc konfidencjonalnie „karteczka, karteczka". Ponieważ nikt nie wiedział, jaki towar zostanie rzucony, a nie można było wykluczyć mięsa, kilka osób skorzystało z okazji.

Jakub uniósł lusterko i przymknąwszy jedno oko, porównywał kolejkę z jej obrazem odbitym w zwierciadlanej tafli. Tak, ewidentnie jedna z osób nie posiadała odbicia. Skupił na niej wzrok. Blada, chuda, z takimi zębiskami, że mogłaby się podrapać w brodę.

– Nie, to tylko zwykła wampirzyca – mruknął rozczarowany egzorcysta.

– Może stukniemy przy okazji? – zaproponował jego kumpel.

– Nie możemy ryzykować spłoszenia najważniejszej zwierzyny.

Koniunkcja planet zbliżała się nieuchronnie. W kolejce uprzywilejowanej wybuchła krótka awantura – jeden z weteranów zdemaskował kobietę, która symulowała ciążę za pomocą poduszki... Przez kolejkę normalną przebiegła elektryzująca wieść, że do sklepu rzucą węgierskie telewizory kolorowe z wbudowaną kieszenią na kasety video. Cuda te mają sprzedawać po państwowej cenie – sto dwadzieścia tysięcy, podczas gdy cena bazarowa sięgała aż trzystu osiemdziesięciu. Zaraz jednak plotkę zdementowano, mieszkańcy okolicy pamiętali, że był to kiedyś sklep spożywczy. Ludzie znów gadali o mięsie, kawie i pomarańczach. Potem ktoś rzucił teorię, że chodzi o ananasy w puszkach. Ktoś inny upierał się, że sok mango z bratniej Kuby. Atmosfera zagęszczała się. Egzorcysta czuł, że zmora jest już na miejscu. Awantury i głośniejsze rozmowy cichły, kolejka stawała się jakby senna. Coś wysysało z ludzi energię życiową, i to ile wlezie. Jakub rozglądał się uważnie, ale nie dostrzegł nic podejrzanego. Zagryzł wargi.

– Wychłepcze cholera za dużo przed zdemaskowaniem, zrobi się zbyt silna, nie damy sobie z nią rady żadnym laserem – mruknął półgłosem.

– Siedem minut do początku koniunkcji – odrzekł cicho Semen, dyskretnie spoglądając na zegarek.

Jego gest nie uszedł uwadze pozostałych staczy. Odczytano go jednoznacznie. Wtajemniczony wie, o której zacznie się dostawa. A skoro sprawdza godzinę, to znaczy, że już niedługo. Kolejka wyraźnie się ożywiła i urosła o kolejne sto osób. Ciągle dołączali nowi. Tu i ówdzie znów wybuchły krótkotrwałe sprzeczki na temat tego, kto stał, a kto nie stał. Zawodowi kolejkowicze uspokoili to szybko kułakami i groźbą wezwania „smutnych". Ludzie spokornieli. Szeptem powtarzano sobie informację, że samozwańczy władcy kolejki to emerytowani ubecy i zomowcy.

Zmiana oświetlenia faktycznie była bardzo subtelna i praktycznie niedostrzegalna dla ludzkiego oka. Tylko stadko wróbli na pobliskim trawniku przestało dziobać ziemię. Uniósłszy łebki, ptaki rozglądały się zaniepokojone, a może zdezorientowane. Ludzie, jeszcze przed chwilą rozplotkowani, popatrywali na siebie z coraz większą niechęcią i podejrzliwością, oświetlenie obnażało niedoskonałości duszy i charakterów. Wprawdzie mózg nie odczytywał bezpośrednio obrazu przekazywanego przez oczy, ale podświadomość uruchamiała już syreny alarmowe.

– Wróżka kolejkuszka ma dwa krzywe uszka – nucił pod nosem Jakub.

– Tam jest – mruknął kozak.

Gdzieś na końcu drugiej pięćdziesiątki kolektywu kolejkowego stała młoda dziewczyna. Przymknęła oczy, a na jej twarzy malował się wyraz nieomal ekstazy. Ssała energię tłumu chyba każdym porem ciała.

– Faktycznie, wygląda, że to ona! Klasyczny syndrom OBS – burknął Wędrowycz.

– Co to jest OBS?

– Orgazm bez seksu. Popatrz, jaka gęba zadowolona. Podeżre tu sobie do syta. Jedno mnie tylko martwi...

– Co takiego?

– Obyczaj łowiecki zabrania strzelać do zwierzyny przy paśniku. Tak się po prostu nie godzi. Z drugiej strony, skoro sami tę przynętę rozłożyliśmy... To może jednak nam wolno? Jak podczas łowów na tygrysy.

– Te wątpliwości przynoszą ci chlubę – zachwycił się Semen. – A teraz bierzmy się do mokrej roboty i zarżnijmy ją, zanim się koniunkcja skończy!

Jakub spróbował sondażu aury. Nie wyglądało to dobrze. Nad kolejką unosił się gigantyczny polip zbudowany z ciemnej energii. Dziewczyna w zasadzie wisiała na jego głównej wypustce. Setki ni to sznureczków, ni to przewodów zwisało z głównej masy wprost do głów ludzi. Egzorcysta przełączył mózg na funkcję routera telepatycznego i przesłał obraz Semenowi. Ten gwizdnął cicho.

– To jest wielkie jak wieloryb! Trzeba zerwać połączenia i brać się za dziewczynę na ostro, zanim zamieni tu wszystkich w zombie!

– Mam plan!

Jakub zrobił przed babiną z siatkami gest „popilnuj nam miejsca w kolejce", a sam przeszedł kilkanaście kroków wzdłuż ogonka. Z bliska wyglądało to jeszcze gorzej. Ludzie zapadali w trans coraz głębiej i głębiej.

– Cholera, źle to wygląda – syknął Semen.

– Widzę. Rozochociła się bestia, może dojść do nieodwracalnych uszkodzeń jaźni! Tylko mocny wstrząs psychiczny jest w stanie ich z tego wyrwać... Ludzie! – wrzasnął. – Poznaję ją! Suka jest z wydziału przestępczości gospodarczej ubecji! – ryczał, wskazując nieznajomą palcem. – Przylazła śledzić, co kto i ile kupił! Patrzcie, jaka morda zadowolona, pewnie już o awansie marzy! Na naszej krzywdzie się tuczy!

Przez tłum jakby prąd przebiegł.

– Prowokatorka! – Zażywny staruszek pierwszy przyłożył dziewczynie parasolem.

Na kompletnie zaskoczoną zmorę spadł grad ciosów, zadawanych parasolkami, laskami i torebkami. Jakub wyjął z kieszeni zaimprowizowany „laser" i korzystając z zamieszania, wykonał długie poziome cięcie na głowami ludzi. Przewody czy też macki opadły. Drugie cięcie rozpłatało powierzchnię polipa na przestrzeni dobrych piętnastu metrów. Z wnętrza zaczął się sypać dziwny złocisty pył.

– Co to jest? – zaniepokoił się Semen.

– Skrystalizowany wyciąg z marzeń kolejkowych, pierońsko halucynogenny. Chodu, zaraz tu będzie piekło.

Odskoczyli kilka metrów w tył. Pył opadł na ludzi. Nastąpił efekt, jakby ktoś rzucił granat.

– Ananasy! – ryknął gruby facet, łapiąc za sklepową kratę.

– Nie, to salami! – wrzasnął ktoś zaraz potem.

– Buty rzucili! Właśnie wnoszą z zaplecza całe kartony. – Ktoś następny spostrzegł jeszcze co innego.

Setki dłoni wczepiły się w stalowe pręty i w kilka sekund uporały z przeszkodą. Zakurzone szyby trzasnęły i rozsypały się w drobny mak. Ludzie wtargnęli do środka. Nic wprawdzie nie znaleźli, za to spory odsetek ujrzał przedmioty swego pożądania w cudzych rękach. Nie minęła minuta i wywiązało się ogólne mordobicie. Jakub liczył, że tłum stratuje zmorę, ale pomylił się w swoich kalkulacjach.

– Wy dranie! – Dziewczyna, korzystając z zamieszania, wyrwała się z wianuszka oburzonych kolejkowiczów. – Coście za jedni?

– Łowcy wampirów – wyjaśnił Semen z godnością.

– Nie upierałbym się przy tej pompatycznej definicji – zaprotestował nieśmiało Jakub. – Samo „łowcy" też brzmi nieźle: skromnie, ale godnie.

– I wy niby chcecie złowić mnie!? – prychnęła.

Oberwała zdrowo, ale już się regenerowała. Opuchlizny, guzy i sińce znikały w oczach. Zrósł się uszkodzony łuk brwiowy. Nawet zburzona w walce fryzura układała się sama. Egzorcysta skierował na istotę zaimprowizowany laser, ale bez widocznego skutku.

– Może to i nowoczesne – skwitował, rzucając urządzenie na ziemię – ale na wszelkiego rodzaju potwory nie ma jak posrebrzony i poświęcony bagnecik.

Sięgnął do cholewki gumofilca. Czas był po temu najwyższy, bo wróżka kolejkuszka rozcapierzyła pazurki jak szpony i rzuciła mu się do gardła. Chlasnął ostrzem na odlew, lecz zmora była szybsza. Uchyliła się i skoczyła. Jakub zasłonił się ramieniem, pchnął bagnetem, celując pod mostek. Pazury bestii wpiły mu się w przedramię. Zabolało, jakby dotknął przewodu siłowego. Druga łapa już sięgała, by wydrapać mu oczy. Wierny Semen doskoczył z tyłu, wyrwał z rękawa kozacką nahajkę i zarzuciwszy dziewczynie na szyję, przydusił. Wpiła łapska w rzemień i próbowała go trochę rozluźnić. Egzorcysta, korzystając z okazji, głęboko rozpruł brzuch zmory bagnetem. Liczył, że uszkodzi jakiś żywotny organ. Śmiercionośne ostrze nie natrafiło jednak nawet na ślad narządów wewnętrznych. Ciało demona składało się jakby z samego mięsa, w dodatku o konsystencji mielonego. Za to w kontakcie ze srebrem tkanka uległa przypaleniu.

I właśnie w chwili, gdy Jakub planował wykonać kolejne cięcie, dostał kopa w krocze. Odrzuciło go dobre dwa metry i na pół minuty wyłączyło z walki. Bestia odwróciła się i uderzyła kozaka czołem w twarz. Puścił nahajkę i usiadł na chodniku. Jakub pierwszy doszedł do siebie, dźwignął się z trudem. Pomógł wstać kumplowi. Rozejrzeli się i spostrzegli oddalającą się zmorę. Umykała z trudem, ledwie trzymała się na nogach.

– Za nią – syknął Jakub i obaj starcy, choć też zdrowo przetrąceni, ruszyli w pościg.

Bestia dreptała nerwowo chodnikiem. Szybko się zorientowała, że idą jej tropem. Oglądała się raz po raz, wygrażała im pięścią, a mijając sklepy, szarpała za klamki.

– Chce się ukryć w naturalnym środowisku i wylizać rany – syknął Jakub. – W dodatku kończy nam się czas.

– Ale czemu nie może wleźć do środka? Przecież te lokale są czynne – zdziwił się Semen.

– To ajencyjne, prywatna inicjatywa, idę o zakład, że ksiądz je wyświęcał.

– Gdyby to było takie proste, w prywatnych sklepach nigdy nie byłoby kolejek – zauważył trzeźwo kozak.

– A to w takim razie sam już nie wiem. Nie jestem teologiem, do cholery. Tak czy inaczej, trzeba ją dopaść, zanim gdzieś wlezie.

Zasapali się zdrowo, brakowało im sił, ale ona też szła coraz mniej pewnie. Choć zaciskała ranę, na chodniku zostawały całe kałuże ektoplazmy. Zrozumieli, że już im nie umknie. Zmora też to zrozumiała, więc rozpaczliwie walcząc o życie, dobywała z siebie ostatnich sił.

– Bierz ją na postronek, przyduś, a ja bydlę wypatroszę i wleję w kałdun wody święconej, to ją w try miga wykończy – polecił egzorcysta. – Potem solą egzorcyzmowaną i powinna spłonąć. Ale pospieszmy się, zaraz będzie po koniunkcji!

Faktycznie, zmora stawała się chwilami półprzejrzysta. Przyspieszyli kroku. Semen szykował nahajkę, Jakub ponownie dobył bagnetu. I właśnie w chwili, gdy mieli ją dopaść, dziewczyna nieoczekiwanie szarpnęła się w bok, otworzyła jakieś drzwi, wskoczyła do wnętrza i na oczach

prześladowców rozwiała się jak dym. Obaj starcy wpadli za nią do budynku. Rozejrzeli się zdezorientowani. Byli w holu dużej poczty. Do kilkunastu okienek stały ogonki petentów.

– Nie żyje? – zapytał z nadzieją kozak.

– Do diabła, wymknęła się nam – jęknął Wędrowycz.

– Prawie ją dopadliśmy. Jest ciężko ranna. Może jednak zdechnie? Prawie ją wypatroszyłeś.

– Nie można na to liczyć – odburknął Jakub. – Zregeneruje się. Może nie odzyska pełni sił, ale już za późno. Sfuszerowaliśmy. Astrolog, jak się dowie, nogi z dupy nam powyrywa. I co gorsza, będzie miał rację.

Wyszli na ulicę. Semen spojrzał w niebo, potem na zegarek. Wzruszył ramionami. Koniunkcja minęła. Jego przyjaciel wymamrotał coś po łacinie i palcem wyrysował na drzwiach poczty dziwaczny symbol.

– Zapieczętowałem – mruknął. – To jest to samo zaklęcie, którym papież Sylwester uwięził w lochach Watykanu smoka. Nie wylezie już ze środka. Nic więcej nie da się zrobić.

– Czyli od tej pory będzie siedziała tylko tu? – zaciekawił się kozak.

– No, aż tak dobrze to nie ma – westchnął egzorcysta. – Poczta jest instytucją. Zmora będzie działała jak płyn wypełniający wiele naczyń, przelewający się z jednego w drugie. Na pocztach kolejki pozostaną jak za komuny. I będzie z nich ssała. Ale sklepy chyba uwolniliśmy.

– I tak to mniej więcej wyglądało, Piotrusiu – zakończył Jakub. – Co tu dużo mówić. Zmora kolejkowa zabarykadowała się na poczcie. Był taki moment, że kolejki znikły wszędzie, na pocztach też, ale potem wróciły. Niestety, ta zaraza szybko odzyskała moc. Tyle dobrze, że na zewnątrz już nie wyłazi. Pieczęć papieża działa bez pudła.

– Ale w bankach też są kolejki. I u lekarza. A w urzędach też okropne...

– Eeee... hmmm... – Egzorcysta zacukał się na chwilę, ale zaraz znalazł wyjaśnienie. – To pewnie efekt jakichś nieszczelności metafizycznych, albo i parapsychicznych. Wiesz, pocztowcy, urzędnicy, lekarze i bankierzy używają dużo pieczątek. Od tego łomotania pęka sama osnowa rzeczywistości...

– A nie dałoby się jej jakoś wykurzyć i wykończyć ostatecznie? – zagadnął chłopiec.

– Niestety, przepadło – westchnął pradziadek. – Chyba że przy kolejnej koniunkcji odpowiednich gwiazd i planet. Tak, wówczas to możliwe.

– No to wtedy trzeba wejść na pocztę, dopaść ją i zaciukać.

– Wtedy to już bezapelacyjnie. O ile w dwa tysiące trzysta siedemdziesiątym piątym roku będą jeszcze poczty.

Bekon z jednorożca

Prelegent nawijał już drugą godzinę. Wykład był naprawdę fajny. Koleś pokazywał widoczki z pustyni Gobi, paleontologów kujących skały, wydobyte kości i jaja różnych dinozaurów, rekonstrukcje szkieletów, obrazki, jak takie bydlaki mogły wyglądać. Dzieciarnia, okupująca przednie rzędy krzeseł, była w siódmym niebie. Jakub i Semen, siedzący w ostatnim rzędzie, też wcale się nie nudzili. Nie dość, że facet gadał ciekawie, to jeszcze w sali konferencyjnej chełmskiej biblioteki było dość ciemno, dlatego nikt nie zauważył, że przemycili w cholewkach gumofilców dwie piersiówki i teraz dyskretnie raczyli się ich zawartością.

– Czy są pytania? – zapytał wreszcie uczony.

Łapa egzorcysty wyskoczyła w górę jak popchnięta sprężyną.

– Proszę.

– Panie profesorze, jak pan sądzi, jak takie bydlaki mogły smakować?

Uczony zbaraniał. Patrzył na Jakuba przez chwilę, ale najwyraźniej dziwacznie ubrany człowiek pytał poważnie.

– Tego tak dokładnie nie wiadomo, no i raczej się nie dowiemy – bąknął. – Szczerze powiedziawszy, nie zastanawiałem się nad tym. To bardzo ciekawe pytanie. Nietuzinkowe i zmuszające do zastanowienia. Dinozaury to gady... Wydaje mi się, że mogły być w smaku podobne do krokodyli. Dużo zależy od tego, czy były stałocieplne, czy zmiennocieplne. I jak wyglądała u nich przemiana materii. Mięso mniejszych egzemplarzy mogło trącić amoniakiem. Ale te wielkie mogły być całkiem smaczne.

– Dziękuję. – Jakub usiadł.

Teraz pytania zadawały dzieciaki. Tu uczony potrafił udzielić znacznie bardziej precyzyjnych odpowiedzi.

– Żeś się wyrwał jak filip z konopi – ofuknął przyjaciela Semen. – Ja cię zabieram na poważny wykład, między kulturalnych i uczonych ludzi, a ty wiochę robisz.

– Jestem wieśniakiem i mam obowiązki wieśniackie! – odszczeknął się egzorcysta. – A pytanie było mocno naukowe przecież. Niejedno w życiu przeszedłem, niejedną zwierzynę się spożywało. To i ciekawość bierze, jak mogło smakować takie prehistoryczne bydlę. A ja tam wybredny nie jestem, choć jedne zwierzaki smakują mi jakby bardziej, a inne wcale.

– Ja kiedyś na Syberii spożywałem mamuta wydobytego z wiecznej zmarzliny – pochwalił się Semen.

– I jak smakował?

– Coś jakby wołowina, tylko znacznie twardszy. No i ten smak był trochę przetrącony, bo sam rozumiesz, mrożonka przeterminowana o dwanaście tysięcy lat to jednak nie w kij dmuchał.

– Wystawa kości, które mój zespół przywiózł z pustyni Gobi, zostanie tu jeszcze przez cały tydzień. – Uczony szerokim gestem wskazał eksponaty spoczywające w gablotach. Gdyby koś chciał kupić album ze zdjęciami z naszych badań, zapraszam do holu. Cena bardzo promocyjna, wewnątrz czterysta kolorowych fotografii z opisami. Zachęcam.

Sala opustoszała.

– Teraz albo nigdy – mruknął Jakub zadowolony.

Podszedł do gablot i zatarł spracowane ręce.

– Co konkretnie chcesz zrobić? – zaniepokoił się jego kumpel.

– Skosztować dinozaurzyny, oczywiście!

– Tylko trochę suche te kosteczki, żeby z nich szpik wysysać – zakpił kozak i naraz spoważniał, widząc, jak jego kumpel wyciąga z rękawa różdżkę.

– Tyranozaur – Wędrowycz przesylabizował napis na karteczce. – Ech, nie. Mięso z drapieżników przeważnie jest cholernie niesmaczne.

– Tu masz roślinożernego. – Semen wskazał sąsiednią gablotę. – Diplodok może być? Tylko ustalmy, czy wolimy żeberka, czy może golonkę.

– Golonkę. Skoro jest smaczna ze świni, to z dinozaura tym bardziej. Dobra, ja wyczaruję, ty odkroisz i schowasz do torby. I zmywamy się, zanim ktoś przyuważy... Dinozaurów suche kości, niechaj mięsko w was zagości – zawołał Jakub i machnął różdżką.

Nic się nie stało.

– Hmm... – mruknął Semen z pewnym powątpiewaniem w głosie. – To zaklęcie wydaje mi się jakieś dziwne.

– To wymyśl lepsze – obraził się jego przyjaciel.

– Chcesz powiedzieć, że sam je ułożyłeś?

– A co? Nie wolno?

– Ja tam fachowcem od magii nie jestem, ale zaklęcia to raczej w innych językach się wypowiada. Po łacinie, albo po hebrajsku może. A jeśli to rowlingowska magia – kozak łypnął okiem na różdżkę – to po angielsku ewentualnie.

– Jak taki z ciebie polyglot, to proszę, sam spróbuj. – Jakub wręczył przyjacielowi różdżkę.

Semen poskrobał się po głowie. Prawnukowi czytał tylko fragment jednego z siedmiu tomów. Widział też kawałek jednej z ekranizacji... Tylko czy powieść i film opierały się na rzeczywistości?

– Trzyma się za ten grubszy koniec, no nie? Hmmm... Jak by tu... *Avada dinosaurum* – wypowiedział, uroczyście machając kijkiem.

Przez chwilę nic się nie działo, a potem wokół gnatów wyrosła bulwa wapiennej skały.

– Co jest grane? – zdumiał się kozak.

– Skamieniałe się wyczarowało – skrzywił się Jakub. – Do dupy ta rowlingowska magia, equestriańska jest lepsza. Albo może zaklęcia pomieszałeś? Zrób żeberka tym razem.

– *Crucio dinosaurus!* – Kozak machnął różdżką.

Kość przestała być skamieniała, wyglądała teraz jak świeżo obgryziona z mięsa.

– Zaczynamy do czegoś dochodzić... – Egzorcysta poskrobał się po ciemieniu. – Do pieczeni wprawdzie jeszcze daleko, ale zupę już by można ewentualnie na tym ugotować!

– *Reduccio!* – Kozak machnął po raz trzeci.

Ale kości, zamiast oblec się mięskiem, wróciły do stanu pierwotnego.

– Kuźwa – burknął Jakub. – Pokaż mi.

– Panowie, już zamykamy. – W drzwiach pomieszczenia stanęła sprzątaczka.

Popychała nogą wiadro z wodą, w ręce trzymała groźnie wyglądającego mopa. Dziady nie ryzykowały konfrontacji. Wzruszyły ramionami i wróciły do domu.

Nad Starym Majdanem wiatr przetaczał ciężkie, burzowe chmury. Jakub Wędrowycz stanął na progu chałupy. Wystawił twarz na zachód, a jego oczy, zwykle maślane i przypominające porcelanowe kulki, nieoczekiwanie roziskrzyły się wewnętrznymi ognikami. Zmarszczył czoło i uniósł nieco brodę. Węszył w skupieniu. Znikł gdzieś głupkowaty wyraz twarzy, wargi ściągnęły się, rysy uległy wyostrzeniu. Semen, obserwując kumpla spod oka, popukał w dolny wylot rurki. Ostatnia uparta kropelka oderwała się od srebrnej krawędzi i spadła do szklaneczki, pomiędzy tysiące swoich sióstr.

– Coś się dzieje? – zagadnął kozak.

– Jesień już chyba idzie – burknął egzorcysta.

– To normalne o tej porze roku. W końcu październik mamy, albo może listopad nawet... A tak poważnie? Wyczułeś coś?

– Echo telepatyczne. Nie podoba mi się to. Szykują się jakieś kłopoty. Zadyma metafizyczna albo parapsychiczna. Tam, na zachodzie, czy też południu może.

– Weźmiemy w niej udział?

– A co to ja jestem, ochotnicza straż pożarna? – parsknął zirytowany Wędrowycz, sięgając po szklankę z samogonem. – Na świecie są setki superbohaterów. Te wszystkie Edwardy, Batmany i Voldemorty niech sobie ratują ludzkość, ja jestem na emeryturze! No, ewentualnie jak miastowe ciule poproszą o pomoc, to rozważymy, czy ruszyć tyłki.

– A dokąd ruszymy te tyłki, o ile w ogóle? – podpuścił go kozak.

W sumie niegłupio byłoby przegonić jakieś potwory atakujące Tokio. Westchnął, wspominając przygody z czasów wojny mandżurskiej. Zaciszne knajpki i herbaciarnie w Port Artur. Czerwone latarnie zawieszone nad bramami. Wygodne maty na bambusowych podłogach. I te Japoneczki, Chinki, Koreanki – takie milutkie, grzeczne, delikatne, pachnące jaśminem i herbatą. A potem przegrali wojnę i trzeba było wracać do Rosji, pomiędzy te wszystkie Jekatieriny i Marusie, dziewuchy narowiste jak kobyły, trudne do okiełznania, silne w gębie i pięści, wypasione nad Wołgą kartoflami...

– Ech, stracona młodość – westchnął ciężko.

– Coś się dzieje w Krakowie – oznajmił Jakub. – Fluktuacje mocy... Ano nic, zobaczmy. A na razie zdemontuj i wypłucz aparaturę, a ja zagrychę szybciorem podsmażę. Mamy dziś coś naprawdę ekstra.

Sięgnął pod stół, zdjął ścierkę z garnka, pokroił coś na desce i rzucił na patelnię kilka grubych plastrów jakby boczku, ale na mięsie zamiast biało-czerwonych pasków widniała cała tęcza barw. Dorzucił drewek pod płytę. W powietrzu zaraz rozszedł się zapach rozgrzanego oleju silnikowego oraz czegoś egzotycznego, jakby wanilii, a może lukrecji?

– Co to takiego? – zdumiał się kozak.

– Bekon z jednorożca.

– Eeee? Ale on jest taki jakby... tęczowy – skrzywił się Semen.

– No, śliczniutki... Ale nie przejmuj się. Żeby go jeść, nie trzeba być gejem.

– Na pewno?

– Tak dokładnie to nie wiem, ale chyba na szczęście nikt tego nie sprawdza. Jeden Wędrowycz z wymiaru wiewiórek wpadł kupić miedziany kociołek do grzania zacieru. Chciał mi dać złoto, ale zielonkawe takie było, u nas by go na skupie raczej nie przyjęli. Poprosiłem go w zamian za garnuszek o jakiś frykas z jego świata i tym bekonem mnie obdarował. Trzeba sobie pomagać. Zresztą sam zobacz, zesmaża się jak nasz, na brązowo, z kolorków tylko trochę na słonince zostało.

Kozak poskrobał się po głowie.

– Inny Wędrowycz z innego świata. Czy chcesz powiedzieć, że odwiedził cię twój odpowiednik z rzeczywistości alternatywnej?

– Toż mówię. Brat bliźniak tak jakby. Tylko trochę inny. Ale to taka drobna w sumie odmienność, da się wytrzymać. Co z tego, że kudłaty i z ogonem? Ważne, że z charakteru podobny.

– I tak po prostu wpadł pohandlować?

– Był w kłopocie, to do kogo miał się zwrócić, jak nie do samego siebie?

– Ale ty powiedziałeś, eeee... „wymiar wiewiórek"!?

– Tak to roboczo nazwałem. No, taki świat równoległy. Dość odległy od naszego, bo ewolucja ludzkości poszła tam nie od małp, tylko od innych zwierzaków. Może jeszcze kiedyś wdepnie, to się poznacie. A pewnie zajdzie, bo czapki zapomniał. – Egzorcysta wyciągnął zza pieca wyświechtaną uszankę z wyciętymi otworami na uszy.

Semen spróbował sobie wyobrazić kumpla z rudym ogonem, skaczącego po drzewach, ale po chwili stwierdził, że chyba nie wystarcza mu wyobraźni. Kozak oczywiście nie był pewien, czy przyjaciel mówi prawdę, czy może bezczelnie go wkręca, ale dziwny bekon właśnie się usmażył, więc stuknęli się szklaneczkami nad stołem, pociągnęli po łyku. Pierwsza w tym roku śliwowica...

Przyjemne ciepło rozlało się po starczych członkach. Semen poczuł miłe odprężenie, sprawy zarówno rodzinnej gminy, jak i całego świata, a nawet rzeczywistości równoległych stały się jakby mniej ważne. Napięcie całego długiego dnia spływało z organizmów... Ewentualna zadyma, której początki gospodarz wyczuł w powietrzu, przestała go niepokoić, jawiła się teraz raczej jako okazja, żeby zobaczyć kawałek świata i przeżyć przygodę. Sięgnął po widelec. Mięso, pomijając lekki kwiatowy posmak, nie różniło się szczególnie od dobrze im znanego, zresztą bimber pasował do każdej zagrychy.

– Ja tam szczególnie wybredny nie jestem, ale ten boczek to coś jakby jaśminem jedzie – zauważył pogodnie Jakub. – Pewnie jednorożce tylko kwiatki wtranżalają, to się estry w mięśniach i tłuszczu odłożyły.

– Jednorożca złapać może tylko dziewica. – Semen po trzeciej szklaneczce zrobił się dociekliwy jak agent ochrany. – Myślisz, że ten alternatywny Wędrowycz jest jeszcze prawiczkiem?

Ale jego towarzysz nie odpowiedział. Patrzył w zadumie na dno opróżnionej szklaneczki, jakby raz jeszcze analizując to, co wyczuł za oknem, a na jego twarzy malował się wyraz głębokiej troski.

– W tym kraju po prostu nie da się pić spokojnie, zawsze coś przeszkadza – burknął. – Jak nie okupant, to nasza władza – zrymował mimowolnie. – Jak nie Bardaki, to wyrzuty sumienia, że za mało ich wytłukłem. Jak sumienie zaśnie, to ktoś lub coś zaczyna rozrabiać. Ani chwili wytchnienia dla starego, zmęczonego życiem człowieka – rozżalił się.

– To metafizyczne coś jest chyba poważniejsze, niż wcześniej mówiłeś? – zagadnął kozak, niepewny, czy polać na kolejną drugą nogę, czy jeszcze poczekać.

– Kraków jest w dobrych rękach – odburknął Jakub. – Tak mi się przynajmniej wydaje. Polej.

Przeżuł kawałek bekonu, a potem podszedł do regału i wysunął szufladę. Przeglądał zestaw linek hamulcowych, posrebrzone kowalskie hufnale, ulubione młotki i inny sprzęt używany zazwyczaj podczas świadczenia ludności ogólnie pojmowanych usług egzorcystycznych. Sprawdził opuszką palca, czy nóż wykonany ze starego bagnetu jest wystarczająco ostry.

– Szmelc – burknął wreszcie, jakby zniechęcony. – Dobre do zabawy z bionekrotycznym tałatajstwem, takimi niezbyt groźnymi, upierdliwymi bytami, które boją się posrebrzonego łańcuszka, osikowego kołka i jednej kropli wody święconej.

– Sądzisz, że czeka nas poważniejsza przeprawa?

– Trudno powiedzieć, ale wydaje mi się, że tak. Echo telepatyczne wskazuje, że to coś wielkiego jak dinozaur.

– Dinozaur... – zafrasował się Semen. – Z drugiej strony co z tego, że dinozaur? Nie takim kreaturom dawaliśmy radę. Będzie, co ma być. A co będzie, temu nadupcymy. A potem obrabujemy, zarżniemy i zakopiemy. A przed zakopaniem kawałek zeżremy. Skoro byłeś ciekaw, jak dinozaur smakuje, to może będzie okazja.

– Umiesz pocieszyć strapionego. Niech ci będzie w nagrodę. – Kumpel nalał mu szklaneczkę. – Ano pijmy, zanim zwietrzeje, albo co gorsza, przejdzie od naczynia posmakiem blachy.

Kanka miała pięć litrów objętości i była pełna po brzegi. Spędzili całkiem przyjemny wieczór. Kolejne kawałki tęczowego bekonu skwierczały na patelni. Palące problemy współczesności z każdym przypalonym plastrem boczku i z każdą opróżnioną szklaneczką stawały się mniej palące.

Oskar Fiuczek odstawił probówkę na stojak. Granitowy blat roboczy był pokryty dziurami, plamami i odbarwieniami. Przyłożył rozpalone twórczą gorączką czoło do lodowato zimnej szyby okna. Nad Krakowem wstawał mokry jesienny świt. Cała noc alchemicznych eksperymentów pozwoliła wykonać jedynie mały krok do przodu.

Już dziś przekroczyłem granice poznania. Już dziś wyszedłem daleko poza sztywne ramy nudnej i skostniałej chemii akademickiej. Jestem na tropie alkahestu, uspokoił sam siebie. Jeszcze może miesiąc i otrzymam go w postaci czystej. Wtedy będę mógł działać dalej.

Uchylił okno, by przewietrzyć pokoik ze zjadliwej woni odczynników chemicznych. Świeże powietrze wręcz odurzało. Lekki przeciąg poruszył pergaminowymi kartami otwartej księgi. To były rękopisy słynnego Sędziwoja z Sanoka, zaginione bez śladu jeszcze podczas rozbiorów i odnalezione na targu staroci we Lwowie. Trafił na nie przypadkiem. Kosztowały nieszczególnie dużo, raptem dwieście euro. Początkowo czytał je głównie dla tak zwanej beki. Stopniowo zawarte w nich szczegółowe wskazówki zaczęły kusić. Aż wreszcie podjął decyzję. Wziął pół roku urlopu i zabrał się do wielkiego dzieła.

– Mistrzu, podążam oto twoją ścieżką – szepnął Oskar, patrząc przed siebie.

Przed stu laty po drugiej stronie placu Szczepańskiego stała mała gotycka kamieniczka – pamiątka po słynnym alchemiku, niefrasobliwie rozebrana za zgodą ówczesnych władz Krakowa. Pan Fiuczek wynajął sobie tę kawalerkę, by prowadzić swoje eksperymenty możliwie blisko miejsca, gdzie przed czterystu laty jego poprzednik wydarł przyrodzie sekret transmutacji metali.

Nieoczekiwanie jakieś zamieszanie na placu przykuło uwagę uczonego. Zmarszczył brwi. Szare krakowskie gołębie – „staluchy" – dużym stadem atakowały jakiegoś ptaka. Pośrodku wirującego kłębu miotał się ciemniejszy, bardziej masywny kształt. Uderzał, zadawał ciosy, ale i jemu się obrywało coraz mocniej. Jakiś gołąb, widocznie zabity lub ranny, runął jak kometa i upadł na bruk. Po chwili obok spoczął jeszcze jeden. Ale obcy ptak, nieustannie bity skrzydłami i dziobany, słabł, aż wreszcie runął na ziemię. Zwycięskie gołębie wylądowały na nim i dalej tłukły dziobami, choć nie wiadomo, czy dobijały rannego, czy już tylko pastwiły się nad trupem. Wreszcie poderwały się i odleciały. Pośrodku placu pozostała jedynie niewielka krwawa plama naznaczona ciemniejszym truchełkiem ofiary.

Uczony sam nie wiedział, kiedy założył buty. Nogi poniosły go przez plac. Pochylił się nad ofiarą. Z ptaka nie zostało wiele, gołębie rozdziobały go dosłownie na kawałki. Ale charakterystyczny deseń na piórach pozwolił na identyfikację.

– Gołębie załatwiły sokoła wędrownego?! – zdumiał się alchemik Oskar. – Przecież to kompletnie niemożliwe!

Popatrzył wokoło. Bezlistne drzewa na Plantach, trawy zwarzone pierwszymi nocnymi przymrozkami, stalowoszare jesienne niebo zaciągnięte chmurami. Cisza i spokój świata zamierającego w oczekiwaniu na zimę. I tylko ten jeden element kompletnie burzący harmonię i odwieczny porządek natury...

Sokoły migrują do miast. Polują na inne ptactwo. To poniekąd normalne, pomyślał. Wysokie budynki są jak skały w górach. Architektura, zwłaszcza ozdobne elewacje starych kamienic zapewniają wiele zacisznych kącików, w których mogą gniazdować zarówno ptaki drapieżne, jak i te, które stanowią ich pożywienie. Są drobne fluktuacje, populacja wróbli wymiera, gołębie się plenią... Rytm życia. Wszystko rozwija się jak sznurek z kłębka, ale to tutaj to supeł!

Raz jeszcze nachylił się nad ptasim trupem. Nie miał wątpliwości, ale na wszelki wypadek podniósł jedno z piór.

– Sprawdzę jeszcze w necie – mruknął, chowając je do wewnętrznej kieszeni.

Odetchnął raz jeszcze i poczuł ochotę, by przejść się po Starym Mieście. Trzeba nacieszyć się złotą polską jesienią, zanim zrobi się zimno i deszczowo. Początkowo dreptał bez celu, ale nie minął kwadrans, gdy znalazł się na rynku. Dorożkarz nabierał wody do wiaderka, by napoić konie. Jakiś gołąb usiadł na pompie i zagruchał jakby ponaglająco.

– Namolne się bydlaki zrobiły – burknął dorożkarz do przechodzącego obok uczonego. – Ostatnio bez przerwy żebrzą, żeby im coś rzucić.

– Fakt, dużo się ich ostatnio widuje. – Alchemik poskrobał się po głowie.

– Wczoraj miałem taki przypadek, patrzę, siedzi spasły bydlak na dyszlu i grucha, łbem kręci, widać od razu, że coś kombinuje. Koniki parskają, ale nie chciało mi się z kozła schodzić, żeby drania odgonić, a bat odrobinę za krótki. No to patrzę, a to bydlę dzióbkiem koło uzdy gmera, treptuch konikowi odpięło, cały owies się rozsypał po bruku, a tu naraz jak nie pizgnie, ze czterdzieści się zleciało i żrą na wyścigi. I zaraz potem czuję, że coś mi się dorożka trzęsie, jakby kto z tyłu majstrował. Oglądam się, nic nie widać, zeskoczyłem, patrzę, a tu kolejne dobierają się do worka, który był w skrzyni. Ze sto tam siedziało, prawie już klapę podniosły...

– Coś podobnego! – zdumiał się alchemik.

– Panie, tu się dzieją dziwne rzeczy. – Dorożkarz splunął. – Nigdy jeszcze ten drób nie był taki namolny. – Pogroził gołębiom batem. – I tak jakby bystre się zrobiły.

– Bystre, powiadasz pan?

– Ano właśnie. Czasem to jakby ktoś nimi dowodził...

Pożegnali się i uczony ruszył dalej. Obchodząc rynek, spostrzegł jeszcze, jak stadko atakuje dziewczynę od cukiernika, niosącą tacę z ciasteczkami. Biedaczka jedną ręką przyciskała towar do boku, drugą odganiała napastujące ją ptaki. Ktoś ruszył jej na ratunek, wywijał młynki marynarką. Gołębie na moment odskakiwały, a potem podlatywały z innej strony. Chwilę później pan Oskar spostrzegł, jak kolejna grupa „staluchów" atakuje kota. Goniły nieszczęsne zwierzę wzdłuż ściany, pikując niczym jastrzębie.

Coś jest nie tak, zadumał się alchemik. Ewidentnie jakaś siła przejmuje kontrolę nad gołębiami. Ale jaka, po co i dlaczego? Przecież gołębie to tylko gołębie. Nie ma z nich żadnego pożytku. Kiedyś gotowano z nich rosół obłożnie chorym dla wzmocnienia i przesyłano za ich pomocą listy. Ale w dzisiejszych czasach?

Jednak problem go zaintrygował. Aż do wieczora na przemian ślęczał nad księgami albo szukał informacji w Internecie, ale nie znalazł odpowiedzi na swoje pytania. Przeryl kilka tomów historii Krakowa, reprinty starych ksiąg miejskich, kronik. Bez skutku. Za to na forach dyskusyjnych różnych krakowskich portali odkrył kolejne wpisy na temat dziwnych zachowań ptaków. Od kilku dni liczba nietypowych zdarzeń rosła wręcz lawinowo. Gdy niebo pociemniało, a słońce zaczęło chylić się ku zachodowi, podjął decyzję.

– Sam tego nie ugryzę. Tu potrzeba prawdziwego fachowca. A tak się składa, że kiedyś poznałem jednego...

Wyciągnął z drukarki kartkę, ujął w dłoń marker i starannie kreśląc duże drukowane litery, napisał list.

Obaj przyjaciele tak na dobre wytrzeźwieli dopiero trzeciego dnia przed wieczorem. Wygrzebali się spod stołu tak sponiewierani, że nawet sok z kiszonych ogórków nie był w stanie im pomóc. Straszliwie bolały ich głowy, brzuchy, a nawet ręce i nogi.

– Przesadziliśmy z tym chlaniem – bąknął kozak. – Ależ nas ścięło! Nawet do wyra nie doszliśmy! I popatrz, rzygaliśmy na podłogę, a nie przez okno!

– Co ty wygadujesz? Bzdury! Alkohol nie mógł nam tak zaszkodzić! – zirytował się Wędrowycz.

– Nie...?

– Ropa nie może zniszczyć tankowców! Pewnie to inoświatowa zagrycha. Wiesz, te jednorożce, to byty magiczne w końcu... Equestriańska magia przyjaźni, jak na tych różowych filmach z kucykami.

– Skoro to magia przyjaźni, powinna nas co najwyżej wzmocnić – bąknął Semen.

– Magia przyjaźni dla nas toksycznej. Ten jednorożec, cośmy go jedli, mógł mieć przyjaciół, którym jest teraz przykro, że został upolowany i spożyty. I dlatego magia bije w tych, co go zeżarli. Ala mam też prostsze, racjonalne wyjaśnienie. Mięcho trafiło tu ze świata równoległego, w którym organizmy mogą mieć odmienną budowę chemiczną. Na ten przykład prawoskrętne aminokwasy czy jakoś tak... Bo ten tęczowy kolor nie wziął się znikąd. – Jakub z frasunkiem oglądał patelnię.

Smalec wytopiony z bekonu zastygł w barwne esy-floresy. Nawet ładnie to wyglądało, ale egzorcysta uznał, że na własnej patelni nie będzie tolerować żadnego genderu.

– A ty skąd wiesz, co to są aminokwasy? – zdumiał się Semen.

– Ha, ha! Przyznaj się, nie sądziłeś, że w ogóle znam takie wyrazy. Ano, jak byłem w gościnie u rodziny, wnusio, kopany kujon, całą noc rył do klasówki, powtarzając na głos wiadomości. Spałem na wersalce w tym samym pokoju i przez to siłą rzeczy odłożyły mi się we łbie różne złogi bezużytecznej wiedzy. Co się raz usłyszało, nawet przez sen, to trudno potem odusłyszeć... A tam, w tym innym świecie, faktycznie jest inaczej pod względem chemicznym, skoro złoto było takie lekko zielonkawe.

– Może zawierało domieszkę kobaltu? Niebieski z żółtym daje zielony – zadumał się Semen. – Ale skoro to inny świat i inna ewolucja, mogło i głębiej sięgnąć niż prawoskrętne aminokwasy czy lewoskrętne cukry. Może to mięso zawierało białka oparte nie na związkach węgla, ale, dajmy na to, na krzemie? Uczeni podejrzewają, że to możliwe. Silikony albo co bardziej prawdopodobne, fluorosilikony.

– Silikony... Znaczy się co? Jedliśmy zamiast mięsa coś jak pieczone cycki supermodelki? – zainteresował się żywo egzorcysta.

– Znaczy się w tym mięsie były substancje, których normalny człowiek używa co najwyżej do uszczelniania rury przy kiblu! Ja cię nie raz ostrzegałem przed tym egzotycznym żarciem. – Semen mentorsko pogroził kumplowi palcem.

– Tak, wiem – odburknął egzorcysta. – Prawdziwy Polak i katolik do lasu chodzi zbierać grzyby i niewypały, a nie łapać smerfy. Przestań truć!

Kozak skrzywił się, ale po chwili namysłu przyznał mu rację i przestał marudzić. Przez następną godzinę ciężko pracowali, porządkując chałupę. Powynosili stłuczone flaszki i słoiki, pościerali pawie z podłóg i ścian. Stół i krzesła też były już do niczego, więc połamali je na drobniejsze kawałki i rzucili za piec, żeby mieć opał. Patelnię też wyszorowali.

– Uwielbiam zapach świeżej bryzy pierwszego wypędu – powiedział Jakub w zadumie, wylewając pod płotem wiadro przepracowanego zacieru.

– Ty, zobacz, poczta do ciebie!

Rzeczywiście, pan Józek z nieodłączną torbą stał przy furtce, zastanawiając się najwyraźniej, czy próbować ją otworzyć.

– Do mnie? To na pewno emerytura! Nareszcie. Siedemdziesiąt lat czekałem na ten dzień! – Jakub już biegł w stronę listonosza, radośnie wymachując flaszką.

Pracownik poczty na widok gospodarza uśmiechnął się krzywo i podsunął mu jakiś papier.

– Polecony, trzeba tu podpisać.

– Semen? – egzorcysta zawołał na pomoc kumpla.

– Własnoręcznie podpisać – wyjaśnił listonosz.

– Eeee... To ja odmawiam przyjęcia przesyłki. – Obrażony gospodarz wydął wargi. – Tyle lat żyłem bez emerytury, to i dalej będę sobie żył w biedzie. Poniewierany, niedoceniony, zapomniany przez ZUS, KRUS, NFZ, a nawet i MOPS.

– To nie jest emerytura, tylko list – wyjaśnił doręczyciel.

– To tym bardziej odmawiam – skrzywił się Jakub.

– No już, bez fochów – huknął na niego kumpel. – Przecież znasz alfabet!

– Kto mówi, że nie znam? Zaraz, muszę sobie przypomnieć, jak to szło. Sam rozumiesz, to nie takie hop-siup. Nazwisko mam długie i jest w nim pełno różnych liter... A pośpiech to jest wskazany wyłącznie przy łapaniu pcheł.

Wreszcie, przygryzając wargi, złożył podpis. Kilka liter napisało mu się odwrotnie, parę w ogóle pominął... Za to zakrętas na końcu dodał taki, że i hrabia by się nie powstydził. Listonosz i Semen spojrzeli na jego dzieło nieco ironicznie, ale na wszelki wypadek nie drążyli tematu. Jakub z kopertą w dłoni siadł na ganku.

– Swoją drogą, może jakaś emerytura nam się jednak należy? – zadumał się nieoczekiwanie Semen. – Wprawdzie nie odprowadzaliśmy składek, ale przecież byliśmy partyzantami. Dodatek kombatancki czy coś...

– Byliśmy w oddziale Wypruwacza. To partyzant totalnie wyklęty. Do dziś żaden historyk badający dzieje tych stron nie chce przyznać, że ktoś taki w ogóle istniał, a i ludzie niechętnie wnukom opowiadają – westchnął Jakub.

– Silna, a przy tym twórcza jednostka konsekwentnie dążąca do założonych celów budzi podświadomą obawę. Jeśli dołożymy do tego bezkompromisowość i kontrowersyjność działań... – Kozak poskrobał się po ciemieniu, wspominając wojenne przygody.

– Nie przeczę, może i trochę czasem przesadzał, ale dla mnie liczy się zapał do walki, a intencje zasadniczo miał dobre. Poza tym to Niemcy zaczęli. Siali wiatr, no to zebrali burzę.

– W tym akurat przypadku zebrali raczej huragan. Tak czy inaczej, może warto by się przy sprawie emerytur zakręcić? – zauważył kozak. – Zawsze byłoby parę groszy ekstra miesięcznie. Wnuk nie mógłby pomóc? Ma na etacie w firmie tych różnych kauzyperdów...

– Od kiedy jego firma wprowadza mikrofalowy Internet bezglutenowy, korporacyjni prawnicy są zajęci non stop. No nic, napalmy tym świstkiem w piecu i spróbujmy na trzeźwo, jak smakuje to, czego napędziliśmy.

– Może najpierw warto by przeczytać? – zasugerował delikatnie Semen.

– Znęcasz się nad chorym człowiekiem! Mam alergię na litery! A najlepiej napijmy się, a potem ty przeczytasz. Musimy sprawdzić, co nam zaszkodziło, samogon czy zagrycha. Jak mówi staropolskie przysłowie, litr na dwóch to odpowiednia ilość pod warunkiem, że jeden nie pije.

– Normalnie chybabym odmówił, ale skoro to w celach naukowych... Pokaż kopertę! Oskar Fiuczek... – Semen odczytał nazwisko nadawcy. – Znasz takiego? Nic mi to nie mówi.

– Poznaliśmy się kiedyś, ja i on – zeznał mętnie Jakub. – Potrzebował kilku wskazówek, jak ulepszyć bimber. No to mu udzieliłem... Mówił, że chce rzucić wyzwanie tradycyjnej chemii, bo zbyt daleko odeszła od zrozumienia czegoś tam... Filozoficzny bełkot.

– A ulepszył ten samogon?

– A tak na trójkę z plusem. Zdolny amator... No dobra, przeczytaj, czego tam ode mnie chce.

Wypili, przeczytali, potem jeszcze wypili i znów przeczytali, bo im się zapomniało, o czym właściwie był ten list. A gdy nad Starym Majdanem znów zaświeciło słońce, okazało się, że zamiast czwartku jest już piątek.

* * *

Alchemik czekał na peronie. Nie wyglądał szczególnie tajemniczo i Semen, który o alchemikach dużo czytał, ale nie spotkał żadnego osobiście, poczuł się nawet trochę rozczarowany.

– Oskar Fiuczek – przedstawił się mag.

– Semen Korczaszko. – Kozak uścisnął mu dłoń.

Z Jakubem już się znali. Wymienili grzeczności, a potem podreptali Plantami. I niebawem byli na miejscu. Pan Oskar postawił paterę ciastek, wino, kieliszek i dwie szklanki, polał. Stuknęli się nad stołem.

– A więc niepokoją cię gołębie? – zagadnął Jakub.

– Głównie gołębie. Ale to może być tylko jeden z objawów. Od dłuższego czasu czuję fluktuacje mocy. Myślałem początkowo, że może to moje eksperymenty zakłócają porządek czasoprzestrzeni, a mnie się obrywa rykoszetem. Ale zważywszy, że jak na razie ciągle jestem w fazie inicjalnej...

– A nad czym pan pracuje? – zaciekawił się kozak.

– Zasadniczo wielkie dzieło prowadzi do uzyskania czerwonej tynktury, czyli kamienia filozoficznego – padła godna odpowiedź.

– Kamień filozoficzny służy, jak powszechnie wiadomo, do transmutacji ołowiu w złoto – mruknął Jakub. – Wśród innych zastosowań można wymienić zapewnienie nieśmiertelności ciała, wskrzeszanie zmarłych jako zombie, zamienianie wody w alkohol...

– Fiu, fiu – gwizdnął kozak, oglądając laboratorium. – Więcej tu próbówek niż u samego Mendelejewa. A tu coś znajomego widzę. Aparatura tak trochę podobna do naszej, tylko bardziej naukowa. Coś destylujemy? Bo przecież nie samogon...

– Pracuję nad alkahestem, najsilniejszym na świecie rozpuszczalnikiem trawiącym materię, zarówno organiczną, jak i nieorganiczną – wyjaśnił z godnością pan Oskar. – Jedna jego kropla przepala na wylot stalową płytę.

– A to wiem, widziałem coś takiego – pochwalił się Jakub.

– Gdzie?! – Pan Fiuczek wytrzeszczył oczy.

– W knajpie, jak leciał na telewizorze taki film „Ósmy pasażer Nostromo". Były tam takie robale z kosmosu i jak się zraniły, to wyciekał z nich zielony syf, co robił dziury nawet w superodpornych międzygwiezdnych latadłach. Dobra. No to może opowiedz własnymi słowami, co tu się dzieje.

Uczony zaczął mówić. Obaj starcy słuchali, czasem zadawali pytania uściślające.

– To faktycznie dziwaczne – mruknął egzorcysta. – Ale chyba się domyślam. Gołębie zasadniczo mają ptasie móżdżki. Jednak z drugiej strony patrząc, gdyby zsumować ilość tkanki mózgowej obecnej jednocześnie w tym mieście... Wyjdą setki kilogramów szarych komórek.

– Ilość nie zawsze przechodzi w jakość – zauważył trzeźwo kozak. – Wieloryby mają wielkie mózgi, a szczególnie bystre to one chyba nie są.

– Wiem. Ale wnuk mi kiedyś mówił, że z komputerami można zrobić tak, że jak jest ich dużo i są ze sobą połączone, to razem wytwarzają jakby superkomputer o wielkiej mocy.

– Gołębie nie są ze sobą połączone, bo niby jak? Chyba że telepatią... – zafrasował się kozak. – Sądzisz, że to możliwe?

– Tak... Pole telepatyczne umożliwia tego typu przeskoki.

– Ta teoria ma ręce i nogi – przyznał gospodarz. – Tylko co z tego wynika?

– Był kiedyś taki film... Z ptakami – zadumał się Jakub. – Pamiętasz? U nas w kiosku nawet do gazety dodawali.

– O fuj! Co ty oglądasz?! – zgorszył się Semen.

– Nie o takich „ptakach" przecież... A, już wiem, tytuł był „Ptaki". I reżyserował jakiś tam Hitszok. Tam jest coś takiego, że ptaki przez tysiące lat szykowały się do ataku na ludzkość...

– Myślisz, że to ta właśnie chwila? – zaniepokoił się kozak. – Zawsze sądziłem, że najpierw to asteroida uderzy. Choć nie, asteroida już raz była, i potop też, to teraz coś innego. Tsunami z „Minecrafta", albo na ten przykład będzie apokalipsa zombie...

– Fluktuacje mocy, chmura gołębi zyskująca samoświadomość, potencjalne śmiertelne zagrożenie... – zamyślił się pan Oskar. – To wszystko składa się w bardzo niepokojącą całość. Problem w tym, że to tylko teoria. Mamy trochę za mało danych, żeby się z czymś takim zmierzyć.

– Owszem – przyznał Wędrowycz. – A jak się ma czegoś za mało, to trzeba zdobyć więcej. Gdzie tu jest największe zagęszczenie tych pierzastych paskudztw?

– Na Rynku.

– Będziemy potrzebowali kilka kilogramów pszenicy. I trzeba się rozmówić z ptakami bez świadków.

– Trochę to trudne – mruknął alchemik. – Tam jest zawsze masa ludzi. Turyści, miejscowi, sprzedawcy, rodziny z dzieciakami...

– Rozlepimy ogłoszenia, że grasuje pedofil. Ludzie z dziećmi uciekną, ale jak pozbyć się reszty? – zastanawiał się Wędrowycz. – W środku nocy już pewnie rynek pustoszeje... ale jak jest ciemno, to i gołębie śpią.

– Piąta rano – podsunął wierny Semen. – Turystów jeszcze nie ma, sprzedawców też nie. A gołębie wstają razem ze słońcem.

– Zatem skombinujmy pszenicę, zsynchronizujmy budziki i golnijmy czegoś na dobry sen – wydał polecenia egzorcysta.

Blady świt wstawał nad Krakowem. Po wilgotnym bruku maszerowali trzej bohaterowie. Gołębie też już się zbudziły. Dreptały po gzymsach, gruchały gniewnie i wypatrywały żeru.

– Sporo ich – zauważył Semen. – Faktycznie o tej porze nie ma ludzi... Jak się na nas rzucą, to nas rozdziobią na śmierć, i to bez świadków.

– E, nie ma obawy – uspokoił go kumpel. – Jak nas będą dziobały, poczujemy ból i zaczniemy się wydzierać, jak to zwykle w podobnych przypadkach. Straż miejska pomyśli, że to jacyś studenci drą ryja po pijanemu, przyleci wlepić mandaty i tym samym nas niechcący uratuje.

Wreszcie stanęli na rynku. Mimo wczesnej pory tu i ówdzie widać było stadka gołębi drepczących po trotuarze.

– No to chwila prawdy... – Jakub potrząsnął workiem.

– O ile miastowe gołębie w ogóle wiedzą, co to jest pszenica i że to się je – zgłosił obiekcje alchemik.

– Instynkt im pomoże. Zresztą zobaczymy. – Jakub sypnął hojnie z wora.

Zaraz zleciały się pierwsze ptaki, więc sypnął kolejne kilka garści. Masa gołębi zaczęła rosnąć. Wędrowycz chodził i jak dobry gospodarz obsiewający rolę, pokrywał bruk ziarnem.

– Ty nie przesadzaj z tą masą krytyczną, bo jeszcze doprowadzisz do eksplozji – zakpił kozak. – Wprawdzie gołębie nie zawierają raczej wielu pierwiastków rozszczepialnych, ale mimo wszystko zachowałbym ostrożność, na wypadek gdyby ten zbiorowy mózg włączył telekinezę czy coś.

– No dobra, chyba starczy – mruknął w końcu Jakub, patrząc na dobre cztery ary ptactwa dziobiącego z zapałem. – Uwaga, uruchamiam telepatię. – Wdrapał się na kamienną ławeczkę. – Gołębie! – zwrócił się do ptaków. – Przybywam w imieniu ludzkości podjąć z wami rokowania pokojowe.

– Że niby co!? – zdumiał się pan Oskar. – Ale jak to w imieniu ludzkości?! Czy może jest coś, o czym nie wiem?

– Luzik-arbuzik. Nikt go nie wysyłał na żadne rokowania – burknął Semen. – Jakub po prostu miewa ciągoty do chrzanienia takich pompatycznych bzdur i lubi czasem poczuć się ważny. Ale z tą ludzkością i że w jej imieniu, to jednak deczko przesadził.

Kilkanaście tysięcy dziobów przestało uderzać w bruk, a paciorkowate oczy zwróciły się na Jakuba.

– Gołębie, dlaczego czynicie zło?

– Bo taka jest nasza wola – odezwało się coś z gardła Semena. – Poza tym to fajne.

– Same gadać nie umieją, to zrobiły sobie z mojego kumpla medium – wyjaśnił egzorcysta zbaraniałemu alchemikowi. – Z kim mam przyjemność? – zagadnął głośno.

– Jestem Nadgołębiem, zbiorowym umysłem wszystkich ptaków, które widzisz na tym placu – padła pełna godności odpowiedź.

– Hmmm. No tak. Nie słyszałem wcześniej o podobnym przypadku – zauważył Jakub. – To efekt Czarnobyla czy jak?

– Pojedyncze sztuki są dość głupie – odpowiedziała zbiorowość. – Ale lekka zima spowodowała wzrost populacji powyżej czterdziestu tysięcy. A co za tym idzie pewne procesy...

– Spoko, wiem, co to umysł zbiorowy, sieci neuronowe i tak dalej, nie musisz tłumaczyć – przerwał mu egzorcysta. – Powiedz lepiej, o co biega, co to za granda z polowaniem na koty i kradzieżami owsa koniom.

– Jakiego tam owsa? – westchnął Nadgołąb. – Nawet nie wiesz, czym się teraz te nieszczęsne chabety karmi.

– Może i lepiej, że nie wiem – przyznał Wędrowycz. – Wracając zaś do meritum...

– Jakubie Wędrowyczu! Przekaż ludzkości, że już za późno na rokowania. Daliśmy wam pięć tysięcy lat na podjęcie dialogu. Zamiast tego trzymaliście nas w klatkach, podbieraliście jajka i gotowaliście z nas rosół. Ale miarka się przebrała! Wypowiadamy wam wojnę totalną!

– No nareszcie – ucieszył się egzorcysta. – Bo muszę ci wyznać, że byłem już mocno zaniepokojony tym przedłużającym się pokojem. Dawniej co pokolenie szło się w pole, żeby zabijać i ginąć. A teraz co? Siedemdziesiąt lat pokoju. Młodzież zrobiła się od tego taka leniwa i rozmamłana... A tak swoją drogą, to pomijając ten rosół, macie jakiś konkretny powód?

– Nasza rasa ma zapanować nad tą planetą. Ona należy do nas. Czekamy na tę chwilę od stu pięćdziesięciu milionów lat.

– To jakaś kompletna bzdura, wtedy nie było jeszcze gołębi – mruknął alchemik.

– Ale były dinozaury. Gdy nasi przodkowie bohatersko walczyli z asteroidami, a potem gasili pożary, odganiali fale tsunami, uspokajali trzęsienia ziemi i nawozili glebę marglem, żeby zniwelować działanie kwaśnych deszczy, wasi przodkowie tchórzliwie ukryli się w norach. A gdy nasi, pracując w niebezpiecznych dla życia i zdrowia warunkach, padali na posterunku, ssaki zajmowały ich niszę ekologiczną. Wypełnimy niepisany testament. Po was w Polsce przyjdzie kolej na ludzi innych ras i narodów. A potem na zwierzęta drapieżne! Ziemia będzie znów należeć do gadów i ptaków jako najwyższego ewolucyjnie...

– Brzmi ambitnie – przyznał Jakub.

– Gołębie, skąd w was taka krwiożerczość wobec niewinnych istot? Czyżbyście pochodziły od welociraptorów? – zapytał pan Oskar.

Pierzasty dywan zadrżał.

– Nie. Od tyranozaurów!

Mężczyźni popatrzyli po sobie.

– Ściema chyba – mruknął Jakub. – Tyranozaury były wielkie i nie umiały latać. I nie jadły okruchów ani ziarna, tylko inne dinozaury. Widziałem na filmach o parku jurasickim. A łapki miały malutkie, to się raczej nie mogły rozwinąć w ptasie skrzydła.

– Dlaczego planujecie zniszczyć ludzkość? Gdy uderzyła asteroida, nie było nas jeszcze na Ziemi – bąknął uczony. – Poza tym co bez nas zrobicie? Kto będzie wam sypał chleb i ziarenka?

– Poradzimy sobie. Przyuczymy szympansy i goryle.

– Niech będzie wojna. Mnie tam rybka. – Egzorcysta wzruszył ramionami. – Trzeba tylko ustalić, co i jak. Zasady walki. Bo my weźmiemy karabiny, a wy niby jak będziecie się bić? Dzióbkami i pazurkami? Czy może chcecie zrzucać na nas kamyki? No i co z jeńcami? Konwencja genewska nie przewidziała brania do niewoli „nieludzi". My, jak nałapiemy waszych, zrobimy rosół, a wy z naszych niby co?

– Żadnych jeńców, żadnej walki jeden na jednego. Po prostu jesteście na tej planecie zbędni i zostaniecie wytępieni – oświadczył Nadgołąb.

– Blefuje – wzruszył ramionami pan Oskar. – Niby jak mają zamiar się za to zabrać?

– Wyniszczymy was ptasią grypą – padła odpowiedź.

– Broń bakteriologiczna. – Jakub przez chwilę smakował te dwa wyrazy.

– Wirusowa raczej – sprostował uczony. – Grypę wywołują wirusy, a nie bakterie.

– To się różni? Zresztą nieważne. Ty, superptaszor, no ale jak to sobie niby wyobrażasz? Przecież to jest zakazana konwencjami broń masowej zagłady! – zirytował się Wędrowycz.

– A kto mnie niby powstrzyma?

– Wychodzi na to, że my – westchnął egzorcysta.

– Wy? Śmiechu warte...

W tej chwili na rynek wjechała furgonetka z poranną dostawą. Część stada, posłuszna instynktowi, poderwała się w powietrze. Zbiorowa świadomość na tym ucierpiała, bo kontakt telepatyczny został zerwany.

– O w mordę, nigdy więcej nie chcę być medium – zaskamlał Semen.

Zatoczył się i byłby upadł, ale podtrzymali go w ostatniej chwili. Powoli dochodził do siebie. Kilka łyków Jakubowego zajzajeru pozwoliło mu ostatecznie powrócić do pełnej przytomności. Jego twarz z wolna odzyskała naturalną barwę.

– Zmywamy się na kwaterę – polecił Jakub. – Tam odbędziemy naradę.

– Raczej nam się to nie uda – bąknął pan Oskar. – Chyba za dużo wiemy!

Przyjaciele obejrzeli się i spostrzegli, że stada gołębi wzbijają się w powietrze i zlepiają, tworząc wielki kłąb.

– Rozpuszczą się na ektoplazmę i skleją w wielkiego dinozaura – zawyrokował alchemik. – A on nas rozdepcze i zeżre.

– Nic nam chyba nie grozi. W filmach, jak główny szwarccharakter wyjawi bohaterom szczegóły swojego genialnego i diabolicznego planu, to z reguły udaje im się uciec, a jego plan idzie się bujać – zauważył trzeźwo egzorcysta.

– Problem w tym, że nie jesteśmy w filmie – powiedział Semen ze smutkiem. – Po drugie, idę o zakład, że gołębie filmów nie oglądają i nie wiedzą, że teraz mają grzecznie przegrać. A to oznacza, że trzeba brać dupę w troki, inaczej zaraz zginiemy.

Tuman gołębi wirował w powietrzu. Dinozaur wyglądał z każdą chwilą coraz groźniej. A potem pierzaste monstrum zagruchało ogłuszająco i ruszyło w ich stronę.

Strach ustokrotnił siły egzorcysty. Wyrwał kratkę ściekową, zepchnął towarzyszy w czeluść kanału i sam skoczył w ślad za nimi. W ostatniej chwili zatrzasnął właz.

Pazurzasta stopa, utkana z setek ptaszydeł, uderzyła w żeliwne pręty, aż pióra poleciały. Przyjaciele na wszelki wypadek ruszyli kanałem głębiej pod ziemię. Na szczęście Jakub miał zapalniczkę, a nieoceniony Semen wygrzebał z kieszeni latarkę.

– Czy to realne z tą ptasią grypą? – zadumał się Wędrowycz, wypluwając chyba z kilogram pierza.

– Jestem przekonany, że tak – powiedział pan Oskar. – Już dziś ta choroba sprawia ludziom masę problemów. Na przestrzeni ostatnich trzydziestu lat pojawiło się parę wrednych szczepów. Uczeni uważają, że ta choroba może bardzo łatwo zmutować i stworzyć niezwykle zjadliwą odmianę, która zdziesiątkuje ludzkość. Istnieje ryzyko pandemii straszniejszej niż tak zwana hiszpanka, która przeorała kontynent po pierwszej wojnie światowej. Zginęło wówczas przypuszczalnie pięćdziesiąt milionów ludzi.

– Brzmi konkretnie – przyznał Jakub. – Tylko skąd te latające szczury wezmą takiego wirusa?

– Skoro to ptasia grypa, może rozwiną i namnożą w swoich własnych ciałach? – zadumał się kozak.

– A może ten zbiorowy mózg tylko blefuje? – rozważał egzorcysta. – Straszy nas zagładą, żeby wytargować na przykład regularne dokarmianie czy coś. Zresztą nie nasz problem. Trzeba zredukować liczbę ptaków poniżej masy krytycznej i na jakiś czas będzie spokój.

– Masy krytycznej... – zadumał się pan Oskar.

– Tak myślę. Gdy gołębi było mniej, to nie świrowały. Zebrało się dużo w jednym miejscu i zbiorowisko uzyskało samoświadomość. Gdy ich liczba spadnie, znów będzie spokój. Trzeba wykosić tak z połowę i uratujemy ludzkość na całe lata.

– A masz jakiś plan? – zagadnął kozak zgryźliwie.

– Gdyby posmarować rynek butaprenem, potem rozsypać ziarno... Ptaki przylecą, przylepią się. Wtedy opylimy je walerianą, poczekamy, aż nadciągną koty z całego Krakowa i zrobią rzeźnię.

– Szczerze powiedziawszy, chodziło mi raczej o plan, jak się stąd wydostać. – Semen oświetlił rozwidlenie korytarzy.

– No, w sumie...

– Jeśli pójdziemy tędy – alchemik wskazał jedną z odnóg – to powinniśmy dojść do placu Szczepańskiego. Przy nim jest moja kwatera.

Ruszyli przez lochy i faktycznie po mniej więcej godzinie błądzenia dotarli, gdzie trzeba. Wyszli przez kratkę na Plantach. Trochę gołębi zwiadowców unosiło się w powietrzu. Na widok wroga zaczęły gruchać. Ich liczba szybko rosła, aż niektóre gałęzie zaczęły trzeszczeć i uginać się pod ciężarem lądujących ptaszydeł. Trzej bohaterowie przyspieszyli kroku i zanurkowali w bramę. Po tak ciężkich przeżyciach wszyscy poczuli pragnienie. No i pora już była na śniadanie. Gospodarz skromnie otworzył dla siebie jedno piwo, a jego goście nalali sobie po szklance rumu.

– Było blisko, wtedy na rynku – mruknął Semen. – Jeszcze chwila i zostalibyśmy rozdeptani, a potem rozdziobałyby nasze resztki...

– Ale zdołaliśmy umknąć, i to po tym, jak poznaliśmy ich niecny plan. Czyli w zasadzie już wygraliśmy. –

Egzorcysta zatarł ręce. – A gdy brodziliśmy w tym szlamie, opracowałem strategię pokonania tego zbiorowego mózgu.

– No przecież mówiłeś, to z tym butaprenem i kotami... – zauważył gospodarz.

– Mam lepszy.

– Możemy prosić o szczegóły? – zagadnął kozak, nalewając sobie kolejną szklanicę.

Smak rumu obudził w nim miłe wspomnienia. Wielki książę Aleksander Michajłowicz, jego kanonierka, rejs dookoła świata... Karaibskie wysepki, a na nich egzotyczne dziewczęta o niezbyt egzotycznych obyczajach...

– Będziemy potrzebowali ciężarówki albo autobusu – wyjaśnił Jakub. – Przebudujemy ją na transformersa, takiego jak z filmu. Gdy gołębie znów się skleją w dinozaura, poszczujemy gada naszym robotem i niech ze sobą walczą. A że metal jest twardszy od dziobów, pazurów i pozostałej materii organicznej, odniesiemy zwycięstwo równie olśniewające jak Napoleon pod Waterloo!

– Tak to jest – wyjaśnił kozak alchemikowi. – Mój towarzysz nie pozwolił, żeby mu założono elektryczność, zatem nie ma w chałupie telewizora. Jakby poślepił w ekran choć ze trzy godziny dziennie, toby nabrał odporności, a tak idzie do knajpy, barman włączy pudełko, a ten, zamiast pić piwo i gadać, gapi się jak zaczarowany. No i potem mamy efekty, mózg mu wyprało równo...

– A co konkretnie nie podoba ci się w moim planie? – warknął egzorcysta.

– Po pierwsze to, że Napoleon pod Waterloo przegrał.

– Wygrał czy nie, jakie to ma znaczenie? Czepiasz się trzeciorzędnych szczegółów – obraził się Jakub. – To narada wojenna zwołana w celu ratowania ludzkości, a nie egzamin z historii. Masz coś konkretnego do powiedzenia czy będziesz jak jakiś belfer mielił ozorem po próżnicy?

– Ten plan jest z wielu powodów kompletnie do dupy! Na przykład nie mamy odpowiednich surowców! Autobus to raczej droga rzecz – westchnął Semen. – Ciężarówka pewnie jeszcze droższa. A nawet gdybyśmy zdobyli, co trzeba, umiesz budować roboty?

Jakub skrzywił się i jakby z nadzieją łypnął okiem na gospodarza.

– Jestem alchemikiem, nie inżynierem – bąknął pan Oskar. – Taki robot wielkości dużego auta to silniki, przekładnie, pasy transmisyjne, siłowniki hydrauliczne i cholera wie co jeszcze. A żeby walczyć z dinozaurem, to jeszcze powinien mieć jakieś piły łańcuchowe zamiast rąk... Albo karabiny maszynowe lub miotacze ognia... I odpowiedni program komputerowy albo zdalne sterowanie.

– To faktycznie brzmi dość skomplikowanie – przyznał Wędrowycz.

– Twój tatko mówił jeszcze przed wojną, że jak się będziesz uczył, to się dostaniesz do szkoły technicznej w Chełmie – przypomniał kozak. – Sam słyszałem. Może gdybyś wtedy przysiadł fałdów...

– To chyba nie do końca tak było. Zresztą co ty tam możesz pamiętać z mojej młodości? Normalni ludzie w twoim wieku od dawna mają zasłużoną sklerozę! – burknął egzorcysta. – No dobra, pal diabli robota. Trzeba załatwić gołębie, jak będą w rozproszeniu. Mam plan awaryjny. Można by zrobić tak – rozważał. – Wróćmy do pomysłu z kotami. Trzeba uwarzyć eliksir umożliwiający latanie... Wylać tu, na placu, walerianę, tak z dziesięć... no, pięć litrów. Jej zapach przywabi dużo kotów w jedno miejsce. Poczekać, aż się zbierze kilkaset, wtedy polać eliksirem, żeby mogły latać. Koty, jak to koty, lubią polować. Ruszą w pogoń za ptakami... I zrobią rzeźnię.

– Eliksir latania dla kotów... – Pan Oskar przez chwilę jakby smakował tę ideę. – Dobra. No to robimy. Co będzie potrzebne na początek? – Rozejrzał się po stojakach z odczynnikami i słoiczkami pełnymi różnych substancji.

– Nie wiem, nie jestem alchemikiem. – Wędrowycz rozłożył ręce. – Myślałem, że umiesz... A może jest receptura w którejś z tych ksiąg?

Ale pan Oskar tylko ponuro pokręcił głową.

– Główny problem polega na tym, że musimy zwabić w jedno miejsce, a potem uśmiercić wiele tysięcy drobnych, ruszających się celów. Uśmiercić szybko, zanim się spłoszą i odfruną. Potrzebujemy czegoś konkretnego. Broni, że się tak wyrażę, masowej zagłady. Zwykły granat zabije może kilkadziesiąt. Ale... A gdyby tak opylić je alkahestem?

– O właśnie! – zapalił się Semen. – Skoro to uniwersalny rozpuszczalnik, to i gołębiom da radę!

– Zwykłym pewnie tak – pouczył go Jakub. – Ale to są krakowskie. Mutanty odporne jak czarnobylskie. Od małego, co ja gadam, od pokoleń już w jajkach hartowane najmocniejszym smogiem.

– Poza tym alkahestu jeszcze nie uzyskałem – bąknął alchemik. – Chociaż jestem już na tropie. Myślę, że tak za miesiąc...

– Za miesiąc pandemia ptasiej grypy może unicestwić ludzkość! – huknął Semen.

– A gdyby tak – znów zaczął rozważać egzorcysta – ukraść... eeee... wypożyczyć na kilka godzin wóz straży pożarnej? Wypełnić zbiorniki nie wodą, tylko benzyną. Wjechać na rynek, opylić gołębie paliwem i podpalić?

– Potrzeba by kilka tysięcy złotych, te zbiorniki mogą mieć i tysiąc litrów – zauważył Semen. – Poza tym wóz strażacki to nie szpilka. Będą go szukali.

– Rozpylona benzyna wybuchnie z bardzo dużą siłą – zauważył alchemik. – Gołębie wprawdzie zginą, ale taka eksplozja zniszczy wiele zabytkowych budynków. Nie wiadomo, jak silna fala uderzeniowa powstanie, może uszkodzić Sukiennice, kościół Mariacki... Do tego płonące ptaki rozniosą pożogę po całej okolicy.

– Kościoła to lepiej nie uszkadzać! – zaniepokoił się egzorcysta. – Zwłaszcza w kontekście naszej bohaterskiej śmierci przy okazji.

Zapadło milczenie.

– Sami tego problemu nie ugryziemy – powiedział wreszcie Jakub. – Wezwę pomoc.

– A tak konkretnie to kogo? – zaniepokoił się jego przyjaciel.

– Innego Wędrowycza, któregoś z moich braci rozrzuconych po światach równoległych.

– No nie wiem, czy to dobry pomysł – westchnął kozak. – Pamiętasz, jak raz wyruszyliśmy na poszukiwanie rurki do chłodnicy i wpadliśmy do świata, gdzie okazaliśmy się komuchami, a w dodatku abstynentami? – Wzdrygnął się z obrzydzenia na samo wspomnienie.

– Zaufaj mi, tym razem będzie inaczej. A teraz – Jakub zwrócił się do alchemika – żeby otworzyć przejście pomiędzy rzeczywistościami, będę potrzebował kilku rzeczy...

Wędrowycz, który przykicał przez portal, wyglądał zupełnie inaczej niż prawdziwy, a zarazem nieco podobnie. Jego rasa faktycznie musiała ewoluować z wiewiórek, bo cały porośnięty był wyleniałą, skołtunioną rudą sierścią. Na dolnych łapach miał gumofilce o podeszwach rozmiaru nieomal kajaków, za to z cholewką prawie tak wysoką jak normalna. Spodni nie nosił, ale górną część ciała przyodział w pasiastą tielniaszkę i granatową drelichową kufajkę. W połowie brzucha spiął odzienie szerokim skórzanym pasem, przy którym wisiała manierka z tykwy oraz – po drugiej stronie, jakby dla równowagi – ciężki strażacki toporek z brązu. Pod szyją wisiał mu gruby łańcuch z zielonkawego metalu.

Głowę chronił czapką uszanką. Uszy też oczywiście posiadał, długie, rude, z pięknymi pędzelkami na końcach. Wystawały przez otwory wycięte w czapce. Jego twarz w ogóle nie przypominała ludzkiej, a jego rasa najwidoczniej nie zawracała sobie głowy goleniem. Gdy się uśmiechał, widać było przednie siekacze, nieco żółte i mocno poszczerbione.

Kozak pomyślał, że takimi zębiskami to i orzechy kokosowe można łupać.

– Czego potrzeba, bracie? – Przybysz uśmiechnął się szeroko do swojego alter ego.

Mówił, rzecz jasna, po swojemu, więc gdyby nie przełączyli się na telepatię, nic by nie rozumieli.

– Drobiazg – powiedział prawdziwy Jakub. – Tak sobie układałem w głowie to, co opowiadałeś o tym, jak ci się żyje w tym waszym preindustrialnym świecie. No i żal mi się zrobiło, że musisz na co dzień borykać się z problemami, które my rozwiązaliśmy już przed wiekami. Pomyślałem, że przecież wypada bratu pomóc... Zatem może chciałbyś dobrą rurkę ze szkła laboratoryjnego? – Jakub wskazał skrzynkę z rozmaitymi elementami zgromadzonymi przez alchemika.

– Fiu, fiu, ileż tu różności – zachwycił się wiewiórkoid. – A mógłbym jeszcze deflegmator? Odpracuję wam to jakoś.

– Potrzeba ci, to bierz. To i tak nie moje.

Wiewiór delikatnie ujął rurkę w przednie łapki, ozdobione krzywo obgryzionymi pazurkami. Obrócił ją w palcach, a paciorkowate oczka zalśniły w zachwycie.

– My i za pięćset lat nie będziemy mieli tak wspaniałych technologii – westchnął z żalem. – Nasi przodkowie poszli, niestety, w kierunku rozwijania technik uprawy roli, a nie ku mechanizacji i industrializacji... O urbanizacji nie wspominając. – Z żałosną miną chłonął widok miasta za oknem.

– Czekaj, zawinę ci to w ręcznik papierowy. A cywilizacją się nie przejmuj, mocno przereklamowana rzecz. Lepiej się wam żyje w waszych orzechowych lasach, nawet jak jednorożce czasem wyżerają uprawy.

– Ale rurki wytwarzacie pierwsza klasa.

Semen szczypał się w rękę i szczypał, ale rude widziadło nie znikało. Alchemik, podobnie jak kozak, miał chyba problemy z uwierzeniem w to, co widzi. Wiewiórkoid podskakiwał po laboratorium, podobnie jak kangur, ale z większą gracją. Odkręcił dla zabawy kran, otworzył szafkę; przeglądając się w lustrzanych drzwiczkach, poprawił sierść na uszach.

– No i gotowe – powiedział Wędrowycz, wręczając mu zgrabny pakunek zabezpieczony taśmą klejącą. – Weź jeszcze rurek z igielitu, lepsza rzecz niż te wasze, z wyprawionych kiszek latających królików.

– Dziękuję w imieniu mojej rasy! No dobra, bracie, a co potrzebujesz w zamian? – zagadnął przybysz z innej rzeczywistości.

– Drobiazg. Dwa woreczki pszenicy z twojego świata.

– Załatwione.

Jakub otworzył bramę. Alternatywny wskoczył w nią i znikł z cichym cmoknięciem. Przez dobre dziesięć minut nic się nie działo, po czym przez portal przeleciały dwa pękate woreczki. Przejście zamknęło się. Jakub wyjął z lodówki butlę z rumem i nalał każdemu po szklaneczce.

– Co wam się stało? – burknął. – Miny macie, jakbyście ducha zobaczyli?

– To była wiewiórka w gumofilcach – wykrztusił Semen.

– Ja tam rasistą nie jestem. Może być i wiewiór w kaloszach, byle Polak i katolik. A jak masz z tym problem, to wio do psychologa – zakpił jego kumpel. – Najważniejsze, że mamy, co trzeba. – Trącił stopą worek. – Teraz nam zatańcują gołębie mutasy...

– Gumofilce miał białe i z różowym futerkiem – wykrztusił alchemik.

– Z tego, co opowiadał, to poziom cywilizacyjny mają jak u nas w średniowieczu, albo i ciut niżej – wyjaśnił

Jakub kumplom. – Sami rozumiecie, to idylliczny zwierzęcy świat, przewidziany już w Biblii, a może przez francuskich encyklopedystów, wolny od naszych ludzkich wad i nałogów. Bez kłótni, zawiści, toksycznych ideologii i głupoty. Ale skórka za wyprawkę. Skoro nie prowadzili wojen, to i technika rozwijała się znacznie wolniej. Nie mają na przykład zaawansowanego przemysłu chemicznego.

– To skąd te gumofilce!? – nie wytrzymał kozak.

– Normalnie, pozyskują je takimi jakby średniowiecznymi metodami. Filc robią z sierści jednorożców. W foluszach, tak jak dawniej i u nas wytwarzano. Szyją z tego walonki, wyklepują na drewnianych formach i zanurzają w naturalnym kauczuku, zbieranym w lasach przez nacinanie kory. Gdy człowiek potrzebuje obuwia, to sobie poradzi. Nawet jak jest tak trochę zwierzęciem.

– To ziarno... – zaczął alchemik.

– Pochodzi z innego świata, jest tworem zupełnie innej ewolucji. Inne białka, cukry, aminokwasy – wyszeptał Semen. – Sądzisz, że dla gołębi będzie trujące? Tak jak nam zaszkodził bekon z jednorożca?

– Że zaszkodzi, to swoją drogą. Ale sami zobaczycie... A teraz do boju!

– Na rynek znaczy? – zapytał pan Oskar.

– Tu będzie mniej świadków – mruknął egzorcysta, patrząc na stadka gołębi krążące nad placem Szczepańskim.

Gdy wyszli przed bramę, wokoło pociemniało. Po niebie przeciągały mniejsze i większe stada ptaków. Krążyły, obserwowały trzech spiskowców, chyba zbierały się do ataku.

– No to do roboty – zakomenderował egzorcysta.

Przyjaciele sięgnęli do woreczków. Ruszyli wzdłuż ściany, sypiąc pszenicę. Na rozsypanym ziarnie wylądował pierwszy gołąb, po chwili drugi, dziesiąty, setny... Zlatywały się chmarami. Najbliższą część placu pokrył żywy dywan szarostalowego koloru. Powietrze zaczęło drgać od koncentrującego się pola telepatycznego. Wprawdzie tylko nieliczne ptaki gruchały, odpychając sąsiadów, ale i tak hałas był ogłuszający. Dzioby waliły w płyty, zachowując równe, niemal wojskowe tempo.

– Zbiorowy mózgu gołębi, o wielki Nadgołębiu! – zakrzyknął Jakub. – Przybyliśmy w imieniu ludzkości negocjować warunki kapitulacji.

– Później skapitulujecie, teraz wyżerka – odburknęła zbiorowość, tym razem przez gardło alchemika. – A jak się najemy, to będziemy w lepszym humorze i wtedy może zostaniecie potraktowani łagodniej.

– Skapitulować? – oburzył się kozak. – Ja nawet nie znam takiego słowa!

– To miały być warunki ich kapitulacji – burknął egzorcysta. – Sami widzicie, że olewają ostatnią szansę na porozumienie.

– Czyli co? – zainteresował się jego przyjaciel.

– Mamy rozwiązane ręce. Teraz nikt nie powie, że nie chcieliśmy się z pierzastym tałatajstwem dogadać! – warknął Wędrowycz z głębokim zadowoleniem.

A potem wydobył z kieszeni stary, odlany z aluminium korkowiec. Spluwa pamiętała jeszcze epokę Edwarda Szczodrego, albo i wcześniejszych sekretarzy. Nabił i pociągnął za spust. Korek też miał dobre trzydzieści lat, ale rąbnęło jak z armaty. Stado gołębi poderwało się spłoszone, jednak zamiast odlecieć w stronę otwartej przestrzeni nad placem, zakręciło w kierunku kamienic i z pełną szybkością uderzyło w elewacje, znacząc je setkami krwawych kleksów.

Semen i alchemik, kompletnie oszołomieni, wgapiali się w leżący wzdłuż ścian wał martwych, konających i przetrąconych ptaków. Z ostrych drzazg stłuczonych szyb zwisały ptasie flaki i kapała krew. Ktoś zaczął wrzeszczeć, do pierwszego głosu dołączył kolejny. Ktoś inny dzwonił po policję. Konspiratorzy oddalili się chyłkiem, usiedli na ławeczce. Drzewa Plantów szumiały kojąco. Widok też był ciekawy, bo przyjechała policja, straż miejska, inspektor weterynarii, a nawet strażacy. Oglądali zwał martwych gołębi, robili zdjęcia dokumentacyjne, dzwonili gdzieś, składając raporty. Wokół rósł wianuszek gapiów. Najwyraźniej żadna służba nie miała zielonego pojęcia, co robić w takim wypadku. Jakub wyjął z kieszeni flaszkę i plastikowe kubki. Strażą miejską nie musieli się przejmować, miała co innego do roboty.

– Nie było to łatwe, ale mamy swoje Waterloo. – Egzorcysta stuknął kubeczkiem o naczynia kompanów.

– Yyy... No tak, zasadniczo udało się... A tak poza tym... Ale jak na to wpadłeś?! – wykrztusił kozak.

– To dzięki tobie, przyjacielu – uściskał go egzorcysta. – Ty mi podpowiedziałeś ten chytry i genialny plan.

– Ja!?

– No może nie do końca podpowiedziałeś, ale dzięki informacjom od ciebie zdołałem go wymyślić. Powiedziałeś, że to nieziemskie żarcie szkodzi nam, bo zawiera inaczej zbudowane związki chemiczne. Te wszystkie

inaczej wykręcone niż nasze, czyli prawoskrętne aminokwasy i lewoskrętne cukry.

– Eee... No fakt, miałem taką teorię. Ale co to niby ma do rzeczy?

– Ja też muszę przyznać, że nie rozumiem – bąknął pan Oskar.

– A co tu do wyjaśniania? To bardzo proste. Po smażonym bekonie z jednorożca zamiast do barłogu trafiliśmy pod stół. Zamiast przez okna rzygaliśmy na podłogę. Tu zachodzi dokładnie ten sam mechanizm fizjologiczny. Zatem po lewoskrętnym ziarnie gołębie skręcają w lewo, a po prawoskrętnym w drugą stronę. Wystarczyło sypnąć im pszenicy z innego świata, ustawić się obok stada po odpowiedniej stronie, żeby ściana była tam, gdzie polecą. A potem je spłoszyć.

Kozak i alchemik wymienili spojrzenia. Obaj wiedzieli, że odmienne chemicznie białka, cukry i inne związki nie mogły spowodować takiego efektu, ale po pierwsze, udało się wygrać, a po drugie, ich przyjaciel był tak niewyobrażalnie dumny ze swojego pomysłu, że postanowili nie psuć mu humoru.

Pociąg stukał na szynach, unosząc przyjaciół w stronę domu.

– W sumie sympatycznie spędziliśmy czas, pomogliśmy ludzkości, odwiedziliśmy Kraków i jeszcze dostarczyliśmy wiewiórowemu Jakubowi niezły sprzęcior do samogonu. W dodatku wyszliśmy z tej przygody mądrzejsi, niż byliśmy – zawyrokował Jakub.

– A czego niby się nauczyliśmy? – zirytował się Semen. – Ja już wcześniej czułem, że nie należy pakować do gęby żarcia z innych rzeczywistości.

– E, żeby się czegoś wielce nauczyć, to chyba faktycznie nie tym razem. Ale zdobyliśmy cenny okruch wiedzy. Skoro gołębie to przewolunowane welociraptory, to znaczy, że mięcho z dinozaura smakuje gołębiem.

Nadgorliwy

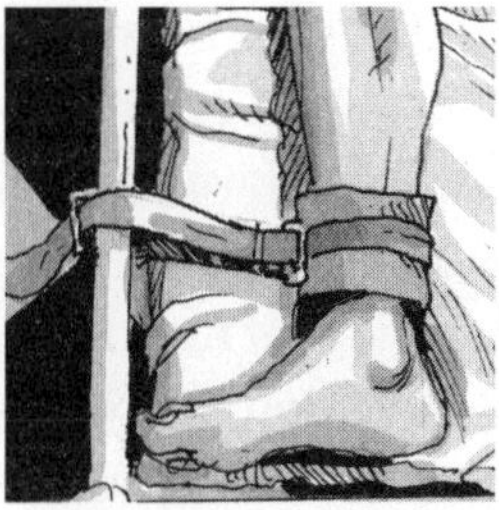

Po śniadaniu egzorcysta wystawił talerze na próg.

– Okruszki dla naszych malutkich głodnych ptasząt – mruknął z rozczuleniem. – Żeby umilały nam życie śpiewem i trzepotem skrzydełek.

– Dla tych ptasząt, których jeszcze nie przerobiłeś na pasztet – skwitował Semen.

– No tak, przecież te zjedzone nie potrzebują już okruchów... – Jakub chyba nie bardzo zrozumiał przytyk.

Popatrzył na słoneczko, kwitnące śliwy. Wciągnął w nozdrza zdrowe wiejskie wonie. Kichnął, bo oprysk u sąsiada zakręcił w nosie.

– Jestem szczęśliwy – oświadczył. – Całe moje życie to pasmo drobnych radości, przyjemności i innych sukcesów. Pomyśl, czego właściwie brakuje nam do szczęścia?

– No, w sumie... – poskrobał się po głowie kozak. – Chociaż z drugiej strony patrząc, car mógłby wrócić...

– Sto lat minęło, od kiedy został rozstrzelany przez bolszewików. Wrócić mógłby co najwyżej jako zombie.

Ale wtedy obligatoryjnie musielibyśmy go wymiętruszyć. A chyba byłoby ci głupio brać starego kumpla pod but.

– No to może faktycznie lepiej niech nie wraca. Więc powiadasz, że jesteśmy szczęśliwi?

– Pomyśl chwilę. Mamy dach nad głową, mamy co zjeść, co wypić, jesteśmy w tym błogosławionym wieku, kiedy już nie trzeba ganiać za babami. Zęby nas nie bolą, bo ze starości powypadały. Włosów tak niewiele zostało, że nawet grzebień jest zbyteczny, starczy dłonią łeb przyklepać i gites. Dzieci odchowane i wyniosły się w diabły, więc mamy przestrzeń życiową w chałupach, a co najważniejsze, możemy robić, co zechcemy, bo już nie trzeba dawać smarkaczom dobrego przykładu. Przeżywamy rozmaite przygody, cieszymy się powszechnym szacunkiem sąsiadów. A jak najdzie nas ochota komuś dać w mordę, to w gminie jest ze czterdziestu Bardaków. W dodatku wiosna idzie. Co mogłoby nam zakłócić dobre samopoczucie?

– No, w sumie to chyba tylko upadek asteroidy, trzęsienie ziemi albo wybuch wojny atomowej. Bo na ile cię znam, gdyby wybuchła apokalipsa zombie, powiedziałbyś, że to kolejna przygoda.

Stanęli koło płotu i oddając mocz między sztachetami, w milczeniu chłonęli wszystkimi zmysłami piękno gminnej przyrody. A było co chłonąć, bo sąsiad akurat rozrzucał obornik po polu.

– Przeszlibyśmy się – zaproponował Jakub.

– Ale tak po prostu na spacer!? – zdumiał się Semen. – Nie łaziłem bez celu, od kiedy razem z carem i Griszką Rasputinem wymknęliśmy się pewnego wieczora...

– Nie, tak zupełnie bez celu to faktycznie nie miałoby sensu – uspokoił go przyjaciel. – Wiesz, mam takie dziwne przeczucie, że jestem potrzebny. Coś mnie jakby przyzywa.

– Z daleka?

– Nie, co najwyżej kilka kilometrów. – Wędrowycz machnął ręką w nieokreślonym kierunku, ale z grubsza na południe. – Skoro nie ma nic innego do roboty, załatwmy, co mamy załatwić.

Schowali narzędzia grzechu ciężkiego, zapięli rozporki i poszli. Szli i szli, aż minęli Trościankę. Słoneczko przyjemnie przygrzewało, na polach zieleniły się oziminy. Z daleka wypatrzyli sarenkę, ale nie mieli żadnej broni, więc wspaniałomyślnie darowali jej życie.

– Wiesz co? – zagadnął w pewnej chwili kozak. – Coś tu chyba jest nie tak... Zastanawiam się, czy to wezwanie to nie jest rodzaj pułapki.

– A z czego dedukujesz?

– Ta droga może nie była nadzwyczajna, ale jednak od jakiegoś już czasu posiadała, nazwijmy to, utwardzoną nawierzchnię...

Egzorcysta spojrzał pod nogi.

– No – przyznał.

Asfalt znikł. Szli po glinie ubitej kołami wozów i kopytami koni. Koleiny były wąskie, ślady ewidentnie zostawiły stare „żelaźniaki". Przeszli jeszcze kawałek i zza wzgórza wyłonił się dach kościoła w Tuczępach.

– Hmm... – Kozak zadumał się głęboko. – A to już mi się kompletnie nie podoba.

Część dachu świątyni była w miarę porządna, ale blisko połowa pokryta została prowizorycznie... strzechą. Także ściany z drewnianych belek zdawały się jakby zbyt nowe.

– Tak właśnie mi się wydawało – burknął egzorcysta. – Cofnęliśmy się w czasie. I to do czasów wojny, albo tuż powojennych. Kościół zbudowali jakoś tak w latach trzydziestych, nie wykończyli, bo wojna wybuchła. No i po wojnie jeszcze jakoś kilka lat zeszło, zanim wyszykowali jak trzeba. A potem to już była normalna blacha.

– Przyznaj się, to twoja robota!

– Jakim cudem? Nie umiem kłaść strzechy! Do tego trzeba fachowca.

– Nie o kościele gadam, tylko o tym, że jesteśmy w innych czasach.

– A... Tym razem nie! W dodatku ten, kto nas tu ściągnął, dysponuje sporym potencjałem magicznym... Nie dość, że epoka jest inna, to jeszcze specjalnie na naszą cześć czas został na chwilę zatrzymany!

Kożak rozejrzał się wokoło. Wrony wisiały w powietrzu jak nieruchome punkty na fotografii. Żaden wietrzyk nie poruszał gałązkami drzew. Cisza aż świdrowała w uszach.

– Czyli to jednak pułapka? – zafrasował się Semen.

– E, niekoniecznie. Może ktoś chce tylko z nami pogadać.

– Pierwsza osoba, która się poruszy...

– Będzie tym kimś.

Podeszli do kościoła. Czas nadal stał. Żaden podmuch nie przyginał łanu traw i chwastów. Chmury też wyglądały jak namalowane. Spostrzegli nawet nieruchomą gospodynię księdza, która za chruścianym płotkiem sypała kurom pszenicę. Ziarno wisiało w powietrzu. Kury też zamarły w irytującym bezruchu. Na szerokich stopniach schodów prowadzących do świątyni, skryta w głębokim cieniu rzucanym przez budynek, siedziała niebrzydka damulka, ubrana elegancko, choć wedle mody z końca dziewiętnastego wieku.

– No, nareszcie ktoś się zjawił – ucieszyła się, wstając na ich widok. – Witam panów.

– No, dzień dobry – mruknął egzorcysta, na wszelki wypadek macając, czy w kieszeni kurtki ma odpowiedni sprzęt do likwidacji takich zjawisk.

Kobieta uśmiechnęła się. Teraz i kozak załapał, że chyba nie do końca jest materialna. Była blada. Ubiór zachował tylko cienie dawnych kolorów. Ewidentnie prześwitywały przez damę drzwi świątyni.

– Półtora roku tu na panów czekam.

– Tu, w tym miejscu, pani czeka? – Semen nadal nie do końca łapał, co też się dzieje.

– A co w tym dziwnego? Tu jestem pochowana, pod tymi schodami – wyjaśniła. – Gdzie niby miałabym siedzieć?

– To duch miejscowej dziedziczki – wyjaśnił egzorcysta kumplowi. – Słyszałem o niej.

– Jeśli życzy sobie pani, żebyśmy odkopali ciało i na ten przykład poświęcili albo wetknęli osikowy kołek... – propozycja Semena zawisła w powietrzu.

Kobieta zrobiła urażoną minę.

– Jak siedzi na schodkach kościoła i na poświęconym terenie, a w dodatku jest w stanie pokazać nam się w biały dzień, to nie jest duszą potępioną, tylko pokutującą. Znaczy się czyściec w reżimie aresztu domowego – pouczył kozaka Wędrowycz.

– Oj, to najmocniej przepraszam za nietakt.

– Nie obrażam się o takie głupstwa – uspokoiła go. – Ale nie mówmy teraz o mnie. Skoro panowie się zjawili...

Jest pewna sprawa, z którą jako nieboszczka nie mogę sobie poradzić, liczę, że panowie pomogą mi z jednym łajdakiem.

– Wybaczy pani, ale osobiście uważam kolaborowanie z martwymi przeciw żywym za moralnie niedopuszczalne. – Egzorcysta bezradnie rozłożył ręce.

– To wielka szkoda, bo naprawdę pilnie potrzebuję pomocy, żeby usadzić jednego parszywego komuszka – westchnęła dama.

– Komuszka? – Jakub poskrobał się po głowie. – No cóż, jak już mówiłem, moja etyka zawodowa łowcy pewnych rzeczy nie dopuszcza, ale z drugiej strony nie pomóc damie w walce z komuchem to jeszcze gorsze, bo wiąże się ze złamaniem zarówno zasad honoru, jak i przyzwoitości ogólnej. Bierzemy to zlecenie, tylko nikomu ani słowa. – Przyłożył palec do ust. – Straciłbym reputację.

Semen, widząc, jak jego przyjaciel w imię wyższych wartości społecznych heroicznie odrzuca twarde zasady, otarł łzę wzruszenia.

– Zasadniczo martwi nie powinni wtrącać się w sprawy żywych, ale jako dawna dziedziczka tych włości, nawet martwa, poczuwam się w obowiązku dbać o moich poddanych oraz ich potomków – wyjaśniła kobieta.

– To bardzo szlachetnie z pani strony – skłonił się kozak.

– Poprosimy zatem o konkrety. – Teraz ukłonił się Jakub.

– Mamy poważny problem. To, że we wsi zagnieździli się komuniści, jeszcze da się jakoś ścierpieć. Niestety, największe problemy mieszkańcy mają z niejakim porucznikiem Malinowskim. Został zdemobilizowany z KBW i jest tu ormowcem.

– Partyjny? – zainteresował się kozak.

– Rzecz jasna.

– A co konkretnie ten komuch nawywijał?

– Tropi, kto trzyma w lasach niezarejestrowaną chudobę. Kabluje, kto pędzi samogon, a kto handluje po cichu ziarnem. W dodatku lata po wsi z pepeszą i jak ktoś nie przestrzega zasad zaciemnienia, strzela po oknach. A czasy takie, że o szyby bardzo ciężko, nie mówiąc już o zagrożeniu życia. Reszta tej bolszewickiej zgrai też oczywiście sprawia problemy, ale co innego wypełnianie nakazów władzy, a co innego nadgorliwość i nieustanne wybieganie przed szereg.

– Może za te starania awansuje i się stąd wyniesie? – poddał Semen.

– Próżne nadzieje. Tu trzeba radykalnych działań.

– Mamy go stuknąć? – zadumał się Jakub. – Trochę to się wydaje niebezpieczne. Niech się pani nie obrazi, ale jesteśmy poza moją epoką. Dłubanie w czasie to nie jest dobry pomysł. Syndrom dziadka i defekt goryla...

– Efekt motyla – podpowiedział Semen.

– Widzę ten problem podobnie. – Dama wdzięcznie skinęła główką. – Warunkiem skrócenia mojej kary czyśćca jest to, że w razie spotkań ze śmiertelnikami nie mogę namawiać ich do grzechu, ale mam skłaniać do czynienia dobra.

– Dobro i zło to pojęcia na swój sposób uniwersalne. Gdy się jednak przyjrzeć szczegółom, widać od razu, że bardzo wiele zależy od okoliczności. Już Sienkiewicz o tym pisał w przypowieści o Murzynie Kalim. Jak komuch stuknie nas, to zły uczynek. Ale jak my stukniemy komucha, to zasadniczo czynimy dobro – rozważał Jakub.

– Moim zdaniem ma pan sto procent racji. Nawet dwieście. Niestety, tam, w górze, patrzą na to bardziej pryncypialnie... – westchnęła. – Ergo warto by się gnidy pozbyć raz a dobrze, ale jak to pisali w powieściach zeszytowych, bez „mokrej roboty".

– Dobra, zmusimy go do emigracji.

– Ile to będzie kosztowało i jak się możemy rozliczyć? – zapytała dama.

– Ja w ogóle nie powinienem dać się pani wynająć, a jeszcze brać od umarlaków pieniądze za szkodzenie żywym to już w ogóle grzech. Zrobimy gratis – westchnął egzorcysta.

– Dziękuję – uśmiechnęła się dama.

– Gdzie go możemy znaleźć?

– O tej porze uprzykrza ludziom życie, przy okazji pozbawiając ich jedynej dostępnej rozrywki...

– Czyli siedzi w knajpie – wydedukował Jakub. – No to idziemy po niego.

Tuczępy Anno Domini 1947 wyglądały jak z obrazków dawnych mistrzów. Chaty polepione gliną, kryte słomą, gliniane garnki suszące się na płotach, kury gdaczące w obejściach... Obaj starcy westchnęli ciężko. Przypomniało im się, jak to dawniej na wsi bywało.

– Jaki masz plan? – zagadnął kozak, gdy zatrzymali się przed gospodą.

– Na początek się z nim napijemy.

– Pić z donosicielem, ormowcem, i to jeszcze komuchem? – skrzywił się Semen.

– Tylko dla dobra sprawy i niczym się nie przejmuj. Pijąc, skrzyżujemy nogi pod stołem.

– A, chyba że tak...

– Musimy, niestety, sięgnąć do żelaznej rezerwy. Potem ci zrefunduję.

– Luzik-arbuzik.

Wkroczyli do izby. Kilku miejscowych ze smętnymi minami moczyło wąsy w piwie. W pomieszczeniu panowała cisza, widać było, że ludziska nie mają odwagi spokojnie rozmawiać. Kozak podszedł do baru. Szynkarz otaksował nieznajomego spojrzeniem.

– Chcielibyśmy z przyjacielem napić się trochę, może nawet całkiem sporo, ale pech sprawił, że wydaliśmy wszystkie pieniądze – wyjaśnił Semen pogodnie.

– Kredyt umarł, zanim jeszcze sanacja nastała – warknął barman, nieco jakby poirytowany. – A Rabat jest stolicą Maroka.

– Pan mnie chyba nie szanuje – zirytował się kozak. – Przecież nie mówię, że chcemy pić za darmochę.

– Zatem jakie są panów propozycje?

Złota carska pięciorublówka brzęknęła cicho o szynkwas. Fala dźwiękowa przedarła się przez blat, spłynęła po nóżkach w podłogę, przez zelówki wniknęła w stopy szynkarza, powędrowała w górę po kręgosłupie i na koniec wyczarowała na jego mordzie przyjazny uśmiech.

– A, trzeba było tak od razu. Macie otwarty rachunek, a Maroko to w sumie bratni nam kraj arabski i sporo wiemy o jego stolicy. Co polać?

– Na początek trzy piwa. I jeśli jest możliwość, proszę schłodzić nam litrową flachę wódki. Tylko nie tej z czerwoną kartką, ale coś lepszego. Może potem będzie potrzebna jeszcze jedna flaszka, to też proszę drugiego litra schłodzić. Na tym pewnie poprzestaniemy, ale reszty nie trzeba.

– Załatwione.

Ormowca rozpoznali bez trudu. Był wprawdzie po cywilnemu, ale tylko on miał pepeszę przerzuconą przez ramię.

– Dzień dobry, towarzyszu Malinowski. – Jakub zasalutował i dosiadł się do stolika, stawiając przed komuchem kufel piwa.

– A panowie kto? – Komuch łypnął podejrzliwie.

– Z Warszawy. – Jakub przyłożył palec do warg. – Proszę nie zwracać uwagi na nasze ubiory, to kamuflaż. Mamy tu poufną inspekcję na polecenie najwyższych władz partyjnych i państwowych. Sam towarzysz Bierut nas tu skierował, bo chce wiedzieć, co się dzieje na ścianie wschodniej. A wiecie, towarzyszu, jak to bywa z raportami, szczególnie gdy przejdą przez kilka szczebli drabiny służbowej.

– Słyszeliśmy sporo o pańskim zaangażowaniu i wzorowej postawie ideologicznej – dodał kozak. – Postawie ze wszech miar godnej naśladowania, a mimo to nie bardzo cieszącej się odpowiednim uznaniem pańskich przełożonych ani władz gminy.

– Dlatego właśnie, towarzyszu – Jakub ponownie ściszył głos – partia wysłała w teren takich jak my. Żeby badali sprawy i docierali do podobnych do was bezimiennych, zapomnianych, niedocenianych cichych bohaterów naszych przełomowych czasów. Po bezstronnej i wnikliwej analizie waszych dokonań muszę obiektywnie przyznać, że zasługujecie na wszystko, co najlepsze, towarzyszu. Chociażby na to, aby objąć tu stanowisko sekretarza gminnej rady narodowej.

– Ku chwale ojczyzny! – wrzasnął ormowiec i zasalutował. Byłby z radości wygarnął z pepeszy serię w sufit, ale starcy w ostatniej chwili powstrzymali niewczesne zapędy rozmówcy.

– Ciii... – upomniał go kozak. – Jesteśmy tu incognito. Znaczy nieoficjalnie.

– Przepraszam.

– Powiedziałem, że zasługujecie na to stanowisko, ale nie powiedziałem, że je obejmiecie – Jakub uderzył w nieco surowsze tony. – Ale nie zwieszajcie nosa na kwintę. Jak pamiętacie, towarzysz Stalin zapisał kiedyś takie słowa: „W okresie odbudowy kadry decydują o wszystkim". Naszym zdaniem wy się w tej dziurze po prostu i zwyczajnie marnujecie. Zaproponowalibyśmy raczej... Ale, ale... widzę, że kufle pokazały dno.

Semen podszedł do baru, wrócił z litrową flaszką schłodzonej wódy i trzema musztardówkami.

– Wypijmy za waszą przeprowadzkę do stolicy. – Jakub polał.

– Wypijmy za wasz rychły awans na majora. – Teraz polał Semen.

– I za objęcie funkcji młodszego inspektora do spraw zwalczania wiejskich środowisk reakcyjnych. – Egzorcysta nalał z czubem.

Po trzeciej kolejce klient był już kompletnie znieczulony.

– Co teraz z tym szczurem? – burknął kozak.

– Słowo się rzekło. Mieliśmy go przekonać do emigracji, czyli nie ma wyjścia, zabieramy tę padlinę ze sobą.

Wzięli ormowca pod ramiona, Jakub przewiesił sobie przez ramię jego pepeszę i nieco chwiejnym krokiem wyszli. Zmrok zapadał powoli...

– Daleko będziemy go wlekli? – wysapał kozak. – Nie lepiej dać w łeb i zakopać albo w lesie trupa porzucić sarenkom na uciechę?

– To zbyt mała kara. – Na twarzy Jakuba odmalował się naprawdę paskudny uśmiech.

I naraz pod nogami nie było już polnej drogi, tylko lichy asfalt, a w półmroku spostrzegli pierwsze domy Trościanki. W oknach połyskiwało żółte światło elektryczne i błękitna łuna telewizorów. Wrócili do swoich czasów. Jakub obszukał ormowca, zabrał mu służbowy pistolet i dokumenty. Miał też przy sobie wypchany portfel.

– Fiu, fiu, chyba dopiero co wypłatę odebrał – zauważył kozak. – Pamiętam takie...

Przez chwilę w zadumie oglądali czerwoną stówkę, ozdobioną na awersie wizerunkami pary chłopów trzymających snopy, a na rewersie grafiką traktora orzącego pole. Banknot budził wspomnienia, niekoniecznie pozytywne...

– Pieniędzy nie zabieramy. – Egzorcysta wcisnął banknot do portfela, a portfel ciepnął w krzaki. – Osobiście brzydzę się złodziejstwem. Zresztą jemu się nie przydadzą, bo to już i tak nieobiegowe.

– No i dobra – burknął Semen. – Przejście się zamknęło. Czyli zostanie tu...

– Na zawsze.

– Sam nie wiem, czy należy aż tak zaśmiecać naszą szczęśliwą epokę odpadami czasów szczęśliwie minionych – skrzywił się kozak.

– Potraktujmy to w kategoriach kary. Nie dość, że będzie miał unikalną okazję zobaczyć bankructwo systemu, który tak ofiarnie budował, to jeszcze musi wziąć się do uczciwej pracy albo zdechnie z głodu. Albo to nagroda może? W końcu trafił do miejsca, gdzie w porównaniu z czasami stalinowskimi panuje niewyobrażalny wręcz dobrobyt i gdzie już nie musi robić innym krzywdy. Dawaj go do rowu i chodźmy.

I obaj starcy, rechocząc wesoło, oddalili się drogą.

Ormowiec miał słabą głowę. Wytrzeźwiał dopiero koło południa. Napił się błotnistej wody, żeby choć odrobinę ugasić potworne pragnienie. Gdy kac trochę zelżał, towarzysz wygrzebał się z rowu. Ścisnął głowę. Pamięć powoli wracała. Inspektorzy z Warszawy docenili jego starania. Potem było opijanie awansu... Szli przez pola, tylko dokąd? Przecież chyba nie pieszo do stolicy?!

– Gdzie ja ich zgubiłem!?

Nie miał zielonego pojęcia, gdzie też może się znajdować, w ogóle wypadki poprzedniego dnia dziwnie pozacierały mu się w pamięci. Rozejrzał się uważnie. Okolica wyglądała niby to znajomo, ale jednak obco. Wypatrzył linię słupów elektrycznych.

Elektryczność to postęp i socjalizm, zatem linia energetyczna zaprowadzi mnie do większego ośrodka administracji państwowej! – wydedukował.

Lublin, niedługo później

– To ten nowy pacjent. – Ordynator wskazał okienko. Dyrektor kliniki zajrzał do środka „szałówki". Mężczyzna leżał na łóżku, przywiązany pasami. Nafaszerowany lekami, patrzył tępo w sufit.

– Tu jest jego karta.

– Proszę zreferować.

– Wszedł do marketu w Chełmie. Oczywiście ochroniarze od początku mieli na niego oko. Ubrany jak cudak, widać, że nockę spędził w rowie, a kac gigant nie oszczędzał. Wziął z regału pęto kiełbasy oraz flaszkę wódki, po czym próbował wyjść bez płacenia. Został zatrzymany na bramkach. Ochronie oświadczył, że przybył z innej epoki, a w komunizmie i tak wszystko jest za darmo. Dokumentów żadnych nie miał, pieniędzy też. Co tu dużo mówić, trafił na chłopaków bez poczucia humoru, a że się stawiał, to i trochę oberwał. Najpierw od nich, potem jeszcze wszczął bójkę z wezwanymi gliniarzami. Nam opowiedział, że jest ormowcem zaginionym w latach czterdziestych. Tylko że wiek kompletnie się nie zgadza, musiałby mieć dziś setkę na karku, a tu na oko czterdziestka może... Ponieważ znów rwał się do bitki, dostał zastrzyk.

– Identyfikacja?

– Odcisków palców nie znaleziono w policyjnej kartotece. Ale ubrany był w tak dziwne ciuchy i gada z takim kresowym akcentem, że zwróciliśmy się o pomoc do Ukraińców, bo chyba stamtąd przywędrował.

Wujaszek Edward

Posterunkowy Birski szedł spokojnie przez rynek, jak co dzień tropiąc nieprawidłowości i wypatrując jeleni, którym można by wypisać mandaty. Nieoczekiwanie jego uszy rozdarł dziwaczny terkot. Rozejrzał się zaskoczony – brzęczał alarm nad wejściem do banku.

Co jest, do cholery?! – zdziwił się. Ćwiczenia z ewakuacji mają i mnie nie zawiadomili? Przecież to trzeba zgłaszać na posterunku w terminie określonym ustawą...

W tym momencie drzwi otworzyły się z trzaskiem i ze środka wybiegło kilku zamaskowanych kolesi z workami na plecach. Ponieważ pod bankiem obowiązywał zakaz parkowania, rabusie biegli do auta pozostawionego koło ratusza. Birski otaksował umykających. Choć ewakuacja przebiegała im całkiem sprawnie, nie wyglądali na pracowników banku. No i alarm miał zupełnie inną częstotliwość niż przeciwpożarowy.

O w mordę, to chyba prawdziwy napad?! – zdumiał się posterunkowy. Ale jak to: napad na bank w Wojsławicach?!

Bez większego przekonania sięgnął do biodra, ale oczywiście spluwa leżała w sejfie na posterunku. Miał tylko tonfę i pojemnik z gazem. Nie bardzo wiedział, co w tej sytuacji robić.

Właśnie przeglądał w myślach katalog procedur, gdy powietrze rozdarło kilka wystrzałów. Bandyci runęli na asfalt i zalegli w kałużach krwi. Jeden upadł nawet całkiem niedaleko. Padając, wypuścił z rąk i worek ze zrabowaną kasą, i obrzyna. Jęczał, trzymając się za przestrzeloną łydkę.

Birski ocknął się z zadumy. Spluwa może została na posterunku, ale kajdanki miał przy sobie. Aresztuję rabusia i zrobię wynik, pomyślał.

Ale zanim dotarł do postrzelonego, stali już nad nim Jakub i Semen. Kozak trzymał odrapany rewolwer.

– Wiem, o czym myślisz, śmieciu – odezwał się do rannego. – Zastanawiasz się, czy masz dziś szczęście? Czy wystrzeliłem pięć, czy sześć razy? Szczerze powiedziawszy, sam straciłem rachubę w tym zamieszaniu.

Bandyta spojrzał w wylot lufy, a potem przeniósł wzrok na swojego obrzyna. Broń leżała dosłownie na wyciągnięcie ręki.

– Semen, przestań pieprzyć te filmowe bzdury – fuknął Jakub. – Po pierwsze, co komu po szczęściu, jak brak mu rozumu? Przecież ten debil napadł na bank spółdzielczy, w którym można zrabować co najwyżej kilkanaście tysięcy. Po drugie, to oczywiste, że nie ma szczęścia, bo trafił na nas. Po trzecie, co ma do rzeczy, czy strzelałeś pięć, czy sześć razy, skoro twój nagan jest siedmiostrzałowy. Po czwarte, szkoda kuli, łomem go zaciukamy albo z buta... A ty nie stój jak ciul! – zwrócił się do Birskiego. – Odzyskaliśmy łup, należy nam się dziesięć procent, rozwiąż ten worek i odlicz, ile trzeba.

A potem faktycznie wyciągnął z cholewki gumofilca łom i przydzwonił rannemu w łeb, aż z roztrzaskanej czachy bryznął mózg. Birski wrzasnął i – na szczęście obudził się.

Boże, co za koszmar! Otarł pot z czoła. Co gorsza, na ile znał tych wrednych dziadów, dokładnie tak by było...

Spojrzał na budzik. Dochodziła czwarta nad ranem. Zacisnął zęby, wbił twarz w poduszkę i przez kolejną godzinę bezskutecznie próbował zasnąć.

Niestety, ledwo zdołał na dobre oddać się w objęcia Morfeusza, ze snu wyrwał go dźwięk telefonu służbowego. Było piętnaście po piątej. Birski spojrzał na wyświetlacz. Dzwonili z komendy powiatowej.

– Halo? – rzucił nieregulaminowo. – Posterunkowy Birski melduje się...

– Biały alarm. Kod sześćdziesiąt cztery. Zbiórka do akcji za kwadrans u was przed komendą – wyszczekano na drugim końcu linii.

– Tak jest!

Birski poszedł do łazienki, wziął prysznic, umył zęby, przegryzł kawałek kiełbasy i wbity w mundur, powlókł się do roboty.

Na miejscu był dobre dziesięć minut po czasie, ale ponieważ i tak nie mogli zacząć bez niego, spóźnienie nie miało większego znaczenia. Rowicki czekał już przy radiowozie. Też wyglądał na solidnie zaspanego.

Otworzyli posterunek, pobrali z sejfu i szafek wyposażenie.

Zaraz też podjechało drugie auto. Dwaj gliniarze z powiatu. Posterunkowy popatrzył na nich z niechęcią. Młode, wysportowane byczki, wyższe od niego o dwie głowy, w wyprasowanych mundurach i wypastowanych kamaszkach. Wszystko, co mieli na sobie, lśniło nowością. Nawet radiowóz był nówka sztuka, i to lepszej marki. Birski wcisnął koszulę za pasek, zameldował się.

– Akcja „Wiosenny krokus" – poinformował go podkomisarz dowodzący operacją. – Wyrywkowa kontrola trzeźwości osób udających się do pracy prywatnymi środkami lokomocji.

Do pracy? Rowicki poskrobał się po głowie. No, w sumie nie da się tak całkiem wykluczyć, że ktoś w tej gminie faktycznie pracuje...

– Ustawiamy się tu i tu. – Policjant z powiatu pokazał na mapie. – Kontrolujemy każdy samochód. My bierzemy ten punkt, wy stajecie tu. Radiowóz cofnąć trochę, żeby nie był widoczny z dużej odległości. Parzyste numery sprawdzamy my, nieparzyste wy. Wszystko jasne?

– Tak jest! – Birski zasalutował, choć miał ochotę splunąć mu pod nogi.

Gogusie z miasta, na wojnie nie byli i prochu nie wąchali! – podsumował ich w myśli. Nawet nie wiedzą, co to jest prawdziwa milicyjna robota, gdy trzeba rozgonić wiejską zabawę albo spałować demonstrację, przepuszczając setkę ludzi przez ścieżki zdrowia. A nas, fachowców i weteranów, nikt nie szanuje, rozżalił się.

Dziesięć minut później zaparkowali obok kapliczki. Rozstawili pro forma trójnóg od radaru, naszykowali alkomat i lizaki. Zlustrowali, czy zasadzka wygląda profesjonalnie. Nie wyglądała, bo znów zapomnieli pojechać z radiowozem do myjni, a błota było na aucie zbyt mało, aby uznać je za element maskowania.

– No to do roboty – ziewnął podkomendny Birskiego.

– Rowicki?

– Taaa...?

– Ty byłeś chyba niezły z matmy? Pamiętam, że w podstawówce olimpiadę wygrałeś. A potem kończyłeś chyba licem ekonomiczne czy jakoś tak?

– I to na samych piątkach. Ale wolałem być gliniarzem niż księgowym, bo w policji lepiej płacą. No i nudziło mi się siedzieć w biurze. Głupiego robota przekładać papierki z kupki na kupkę. I tak nikt tego potem nie czyta.

– Cool. To bardzo dobrze, bo szczerze powiedziawszy, mam wątpliwości... Nie do końca zrozumiałem, co powiedział ten powiatowy dupek.

– Że parzyste oni, a nieparzyste my? No skoro mamy łapać pijanych kierowców, to moim zdaniem chodziło mu o numery rejestracyjne przejeżdżających aut.

– Hmm... Tak sądzisz?

– No bo numerów silnika nie sprawdzimy tak na odległość.

– Fakt. Ale co to jest numer parzysty?

– No taki, który się dzieli na dwa.

– Rowicki, aż takim idiotą to ja nie jestem! Po prostu nie wiem, czy mamy numer na tablicy potraktować jak jedną całość i podzielić, czy może raczej zsumować cyfry i podzielić, czy może uwzględniać tylko ostatnią albo tylko pierwszą.

– Jak ostatnia dzieli się przez dwa, to i cały numer dzieli się przez dwa. Ale jeśli to faktycznie trzeba zsumować? – Podwładny zadumał się głęboko. – A co nam będą ćwoki powiatowe gadać, jak mamy robotę wykonywać! Łapmy na oko, jak zwykle – zaproponował.

– Ty to masz łeb! A jak zhaltujemy kogoś, kogo oni już sprawdzili?

– To będzie podwójnie skontrolowany. W pociągach też tak bywa. Przejdzie konduktor, sprawdzi bilety, a potem idzie jeszcze firma i sprawdza, czy na pewno wszystkich sprawdził. Zresztą zapytać można.

– Prawda... A jak ktoś pijany będzie rowerem jechał?

– To chyba trzeba odpuścić, bo jeśli nie ma tablicy rejestracyjnej, to nie wiemy, czy to parzysty, czy nieparzysty – powiedział Rowicki, ale w jego głosie pobrzmiewało jakby wahanie.

Stali, nudzili się jak mopsy. Słonko wspięło się już wysoko na nieboskłon, ale od łąk ciągnęło zimnem i wilgocią. Przemarzli na wylot, więc wsiedli do radiowozu i dalej się nudzili. O tej porze nikt nie jeździł.

– A może jednak nie o rejestracje chodzi? – zadumał się Birski.

– No to niby jak?

– Pierwszego, trzeciego, piątego kontrolują oni, a drugiego, czwartego, szóstego i tak dalej kontrolujemy my?

– Nie da się wykluczyć – przyznał Rowicki. – Ale chyba łatwo byłoby się pomylić w liczeniu, dlatego sądzę, że raczej chodzi o numery na tablicach.

– Tak, chyba masz rację.

– Zresztą to i tak akademickie rozważania, przecież w ogóle nie ma ruchu.

Podwładny miał termos świeżo zaparzonej kawy. Poczęstował szefa, sam też się napił. I dalej nic się nie działo. Tylko spać chciało się trochę mniej.

– Debile w tym powiecie – westchnął Birski. – Od Grabowca nikt o tej porze nie jeździ. Z Wojsławic na Chełm, tam jeszcze jakiś minimalny ruch jest i można by frajerów połowić... Ale tu?

– Martwy sezon. Albo martwy szlak. – Birski znów zaczął przysypiać. Nawet kawa mu nie pomogła. – Prawdziwa starość zaczyna się w chwili, gdy człowiek zrozumie, że nie jest w stanie całkowicie zastąpić snu kawą – zauważył filozoficznie.

– Szefie?

– Taaa...?

– Skoczę się odleję.

– Uhum...

Rowicki znikł. I wtedy jak na złość na horyzoncie pojawiło się auto. Czerwone. Posterunkowy uniósł lornetkę do oczu. Tablica była czytelna.

– Cztery dodać trzy, dodać jeden, dodać siedem – zaczął liczyć na palcach. – Piętnaście! Nieparzysta liczba! Tylko kto miał łapać tych nieparzystych, my czy oni? A diabła tam...

Wygramolił się z auta, wyczłapał na szosę i zamachał lizakiem. Pojazd zatrzymał się. Posterunkowy podszedł, zajrzał do samochodu. Za kierownicą siedziała jedna z nauczycielek wojsławickiej szkoły, ta młoda, ładna blondyneczka. Nie pamiętał, jak ma na imię, ale kojarzył ją z widzenia.

– Dzień dobry, czy była pani już dziś dmuchana? – zapytał, unosząc alkomat.

– No wie pan? Takie pytanie? – Kobieta parsknęła śmiechem i dopiero w tej chwili dotarło do niego, co palnął.

– Eee... no tak, proszę jechać – bąknął.

Auto odjechało. Birski wrócił do radiowozu.

– Co tam, szefie? – Rowicki już stał koło radaru i oglądał z zafrasowaniem obsikaną nogawkę.

– Nie zachodziła konieczność kontroli – wyziewał szef. – Przypomnij, proszę, które auta mieliśmy sprawdzać?

– Parzyste. Albo nie... zaraz. Nieparzyste chyba. Teraz to już sam nie wiem. Ale to pan, szefie, dowodzi zasadzką...

– Chyba cię zaraz palnę!

Posterunkowy zgrzytnął zębami. I naraz naszła go straszna złość, pomieszana z żalem i poczuciem krzywdy. Zarwana noc, parszywy poranek, zrobienie z siebie idioty przed sympatyczną nauczycielką... A czyja to wina? Oczywiście Wędrowycza. Gdyby się gad nie przyśnił, Birski by się spokojnie wyspał. Poszedłby na akcję ze świeżym umysłem, sam by rozkminił problem parzystości. No i nie byłoby kompromitacji z dmuchaniem.

– Zapłacisz mi za to, Wędrowycz! – burknął przez zęby. – Za cały dzisiejszy dzień. Przegiąłeś o jeden raz za dużo.

– Co znowu przegiął? – zdumiał się podwładny. – I niby kiedy?

– Przyśnił mi się, i był to bardzo wredny sen! Nie szczerz ryja, dla mnie ten powód jest wystarczający! Poza tym jeszcze jedno. Tak sobie myślę... Patrzę, jak się zestarzałem i zramolałem. Emerytura już chyba niedługo... Za trzy lata, albo cztery.

– Pańska emerytura zaraz, a mnie to jeszcze z osiem zostało. Hmmm... wychodzi na to, że teraz ja zostanę szefem posterunku?

– Poradzicie sobie przecież, Rowicki, to nie jest przesadnie trudna robota. Pewnie przydzielą wam kogoś młodszego na przyuczenie, to będzie po piwo i gazetę ganiał. Cholera, znów jakiś jedzie... To w końcu parzyste czy nieparzyste?

– Nie pamiętam.

– Dobra, olejmy to. Jest taka milicyjna jeszcze tradycja, że gliniarz odchodzący na emeryturę powinien na zakończenie kariery dokonać czegoś spektakularnego. Złapać seryjnego mordercę, udaremnić zamach terrorystyczny, rozwikłać nierozwiązaną sprawę sprzed lat, odnaleźć zaginiony łup milionowej wartości, rozpracować gang i tak dalej.

– Ale w naszej okolicy nie ma ani seryjnych morderców, ani nierozwiązanych spraw. Wszystko, co nielegalne w naszej gminie, to albo robota Bardaków, albo starego Jakuba i jego przydupasów. Choć po prawdzie trochę co innego ustalić winnych, a co innego wsadzić ich do ciupy.

– W każdym razie, jako że szanuję dobre tradycje, postanowiłem zakończyć moją policyjną karierę zapuszkowaniem Wędrowycza! – oświadczył uroczyście Birski.

– Szefie, da szef spokój – przeraził się podwładny. – Bo to mało razy próbowaliśmy? Nie da się, no to się nie da i tyle. Trzeba wiedzieć, kiedy odpuścić. Poza tym co będziemy z tego mieli, że go wsadzimy? Bardaki poczują, że nikt ich nie kontroluje, znów zaczną pokazywać, kto tu rządzi...

– Jak go zamkną, to powietrze się oczyści. I pomyśl, jak będzie przyjemnie wejść do knajpy i pić piwo bez konieczności znoszenia widoku jego zakazanej mordy.

– To już teraz możemy, wystarczy inaczej krzesła ustawić. Poza tym, żeby pić bez konieczności patrzenia na zakazane gęby, musielibyśmy wsadzić pół gminy.

– Muszę go zapuszkować, no po prostu muszę! Dla zdrowia, dla uspokojenia sumienia i skołatanych nerwów. Dla ogólnego pożytku społecznego. Dla pokazania różnym obszczymurkom, że policja ma tu jeszcze coś do powiedzenia. Dla postraszenia Bardaków także, bo sam pomyśl: gdy Izydor zobaczy, że przymknęliśmy Jakuba, będzie miał czytelny komunikat, że możemy przymknąć także jego.

– Nawet jak zapuszkujemy Wędrowycza, to kiedyś wyjdzie i zrobi nam z dupy jesień średniowiecza! – zgłosił obiekcje Rowicki. – O ile w ogóle się uda, bo jak znów przyjedzie ten korporacyjny prawnik od jego wnusia, to jesień średniowiecza będziemy mieli od razu, a dziadyga nie pójdzie siedzieć wcale.

– Dlatego właśnie tym razem trzeba go tak przyskrzynić, żeby nie zdołał się wywinąć i zbyt łatwo nie wyszedł.

– Hmmm... Niczego podejrzanego ostatnio nie wywinął.

– Nie szkodzi, wrobimy go.

– Szef mówi o prowokacji? – zaniepokoił się Rowicki. – Już przecież próbowaliśmy.

Myśli zwierzchnika skręcały na niepokojące tory.

– Nie o jakiejś tam prowokacji. Mówię o wielkiej, wspaniałej brudnej prowokacji. Takiej w najlepszym zomowsko-ubeckim stylu. O wsadzeniu tego gada na całe lata. O zrobieniu go na szaro do tego stopnia, żeby mu żaden korporacyjny prawnik nie był w stanie pomóc.

– To musielibyśmy go wrobić co najmniej w jakieś morderstwo albo kradzież dóbr kultury ogromnej wartości... Albo w coś jeszcze gorszego.

– Do rzeczy. Masz jakiś pomysł?

– Nie. – Rowicki rozłożył ręce.

– Ja też nie, ale nic nie szkodzi. Pochodzę z gliniarskiej rodziny i mam sporo mundurowych krewnych. Mam też takich krewnych, którzy całe życie byli mundurowi, choć na co dzień mundurów nie nosili. Wiesz, co mam na myśli?

– Oj, chyba się domyślam...

– Stryjaszek Edward na pewno pomoże. Tylko widzisz, Rowicki, jest mały kłopot.

– To znaczy?

– Stryj, bo to brat ojca, może i ma siedemdziesiąt lat, ale pozostał czerwony jak burak i twardy jak granit. Nie palnij przy nim czegoś przeciw komunie. I niech cię ręka boska broni przyznawać się, że chodzimy czasem do kościoła! I módlmy się, żeby nie przewąchał, na kogo ostatnio głosowaliśmy!

Minęły jakieś trzy dni. Rowicki powoli nabrał nadziei, że szef zapomniał o całym planie dopieczenia Wędrowyczowi. Odpowiadało mu to. Ilekroć w przeszłości próbowali usadzić Jakuba, genialny plan szefa z reguły szedł się bujać, a oni sami obrywali jakimś rykoszetem.

Niestety, gdy pewnego dnia przyszedł na posterunek, zastał tam ponurego siwego starca o wyjątkowo nieprzyjemnym wyrazie twarzy.

– To mój stryj Edward – przedstawił gościa Birski. – Wspominałem ci o nim. Stary, doświadczony ubek, pracujący na kierunku międzynarodowym, a później w WSI.

– Ja bym bardzo prosił nie rozpowszechniać takich informacji – syknął staruszek. – To było dawno i nieprawda... Nawet IPN niczego mi nie udowodnił, a próbowali, oj, próbowali... – Uśmiechnął się tak, że obu policjantów ciarki przeszły.

– Spokojnie, stryju, tu są sami swoi. Rowicki był ze mną w ZOMO. Sprawdzony, wypróbowany towarzysz. Ręczę za niego głową.

– Partyjny? – Były ubek wbił badawcze spojrzenie.

– Eee... Trochę za młody byłem, ale miałem się zapisać na staż kandydacki, tylko że komuna padła – bąknął Rowicki. – Za to rodzice byli w PZPR, a dziadkowie to nawet w przedwojennym KPP i KPZU – fantazjował.

– A, chyba że tak! – Dziadyga spojrzał na niego jakby odrobinę życzliwiej. – No cóż, skoro nie macie pilniejszych zadań, możemy przystąpić do narady. Jeśli dobrze zrozumiałem mojego bratanka, plan zasadniczo jest taki: chcecie wsadzić pewnego bruździącego wam mieszkańca gminy na długie lata do kicia.

– Może być nawet dożywocie – uśmiechnął się Birski.

– W dodatku nie ma przeciw niemu dowodów, nie ma poszlak, czyli całą akcję trzeba oprzeć na jednej wielkiej, błyskotliwej prowokacji.

– No właśnie – przytaknął Rowicki.

– Da się zrobić. Mam taki pomysł. Gdy jeździłem służbowo do Afganistanu, pomagałem w opracowaniu takiego fikuśnego... hmm... Albo zacznę od początku. Uciemiężony bratni naród afgański w latach osiemdziesiątych stanął w obliczu walki z amerykańsko-syjonistycznymi interwentami. Oczywiście PRL i ZSRR nie zostawiły ich samych w biedzie, ale nasze możliwości nie były nieograniczone. Tysiące radzieckich żołnierzy ginęło w tej wojnie z rąk klerykalno-feudalnych reakcjonistów. Po dekadzie walk politbiuro zrozumiało, że skoro wojna dotąd nie przyniosła rozstrzygnięcia, zatem i tu sprawdzi się stara sowiecka zasada, że „pomoc dla tonących spoczywa w rękach samych tonących". Podjęto więc decyzję, by wycofać regularną armię, ale jednocześnie udzielić naszym muzułmańskim braciom wsparcia naukowo-technologicznego. Tak żeby mogli produkować to i owo własnymi siłami.

– A tak konkretnie? – zainteresował się Rowicki.

– Tajemnica służbowa! I wojskowa! I państwowa! I w ogóle tajemnica Układu Warszawskiego! – Dziad aż się zapowietrzył.

– Hmm... Stryjaszku drogi, ale jak nam nie powiesz, to skąd będziemy wiedzieli, co robić? – bąknął Birski.

– Układ Warszawski od dawna nie istnieje, nikogo nie obchodzą jego tajemnice. Zresztą Amerykańcy dawno już to wszystko wyszpiegowali – poparł go podkomendny. – A czego nie wyszpiegowali, to byli radzieccy generałowie opisali w swoich książkach ze wspomnieniami.

– No dobra, ale to musi zostać między nami. – Stryj Edward zniżył głos: – Wymyśliliśmy, jak w warunkach domowych robić pociski rakietowe. Proste jak konstrukcja cepa. Tanie jak barszcz. Skuteczne jak piorun z jasnego nieba. Tylko że Afgańczycy nie mogli ich produkować z braku odpowiedniej ilości stalowych rur wodociągowych.

– Rur wodociągowych? – upewnił się jego bratanek.

– To główny komponent. W Afganistanie wprawdzie były rurociągi, a nawet czasem kanalizacja, ale rur używano ceramicznych. Na korpusy pocisków rakietowych się nie nadawały. Ale nasz pomysł się nie zmarnował. Dzielni powstańcy sprzedali go swoim palestyńskim braciom i ci zaczęli robić to, co dziś znamy jako rakiety kassam.

– Nie słyszałem – pokręcił głową posterunkowy.

– Co to za rakiety? – spytał Rowicki.

– Bałwany! Telewizji nie oglądacie? Wyobraźcie sobie rakietę balistyczną o zasięgu kilku do kilkunastu kilometrów, zdolną do przenoszenia niewielkich ładunków wybuchowych. Te rakiety konstruuje się bardzo łatwo i z dostępnych surowców. Przede wszystkim, jak wspomniałem, z metalowych rur różnego rodzaju. Palestyńczycy budują je w garażach, potem wywożą na wzgórza, podpierają kilkoma cegłami i odpalają, żeby poleciały nad granicą. Rakiety spadają już w Izraelu. Trafi taka Żydkowi w dom, rozpierniczy... – zarechotał Edward wrednie, a nawet trochę antysemicko.

– Chyba rozumiem – powiedział jego krewniak. – Czyli twój plan, stryjaszku, jest taki: uziemimy Wędrowycza rakietą, a co więcej, w ten sposób, żeby wyglądało to na robotę Palestyńczyków?

– Jakie „uziemimy", ty idioto?! Chciałeś go wysłać do mamra, a nie na cmentarz! No chyba że zmiana planów? – ożywił się stryj.

– Nie, tylko do mamra.

– Ale ja też nie kapuję, co ma piernik do wiatraka – poskarżył się Rowicki. – Gdyby mógł pan ten plan z rakietą wyłożyć trochę prościej...

– Ja rozumiem, że milicja to nie ubecja i próg wymagań intelektualnych był niższy – westchnął stary. – No dobra, to jeszcze raz w punktach. Zbudujemy rakietę i odpalimy z chaty tego całego Wędrowycza. Poleci do Wojsławic i tu rąbnie. Ściągniecie gliniarzy z województwa. Zabezpieczą ślady startu. Zabezpieczą odłamki. Technologia będzie wyglądała na palestyńską. Wędrowycz pójdzie siedzieć za terroryzm, posiadanie materiałów wybuchowych, konstruowanie broni masowego rażenia, a przy dobrych wiatrach może nawet za powiązania międzynarodowe z terroryzmem islamskim. Zaufajcie mi. Zrobi się z tego nieprawdopodobnie gruba afera.

– Hmmm... – Birski miał chyba jakieś wątpliwości. – A jeśli udowodni, że to nie jego rakieta, tylko wrogowie podrzucili?

– Nie udowodni, bo rakietę zbudujemy ze szmelcu, który zachomikował w swojej szopie – wyjaśnił stryj Edward.

– Hmm... – zadumał się jego krewniak. – Ale czy znajdziemy tam odpowiednie...

– Ma szopę?

– Ma.

– Czyli ma w niej wszystko, czego potrzebujmy do budowy pocisku. – Głos stryja tchnął całkowitą pewnością. – Wiadomo nie od dziś, że na wsi wszystko się przyda, więc chłopi gromadzą wszelaki możliwy złom. Robiliście tam rewizję?

– Nie raz – przyznał Rowicki. – Ale bez większych sukcesów.

– Rury wodociągowe miał?

Obaj funkcjonariusze wytężyli pamięć.

– Kibla nie ma, korzysta ze sławojki. Elektryczności nie dał sobie założyć, ale wodociąg mu doprowadzili – rozważał Birski. – Wody potrzebuje głównie do pędzenia samogonu, bo myje się rzadko, albo i wcale. Ale czy zachomikował jakieś zbędne rury? I jakiej niby średnicy potrzeba? Nie pamiętam.

– Rury jakieś tam były. – Rowicki miał lepszą pamięć. – Takie pordzewiale, z piętnaście, może dwadzieścia centymetrów grube. I blachy rozmaite. Cieńsze rurki też są, z jakichś starych łóżek szpitalnych, karniszy, wie pan, wszystko, co można wyginać w spirale, żeby było chłodzenie do aparatury.

– Rury będą na korpus, a z blach wytniemy stateczniki – zatarł ręce stryj. – Cieńsze rurki pójdą do środka, do układów stabilizujących ciąg. Na tym wszystkim będą oczywiście jego odciski palców. Nie wywinie się. Dorwą go na takim gorącym uczynku, że się prokurator poparzy!

– Pozostaje kwestia głowicy bojowej – zauważył trzeźwo Rowicki. – Jak byłem w studium wojskowym, uczyli nas, że rakieta powinna mieć takową, a w niej materiał wybuchowy, albo i co innego.

– Mądrze gadasz, młody – pochwalił Edward. – Za samą rakietę długo nie posiedzi. Głowica jest niezbędna. Proponuję atomową.

Szczęki obu wojsławickich gliniarzy opadły ze zdziwienia.

– Ale jak to atomową? – wykrztusił młodszy policjant.

– Znasz takie określenie „materiały radioaktywne"?

– Stryju, to nie te czasy! Na początku lat dziewięćdziesiątych może coś by się dało zrobić. Ruskie przywozili na bazar wszelakie różności. Wtedy pewnie można by od mafii kupić i atomówę... Ale teraz? Z wielkiego przemytu zrobił się lokalny szmugiel „na mrówkę". Nawet o dobry spiryt obecnie bardzo już ciężko. Przez ostatni tydzień skonfiskowaliśmy tylko tyle. – Krewniak ubeka wskazał stojący w kącie duży pleciony kosz, w którym barwną pstrokacizną straszyły etykietki kilkudziesięciu butelek podrabianych na Ukrainie alkoholi.

– Nie szkodzi! – uspokoił ich stary. – Nie da się kupić atomówy, to sami ją skonstruujemy.

– Że niby co!? – Rowicki wytrzeszczył oczy. – Zbudujemy bombę atomową tu, w piwnicy posterunku, bez laboratorium, technologii, setek osób personelu? Czytałem, że przy „Projekcie Manhattan" pracowały dziesiątki tysięcy ludzi i pochłonął ciężkie miliony przedwojennych dolarów, co na dzisiejsze pieniądze...

– Głowica, którą zbudujemy, nie będzie tak do końca prawdziwa – mruknął stryjaszek tonem usprawiedliwienia. – To znaczy grzybek atomowy po niej nie wyrośnie. Mam w planach tak zwaną brudną bombę, to znaczy konwencjonalny ładunek opakowany radioaktywnymi odpadami, który po wybuchu rozsieje skażenie po okolicy. Wiem, skąd wytrzasnąć trochę tego gówna. W Różanie jest składowisko takich odpadów. Dawniej wypalone pręty uranowe z naszych reaktorów doświadczalnych odbierała Rosja. My się pozbywaliśmy kłopotu, oni odzyskiwali z nich pluton do bomb atomowych i wszyscy byli zadowoleni. Ale kretynom z nowej ekipy rządzącej to przeszkadzało, więc obecnie jesteśmy z Rosją pokłóceni. No ale dla nas to lepiej, bo pręty składowane są u nas. Damy komu trzeba w łapę, skombinujemy kilka sztuk i zmielimy. W tym są izotopy uranu, pluton, jod, może też rad i polon. Słowem, draństwo jest radioaktywne jak sam diabeł. Wystarczy kilka kilo i zrobimy tu taki Czarnobyl, że nawet Unia Europejska osłupieje ze zgrozy. – Zarechotał.

– Czarnobyl u nas, w Wojsławicach!? O Boże, stryjku, lepiej nie – jęknął Birski.

– A czemu nie? – zirytował się ubek.

– Tu przecież żyją ludzie, dzieci...

– Jesteśmy resortowi! Co się tak trzęsiecie o jakichś tam cywilów?

– Mamy tu rodziny – bąknął Rowicki. – Domy też są przecież coś warte, a jak na miasteczko spadnie opad jakichś wrednych izotopów, to mieszkać się tu już nie da. I nawet tego nie sprzedamy.

– Miętkie faje z was... No dobra – westchnął stryj. – Może z tymi odpadami radioaktywnymi to faktycznie odrobinę się zagalopowałem. Ale czymś konkretnym napchać to musimy. Nie macie przypadkiem dynamitu albo trotylu?

– W zasadzie to nie – westchnął Birski.

– W zasadzie? – podchwycił stary.

– Mamy w magazynie dowodów rzeczowych minę przeciwczołgową. W niej jest siedem, może osiem kilogramów jakiegoś świństwa.

– Ekstra! Właśnie tego było nam trzeba. Ale, ale, skąd macie coś takiego?

– Skonfiskowaliśmy Wędrowyczowi kilka lat temu – wyjaśnił Rowicki. – Niestety, to było po tym, jak już jego wnuk zrobił ten swój biznes z przejściówkami z USB na piłę spalinową. Kasy miał jak lodu, to przysłał prawnika. – Policjant wzdrygnął się na samo wspomnienie. – Okazało się, że ta mina nie może być dowodem w sądzie, bo została przez nas znaleziona niezgodnie z jakimiś procedurami.

– Pokażcie ją.

Zeszli do piwniczki pod posterunkiem. Półki magazynu dowodów rzeczowych uginały się pod ciężarem różnych różności, minęła dłuższa chwila, nim gliniarze odnaleźli nieco zardzewiałą minę, wielką jak koło wozu. Ubek obejrzał fant z wyraźnym zadowoleniem.

– No to dooo roooobooooooty – zanucił.

Z sąsiedniego regału wyjął zestaw kluczy samochodowych, zdjął dekiel i z widoczną wprawą zaczął demontować zapalnik. Obaj gliniarze szarpnęli się odruchowo do tyłu.

– A wy co tacy strachliwi? Znam się na tym. Trotyl pewnie już stary i skrystalizowany trochę, ale to nic, przetopimy, damy świeży zapalnik i jak rypnie, to z kwartału zabudowy nie będzie co zbierać... Będę potrzebował patelni i kuchenki elektrycznej. I ze trzy kilogramy gwoździ.

– A po co? – zainteresował się Rowicki.

– Wymieszam je z półpłynnym trotylem. Dzięki temu w trakcie wybuchu zwiększy się siła rażenia. Polecą we wszystkie strony jak odłamki, poranią, pozabijają, wywalą szyby w oknach, podziurawią blachę na dachach...

– Khm... a nie dałoby się bez tego wybuchu? – zaskamlał gliniarz.

– No ale jak to bez wybuchu?! – zdumiał się ubek.

– Stryjku, sam zrozum, nie chcemy, żeby ludzie poginęli. Wystarczy, jak ta rakieta spadnie z nieba. Przyjedzie ekipa dochodzeniowa, znajdą trotyl... To i tak będzie akt terroru z użyciem broni i materiałów wybuchowych, po co jeszcze ofiary w ludziach?

– Humaniści, psiamać – burknął stryjek. – Jak te jołopy od Jaruzela i Kiszczaka. Tłumaczyłem im, że utrzymać władzę nie jest trudno, trzeba tylko położyć do piachu dziesięć, najwyżej dwadzieścia tysięcy trupów. Ale oni chcieli łagodnie śrubę poluzować... I co? Zmarnowali wszystko, o co nasi ojcowie walczyli po wojnie z „londynsyńską" reakcją. Co za pokolenia zniewieściałe i rozmamłane. Błagacie mnie o pomoc, bo chcecie wojny z jakimś tam Wędrowyczem. A gdy już ruszyłem tyłek i przyjechałem i gdy przychodzi do konkretów, to: zabić wroga nie, Czarnobyl nie, przypadkowych ofiar też nie... Chłopaki, uwierzcie staremu, doświadczonemu fachowcowi od mokrej roboty. Nie da się przejść przez życie bez ubabrania sobie łap po łokcie! Jeszcze nawet nie wiemy, ilu postronnych ucierpi, a wy już jojczycie jak panienki. Po co ja w ogóle wam pomagam?

– Za kasę – przypomniał Birski. – Forsa to świata smar... No i w imię solidarności rodzinnej. Rodzina powinna się przecież wspierać.

– Fakt – skwitował stryjek z bardzo kwaśną miną.

– No więc skoro płacimy za pomoc fachową, to wolelibyśmy, żeby rakieta spadła, ale nie wybuchła. I najlepiej by było, gdyby nie spadła na nic ważnego.

Stary ubek wyraźnie posmutniał.

– Żadnego skażenia, trupów, wybuchów... Ponuraki jesteście, nie umiecie się przy pracy dobrze bawić! No dobra, niech będzie po waszemu, ale to już ostatnie ustępstwo z mojej strony – westchnął ciężko.

Zdjął z półki dowód rzeczowy z innego dochodzenia, czyli butelkę skonfiskowanego ukraińskiego łyskacza. Odkręcił, pociągnął dwa łyki i wrócił do demontowania miny.

– Boję się jednego – burknął Birski. – Ten cholerny Wędrowycz jakoś tak zawsze spada na cztery łapy. Z każdej kabały umie się wyplątać.

– Tym razem możesz spać spokojnie, nie ma najmniejszych szans, żeby się wywinął – uciął stryjaszek Edward. – Zaufaj mi. Jeśli chodzi o prowokacje, jestem specjalistą! Dziesięć lat pudła ma jak w banku. A wy tymczasem opracujcie jakiś sposób, żeby się go pozbyć z chałupy choć na jeden dzień.

– Nasi konfidenci donieśli, że przedwczoraj przyjechał po niego jeep z kierowcą z korporacji wnuka. Prawnuk ma dziś urodziny, mieszka w Warszawie. Wcześniej jak jutro wieczorem nie wróci.

– Czyli jutro punkt szósta rano przystępujemy do akcji! Swoją drogą, szkoda, że te rakiety nie mają ciut większego zasięgu – westchnął ubek. – I że ze sterowaniem kicha... Jutro po południu jest w Chełmie festyn i wiec z udziałem dupków z partii rządzącej. Jakby im tam spadł nasz pocisk... – rozmarzył się. – Upieklibyśmy dwie pieczenie przy jednym ogniu. Ale nie ma szans, nie ta siła nośna, niestety. A jakby dać mocniejszy ładunek, to rura nie wytrzyma.

Trzej spiskowcy zaparkowali w sporej odległości od chałupy Jakuba i objuczeni sprzętem ruszyli przez krzaczory na miejsce akcji.

– Widzę, stryju, jeden problem – sapał Birski, targając agregat prądotwórczy.

– Tylko jeden?

– Jak to zrobimy, żeby był na miejscu, w chwili gdy rakieta wystartuje? Bo tak mi się wydaje, że głupio by było, gdyby zapewnił sobie alibi, przebywając w tym czasie gdzie indziej.

– Zrobimy tak – mruknął stryjaszek. – Przygotowujemy rakietę do startu z jego obejścia. Koło furtki montujemy fotokomórkę. Gdy tylko wróci do domu i otworzy bramkę, rakieta startuje. Docieracie na miejsce pierwsi, aresztujecie drania, zawiadamiacie ekipę dochodzeniową z Lublina, w międzyczasie pospiesznie likwidujecie ślady mechanizmu odpalającego. Jest sprawca, jest miejsce startu. A kluczowy dowód niewinności gagatka wyparował.

– Stryj to ma łeb! – Birski zachwycił się genialną prostotą planu.

– No, szacun – pokiwał głową Rowicki.

– To prościzna. Mówiłem, że nie takie prowokacje w życiu przygotowywałem. – Stryj błysnął zębami. – Patrzcie i uczcie się.

Gospodarstwo Jakuba powitało ich wonią dojrzewającego wychodka i smrodem wylanego pod płotem przepracowanego zacieru. Oborą nie śmierdziało, ale to dlatego, że Jakub od dawna już nie trzymał zwierząt gospodarskich. Najpierw na wszelki wypadek zapukali do drzwi. Odpowiedziała im cisza.

– Wyjechał gad. Do roboty! – polecił stryjek Edward.

Weszli do szopy. Wędrowycz, jak każdy zapobiegliwy gospodarz, zgromadził tu ogromny stos wszelakich różności.

– Z tego nie tylko rakietę, ale i czołg dałoby się złożyć – mruknął Birski. – Sukinsyn ma też masę nielegalnych rzeczy, ale to akurat dobrze pochował.

Stryj nic nie odpowiedział, tylko odpalił agregat. Stary ubek pracował szybko i sprawnie. Przyciął odpowiedni kawałek rury, przygotował czub pocisku ze starego blaszanego lejka do paliwa. Pociął fleksem blachę od siewnika. Formując zgrabne stateczniki, przyspawał je artystycznie do korpusu. Na małej kuchence elektrycznej postawił gar wypełniony wodą, do niego wstawił mniejszy z kawałkami trotylu odzyskanymi z miny.

– Płaszcz wodny w trakcie operacji jest w zasadzie zbędny, ale lepiej niczego nie zaniedbać – wyjaśnił. – BHP to podstawa. Płynny trotyl wlejemy do tego lejka, zastygnie, tworząc głowicę. Resztę pocisku wypełnimy mieszaniną saletry i cukru. Ich spalanie wytworzy ciąg, który poniesie rakietę w stronę waszego miasteczka.

– To faktycznie wygląda niezbyt skomplikowanie – mruknął Rowicki.

– I jest skuteczne jak cholera. Palestyńczycy w ciągu jednej dekady odpalili trzy tysiące podobnych rakiet i zabili co najmniej kilkunastu wrogów.

Dochodziła czternasta, gdy pocisk wreszcie został ukończony. Oparli go na kilku dechach, celując przez okienko w kierunku z grubsza północno-wschodnim.

– Jeśli dobrze wycelowałem, to rypnie prosto w kościół – zarechotał były ubek, patrząc na kompas i mapę. – I dobrze tak klechom. We łbach im się poprzewracało.

– Uhum – mruknął Birski i korzystając z tego, że stryjaszek zwija kabel, pospiesznie popchnął rakietę ramieniem, przesuwając jej czubek kilkanaście centymetrów w lewo.

Pozostało już tylko zainstalować mechanizm zapłonowy i fotokomórkę... I w tym momencie rozległo się trzaśnięcie drzwiczek samochodu. Wyjrzeli ostrożnie z szopy i zobaczyli, jak z zaparkowanego przy bramie jeepa wysiadają Jakub i Semen.

– Chodu! – jęknął Rowicki.

Na szczęście szopa miała drugie wyjście. Zostawili sprzęt i rzucili się do ucieczki.

– Co to było? – zirytował się Jakub, nasłuchując odgłosów łamanych krzewów porzeczkowych.

– Jakieś ciule kręciły się po twoim gospodarstwie – zauważył Semen. – Nakryliśmy ich widać na grzebaniu w szopie. A teraz uciekają. Zapewne byli to wrogowie.

– Wrogowie? – zadumał się egzorcysta.

– Przyjaciele zaczekaliby na nas z grillem i piwem.

Poprosili kierowcę, żeby zaczekał, i ruszyli zbadać sytuację.

– Wrogowie to pewnikiem Bardaki... – rozważał Jakub. – Albo Birski z Rowickim może. A figę, to byli przyjaciele jednak. Zobacz, nowiutki agregat prądotwórczy zostawili mi w prezencie. O, i spawarkę jeszcze, i szlifierkę kątową!

– Hmm... No nie wiem. – Semen oglądał nieoczekiwany łup. – A jeśli przydźwigali to, żeby się do ciebie włamać?

– Jesteś czarnowidzem. W mojej szopie nie ma czego kraść. – Jakub zajrzał pro forma do wnętrza i nagle umilkł.

Przyjaciel podszedł do niego zaniepokojony.

– Co się stało?

– Cholera, co to niby jest? – Egzorcysta gapił się na znalezisko.

– Myślę... – Kozak leniwie kopnął statecznik. – Myślę, że to rodzaj rakiety. Chałupniczej raczej roboty, co nie znaczy, że nie poleci. Wygląda całkiem konkretnie.

– Znaczy się ci nieznani przyjaciele zostawili mi jeszcze rakietę. – Wędrowycz zaczął rozglądać się po ścianach.

– Czego szukasz?

– Znaku niewidzialnej ręki. W dawniejszych czasach, jak harcerze komuś pomogli, to zostawiali dłoń wyciachaną z papieru. Tylko z drugiej strony... – Poskrobał się po głowie. – Co tam! Darowanemu koniowi nie wypada patrzeć w zęby, no i trochę głupio tak wydziwiać nad podarunkami. Ale po kiego grzyba mi coś takiego? Do latania w kosmos za mała – skrzywił się egzorcysta. – A szkoda, bo chętnie bym zobaczył, co tam ciekawego... – Zagapił się w niebo.

– To nie trzeba nigdzie latać, lornetka wystarczy – mruknął Semen. – A ta rakieta to chyba raczej z tych do robienia komuś kuku. Zastanówmy się może, skąd się to wzięło i co to tu robi.

– Ktoś był miły i chciał nam zrobić niespodziankę – uparcie brnął w hipotezę Wędrowycz.

– Że niby kto? Znasz kogoś, kto chciałby być dla nas miły?

– No tak po prawdzie to nie – przyznał Jakub. – No to może ktoś, tak jak my, ma porachunki z Bardakami i chciał im dopiec. Ale że się bał, postanowił pomóc nam, żebyśmy to my zrobili im kuku. Albo może chciał to wystrzelić z mojego obejścia, żeby zababrać nasze konto.

– To już bardziej prawdopodobne. Co z tym robimy?

– W sumie można by otworzyć tę klapkę. – Jakub popukał palcem. – Dedukuję, że to zbiornik paliwa. Trzeba wlać do środka najmocniejszego bimbru, żeby podnieść kaloryczność. Potem odpalić i niech leci w diabły, ale już na pewno nie tam, gdzie jej twórcy planowali. I cudze plany popsujemy, i oczy nacieszymy...

– Wycelowana jest na wschód. Chcesz wywołać wojnę z Ukrainą? – skrzywił się kozak.

– W sumie wojna to nie taka głupia rzecz – zadumał się egzorcysta. – Męska przygoda, a i okazja do zwiedzenia świata. Można sobie postrzelać do ludzi bez grzechu i do woli. Medale nawet za to dają. Z drugiej strony, od czasu gdy nie wolno brać łupów i niewolników, to już żadna zabawa. No i zawsze można się nadziać na kogoś silniejszego... Nie, nie chcę wojny, to obecnie nieopłacalny interes.

– No to kombinujmy, jak się tego pozbyć!

– A po co się pozbywać? Przewróciło się, niech leży. To żelazo, powoli przerdzewieje, zamieni się w rudę, z której powstało, i w ten sposób powróci do wielkiego koła życia, to jest obiegu pierwiastków w przyrodzie – dokończył naukowo Jakub.

– Problem w tym, że ci, którzy nam to podłożyli, mogą zdzwonić gdzie trzeba, to znaczy do tego palanta Birskiego. Przyjedzie zrobić rewizję, znajdzie...

– Oj, lepiej nie. To co? Saperów wezwać? Niewypały to ich działka, więc może i rakietę sobie zabiorą?

– To się do nas przypieprzą, żeśmy to zbudowali. Przypatrz się uważnie. To jest twoja rura! Pamiętasz, jak rozbierali cegielnię trzydzieści lat temu? Powiedziałeś, że się przyda, tośmy zabrali. Ze cztery godziny dźwigaliśmy ją przez pola.

– No, coś tam pamiętam. Nie przydała się wprawdzie, ale jak mówi wojsławickie przysłowie: lepiej mieć i nie potrzebować, niż nie mieć i nie potrzebować.

– Tak czy inaczej, rura stała w kącie twojej szopy. Stateczniki są z blachy twojego siewnika. Czubek z twojego lejka do paliwa, który tam wisiał. – Semen wskazał pusty obecnie gwóźdź wbity w ścianę. – Idę o zakład, że na każdym elemencie tej konstrukcji są nasze odciski palców! Ktoś chce nas wrobić w gówno po uszy.

– Co powiedziałeś!?

– Odciski...

– Nie, wcześniej.

– Lejek...

– Wcześniej, przed rurą.

– Że będą podejrzewali, że to my zbudowaliśmy.

– No właśnie... – Jakub wydobył z cholewki piersiówkę i pociągnął łyk bimbru, aby pogłębić oświecenie. – Wiem! – rzucił odkrywczo. – Odwrócimy kota ogonem.

– Znaczy wycelujemy na zachód i niech spadnie u szwabów, żeby im przypomnieć o reparacjach wojennych? – zadumał się kozak. – Daj spokój, tak daleko ten złom nie doleci.

– Ależ nie! Skoro chcą nas wrobić w budowę tej rakiety, to nie tylko się do tego przyznamy, ale jeszcze obrócimy rzecz na naszą korzyść!

– Że niby w jaki sposób!?

– Zobaczysz. A teraz gibajmy do jeepa.

Kierowca siedział w aucie i czytał książkę.

– Wypakowujemy bagaże? – zagadnął, widząc obu staruszków wracających z rekonesansu.

– Nie. Malutka zmiana planów. Podrzuci nas pan do Chełma. Musimy dostarczyć pakunek na plac Łuczkowskiego. – Jakub fachowym spojrzeniem zlustrował terenową brykę i uznał, że bagażnik dachowy powinien bez trudu pomieścić znalezisko.

– Tam się nie da dotrzeć. W radiu gadali, że dziś festyn przedwyborczy partii rządzącej. Centrum miasta wyłączone z ruchu. – Kierowca rozłożył bezradnie ręce.

– No to gdzieś w pobliże. Sprawę mamy... Do kogoś ważnego.

Na wiec przedwyborczy do Chełma przyjechał eurodeputowany, trzech posłów, senator, a nawet minister obrony narodowej we własnej osobie. Powitał ich prezydent miasta, kilku radnych reprezentujących to samo ugrupowanie i pomniejsi oficjele. Na placu Łuczkowskiego urządzono punkt agitacyjny. Można było posłuchać muzyki, dostać ulotkę i zjeść ciastko, czekoladkę, a nawet kawałek kiełbasy wyborczej z grilla. Piwo wprawdzie było „wiecowe" – o obniżonej zawartości alkoholu i tylko po kuflu na głowę, ale za to też bezpłatne. Z tym że jak komu było mało, to dolewka wychodziła całkiem niedrogo. Nic dziwnego, że zeszły się tłumy.

Panowie w garniturach wygłaszali przemówienia przez mikrofon, uśmiechnięte hostessy roznosiły broszurki i rozdawały czekoladki. Dla dzieci przewidziano baloniki w partyjnych barwach. Nad placem powiewały biało-czerwone flagi. Było sympatycznie oraz patriotycznie i choć część uczestników imprezy miała miny, jakby ich zęby bolały, to nikt nie wszczynał awantur. Kilku kolesi z młodzieżówki konkurencyjnych ugrupowań też przyszło. Ale widząc licznie zgromadzonych kiboli i ochroniarzy rosłych jak dęby, zrozumieli, że nie ma szans na zrobienie zadymy, więc tylko nażarli się darmowej kiełbasy, popili darmowym piwem i poszli do domu, mrucząc pod nosami obelgi na temat zbędnego rozdawnictwa i kupowania głosów menelstwa.

Minister obrony wszedł na trybunę, jego wystąpienie miało się zacząć za trzy minuty. Na dole jakiś agitator, używając przenośnego megafonu, zachwalał rządowe programy rozwoju ściany wschodniej. Nieoczekiwanie z jednej z bram wytoczył się ręczny wózek, pchany przez dwóch dziadów. Na wózku spoczywała dziwaczna rura zaopatrzona w stateczniki. Rura ustrojona była bukietem biało-czerwonych róż i przewiązana wstęgą uformowaną w kokardę. Zanim zdumiona ochrona zdołała zareagować, wózek stał już przed trybuną. Dziób rakiety celował groźnie na południe, w kierunku bratniej Słowacji, a może i Węgier. Semen podszedł do agitatora pewnym krokiem. Jednym wprawnym ruchem wyłuskał mu z dłoni mikrofon.

– Szanowny panie ministrze! – Zasalutował przed dygnitarzem. – My, mieszkańcy gminy Wojsławice, wychodząc naprzeciw zapotrzebowaniu naszej dzielnej armii, stworzyliśmy w czynie społecznym prototyp taktycznego pocisku balistycznego na paliwo stałe, który niniejszym chcemy przekazać na pańskie ręce. Wierzymy szczerze, iż prostota jego konstrukcji sprawi, że będzie wręcz wymarzonym uzupełnieniem uzbrojenia Wojsk Obrony Terytorialnej.

Przekazał mikrofon przyjacielowi.

– Zbudowaliśmy go, rzecz jasna, z surowców nie do końca trzymających normy jakościowe, ale jako ubodzy emeryci wykorzystaliśmy, co było pod ręką, to znaczy w mojej szopie – rzekł Jakub. – Niemniej zapewniamy, że rakieta nasza jest w pełni sprawna. A wojsko już ją sobie w wolnej chwili rozkręci, zbada, dopracuje i wdroży do seryjnej produkcji.

Minister na dłuższą chwilę stracił mowę. Ofiarodawcy mieli poczciwe wieśniackie gębusie, choć po prawdzie nieco zniszczone przez czas, alkohol i inne trudy wiejskiej egzystencji. Przyoblekli się też w dziwaczne łachy.

Prowokacja, przeszło przez głowę politykowi.

Ale nie. Prowokatorzy nie mieliby przecież tak szczerych i bezinteresownych uśmiechów. Poza tym jaka niby prowokacja? Jakby tu przytoczyli prawdziwą rakietę kupioną od ruskich albo niewypał wykopany w lesie... A może to zamach? Nie, gdyby chcieli zrobić zamach, to już by przecież wycelowali pocisk w trybunę i zdetonowali... Wreszcie odchrząknął.

– Panowie, muszę przyznać, że jestem głęboko zdumiony i jednocześnie wzruszony panów inicjatywą – powiedział. – Szczerze mówiąc, nigdy nawet nie słyszałem o podobnym przypadku, żeby, eeee... prości rolnicy zbudowali dla wojska, khm... eee... – i tu kompletnie się zamotał.

– Ku chwale ojczyzny! – mniejszy dziadyga, mnący w dłoni uszankę, wybawił go z kłopotu, a ten wyższy, w pogryzionej przez mole papasze, choć po prawdzie nie była to jego ojczyzna, zasalutował tak pięknie, jakby nic innego w życiu nie robił.

Nad Wojsławicami zapadał wieczór, ale w oknach posterunku nadal paliło się światło. Birski dolał sobie wódy po brzegi, z przyzwyczajenia stuknęli się ze stryjem kubkami i wydoili alkohol na jeden raz. Straszliwy ból egzystencji trochę przycichł, jednak rozczarowanie nadal paliło ich dusze, i to mocniej niż tani alkohol palił przełyki.

– Czytaj dalej – westchnął zbolałym głosem posterunkowy.

– *Wkład ludności cywilnej w rozwój uzbrojenia polskich sił zbrojnych posiada w naszym kraju długą i chwalebną tradycję* – podjął lekturę wierny Rowicki. – *Przypomnijmy, że na przykład Stanisław Lem, późniejszy pisarz specjalizujący się w SF, już w tysiąc dziewięćset czterdziestym czwartym roku przesłał dowództwu LWP i Ministerstwu Obrony ZSRR stworzone przez siebie w warunkach konspiracyjnych plany wielowieżowego superczołgu. W ostatnich dniach w prowincjonalnym Chełmie dwaj rolnicy z gminy Wojsławice przekazali na ręce ministra obrony narodowej wykonany przez siebie prototyp pocisku rakietowego. Wojskowi eksperci, zbadawszy niecodzienny prezent, orzekli, że konstrukcja, choć bardzo prosta, jest w pełni funkcjonalna, a szacowany koszt produkcji seryjnej zaskakująco niski i po niewielkich przeróbkach rakiety takie faktycznie mogą mieć zastosowanie bojowe. Na wniosek ministra resort postanowił odznaczyć domorosłych wynalazców brązowymi medalami za zasługi dla rozwoju Wojsk Obrony Terytorialnej.*

– Urwał, kacza ich mać... – skwitował stryjek Edward i odkorkował trzecią butelkę.

Wizyta

Kostucha siedziała w wygodnym fotelu przed rozpalonym kominkiem i grzała gnaty. Za oknem małego domku na pograniczu światów szalała paskudna jesienna burza. Po krwistoczerwonym niebie wiatr pędził czarne chmury. W oddali połyskiwały światła ciężarówek wiozących dusze grzeszników do piekła. Co jakiś czas Śmierć wyciągała kościstą rękę po gliniany kubek i pociągała niewielki łyk grzańca z piszczelówki doprawionej arszenikiem. Nogi egipskich mumii płonące w palenisku nasycały wnętrze domu zapachem pokrewnym kadzidłu. Ulubiony kruk ponuro krakał w klatce, szczury piszczały pod podłogą, pająki tkały sieci, choć nikt nigdy nie widział tu nawet jednej muchy.

Błogi nastrój głębokiego relaksu przerwało nagłe pukanie do drzwi. Kubek wypadł spomiędzy kościstych paliczków i roztrzaskał się o kamienną posadzkę.

– Co jest, do cholery?! – zdumiała się Śmierć.

Jak świat światem to ona przychodziła do ludzi, a jej nikt jakoś nigdy nie odwiedzał. Znów zapukano, tym razem jakby mocniej.

– Eeee... Proszę wejść! – wykrztusiła.

Zamka nie było, bo i po co? Po pierwsze, nikt nigdy nie pojawiał się tu pieszo, po drugie, nikt nie odważyłby się przecież jej nachodzić... Drzwi otworzyły się z upiornym skrzypnięciem.

W progu stanęli dwaj malowniczo obdarci starcy. Niższy miał na sobie waciak i czapkę uszankę, wyższy odział się w nieprawdopodobnie zszargany mundur. Ogorzałe od wiejskiego słoneczka i wiatru buraczano-kartoflane twarze ozdabiały lekko sine nosy. Ten w uszance nie golił się od dobrego tygodnia, a temu w papasze wisiały pod nosem kozackie wąsiska. Oczy obu niespodziewanych gości połyskiwały maślanym blaskiem, jakby byli po małej wódeczce.

– Dzień dobry – burknął mniejszy, roztaczając wokół intensywną woń nadtrawionego alkoholu, przepoconej kufajki i starych skarpetek. – Czekaliśmy i czekaliśmy, w końcu pomyśleliśmy, że sami się pofatygujemy. – Ukłonił się, zamiatając uszami czapki podłogę.

– Niech się pani nie przejmuje, każdemu może się zdarzyć drobne przeoczenie, a my nikomu nie piśniemy słówka. – Wyższy zdjął papachę i uśmiechnął się do Śmierci jakby konfidencjonalnie.

Oba dziady wtarabaniły się już do chatki. Nie wytarli butów. Może nie byli przyzwyczajeni, a może dlatego, że przed progiem nie było wycieraczki? W ogóle zachowywali się jak u siebie, choć po prawdzie Kostucha nie miała bladego pojęcia, jak zachowują się normalni goście.

– Przytulnie tu – pochwalił Semen, wyciągając dłonie w stronę ognia. – No ale skoro już jesteśmy, przystąpmy do formalności. Pani pokaże, gdzie trzeba podpisać, pokwitować i tak dalej. Bo rubryki wypełnia chyba pani sama?

– Ale o co wam chodzi!? – Śmierć wytrzeszczyła puste oczodoły.

– No o wypadek przecież – wyjaśnił Wędrowycz.

– Jaki znów wypadek!?

– O nasz wypadek – uściślił Semen. – Samochodowy... To znaczy kombajnowy raczej. Spaliśmy zachlani na polu i kombajn nas skosił.

– Kombajn was skosił?! Ale jak to?!

– Normalnie! Tam jest z przodu taki kręcioł z kolcami, który zawija zboże, a od dołu takie noże jak w pile... – Jakub pomagał sobie gestykulacją. – Ruszają się ciach-ciach...

– Mój przyjaciel ma na myśli nagarniacz i podzespół tnący – wyjaśnił kozak fachowo. – Zagarnęło nas i poszatkowało, potem wymłóciło i wywaliło tyłem. Czekaliśmy na panią przy miedzy... Długo. Prawie do wieczora. Ale jakoś się nie doczekaliśmy. No to przyszliśmy sami. Proszę się nie przejmować, zagapienie to ludzka rzecz.

– Zagapiłam się? Nie, to niemożliwe. Zaraz, zaraz... – Śmierć podeszła do biurka, rzeźbionego artystycznie w czaszki, i zaczęła wertować aktualną księgę zgonów. – Nie mam tu żadnego wpisu. Widocznie nie załatwiło was na amen. Albo reanimacja się udała.

– Nie powiedziałbym – wycedził Jakub. – Generalnie, jak po nas przejechało, to nie było co zbierać. Flaki i inne kawałki rozrzuciło po ściernisku na przestrzeni trzydziestu metrów, a kombajnista, jak to zobaczył, to najpierw się porzygał, a potem dopiero zadzwonił gdzie trzeba.

– Biorąc pod uwagę stopień fragmentacji ciał, jest kompletnie niemożliwe, żebyśmy się wywinęli – potwierdził głową jego towarzysz. – Zresztą karetka z Krasnegostawu dojechała po czterdziestu minutach. Nawet gdyby to był lżejszy wypadek, dający jakieś szanse, było i tak za późno na jakąkolwiek reanimację.

– A jaki cyrk był! Szkoda, że pani nie widziała. Lekarze, zanim się zabrali za wypisywanie aktów zgonu, najpierw przez kwadrans cucili tego ciula Birskiego. Niby stary, twardy zomowiec, a zemdlał jak panienka – zarechotał Wędrowycz. – A ten idiota Rowicki był w takim szoku, że strzelił sobie z naszymi szczątkami selfika i wysłał na policyjnego fejsa.

– Jakub, nie śmiej się. – Przyjaciel dał mu łagodnego kuksańca.

– Dlaczego?

– Bo wobec Śmierci należy zachować pełną godności powagę. Rozumiesz, umieranie, przejście na tamtą stronę, odwieczne, niezgłębione tajemnice bytu, odbytu i niebytu...

– A, no fakt, przepraszam. – Egzorcysta ponownie zdjął uszankę i ukłonił się głęboko, rozsiewając po podłodze łupież.

– Nic z tego nie rozumiem. – Kostucha, nadal wertując księgę, podrapała się po czaszce. – Ty! Zostaw to! – ryknęła nagle.

Wędrowycz wyciągnął właśnie z kąta jej ulubioną tytanową kosę i przykładał sobie ostrze do szyi, jakby sprawdzając, czy jest zdatne do podcięcia gardła.

– Ale ja tylko... – Skonfundowany Jakub odstawił narzędzie na miejsce. – Pomyślałem, że skoro znalazłem, co trzeba, zaoszczędzę pani kłopotu i załatwię sprawę samoobsługowo.

– Przepraszam za tego buraka, ale musi pani zrozumieć, że ze wsi jest, więc nie umie się zachować w towarzystwie – usprawiedliwiał kumpla Semen.

– Niczego nie dotykać! – Śmierć wertowała księgi.

Czarny kot miauknął. Chata zatrzeszczała pod naporem wiatru. Zegar stał nieruchomo, bo domostwo było wyjęte spod władania czasu.

– Jak ty się zachowujesz? Wiocha i bardactwo! Musiałeś to ruszać? – opierniczał kozak przyjaciela. – W gości przyszliśmy, nie dość, że bez kwiatka, bombonierki i flaszki, to jeszcze od razu pchasz łapy gdzie nie trzeba. Pogięło cię? Co tym niby chciałeś zrobić? Ogolić się?

– Myślałem, że to po gardle albo w serce trzeba...

– Po pierwsze, i tak przecież nie żyjemy. Zapomniałeś? Po drugie, tak naprawdę Śmierć nikogo nie zabija kosą, to tylko taki symbol, wymyślony jeszcze w średniowieczu, żeby artyści mieli co malować.

– Nie wiedziałem.

Kostucha tymczasem założyła okulary i linijka po linijce sprawdziła raz jeszcze spis. Bez skutku. Z trzaskiem zatrzasnęła opasły wolumin, aż w powietrze uniósł się kurz. Zajrzała do sumariusza, przerzuciła karty kwalifikacyjne w pudełku.

– Nie rozumiem, co jest grane! – burknęła zdenerwowana. – Nie mam tu żadnego wpisu o was, o zgonie na polu czy o jakimś tam kombajnie! Nie ma was na liście głównej, ani nawet na liście rezerwowej.

– Może jakieś przeoczenie? – zasugerował Jakub. – Ktoś nie dopilnował, zagapił się, nie odnotował. Trzeba ustalić winnych niedopatrzenia, skorygować, pociągnąć do odpowiedzialności...

– Tu nie ma miejsca na żadne przeoczenia. Wszystko jest zautomatyzowane! A moje księgi nigdy się nie mylą! A może...? – Łypnęła na nich pustym oczodołem. – Może nie było żadnego kombajnu, tylko śpicie tam nadal cali i bezpieczni, a wypadek to tylko pijackie urojenia?

– Identyczny sen u obydwu? – Wędrowycz pokręcił głową. – To chyba niemożliwe...

– O, wypraszam sobie! Wypadek z całą pewnością był! – oświadczył hardo Semen. – Skutki widział kombajnista, gliniarze, pogotowie. Nie zatuszujecie tego!

– Hmm... no tak...

Wiatr zawył ponuro w kominie. Chata zadrżała pod jego naporem, myszy zapiszczały. Śmierć ponownie zajrzała w pergaminowe karty, przekładała je ostrożnie jedną po drugiej. Lustrowała kolejne wpisy. Bezskutecznie. Zamknęła wolumin, następnie popatrzyła w kalendarz wiszący na ścianie i dla pewności sprawdziła datę na wyciągniętym spomiędzy żeber smartfonie.

– Pierwszy kwietnia – podpowiedział Semen.

– Toż widzę, że pierwszy kwietnia! Co z tego?

– Prima aprilis! – ryknęły zgodnie oba dziady i zaniosły się serdecznym pijackim rechotem.

Noga Ramzesa XIII płonąca na kominku trzasnęła głośno. Sypnęło iskrami aż na kamienną posadzkę. Na

szczęście żadna drobina żaru nie padła na całun. Śmierć, nagle wyrwana z drzemki, rozejrzała się zdziwiona. Gdzie podziały się te cholerne wieśniaki? Ach tak...

– Boże, co za koszmar mi się przyśnił! – westchnęła, pociągnęła grzańca i szczelniej zawinęła się w zetlałą tkaninę.

Chatka była pusta. Księga leżała na stole. Zegar stał jak zwykle. I tylko kosa nie wiadomo dlaczego zamiast po lewej stronie drzwi znajdowała się po prawej.

Koniec

Spis rzeczy

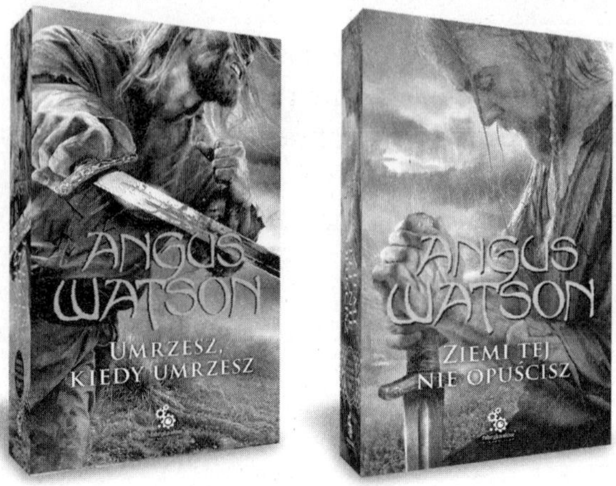

ANGUS WATSON
UMRZESZ, KIEDY UMRZESZ

Fragment

Pół godziny później siedział po szyję w zimnym jeziorze, podglądając jedzących śniadanie Lakchanów.

Wioska składała się głównie z trzcinowych chat przykrytych bizonimi skórami i ozdobionych małymi rzeźbionymi figurkami królików i pająków. W środku wioski stał jeden większy budynek z drewna i gliny, długi dom wodza Kobosha. Eryk zaprojektował i niemal sam zbudował ten dom, korzystając ze staroświatowych metod, które wprawiły Lakchanów zarówno w zdumienie, jak i zrzędliwy nastrój, gdy policzyli, ile zużył drewna.

Dlaczego, na oko Odyna, chcieli go zabić?

Odczekał, aż większość mieszkańców ruszy na pola albo do lasu, by uprawiać ziemię i zbierać żywność, a potem, jeszcze drżąc po porannej kąpieli, przemknął między pustymi chatami na tyły długiego domu. Kiedy go budował, miał poczucie winy z powodu tej jednej luźnej deski w ścianie, takiej jak w jego własnej chacie, ale teraz czuł zadowolenie.

Dał oczom czas na przyzwyczajenie się do ciemności i przez krótką chwilę czuł się niewidzialny pośród cieni. A potem uświadomił sobie, że jest otoczony przez kilkunastu wojowników, którzy celują do niego z łuków. Wódz Kobosh zasiadał na swoim pajęczym tronie. Wielkie królicze uszy na jego głowie sterczały dobre kilka cali nad uszami pozostałych plemieńców. Trzymał w ręku fajkę o długim cybuchu.

– O... – powiedział Eryk.

Wódz zaciągnął się głęboko i dmuchnął dymem.

– Witaj, Eryku, chuju jeden – powiedział swoim niskim, bulgotliwym głosem. – Czemu jesteś tak kurewsko mokry?

– Pływałem w jeziorze.

– Zawsze byłeś jakiś pierdolnięty, mój przyjacielu. Szkoda, że musimy ujebać ci ten twój rudy łeb.

*

Dzieńdoberek – powiedział Eryk, wodząc wzrokiem od grotu do grotu skierowanych w jego stronę strzał i kiwając głową na przywitanie.

Sami starzy znajomi. Z jedną z nich – ta miała na imię Sittiwa – kilka razy poszedł do łóżka i myślał nawet, czyby się z nią nie ożenić, ale wtedy wmieszali się jej rodzice. Z jakiegoś powodu nie chcieli, by ich córka chajtała się z wielkim, kudłatym obcym, który mieszkał sam w chacie w lesie. Rozumiał ich punkt widzenia i właściwie to odczuł ulgę. Lubił Sittiwę, ale jeszcze bardziej lubił samotność.

Ani ona, ani nikt z łuczników nie odpowiedział na jego powitanie. Celowali do niego z łuków ze śmiertelnie poważnymi twarzami, a przynajmniej na tyle poważnymi, na ile mogą być poważne twarze, nad którymi dyndają królicze uszy. Spędził z Lakchanami dwadzieścia lat, ale te ich uszka i nóżki wciąż plasowały się w jego mniemaniu gdzieś w połowie drogi między „umiarkowanie zabawnymi" a „trzymajcie mnie, bo umrę ze śmiechu", w zależności od nastroju danego dnia. Teraz był bliżej tej pierwszej kategorii.

– Przyszedłem zapytać, czemu chcecie mnie zabić – rzekł.

– Tak myślałem, że ty w tej sprawie – odparł wódz Kobosh, wydychając chmurę dymu. Słowa zabulgotały mu w gardle. Eryk sądził, że to przez fajkę. Jeśli dodać do tego ciągłe przekleństwa, można sobie wyobrazić, że głos wodza Lakchanów nie nadawał się do szeptania komplementów ukochanej. – Chyba nie zabiłeś tych chujów, których do ciebie wysłałem? – sapnął.

– Znajdziesz ich związanych koło mojej chaty. Będą bolały ich głowy, ale nic im nie będzie.

Taką miał przynajmniej nadzieję, bo musiał przyznać, że w ogniu walki pokiereszował ich dość mocno i jeśli lew, wilk lub jakieś inne zwierzęta ich znajdą, to mogą mieć kłopoty...

– Dobra. Nie myślałem, że coś im, kurwa, zrobisz.

– Pomimo że wysłałeś ich, żeby mnie zabili?

– No. A teraz zabiję cię sam. Niech ktoś poda mi jebany w dupę łuk.

Sittiwa oddała mu swój, co zraniło Eryka, zanim jeszcze zranił go grot strzały. Po tym wszystkim, co między nimi było?

Kobosh naciągnął cięciwę i wycelował. A potem opuścił broń.

– Źle mi się ciebie zabija, gdy te chuje patrzą. Jesteś w końcu starym przyjacielem. – Wódz machnął ręką na swoich wojowników. – Wypierdalać mi stąd, dajcie nam nieco prywatności, bando debili. Pójdźcie lepiej po tamtych kretynów... No dobra – charknął, gdy sobie poszli. Rzucił łuk pod pajęczy tron. – Masz, kurwa, kłopoty.

– Tyle domyśliłem się sam. – Co za dzień, jak pragnę zdrowia, pomyślał Eryk. – A czemu, jeśli wolno spytać?

– Przybył biegacz z Calnii. Cesarzowa chce twojej śmierci.

– A co ja jej zrobiłem?

– Chodzi o to, co zrobisz. Ty i tamci twoi popierdoleni Harowianie chcecie zniszczyć świat.

– Że co?

– Tak powiedział posłaniec. Nie patrz tak na mnie, ja nie wiem, jak to zrobicie. Szczerze, kurwa, mówiąc, jakoś tego nie widzę. Ale ta pizda cesarzowa Calnii jest święcie przekonana, że tak właśnie będzie. Więc widzisz: musimy cię zabić albo przyślą tu po ciebie całą armię, a jak już zapierdolą ciebie, to pewnie zapierdolą i nas. Calnia to nie jest zły suweren, nie przypierdalają się do nas, żyją własnym życiem, a my tutaj swoim. Ale mu się sprzeciwić... o, bracie.

– Łapię. No to lepiej mnie zabij.

– Nie bądź kutas. Byłeś mi dobrym przyjacielem. Dziwnym, ale, kurwa, dobrym jak chuj. Więc zrobimy tak: wypierdalasz gdzie raki zimują i więcej się tu nie pokazujesz.

To już drugie wygnanie! Dlaczego wszyscy każą mu się wynosić? Czy on coś robi nie tak? Czy umyka mu jakiś istotny element interakcji z dużymi grupami ludzi? Wszystko pięknie, kolorowo, aż tu nagle po dwudziestu latach nikt nie chce go znać.

– A dokąd dokładnie?

– Jak naj-kurwa-dalej. Musisz iść na zachód, przekroczyć Matkę Wodę. – Najpierw głos w jego głowie, a teraz Kobosh. Wszyscy chcieli wyprawić go na zachód. – Matka Woda to taka w pizdu wielka rzeka, której Calnianie nie przekroczą. Jeśli ruszysz w stronę zachodzącego słońca, dojdziesz do rzeki. Pomyślisz, że to Matka Woda, ale to będzie Kamienna Rzeka. Powinny tam być jakieś łodzie, ale jak ich nie znajdziesz, nie zniechęcaj się, tylko poszukaj, jebany leniu. I nie próbuj jej przepłynąć wpław. Jest tam pełno takich kurewskich rybek, które cię zjedzą w try miga. Wtedy po jakimś czasie dojdziesz do kolejnej rzeki i pomyślisz sobie: w mordę jeża, to dopiero wielka rzeka, przy której Kamienna Rzeka to strumyczek szczoszków spływający do morza w piękny sierpniowy poranek. To właśnie będzie Matka Woda.

Prawdę mówiąc, Eryk przebył Kamienną Rzekę i dotarł nad brzeg Matki Wody minionego lata, ale ponieważ rozumiał, że każdy mężczyzna lubi tłumaczyć innym, jak gdzieś dotrzeć, pozwolił Koboshowi mówić.

– Jak ją przekroczysz, Calnianie cię nie dopadną i nie dowiedzą się, że cię puściłem.

– Jak to?

– No tak. Calnianie nie przekraczają Matki Wody.

– Czemu?

– Nie wiem, ale tak jest. Calnianie nie przekraczają jej i chuj. Może nie chcą się natknąć na Badlandczyków. Na drugim brzegu nie spotka cię już żadna krzywda ze strony Calnian, ale wciąż będziesz kurewsko narażony na niebezpieczeństwo. Więc się nie ociągaj, tylko zapierdalaj czym prędzej na zachód, potem na zachód, a potem jeszcze dalej na zachód, aż miniesz Badlandy. Dojdziesz tą drogą do Czarnych Gór i tam dopiero będziesz bezpieczny. Sugeruję, żebyś się w nich osiedlił. Pod żadnym pozorem nie przekraczaj Czarnych Gór, bo wtedy znajdziesz się w Lśniących Górach. A tam dopiero jest chujowo. Bardzo, ale to bardzo chujowo. Można by nawet rzec, że kurewsko chujowo. A same Badlandy rozciągają się na tysiąc mil, ty zaś przez całą drogę będziesz musiał się pilnować, żeby cię nie sczapił jakiś Badlandczyk. Nawet nie próbuj z nimi rozmawiać. Jak cię zobaczą, schowaj się gdzieś. A jak nie będziesz miał gdzie, uciekaj byle dalej. Myślisz, że Calnianie to chuje? Przy Badlandczykach to miękkie pusie. Trzymaj się od nich z daleka, powiadam.

– Dobra. Dasz mi parę dni, żebym się spakował?

– Masz czas do południa.

DOŻYNKI '84
WOJSŁAWICE

fabryka słów®
WYDAWNICTWO

WYDAWCA
Fabryka Słów sp. z o.o.
20-834 Lublin, ul. Irysowa 25a
tel.: 81 524 08 88, faks: 81 524 08 91
www.fabrykaslow.com.pl
e-mail: biuro@fabrykaslow.com.pl
www.facebook.com/fabryka

SPRZEDAŻ INTERNETOWA
swiatksiazki.pl

ZAMÓWIENIA HURTOWE
firma księgarska fk J&K Olesiejuk
Firma Księgarska Olesiejuk sp. z o.o. sp.j.
05-850 Ożarów Mazowiecki,
ul. Poznańska 91
tel./faks: 22 721 30 00
www.olesiejuk.pl,
e-mail: hurt@olesiejuk.pl

DRUK I OPRAWA
opolgraf DRUKARNIA

PROJEKT I ADIUSTACJA AUTORSKA WYDANIA
Eryk Górski, Robert Łakuta

ILUSTRACJE ORAZ GRAFIKA NA OKŁADCE
Andrzej Łaski

PROJEKT OKŁADKI
„Grafficon" Konrad Kućmiński

REDAKCJA
Rafał Dębski

KOREKTA
Magdalena Byrska

SKŁAD
Dariusz Nowakowski | drewnianyrower.com

Wydanie I

ISBN 978-83-7964-441-4

/ fabrykaslow fabryka.slow / fabryka